读 客®

读客外国小说文库

激发个人成长

Lie Down with Lions

突然亡命天涯

[英] 肯·福莱特 著　刘洋 译

KEN FOLLETT

江苏凤凰文艺出版社
JIANGSU PHOENIX LITERATURE AND
ART PUBLISHING LTD

献给 芭芭拉

Part 1
1981年

第一章

想杀艾哈迈德·伊尔马兹的可是几个狠角色。他们都是流亡巴黎的土耳其学生，已经干掉了一个土耳其使馆的专员，还用燃烧弹将土耳其航空公司一名高级主管的房子付之一炬。之所以选择伊尔马兹作为下一个目标，一是因为他下重金支持军事独裁，二是因为他恰好就住在巴黎，行动方便。

伊尔马兹的家和办公室守卫森严，他的奔驰豪华轿车也是全副武装。然而，是男人都有弱点，几个学生都认为，这弱点往往就是性。在伊尔马兹身上，他们还真猜中了。几周随意的监视发现，每星期有两三个晚上，伊尔马兹都会开着仆人用以采购的雷诺旅行轿车出门，到第十五区一条小巷拜访一位年轻漂亮的土耳其女人——他的情人。

几个学生想趁着伊尔马兹跟女人上床时在雷诺车下装枚炸弹。

他们知道从哪儿弄炸药——去找佩佩·戈齐，科西嘉"教父"级人物梅美·戈齐的众多儿子之一。佩佩是个军火商，对买家来者不拒，不过他更喜欢政治性买主，原因正如他欣然承认的那样："理想主义者出价更高。"土耳其学生实施的前两次暴行都有他的支持。

然而，汽车炸弹计划里却有一处小麻烦。通常，伊尔马兹都会独自驾车离开姑娘的住所，独自驾车离开——但也并非总是如此。有时，他会带她出去吃晚餐。一般是姑娘坐车，半小时后返回，大包小包拎着面包、水果、奶酪和红酒，显然是想准备一顿温馨的晚宴。偶尔伊尔马兹也会乘出租车回家，轿车留给姑娘用一两天。同所有恐怖分子一样，这些学生也追求浪漫，不愿冒令佳人殒命的风险。毕竟，她唯一的罪过只是爱上了一个配不上她的男人，而这罪也并非不可饶恕。

学生们以民主方式讨论了这个问题，投票决定，不选领导。不过，人群中有一个人还是凭借强大的人格力量成为主导。他叫拉赫米·乔斯贡，一个相貌英俊、满腔激情的年轻人。浓密的胡子，眼里闪烁着某种"心向荣耀"的光芒。尽管前两次行动问题频出，风险重重，但正是有了他的活力与决心，他们才成功地实施了行动。拉赫米建议找一位炸弹专家请教。

一开始，其他学生都不赞成这个想法。可又有谁可以信任？拉赫米提议埃利斯·塞勒。此人来自美国，自称是个诗人，实则以教英文为生。在越南当兵时，他学会了使用炸药。拉赫米认识他一年左右：两人曾同在一家名为"混乱"的革命性报刊做事，可惜后来刊物夭折。他们还一同组织了一场诗歌朗诵会，为巴勒斯坦解放组织募捐。埃利斯似乎能够理解拉赫米为土耳其遭受的境遇感到愤怒，也理解他对施暴者的痛恨。其他几个学生中有的也对埃利斯略有了解：有人见他参加过数次游行，还以为他是个研究生或者年轻的教授。尽管如此，他们还是不愿让一个非土耳其人掺和进来。然而拉赫米一再坚持，大家最终还是同意了。

埃利斯立马就想出了解决问题的方法，说是在炸弹上装一个无线电操控的解除保险装置。到时，拉赫米坐在那姑娘公寓对面的某扇窗前，或者可以待在停在街边的车里，静观其变。他手里会拿着一台小型的无线电发射器，烟盒那么大——就是人们用来打开车库自动门的那种。如果伊尔马兹像往常一样独自上车，拉赫米就按下发射器的按钮。无线电信号将激活炸弹开关，炸弹启动，伊尔马兹一旦发动引擎就会引爆。如果是姑娘上了车，拉赫米便会手下留情，她大可毫不知情地安全离开。除非炸弹启动，否则会很安全，正如埃利斯所说："不按按钮，就不会炸。"

拉赫米对这个主意很是赞赏，还问埃利斯是否愿意同佩佩·戈齐合作制造炸弹。

"好啊。"埃利斯说。

还有另一个麻烦。

拉赫米说："我有个朋友想见你和佩佩。老实说，他非要见你们，否则这笔交易就得告吹。就是有这位朋友出钱，我们才有了炸药、汽车、贿款、枪支和一切。"

为什么要见我们？埃利斯和佩佩都很纳闷。

"他想确保炸弹会奏效，也想确信你们值得信任。"拉赫米不无歉意地说，"你只需把炸弹拿给他看看，向他解释其中原理，跟他握握手，让他看着你的眼睛。多亏有了他，整个计划才有了实现的可能，对于这样的一个人，这种要求难道过分吗？"

"反正我无所谓。"埃利斯说。

佩佩迟疑了。他只想把这笔钱赚到手。他总是惦记着钱，就像猪总惦记着槽子里的吃食。可他不喜欢见生面孔。

埃利斯给他讲道理："听着，这些学生团体就像春天的含羞草，开得快，谢得也快。过不了多久，拉赫米估计也得炸个粉身碎骨。可你若跟他的'朋友'搭上线，即使将来拉赫米送了命，你的生意也做得下去。"

"有道理。"佩佩说。虽说他不是什么聪明人,可如果掰开揉碎了讲,他还是能懂点做生意的道理。

埃利斯告诉拉赫米,佩佩同意见面。拉赫米做好安排,三人下周日碰头。

那天早上,埃利斯在简的床上睁开眼睛。醒得太过突然,他感到有些恐慌,仿佛噩梦初醒。过了一会儿,他才想起紧张的原因。

他瞥了一眼闹钟,时间还早。他将计划在脑子里过了一遍。如果一切顺利,一年多来的耐心和谨慎将在今日修成正果,他如果能活过今天,也就能与简分享这份喜悦了。

他转过头看着她,动作小心谨慎,免得弄醒她。他的心剧烈地跳动着,每次看她的脸都会如此。她仰面朝天躺着,坚挺的鼻子直指天花板,一头乌发散在枕头上,如同鸟儿舒展的羽翼。他端详着她宽阔的嘴形、饱满的双唇——它们曾无数次亲吻自己,那感觉是何等甜美甘醇。春日的阳光里,她的脸颊上映出一抹浓重的金色,他戏谑地称之为"胡子"。

见她如此酣然的睡态实在是难得的享受。她面部放松,恬静安详。平时她总是活力四射,时而欢笑,时而皱眉,时而做个鬼脸,时而面露惊讶,时而显出怀疑,时而又满面同情。她最常有的表情是一脸坏笑,仿佛一个淘气的男孩刚搞了一出邪恶的恶作剧一般。只有在熟睡或沉思时她才会这样,而这也是埃利斯最爱她的地方。此时的她毫无戒备,雕饰尽除,眉宇间透露着潜藏在肌肤下的慵懒诱惑,如同徐徐的烈火在地下燃烧。见她如此神态,他的手几乎总是忍不住想要触碰她。

一切都在他预料之外。刚到巴黎不久，初次见面时，简留给他的第一印象是典型的活跃分子，与城里的年轻人与激进分子为伍，主持委员会，组织活动反对种族隔离，支持解除核武器，针对萨尔瓦多问题和水源污染组织抗议游行，为乍得的饥饿民众募捐，或是鼎力为一位青年才俊宣传电影。人们被她的美貌所吸引，为她的魅力所折服，受她热情感染。刚刚约会的那几次，埃利斯只是乐得欣赏一个漂亮姑娘对着一块牛排大快朵颐。然而之后——埃利斯从来都不知道究竟何以如此，他发现，就在这个性格刚烈的姑娘内心深处，也有着热情如火的成熟女性一面，而他，埃利斯，坠入了爱河。

他的目光在这间一居室的小公寓内随意游走，饶有兴致地留意着那些熟悉的私人物品——那些给屋子留下她个人印记的小物件：精美小灯乃中式瓷瓶所制，书架上摆满了经济学与世界贫困类的书籍，沙发既宽大又松软，令人可以沉醉其中；一张父亲的照片，上面是一位身着双排扣大衣的英俊男子，很可能是20世纪60年代初所拍摄；还有一座小小的银奖杯，那是1971年她骑着那匹名叫"蒲公英"的小马赢得的，那已经是十年前的事了。那时她13岁，埃利斯想，而我已经23岁。她在汉普郡的小马驹比赛上崭露头角时，我已经身在老挝，沿着胡志明小道埋设反步兵地雷了。

大约一年前，埃利斯第一次来到这间公寓。那时简刚从郊外搬到这里，屋里还没多少陈设：一间阁楼，厨房在凹室，一个小间里装着淋浴器，马桶就安在厅内。她就这样一点一滴地将这间污秽的阁楼改造成了温馨的小窝。简做翻译，将法语和俄语译成英文，收入十分可观。不过房租也不低——此处公寓位于圣米歇尔大道附近。所以她每买一件家具都会再三斟酌，耐心把钱积攒起来，只为买到最称心的那张红木桌、那副古董床架、那张塔布里兹地毯。她就是埃利斯父亲口中常说的那种"优雅女子"。您一定会喜欢她的，爸爸，埃利斯想，您肯定会为她着迷。

他侧过身，面对她躺着。翻身的动作将她弄醒，埃利斯知道会这样。她那双蓝色的大眼睛注视着天花板片刻，然后便转向埃利斯，笑着翻身倒入他的怀抱。"嗨。"她低语道，埃利斯给她一个吻。

他立刻兴奋起来。两人并肩躺了一阵，半睡半醒中偶尔亲吻彼此。简将一条腿搭在他的臀上，两人在无言中慵懒地做起爱来。

刚成为情侣时，两人日里夜间云雨不断，午后欢爱也是常有的事。埃利斯以为这种肉欲之欢不会长久，过不了几日，或者是一两个星期，新鲜感渐渐淡去，他们也会归于平凡，一周差不多有那么两三次。他错了。一年之后，两人依旧像新婚夫妇般如胶似漆。

她翻身将埃利斯压在身下，将全部的重量放在他身上，湿润的肌肤紧紧贴合着埃利斯的身体。埃利斯一面双手紧搂着她娇小的身躯，一面用力探索着她的体内。她能感到爱人高潮的到来，于是低下头，在激情到来的一刻深吻他。随之而来的是一声温柔的低吟，埃利斯可以感受到对方周日清晨那温柔、持续而略有起伏的高潮。简依旧趴在他身上，依旧是半梦半醒。埃利斯轻抚她的秀发。

不一会儿，她略微动了一下，嘟囔道："你知道今天是星期几吗？"

"星期天。"

"这星期轮到你做午饭了。"

"我没忘。"

"没忘就好。"她突然顿了一下，"你准备给我做什么？"

"牛排、土豆、荷兰豆、羊奶干酪、草莓再配上香缇莉奶油。"

她抬起头，笑道："你每次都做这些！"

"不对，上次用的是四季豆。"

"而上上次你索性忘了这回事，结果咱们在外面吃的午餐。你就不能换点花样做么？"

"嘿，等等。当初说好的，咱们周日轮流做午饭，又没说每次一定要做不一样的。"

简再次倒在他身上，假装被打败。

埃利斯一直惦记着今日的任务，他需要简在毫不知情中助他一臂之力。是时候问问她了。"今天上午得跟拉赫米见面。"他说道。

"好吧。那我晚些时候去你那儿。"

"如果你不介意早点过去的话，有件事可能需要你帮忙。"

"什么事？"

"做午饭——不！不！开玩笑。我想让你帮我上演一出小阴谋。"

"往下说。"简说道。

"今天是拉赫米的生日，他的弟弟穆斯塔法进城来了，而拉赫米还不知道。"如果这次能成功，埃利斯想，以后我再也不会对你说谎。"我想在午餐派对时让穆斯塔法突然出现，给拉赫米一个惊喜。但我需要个同谋。"

"算我一个。"简说。她翻身离开埃利斯坐起来，双腿交叉着，一对乳房宛如两只苹果，圆润、柔滑而坚挺。长发的发尾时而撩拨着她的乳头。

"需要我怎么做？"

"很简单。我得告诉穆斯塔法确切的地点，而拉赫米还没决定好在哪里吃午餐。所以，我得在最后的一刻将消息告诉穆斯塔法，若是到时打电话通知，拉赫米很可能就在我旁边。"

"怎么解决呢？"

"我会打给你，说一些无聊的废话。别的你都不用管，只要留心地址就行，然后打电话给穆斯塔法，将地址和路线告诉他。"埃利斯当初设想这番对话时，一切听起来都很顺畅，而如今却显得漏洞百出。

不过，简倒似乎没有起疑。"貌似不难。"她说。

"那就好。"埃利斯赶紧说，极力掩饰那份释然。

"那你打过电话之后，多久可以到家？"

"一个小时之内。我想等着看他被吓一跳，午餐时间会想办法脱身。"

简有些迟疑："他们邀请了你，却把我撇在一边。"

埃利斯耸耸肩："可能就是一群大男人，庆祝庆祝而已。"他伸手去拿床头柜上的便笺，写下穆斯塔法的名字和电话。

简下了床，穿过房间进入淋浴间，打开门，拧开水龙头。她的情绪已经有所变化，脸上不再有笑容。埃利斯问："你生什么气啊？"

"我没生气，"她说，"就是不太喜欢你那些朋友对待我的态度。"

"可你也了解土耳其人对小姑娘的看法。"

"没错，小姑娘！他们对那些受人尊敬的成熟女人毫不介意，却把我当作小姑娘！"

埃利斯叹了口气。"跟一群墨守成规的大男子主义者较真儿，这不像你的风格。你到底想说什么？"

她考虑了片刻，赤裸着身子站在淋浴器旁。她是如此动人，埃利斯甚至想再次与她做爱。简说道："也许我想说的是，对于这样的地位我并不满意。我对你一心一意，这一点人所共知。我并没有同其他人睡觉，甚至不和别的男人约会，然而你对我却并不专心。我们不住在一起，很多时候我甚至不知道你人在何处、在做些什么，我们也没有见过彼此的父母……这些大家都知道，所以他们才把我看成妓女。"

"你说得也太夸张了。"

"你总是这么说。"她走进淋浴间，把门狠狠一甩。埃利斯从放着过夜用品的抽屉里拿出剃须刀，对着厨房的水槽开始刮胡子。两人之前也有过这样的争论，争得比这次还要凶。至于争论的根本所在，埃利斯一清二楚：简希望能与他一起生活。

埃利斯当然也希望如此。他希望能与简结婚，与她共度余生。可他必须等到此番任务结束，又不能对她明说，于是只能说些诸如"我还没准备好"以及"我还需要时间"之类的话，而这些含糊之词总是激怒她。在简看来，死心塌地爱一个男人达一年之久，却得不到任何承诺，这似乎有点说不过去。她这样想当然情有可原。可如果今天的计划进行顺利，一切便可以走上正轨。

刮完胡子，埃利斯用毛巾将剃须刀裹起来，放进抽屉，在简从淋浴间出来后走了进去。两个人居然没说话。他想，这样做太愚蠢了。

埃利斯淋浴期间，简煮了咖啡。他迅速穿上一条褪色的牛仔裤，套了一件黑色T恤衫，隔着那张红木小桌坐在简对面。简为他倒咖啡，然后说道："我想跟你好好谈谈。"

"行，"他迅速说道，"午饭时间谈吧。"

"为什么现在不行？"

"我没时间。"

"难道拉赫米过生日比我们的关系还重要吗？"

"当然不是。"埃利斯听到自己语气中的恼怒。一个声音在警告他：温和一点，不然你可能会失去她。"可我已经答应了别人，既然答应了，就得信守承诺，这很重要。至于你我是现在谈还是迟点再说，又有什么要紧的？"他说。

简的表情突然凝固为一股倔强。埃利斯熟悉那个表情：每次简做出决定，而旁人又试图将其左右时，她便是这样一副神情。"现在就谈，这对我很重要。"

一时间，埃利斯很想将所有事情全部告诉她。然而这并不是他预想的方式。他没有时间，他脑子里惦记着其他事情，而他还没有准备好。晚点再谈会好些，到时两人都会轻松些，而自己也可以告诉她，巴黎的工作已经结束。于是他说："你这是胡闹，我不喜欢被逼就范。晚点再谈吧，现在我得走了。"说着他站起身。

埃利斯向门口走去，简开口道："让-皮埃尔想让我跟他一同去阿富汗。"

这个消息全然出乎意料，埃利斯定了定神才反应过来。"你说真的？"他一脸难以置信。

"真的。"

埃利斯知道，让-皮埃尔也爱着简。喜欢简的男人多着呢：这么有魅力的女人，这种情况也在所难免。然而，毕竟没几个够得上埃利斯的对手，至少他自己这样认为，直到这一刻。埃利斯重新镇定下来，说道："干吗要跟着个懦夫跑到战区去？"

"这可不是在开玩笑！"简言辞激烈，"现在说的可是我的人生。"

埃利斯摇摇头，一脸难以置信："你不能去阿富汗。"

"为什么不行？"

"因为你爱的是我。"

"那也并不意味着你可以对我招之即来挥之即去。"

至少她没有说"不，我不爱你"。埃利斯看看表。这太荒谬了，再过几个小时，他就可以把简想知道的统统告诉她。"我不想这样。"他说，"这可是我们的未来，草率不得。"

"我不会一直等下去。"她说。

"我没有让你无休止地等下去，只希望你能再忍耐几个小时。"他摸摸她的脸颊，"就几个小时，我们还是不要争了。"

简站起身，用力吻了一下埃利斯。

他说道："你不会去阿富汗，对吧？"

"我不知道。"简平静地说。

埃利斯努力带出一丝笑容："至少午饭前不会去吧？"

她笑着点点头："不会。"

他许久望着她，然后出了门。

香榭丽舍大道上熙熙攘攘，到处都是游客与晨练的当地人。温暖和煦的春日阳光下，这些人如同圈中的羊群挤来挤去。路边的咖啡店全部满座。埃利斯带着从便宜箱包店买来的背包，站在既定的地点附近，看上去像个一路搭便车游欧洲的美国人。

他真希望简没选在这天早上跟他摊牌，现在她肯定正生着闷气，到时见面肯定难免一通发火。

没办法，他也只能好生安慰，帮她顺顺气了。

他暂且将简的事情放在脑后，专注于眼前的行动任务。

至于拉赫米的这位"朋友"——也就是那个小型恐怖团伙的资金来源，他的身份有两种可能性。要么是个热爱自由的土耳其富豪，出于政治或个人原因，决定诉诸暴力，以对抗军事独裁及其幕后支持者。真若如此，埃利斯倒会有几分失望了。

还有一种可能性，他就是波利斯。

波利斯在埃利斯活动的那些圈子里可是个传奇人物：不管是革命派学生当中，还是巴勒斯坦流放者之间，或是兼职政治学讲师、粗制极端主义报刊编辑、无政府主义者、亚美尼亚人或者激进素食主义者之中，此人都是赫赫有名。据说他是苏联人，为克格勃效力，愿意支持任何针对西方的左翼暴力行动。很多人怀疑"波利斯"其人是否真实存在，尤其是那些试图获取苏联资金支持而未果的人。然而埃利斯却时不时注意到，某个团体数月以来一直只是发发牢骚，抱怨连台复印机也买不起，突然间却对钱的事情讳莫如深，而且变得十分警觉。在此之后不久，便会有绑架、枪击或炸弹爆炸事件发生。

埃利斯认为，苏联人肯定在花钱支持诸如土耳其异见团体这样的组织：花钱少，风险小，还可以制造麻烦，机会难得。况且，美国也在中美洲地区注资支持绑架与杀人，苏联人无论如何也不会比美国人做得更缜密。做这一行的，钱当然不会存在银行账户里，也不会用电汇，肯定有人带现款交易。由此推断，一定会有一个"波利斯"这样的人存在。

埃利斯很想会会这个波利斯。

10点30分，拉赫米准时从他身旁经过。他身着一件粉色"鳄鱼"牌T恤，褐色的长裤熨得十分平展，看上去有些烦躁。他急切地扫了埃利斯一眼，然后把头扭开。

埃利斯跟在他身后，两人之间保持着十几码[①]的距离，这是事先商量好的。

前面的一家路边咖啡馆里坐着佩佩·戈齐。他身形健硕，略显肥大，一身黑色丝绸套装，仿佛刚刚做完弥撒归来——这种可能性很大。他膝头摆着一只大手提箱，站起身，差不多来到埃利斯身旁的位置，路人也看不出这两人究竟是不是一起的。

拉赫米朝前面凯旋门的方向走去。

埃利斯注视着佩佩走出自己的视线。科西嘉人有着强烈的自卫本能：他会趁旁人尚未留心时看看自己是否被人跟踪——一次是在过马路的时候，他可以一边等待红绿灯变化，一边自然而然地回头沿路张望；另一次是经过转角的商店，他可以利用斜角的玻璃观察身后的行人。

埃利斯很欣赏拉赫米，对佩佩却没什么好感。拉赫米为人诚挚，而且很讲原则，他干掉的那些人兴许真的是罪有应得。佩佩则完全不同。他干这个完全是为了钱，那副卑劣而愚蠢的德性，恐怕做正经买卖很难过活。

在凯旋门以东三个街区的地方，拉赫米拐上一条小巷。埃利斯与佩佩紧随其后。拉赫米将他们带过马路，进入兰卡斯特酒店。

---

① 码，英美制长度单位，1码约为0.914米。

原来这里就是约见地点。埃利斯本希望是在酒吧里或酒店餐厅进行——公共场所让他感到更安全些。

经历了街头的炎热，酒店的大理石门厅感觉格外凉爽。埃利斯打了个哆嗦。一个身着燕尾服的侍者斜眼瞅着他那条牛仔裤。在L形大厅远处的尽头，拉赫米进入一架小型电梯。看来地点是在酒店某个房间。那就去吧。埃利斯跟在拉赫米身后进了电梯，佩佩也挤了进去。随着电梯的攀升，埃利斯的神经也逐渐紧绷。他们在四楼下了电梯，拉赫米将他们带到41号房前，抬手敲门。

埃利斯竭力保持淡定自若。

门徐徐打开。

是波利斯。第一眼见到这个男人，埃利斯就确信了这一点。他顿感一阵胜利的兴奋，同时，还有一丝彻骨的恐惧。周身上下打量开去，这个人显然是莫斯科派来的：廉价修剪的发型、讲求实用的鞋子、审视周遭情形的锐利目光以及双唇冷峻的线条，毫无疑问，这些都是克格勃风格的写照。他既不像拉赫米，也不同于佩佩；既不是个头脑发热的理想主义者，也并非卑鄙的黑手党。波利斯是个职业恐怖分子，铁石心肠，他可以连眼睛都不眨一下，就将眼前的任何一个人或者三个人的脑袋全部打爆。

我找了你很久了，埃利斯想。

波利斯半掩着门站了好一阵，一面用门掩住身体，一面仔细观察来人。接着他后退一步，用法语说道："进来。"

他们来到一间套房的客厅。室内装饰精巧，摆着椅子和休闲桌，橱柜貌似是18世纪的古董。精致的弓形腿茶几上摆着一盒万宝路香烟以及一瓶免税的白兰地。远处的角落里，一扇半开的门通向卧室。

拉赫米由于紧张，介绍也是草草进行："佩佩，埃利斯，我的朋友。"

波利斯是个肩膀宽阔的男人，身穿白色衬衫。两只袖子卷起来，露出结实而多毛的前臂。蓝色的哔叽呢裤子在这样的天气里显得过于厚重。一把椅子的靠背上挂着黑棕色的格布夹克，跟蓝裤子配起来恐怕不搭调。

埃利斯把背包放在地毯上，然后坐下。

波利斯指了指桌上的白兰地酒瓶："喝一杯吗？"

埃利斯可不想上午11点灌白兰地，于是说道："好，来杯咖啡。"

波利斯生硬地看了他一眼，目光中带着敌意，然后说："那大家都喝咖啡。"接着他朝电话走去。埃利斯想，这人已经习惯了身边所有人都畏惧他，我拿他不当回事令他不自在。

拉赫米一直坐立不安，显然对波利斯心怀敬畏。苏联人打电话叫客房服务时，他一直在摆弄自己粉色上衣的领扣，系了解，解了系。

波利斯挂上电话，对着佩佩说："很高兴见到你。"他说的是法语，"我想我们可以相互帮忙。"

佩佩点点头，没有说话。他欠着身子坐在天鹅绒的椅子里。在这件精美家具的映衬下，黑色套装中他那一身的块头显得柔弱得出奇，仿佛一把椅子也能够将他击垮。埃利斯想，佩佩与波利斯倒有许多共同之处：都是身强力壮的冷血动物，而且手段卑劣、冷酷无情。佩佩若是个苏联人，肯定会去当克格勃；而波利斯若是法国人，肯定也是个黑手党。

"给我看看炸弹。"波利斯说。

佩佩打开手提箱，里面装满了一块一块的黄色物体，每个大约有一英尺①长、两英寸②见方。波利斯跪在地毯上，靠在箱子跟前，用食指戳了戳其中的一块。它就像一块腻子，碰了就变形。波利斯用鼻子嗅了嗅："我想这是C3型炸药吧？"

佩佩点点头。

"装置图在哪儿？"

拉赫米说："在埃利斯的背包里。"

埃利斯开口道："不，不在我这儿。"

一时间，房间里一片寂静。拉赫米年轻而英俊的脸上泛起一阵恐慌。"你什么意思？"他焦虑地问道，满眼惊恐地望向波利斯，然后再次转回到埃利斯身上，"你说过……我告诉他你会……"

"闭嘴。"波利斯厉声说道。拉赫米立刻沉默。波利斯满脸期望地看着埃利斯。

埃利斯强作镇定，一脸漠不关心地道："我担心这次会面有可能是个陷阱，所以就把装置图留在家里。几分钟就能拿过来。给我的女人打个电话就行。"

波利斯盯着他看了好一阵。埃利斯极力镇静地回看过去。波利斯终于开口："为什么你会觉得这可能是陷阱？"

埃利斯觉得如果为自己辩护，则会显得防卫心太强。反正这个问题也不怎么样。他傲慢地瞅了波利斯一眼，耸了耸肩，一句话也没说。

波利斯依然锐利地看着他。终于，这个苏联人说话了："电话

---

① 1英尺约为0.305米。

② 1英寸约为2.54厘米。

我来打。"

抗议已经涌到了嘴边,埃利斯强忍着将它咽回去。事情发展到这一步完全出乎他的预料。他小心保持着一副满不在乎的表情,头脑却在飞速运转。听到陌生人的声音,简会有怎样的反应?如果她不在那儿怎么办,如果她失约怎么办?他后悔让简来做接应,然而现在为时已晚。

"你办事很小心。"他对波利斯说。

"你也是。你的电话号码是多少?"

埃利斯将号码告诉他。波利斯抄在电话旁的留言条上,接着开始拨号。

其他人在沉默中等待。

波利斯说道:"喂?我替埃利斯打电话来。"

兴许陌生人的声音也吓不倒她,埃利斯想:这个电话本来就有些古怪,简应该有所准备。他已经交代过:"别的都不用管,只要留心地址就行。"

"什么?"波利斯厉声问道。埃利斯心想:哦,该死,她说了什么?

"没错,我是,不过别管那个。"波利斯说道,"埃利斯让你将装置图带到贝利街兰卡斯特酒店41号房间。"

又是一阵停顿。

按计划行事,简,埃利斯想。

"是的,酒店很不错。"

别胡闹了!赶紧告诉他你会照做——求你了!

"谢谢。"波利斯说完,又挖苦地加上一句,"你真是太好了。"接着挂断了电话。

埃利斯一脸镇定，仿佛早就预料到不会出问题。

波利斯说："她说我是苏联人。她怎么会知道？"

埃利斯先是一阵困惑，接着反应过来。"她是个语言学家，"他答道，"听得出不同的口音。"

佩佩终于开口了："等这个婊子过来这当儿，不如我们点点钱吧。"

"好吧。"波利斯走进卧室。

趁着波利斯不在，拉赫米小声对埃利斯说："我都不知道你居然会玩这种把戏！"

"你当然不知道。"埃利斯佯装厌烦地说，"要是你知道了我的打算，这招就起不了保险作用了，不是吗？"

波利斯回到客厅，把一只棕色的大信封交给佩佩。佩佩将信封打开，一张张数起了百元的法郎大钞。

波利斯撕开万宝路的包装纸，点了一根香烟。

埃利斯心想：希望简能立刻给"穆斯塔法"打电话，真该告诉她必须立即把消息传达。

过了一会儿，佩佩说："全在那儿了。"他把钱重新装进信封，舔舔信封口，把信封上，然后放回茶几。

四个男人在沉默中坐了几分钟。

波利斯问埃利斯："你家离这里有多远？"

"骑小摩托的话十五分钟。"

突然响起敲门声，埃利斯紧张起来。

"她开车还挺快。"波利斯说。他打开门。"是咖啡。"波利斯一脸厌烦，回到自己的座位。

两个身着白色制服的侍者推着一台手推车进入房间。两人站直了转过身，每人手里握着一支MAB的D式手枪——法国警探的标准配置。其中一人开口道："都不许动！"

埃利斯感到波利斯想一跃而起。怎么只来了两个人？要是拉赫米做了什么蠢事挨了枪子，便会分散对方注意而给佩佩和波利斯造成可乘之机，反将这两个持枪的人制服。

卧室的门突然打开，另外两个身着侍者制服的人站在那里。与他们的"同事"一样，这两个人也带着枪。

波利斯放松下来，突然间一脸无可奈何。

埃利斯这才发现，自己之前一直都屏着呼吸。他长长地出了一口气。

一切都结束了。

一个身着制服的警官走进房间。

"陷阱！"拉赫米大喊一声，"这是个陷阱！"

"闭嘴。"波利斯叫道，他严厉的声音又一次震慑住了拉赫米。他转向警官，说道："对此种暴行我表示非常愤慨，请记住……"

警察举起戴着皮手套的拳头，冲着波利斯的嘴巴就是一拳。

波利斯摸摸自己的嘴唇，又瞅瞅蹭在手上的血迹。意识到此时形势严峻，想虚张声势趁机溜走几乎不可能，波利斯突然性情大变。"记住我的脸，"他对着那位警官，用坟墓般阴冷的声音道，"你会再次看见它。"

"可谁是叛徒？"拉赫米叫道，"是谁出卖了我们？"

"他。"波利斯说着指指埃利斯。

"埃利斯？"拉赫米一脸难以置信。

"那通电话，"波利斯说，"那个地址。"

拉赫米盯着埃利斯，样子伤心到了极点。

又有几个身着制服的警察走进来。警官指指佩佩："他就是戈齐。"两个警察将佩佩铐起来，把他带了出去。警官看看波利斯："你是谁？"

波利斯一脸不耐烦："我叫扬·赫克特。"他继续答道，"我是阿根廷公民。"

"别费劲了。"警官一脸厌恶，"把他带走。"接着他转向拉赫米。"你呢？"

"我没什么可说的！"拉赫米答道，颇有几分英雄气概。

警官一甩头，拉赫米也被铐了起来。他一直瞪着埃利斯，直到被带出房间。

犯人被一个个带进电梯下楼。佩佩的手提箱和装满大钞的信封也被装进聚乙烯的袋子。一位警方摄影师进屋竖起了三脚架。

警官对埃利斯说："酒店门外停着一辆黑色的雪铁龙DS。"迟疑间他又加了一句，"长官。"

又回到正义的一方了，埃利斯心想。真可惜，拉赫米比这个警察有意思多了。

他乘电梯下楼。酒店大厅里，经理身着黑色上衣和条纹裤站在那里，看着越来越多的警察进驻酒店，脸上一副痛苦的表情。

埃利斯走进室外的阳光里。黑色雪铁龙停在马路对面。前面坐着司机，后座还有名乘客。埃利斯上了后座，车子立马开走了。

那名乘客转向埃利斯："你好啊，约翰。"

埃利斯笑了。一年多后再听别人叫他的真名，感觉有点奇怪。他说："你怎么样，比尔？"

"如释重负！"比尔说，"十三个月来你除了要钱，一点消息也没有。接着一个电话打过来，断然要求我们在二十四小时内组织一个本地追捕小组。你也不想想，任何理由也不能给，我们得费多大劲才能说服法国人跟我们合作！行动小组得在香榭丽舍大道附近待命，然而要掌握确切的地址，还要等一个陌生女人打电话找什么穆斯塔法。我们掌握的情况居然只有这些！"

"只能这么办。"埃利斯不无歉意地说。

"哎，确实费了不少劲——我在这里还欠了几份大人情——不过好在成功了。给我说说，折腾了半天，收获大不大？咱们抓的是什么人物？"

"那个苏联人就是波利斯。"埃利斯说。

比尔脸上立即笑开了花。"我的妈呀，"他说道，"你把波利斯给抓回来了，没开玩笑吧！"

"没开玩笑。"

"上帝啊，那我得赶紧把他从法国人那儿弄回来，免得被他们知道他的身份。"

埃利斯耸耸肩。"反正也没人能从他嘴里套出多少信息。他是个死忠。关键在于能将他这个环节除掉。苏联人得再花上几年时间才能找到波利斯的替代者，更别提他还得重建关系网。在此期间，他们的行动已经被我们大大牵制了。"

"那是自然。这可是爆炸性的大消息！"

"那个科西嘉人是佩佩·戈齐，一个军火贩子，"埃利斯继续道，"过去两年间，发生在法国的所有恐怖事件用的几乎都是他的家伙，其他国家的恐怖袭击他也有插手。这个家伙才要好好审审。派个法国警探去跟他老爸谈谈，就是那个马赛人梅美·戈齐。我敢说老头子打一开始就不乐意让自己的家族插手政治犯罪。给他开个条件：如果佩佩愿意出庭指证他的那些军火买主，自己就可以豁免——不过那些买主也都不是一般的混混儿。梅美一定会买账，因为这样不算出卖朋友。梅美一点头，佩佩就不敢说'不'。法国警方光起诉就够折腾好几年。"

"厉害！"比尔听得头都晕了，"一天之内你居然抓到了世界上最大的两个恐怖犯罪的幕后黑手。"

"一天？"埃利斯笑了，"我花了整整一年呢。"

"那也值了。"

"那个年轻人叫拉赫米·乔斯贡。"埃利斯说道。他急着想把事情讲完，因为还有另一个人在等着他。"拉赫米与他的团伙两个月前制造了那场土耳其航空的燃烧弹袭击，之前还杀了一位使馆专员。如果你能端了整个团伙儿，就肯定会找到些有力证据。"

"兴许法国警察能说服他们坦白交代。"

"是啊。给我支铅笔，我把名字和地址写给你。"

"不用了，"比尔说，"回到使馆我要听你做全面汇报。"

"我不回使馆。"

"约翰，按计划行事。"

"我把这些名字给你，那么重要信息你就全都掌握了，即使今天下午我被个开出租的法国疯子撞死也不怕。要是我活着，明天一早我就来见你，告诉你详细内容。"

"为什么要等到明天？"

"我午饭约了人。"

比尔把眼睛一翻："算我欠你的。"言语间带着几分不情愿。

"我看也是。"

"跟谁约会啊？"

"简·兰伯特。当初你给我介绍情况时，这个名字还是你给我的。"

"我记得。当时还跟你说，要是你能让她动了心，无论是左翼亡命徒还是阿拉伯恐怖分子，不管是红军派的喽啰还是巴黎先锋派诗人，想接近哪个都不成问题。"

"确实如此。不过我真的爱上她了。"

比尔的表情活像个康乃狄格州的银行家，刚被告知自己的儿子要取个黑人富翁的女儿——真不知应该是喜还是忧："啊……她到底是怎样的人？"

"她的确有几个疯子朋友，但她本人很理智。怎么说呢？人美如画，犀利如针，发起情来像个小野猫。好得没话说。她就是我这辈子要找的女人。"

"哎，现在知道为什么你要找她庆祝，而不是跟我了。你打算怎么办？"

埃利斯笑了："我打算开瓶红酒，煎两块牛排，告诉她我以追捕恐怖分子为生，然后让她嫁给我。"

第二章

让-皮埃尔身体前倾，越过餐厅的桌子，满眼同情地盯着对面棕色头发的姑娘。"我能理解你的感受。"他温柔地说，"记得读医大第一年快结束时，我也很抑郁。就好像大量的知识一下子塞进来，一个脑子根本不够用。你根本不知道考试前究竟能不能消化。"

"就是！"她说着猛烈地点点头，差点就要哭出来了。

"这是个好征兆，"他安慰道，"说明你还跑在前面。那些毫不发愁的人才会挂科。"

她湿润的棕色眼睛中闪耀着感激。"你真的这么想？"

"我确定。"

她一脸崇拜地看着他。你不想吃午餐，而是想吃我，对吧？让-皮埃尔想。她略微扭动了一下，套衫的领口突然开了，露出胸罩的花边饰带。一瞬间，让-皮埃尔还真动了心。医院的东楼有个床单储藏间，每天早上九点半后便无人使用。让-皮埃尔已经不止一次偷偷利用这个空当儿。从里面把门一锁，然后躺在一堆干净的床单上……

棕发女学生叹了口气，然后叉了一小块牛排放进嘴里。她一开始咀嚼，让-皮埃尔便失去了兴趣。他讨厌看人吃东西。再说，他也只是炫炫肌肉，小试牛刀，以证明自己魅力尚在，并非真想引诱对方。她长得很漂亮，卷曲的头发，温暖的地中海肤色，身材也好，不过最近让-皮埃尔无心四处猎艳。唯一一个能让他着迷超过几分钟的姑娘是简·兰伯特——而她却连吻他都不肯。

他将视线从女学生身上移开，眼神不安地在医院餐厅里游荡。没看到一个认识的人。这里几乎空无一人：他值早班，所以午饭吃得早。

一本女权妇科学的新书推介酒会上，越过满屋拥挤的人群，让-皮埃尔第一次看到简迷人的脸。如今已经过去半年了。他曾暗示根本不存在女性主义医学这一说，医药这东西只分好与不好。而简回答道，基督教数学也不存在，不过还不是伽利略这样的异端证明了地球绕太阳旋转。让-皮埃尔惊呼："你说得对！"他完全缴械，而两人也自此成了朋友。

然而，她对他的魅力却全然不买账——如果还不算完全免疫的话。她很喜欢他，但却似乎对那个美国人一心一意，尽管埃利斯比她年龄大得多。而这使得让-皮埃尔对她倍加渴望。要是埃利斯消失该多好——被公车撞死什么的……最近，简对让-皮埃尔的态度似乎不那么坚决了，还是说这只是他一厢情愿的想象？

女学生开口了："你真的要去阿富汗待两年吗？"

"没错。"

"为什么？"

"可能是因为我信仰自由，还因为我辛苦学医，并不只是为了给那些肥得流油的有钱人做冠状动脉搭桥。"他的谎话说得自然流畅。

"可为什么要去两年？一般人也就去三到六个月，最多一年。两年也太长了。"

"是吗？"让-皮埃尔苦笑一声，"知道吗，短时间内很难成就真正有价值的事情。那种短期派驻医生的做法其实收效甚微。当地的反抗军需要的，是持久的医疗机构，一个稳定的医院和一批至少一两年不会变动的医护人员。现在这种情况，生了病，受了伤，人们都不知道应该往哪儿送；而且他们也不遵医嘱，因为还不了解对方，不敢轻信；况且也没人有时间接受卫生教育。志愿者来来回回需要大笔花销，即使是'免费'出力也是杯水车薪。"让-皮埃尔说得太过投入，差点连自己也相信了。他得不断提醒自己奔赴阿富汗的真正动机，以及一待就是两年的真实原因。

身后的一个声音说道："是谁要免费出力啊？"

他转过身，见一对情侣端着餐盘走过来：瓦莱丽，跟他一样是实习医生；另一位是她的男友，一位放射科医师。两人在让-皮埃尔与棕头发女学生那张桌前坐下。

女学生回答了瓦莱丽的问题："让-皮埃尔要去阿富汗给反抗军治病。"

"是吗？"瓦莱丽一脸意外，"听说休斯敦已经有一份不错的工作在等着你了。"

"我拒绝了。"

瓦莱丽一脸佩服。"可是为什么？"

"那些人为自由奋战，拯救他们的生命，我认为值得。光救几个得克萨斯的有钱佬也改变不了什么。"

那位放射科医师并不像他女朋友一样为让-皮埃尔所动。他咽了一大口土豆，说道："不怕。反正等你回来，再找一份同样的好工作也不是难事——到时候既当了英雄，又做了医生。"

"你这么觉得？"让-皮埃尔平静地说道。他并不喜欢这个话题现在的走向。

"去年这个医院有两个人去了阿富汗，"放射科医师继续道，"回来后找的工作都不错。"

让-皮埃尔强忍着笑了笑。"能活下去还有活儿干，真不错。"

"就应该这样！"女学生有点愤愤不平，"都已经做出那么大牺牲了！"

"那你父母对此怎么看？"瓦莱丽问。

"我母亲很赞同。"让-皮埃尔说道。她当然赞同了：她崇拜英雄。他父亲却不然。对于那些满怀理想奔赴阿富汗救治反抗军的年轻医生，让-皮埃尔完全想象得出他父亲的反应："社会主义并不意味着人们可以为所欲为！"他的声音沙哑而急迫，估计脸也会涨得发红。"你以为那帮反抗军是干什么的？一帮土匪，专门掠夺老实的农民。社会主义到来之前，必须将封建制度彻底清除。"他会用拳头猛力敲着桌子。"想做蛋奶酥，就得打鸡蛋；想成就社会主义，必须打爆几颗头！"别担心，爸爸，我明白。"我父亲去世。"让-皮埃尔接着说道，"不过他自己也是位自由斗士，战争期间还参加过抵抗组织。"

"他是做什么的？"放射科医师半信半疑，不过让-皮埃尔没有回答，因为他看到拉乌尔·克莱蒙特——《反抗》杂志的编辑一身周日的装束，大汗淋漓地穿过餐厅。这个胖子记者大礼拜天跑到医院餐厅来干吗？

让-皮埃尔指了指身旁的椅子叫道："拉乌尔——"

"事情紧急。"拉乌尔插话道，仿佛不想让别人听到他的名字。

"为什么不跟我们一起吃午餐，然后慢慢聊？"

"恐怕不行。"

从他的语气中，让-皮埃尔听出了一丝恐慌。看看拉乌尔的眼睛，对方在恳求他别再开玩笑。意外中，让-皮埃尔站起身。"好吧。"他说。为了掩饰这唐突的举动，他半开玩笑地对另外两个人说："不许偷吃我的午饭——我去去就回。"他抓起拉乌尔的手臂，两人一同走出餐厅。

让-皮埃尔本想出了餐厅就停步，但拉乌尔仍然沿着走廊往前走。"勒布隆德先生派我来的。"拉乌尔说。

"我也觉得是他。"让-皮埃尔答道。一个月前，拉乌尔带他去见勒布隆德，对方要求让-皮埃尔赶赴阿富汗，表面上是跟许多年轻的法国医生一样，帮助当地的反抗军，事实上是为苏联人充当眼线。让-皮埃尔见有机会投身大计，感到既骄傲又不安，同时又觉得兴奋不已。他唯独担心派遣医生的组织会因为他是共产党而拒收他。他们无从知道他的党员身份，而他也绝不会主动透露——但他们有可能知道他对共产主义者抱有同情。不过，法国有很多共产主义者反对入侵阿富汗。虽然概率很小，某些组织可能还是会出于谨慎，建议他最好选择帮助其他团体争取自由——比如，他们同样也派医生去帮助萨尔瓦多。不过，这样的情形并未发生。他很快便被"自由医生联盟"所接纳。让-皮埃尔把这个好消息告诉了拉乌尔，对方说很快又将与勒布隆德会面。可能这次会面与阿富汗的事有关联。"为什么那么惊慌？"

"他想马上见你。"

"马上？"让-皮埃尔有些反感，"我在上班。还有病人……"

"总能找到人替你吧？"

"怎么这么急？还有两个月才动身呢。"

"不是关于阿富汗。"

"那是什么事？"

"我也不知道。"

那你究竟在慌什么？让-皮埃尔一阵好奇。"你一点都不知道？"

"我知道拉赫米·乔斯贡被抓了。"

"那个土耳其学生？"

"对。"

"为什么？"

"不知道。"

"那与我有何关系？我几乎不认识他。"

"勒布隆德先生会说明的。"

让-皮埃尔把手一甩："我不能就这么离开医院。"

"要是说你生病了呢？"拉乌尔问道。

"我会打电话给护士长，她会安排替班。可是……"

"那就打电话给她。"他们已经来到医院门口，墙上有一处内线电话。

这可能是个测试，让-皮埃尔心想。忠诚测试，看看我是不是真心实意，是否足以胜任此项任务。他冒着得罪医院的危险拿起了电话。

"家里来电话说有急事，我需要离开一阵，"电话接通后他说道，"请马上与罗什医生联络。"

"好的，医生。"护士冷静地答道，"希望您那边一切顺利。"

"稍后再告诉你，"他匆忙说道，"再见——哦，等等。"他有一位刚刚做完手术的病人，夜间发生大出血。"费里耶夫人怎么样了？"

"很好，没有再次出血。"

"很好。注意观察。"

"好的，医生。"

让-皮埃尔挂断电话。"好了，"说着他转向拉乌尔，"咱们走。"

他们步行来到停车场，钻进拉乌尔的雷诺-5^①。午日的阳光将车内晒得十分闷热。拉乌尔驾车飞快穿过后街。让-皮埃尔一阵紧张。他并不清楚勒布隆德到底是什么人，估计是在克格勃担任某种职务。他正在纳闷：会不会是自己做了什么事情，得罪了这个令人望而生畏的组织；真若如此的话，又会有怎样的惩罚呢？

他们肯定还不知道简的事情。

他邀请简共赴阿富汗，这件事与克格勃一点关系也没有。那么大的组织，反正肯定也会有其他人同去。兴许会有个护士协助他，兴许还有其他医生赶赴不同的地点：为什么简不能跟他们一起去？她不是护士，但可以上个速成班。而且她会说一点波斯语，这是个很大的优势。让-皮埃尔要去的地区讲的就是波斯语。

他希望简能够抱着理想与探险的精神与他同行，希望她在阿富汗能忘掉埃利斯，而怜惜眼前人。这个人当然就是他了。

① 一种汽车型号。

他当然也希望"组织"不会发现他是出于私人原因而请她同行。他们没必要知道，也没法知道——通常来讲不会，还是说这只是他一厢情愿的想法？也许他一直都错了，也许真的激怒了"组织"。

这样太傻了，他告诉自己。我又没做错什么，真的。即使真的做了，也不会有什么后果。这可是真正的克格勃，又不是什么虚构出来的神秘组织，专门袭击《读者文摘》订阅者。

大学路一幢豪华公寓楼外，拉乌尔把车停好。上一次与勒布隆德见面就是在这里。他们离开车子走进大楼。

大厅里十分阴暗。他们沿着蜿蜒的楼梯来到一楼，然后按响了门铃。让-皮埃尔心想，自从上次来到这扇门前，我的生活发生了怎样的变化啊！

勒布隆德先生开了门。他是个矮小纤瘦的男人，头顶渐秃，戴着眼镜，一身炭灰色的套装配上一条银色的领带，这身装束让他看起来像个男管家。勒布隆德将他们带入后面的一个房间，那里也是让-皮埃尔上次面试的地方。高大的窗子、精致的装饰，说明这里曾经是一个风格优雅的客厅。而现在，这里则换上了尼龙地毯、廉价的办公桌，以及一些橙色的塑料椅。

"在这里等一会儿。"勒布隆德说。他的声音平静而清晰，和尘土一样显得干巴生硬。略微带出的口音证明勒布隆德不是他的真名。他从另一扇门出了房间。

让-皮埃尔挑了一把塑料椅子坐下。拉乌尔依旧站着。让-皮埃尔想，在这个房间里，那个干涩的声音曾对我说："从孩童时代起，你就一直默默地为组织尽忠。你的品质与家庭背景都证明，你能够以一个秘密的身份更好地为组织效力。"

希望不会因为简的事毁了一切。

勒布隆德伙同另一个男人一起回到屋里。两人站在门口，勒布隆德指了指让-皮埃尔。新来的男人冷冷地盯着他，仿佛要记住这张脸一般。让-皮埃尔也同样盯着对方。这个男人身材魁梧，肩膀宽阔，一看就是个橄榄球运动员。他脸侧的头发很长，不过头顶的却很稀疏，胡须也下垂着。此人身穿一件绿色灯芯绒夹克衫，袖筒上还裂了条口子。过了几秒钟，他点点头，然后走了出去。

勒布隆德关上门，坐在桌前："出事了，很严重。"

看来不是关于简，让-皮埃尔想，谢天谢地！

勒布隆德说："你的朋友中有一个是中央情报局的人。"

"我的天！"让-皮埃尔叫道。

"这还不是最麻烦的，"勒布隆德生气地说道，"朋友当中有个美国间谍，这也没什么奇怪的。这就像还可能有以色列间谍、南非间谍和法国间谍一样。如果这些人不会潜入青年政治激进分子当中，那又有何相干？当然，我们也有一个。"

"谁？"

"你。"

"哦！"让-皮埃尔吓了一跳：他从没把自己当作一个真正的间谍。然而"以一个秘密的身份更好地为组织效力"还能有什么其他意思？"那个中情局的探员是谁？"

"一个叫埃利斯·塞勒的人。"

让-皮埃尔惊讶得站起来。"埃利斯？"

"你认识他？很好。"

"埃利斯是中情局间谍？"

"坐下。"勒布隆德平静地说，"他的身份并不是问题，而是他的所作所为。"

让-皮埃尔心想：如果被简发现，她会像丢烫手山芋一样把埃利斯甩掉。他们会允许我告诉她吗？如果不行，简自己会发现吗？她会相信吗？埃利斯会否认吗？

勒布隆德正开口说话。让-皮埃尔迫使自己集中精力听下去。

"麻烦在于埃利斯设了一个陷阱，还抓到一个对我们十分有价值的人。"

"拉赫米对我们很重要？"

"不是拉赫米。"

"那是谁？"

"你不需要知道。"

"那为什么把我带来？"

"闭嘴，仔细听。"勒布隆德终于按捺不住，这也令让-皮埃尔第一次感到害怕，"当然，我没见过你的朋友埃利斯。遗憾的是，拉乌尔也没见过。所以我们两人都不清楚他的长相。但你则不然，所以才把你叫来。你知道埃利斯的住址吗？"

"知道。他在古典喜剧路一家餐厅楼上租了一间屋子。"

"从房间可以俯瞰街道吗？"

让-皮埃尔皱了皱眉。他只去过一次，埃利斯可不常请朋友到家里。

"我想可以。"

"你不确定？"

"让我想想。"他是一天夜里晚些时候去的，当时刚在索邦参加了一场电影放映，一起的还有简和另外几个人。埃利斯给大家准备了咖啡。房间很小，简坐在窗边的地板上……"没错。窗户面对街道。干吗问这个？"

"这意味着你可以传递信号。"

"我？为什么？给谁信号？"

勒布隆德一脸威胁地盯着他。

"抱歉。"让-皮埃尔说道。

勒布隆德迟疑了。再次开口时，他的语气稍稍有所缓和，然而仍是面无表情。"你正在经受烈火的洗礼。我本不想让你参与这样的……行动，因为你之前没替我们做过事。但你认识埃利斯，可以听候调遣，目前我们也没有其他认识埃利斯的人手。我们的计划如果不立即执行，便会失去作用。所以，你听好了，这个很重要。你到他家去，如果他在，就找个理由进屋。走到窗边，把身子探出窗外，确保让拉乌尔看到你。他会在街上等。"

拉乌尔像条狗一样，听到有人提到自己的名字就摇头晃脑。

让-皮埃尔问道："如果埃利斯不在怎么办？"

"跟他的邻居聊聊。尽量打听出他的行踪以及何时返回。如果他只是离开几分钟，或是个把小时，就等着。等他回来后，继续按刚才说的办：进屋，到窗边，让拉乌尔看见你。你在窗边出现，就表明埃利斯已经进屋——所以，不管你干什么，如果埃利斯不在，千万别到窗前去。明白吗？"

"我明白你的指示，"让-皮埃尔说，"但不明白为什么。"

"为了确认埃利斯的身份。"

"确认之后呢？"

勒布隆德给出了那个让-皮埃尔连想都不敢想的答案，他感到不寒而栗："当然是要干掉他。"

第三章

简将一块打了补丁的白布铺在埃利斯那张小桌上，然后摆了两组略有磨损的餐具。她在洗碗池下方的橱柜里找到一瓶弗勒利葡萄酒，本想马上尝尝，然而还是决定等埃利斯回来再说。她摆出酒杯、餐桌盐、胡椒粉、芥末和餐巾纸，想着要不要做饭。不，还是等埃利斯回来做吧。

她并不喜欢埃利斯房间的陈设。屋里空荡荡的，又窄又没个性。第一次来这里的时候，简吓了一跳。一直以来，她跟这个温柔活泼的成熟男人约会，还以为他住在一个能彰显他个性的地方——一间美观、舒适的公寓，有着各式讲述他丰富阅历的纪念品。然而你不会想到，住在这儿的男人居然结过婚、打过仗、吸过毒，还当过学校的橄榄球队队长。冰冷的白色墙面胡乱贴了几张海报。瓷器是旧货店淘的，炊具也是便宜洋铁铺买的。书架上的平装本诗集里没有题字，牛仔裤和汗衫就放在吱嘎作响的床下一个塑料箱里。他的成绩单在哪儿？俩男外女的相片在哪儿？他珍藏的那本《伤心旅馆》又在哪儿？还有从布隆或是尼亚加拉大瀑布带回的纪念小刀，像所有人一样迟早会从父母那里继承来的柚木色拉碗，这些东西都在哪里？这里看不到几件别具意义的物品，也没有一件东西是因其意义而非其功用而存在，整个房间看不到他的灵魂。

房间的主人显然孤僻而神秘，从不与他人分享内心的想法。一股强烈的伤感涌上心头，简渐渐意识到，埃利斯就是这样的人，跟他的房间一样，冷漠而神秘。

真是不可思议。他是那么自信，走路的时候昂首挺胸，仿佛从未惧怕过任何人。在床上他狂放不羁，能够自如地将欲望宣泄。他毫无顾忌，说话办事不会有丝毫紧张、犹豫或羞怯。简从没见过这样的人。然而，已经有太多次——在床上、在餐馆，或是走在街上，当自己与他一同欢笑，倾听他讲话，观察他沉思时眼角泛起的皱纹，或者是拥抱他温暖的身体时，却发现埃利斯已温存不再。此时的他变得不再充满怜爱、不再风趣，既不体贴也没有风度，更没有同情心。他让简感觉被排除在外，像一个陌路人，一个闯入他内心世界的入侵者。那种心情真如乌云遮日一般。

简非常清楚，自己不得不离开埃利斯。她疯狂地爱着这个男人，而对方却似乎无法给自己相同的回应。他已经三十三岁了，如果到现在还没有学会如何与人亲密交往，那他可能永远都学不会了。她坐在沙发上开始读《观察家报》，那是在来这里的路上从拉斯帕伊大道的一处国际报刊亭购买的。头版是一条来自阿富汗的报道。去那里忘掉埃利斯，应该是个不错的选择。

她立刻喜欢上了这个主意。虽然她热爱巴黎，她的工作也很多姿多彩，但她想要的还很多：阅历，冒险，以及为自由奋力一搏的机会。她并不畏惧。让-皮埃尔说医生被认为太宝贵，不应该送到战区去。在那里，得冒着被散弹击中或是陷入交火区的危险，不过这与在巴黎被一辆摩托撞倒的概率也差不了多少。她对阿富汗反抗军的生活充满好奇。"他们吃什么？"她问让-皮埃尔，"他们穿什么？住帐篷吗？有冲水马桶吗？"

"没有马桶。"他答道，"那里没有电源，没有公路，没有红酒、轿车、中央供暖、牙医、邮差、电话、餐馆、广告、可口可乐、天气预报、股市行情、室内装潢师、社工、口红、卫生棉条、时尚、晚宴派对、出租车，全都没有，更没有公交排队……"

"行了！"简打断他：他可以滔滔不绝说上几个钟头。"公交和出租车总是有的吧。"

"农村没有。我要去的地区叫作'五狮谷'，位于喜马拉雅的丘陵地带，是反抗军占领的一处要塞。即使是被苏联人轰炸前，那里也十分落后。"

简十分确定，没有抽水马桶、口红或者天气预报，她也可以过得很好。她怀疑即使是在战区之外，让-皮埃尔也低估了阿富汗的危险；然而这并未使她却步。她妈妈当然会气得发疯；而她父亲——如果他还活着，则一定会说："祝你好运，杰妮[1]。"他懂得在有生之年做些有意义的事是何等重要。虽然他是一名出色的医生，但却没赚过多少钱，因为无论他们在何处生活——拿索、开罗、新加坡，最长是在罗德岛——他总是免费为穷人诊治，大家纷纷来找他，花得起钱看病的反而被吓跑了。

阶前的一个足球打断了她的遐思。她发现自己根本没读进几行字。她支棱起脑袋仔细倾听着。似乎不是埃利斯的脚步声。不过确实有人敲门。

简放下报纸把门打开。门口站着让-皮埃尔。他跟她一样意

---

① 杰妮（Janey）是简（Jane）的昵称。

外。沉默中两人你看我，我看你，过了一会儿，简问："你一脸内疚。我也是吗？"

"没错。"他说着咧嘴笑笑。

"刚才还想到你呢。请进。"

他走进屋里，四下张望着："埃利斯不在？"

"我在等他，应该快回来了。坐吧。"

让-皮埃尔修长的身体坐在沙发上。简不止一次在想，让-皮埃尔也许是她见过最美的男子。他脸形匀称，堪称完美，高高的前额，鼻子坚挺，凸显出高贵，一双水汪汪的棕色眼睛，丰满的嘴唇隐约藏在茂盛的深棕泛褐色的胡须之下。他的衣服算不得高档，但都经过精心挑选，而且都在不经意间被他诠释得十分优雅，这一点让简十分羡慕。

简很喜欢他。他最大的缺点是自恃过高。不过在这方面他倒也十分天真，像个喜欢夸耀的孩子，让人生不起气来。她欣赏让-皮埃尔的理想主义，以及他为医学事业的奉献。他魅力四射，而且有着疯狂的想象力，有时甚至显得有些滑稽：受到什么荒唐事的启发——也许仅仅是说漏了嘴，他也会有滋有味地自问自答，有时甚至可以持续十几分钟。若是有人引述萨特对足球的看法，让-皮埃尔便会立刻化身存在主义哲学评论员，现场解说一场足球比赛，逗得简直不起腰。人们说，在绝望之时，让-皮埃尔也会倒向另一个极端，然而简从来没有见识过那一面。

"来尝尝埃利斯的酒。"简说着拿起桌上的酒瓶。

"不了，谢谢。"

"怎么，你已经开始预习如何在伊斯兰国家生活了？"

"那倒不是。"

他看上去神色凝重。"怎么了？"简问。

"我得跟你好好谈谈。"他说道。

"三天前已经谈过了，还记得吗？"简说得毫不客气，"你让我离开男朋友，跟你一起去阿富汗——恐怕很少会有女孩子能够拒绝。"

"我说正经的呢。"

"好吧，我还没想好。"

"简，我发现了埃利斯不为人知的阴暗面。"

简若有所思地看着他。他要说什么？要编个故事，说个谎话，好说服自己跟他走吗？应该不是。

"好吧，是什么？"

"你看到的并不是他的真面目。"

他看起来完全是在危言耸听。"别搞得像个殡仪执事一样，你到底什么意思？"

"他不是个身无分文的诗人。他为美国政府卖命。"

简皱起眉头。"为美国政府卖命？"她的第一反应是让–皮埃尔颠倒了始末，"他教一些法国人说英文，那些学生中有人在为美国政府工作。"

"我不是那个意思。他一直在监视激进团体。埃利斯是个特工，为中情局工作。"

简忍不住笑出声来。"这也太离谱了！你以为这样我就会离开他吗？"

"是真的，简。"

"不可能。埃利斯不可能是间谍。难道我会不知道吗？我们两个基本上一起生活，已经一年了！"

"但并不是真正一起生活，对吧？"

"那也没什么分别。我了解他。"话一出口，简不禁想：这样一来，很多事就说得通了。她并非真正了解埃利斯，但至少可以确定，他不是个卑鄙下流的坏蛋。

"全城都传开了。"让–皮埃尔道，"拉赫米·乔斯贡今早被捕，大家都说这是埃利斯的错。"

"拉赫米为什么会被抓？"

让–皮埃尔耸耸肩："肯定是因为颠覆政权。总之，拉乌尔·克莱蒙特满城找他，有人要找他报仇。"

"哦，让–皮埃尔，这太可笑了。"简说。她忽然觉得浑身发热，说着走过去将窗子打开。朝街上一看，埃利斯的一头金发刚刚闪进前门。"喏，"她对让–皮埃尔说，"他回来了。你得把刚刚讲过的荒唐事再给他重复一遍。"说着，她听到楼梯上响起了埃利斯的脚步声。

大门打开，埃利斯走了进去。

他看起来兴高采烈，仿佛带回来的尽是好消息。看着那张圆润的笑脸，还有那受了伤的鼻子和摄人心魄的蓝眼睛，简的心中立即泛起一阵内疚——之前她还在跟让–皮埃尔调情。

埃利斯在门口停住脚步，看到让–皮埃尔也在这里，多少有些意外。他的笑容有所收敛："你们好。"他说着将身后的门锁上，这是他一直以来的习惯。简一直觉得这么做很古怪，但现在看来完全像是间谍的作风。她努力不去想那些。

让–皮埃尔率先开口："他们盯上你了，埃利斯。你已经暴露，他们在追杀你。"

简看看他们两个。让–皮埃尔比埃利斯高，但埃利斯肩膀宽阔，胸前也很结实。两人盯着彼此，活像两只彼此打量的猫。

简伸出双臂抱住埃利斯，内疚地吻了吻他，说道："让-皮埃尔讲了个极其荒谬的故事，说你是中情局的间谍。"

让-皮埃尔将身子探出窗外，扫视楼下的街面，然后转回身面对埃利斯："告诉她吧。"

"你哪来的这种想法？"埃利斯问他。

"全城都传开了。"

"那你究竟是从谁那听来的？"埃利斯生硬地道。

"拉乌尔·克莱蒙特。"

埃利斯点点头，用英语说道："简，坐下来好吗？"

"我不想坐下。"她生气地说。

"我有话对你说。"他道。

这不会是真的，不可能。简心中一阵恐慌，直逼咽喉。"那就说吧，"她说，"别总是让我坐下！"

埃利斯瞟了一眼让-皮埃尔，用法语问道："可否回避一下？"

简开始感到生气："你到底想说什么？为什么不直接说让-皮埃尔是错的？告诉我，埃利斯，说你不是间谍，我快要疯了！"

"事情没那么简单。"埃利斯说。

"简单得很！"她再也无法抑制声音里的情绪，"他说你是个间谍，说你为美国政府卖命；还说自我们认识起，你便一直无耻地对我说谎，背叛我。是真的吗？说啊！"

埃利斯叹了口气："我想是真的。"

简感到自己就快要炸开了。"你这个浑蛋！"她叫道，"你这个该死的浑蛋！"

埃利斯的表情凝固着，如同石头一般。"我本想今天告诉你的。"

敲门声响起，两人都没有理会。"你一直监视着我，还有我的朋友们！"简大喊道，"我真是惭愧！"

"我在这里的工作已经完成，"埃利斯说，"再也不用对你撒谎了。"

"你也没机会撒谎了。我再也不想见到你。"

敲门声再次响起，让-皮埃尔用法语道："门外有人。"

埃利斯说："不想见我，这不是你的真心话。"

"你还是不明白吗？你的所作所为，对我造成了怎样的伤害。"她道。

让-皮埃尔说："看在上帝的分上，去把那该死的门打开！"

简嗫嚅道："上帝啊。"说着朝门口走去，将门打开。面前站着一个身材魁梧、肩膀宽阔的男人，身着一件绿色灯芯绒夹克，袖子上还有一道口子。简从未见过他。她问道："你究竟有什么事？"紧接着她看到，对方手里有支枪。

接下来的几秒钟似乎过得异常之慢。

一瞬间简意识到，如果真被让-皮埃尔说中，埃利斯是个间谍的话，那很可能正如他所说，有人想找埃利斯报仇。而在埃利斯那个不为人知的间谍世界中，"报仇"很可能意味着带枪的杀手来砸门。

她张开嘴巴，仿佛要尖叫出声。

陌生男人迟疑了片刻。他看起来有些意外，似乎没预料到开门的是个女人。他看看简，再看看让-皮埃尔，目光又回到简身上：他清楚，让-皮埃尔不是他的目标。但他还是有些疑惑，因为埃利斯不在场。而此时，埃利斯正躲在半开半掩的门边。

简没有尖叫，她用力想将门关上。

就在她将门用力甩向持枪男人之时，对方也看出了她的用意，并伸出一只脚把门缝卡住。门打在他的鞋上，弹了回去。然而在向前迈步时，他不得已伸展双臂以保持平衡。现在，他的枪指着天花板的一角。

他想杀埃利斯，简意识到。他想杀埃利斯。

她一下子扑到枪手身上，举起拳头猛击对方面部。猛然间，即使她恨埃利斯，也不希望他没命。

不到一秒的时间，杀手便回过神来。他伸出一只粗壮的胳膊，把简甩在一旁。她重重地坐在地上，脊椎的下端一片淤青。

她清楚地看到接下来发生的事。

那只将她甩开的胳膊再次来袭，将门大大地甩开。他挥舞着持枪的那条手臂，埃利斯高高地擎着一只酒瓶冲向他。瓶子落下的一瞬间，子弹射出。瓶子的碎裂声与枪声同时响起。

简满脸惊恐地盯着两个男人。

枪手倒地，埃利斯依然站着。她这才意识到，子弹打偏了。

埃利斯弯下腰，从陌生男子手里把枪拿走。

简吃力地站起身。

"你没事吧？"埃利斯问。

"还没死。"她说。

他转头问让-皮埃尔："街上还有几个？"

让-皮埃尔朝窗外扫了一眼："街上没人。"

埃利斯一脸诧异："他们肯定藏起来了。"他把枪装进口袋，走向书架，"退后。"说着他把书架扳倒在地。

书架后是一扇暗门。

他许久看着简，仿佛有话要说却找不到合适的措辞。紧接着，他跨入门中，不见了踪影。

过了一会儿，简徐徐来到暗门前，朝里看了看。里面还有另一个套间，没什么家具，而且落满灰尘，仿佛已经一年没有人住过。一扇门大敞着，门外是一段楼梯。

她回头看看埃利斯的房间。枪手倒在地上，身下是一摊红酒。就在这间屋里，他想杀埃利斯：一切都变得如此不真实。一切都是那样不真实：埃利斯是间谍，而让-皮埃尔也知道；拉赫米被捕；埃利斯家有一条逃生通道……

他走了。就在几秒钟前，她还对他说"我再也不想见到你"，看来愿望实现了。

她听到楼梯上响起脚步声。

她将目光从枪手身上移开，看了看让-皮埃尔。他也是一脸震惊。过了一会儿，他穿过房间向她走来，伸出双臂将她抱住。她倒在他的肩膀上，泪流满面。

Part 2
1982年

第四章

那条河流自冰线而下，冰冷、清冽，急速流淌。它奔腾着穿过沟壑，激越着流经麦田，奔向遥远的低地，声响震彻整座山谷。快一年了，这个声音始终在简的耳边回响——偶尔在她洗澡时，或是走在村庄间那条蜿蜒的崖边小路上时，那声音有时会突然变得很大；而有时却十分轻柔，正如现在，她站在高高的山坡上，而五狮河只在远处闪着波光，潺潺低语。等离开谷地，寂静再次令她惶恐不安。她想，这就像是住在城里的人突然来到乡村度假，想必会对这份过度的寂静难以消受，陷入无眠吧。听着听着，她觉察到了什么，新近听到的声响让她转过头来辨析出刚才就有的某种声音。河水的奔流声中响起低沉的螺旋桨飞机的声音。

简睁开眼睛。是一架安东诺夫——专司捕杀、缓慢移动的侦察机。这不断的轰鸣声只是一阵前奏，很快，速度更快、声响更大的喷气式飞机便将接踵而至，并展开一场轰炸。她坐起来，忧虑地望着山谷。

这里是她秘密的避难所——崖路中段一处宽阔、平坦的空地。在她头顶，悬垂的岩壁与植物是她绝佳的掩护，同时还不会遮挡阳光。这个地方，除非是登山的人，否则肯定爬不上来。脚下，那条往来之路多岩而陡峭，几乎寸草不生：如果有人在此攀爬，简肯定会有所察觉。反正也不会有人到这儿来。她自己也是从大路下来随便转悠时才发现了这里。这处私密之地对她极其重要，因为在这里，她可以脱去衣服，沐浴在阳光之下，而阿富汗人则是谦卑守旧，如修女一般。如果被人看见她赤身裸体躺在这里，她早就被私刑处死了。

在她右侧是尘土飞扬的陡峭山坡。往下走，坡度在接近河流的位置逐渐趋缓，旁边便是班达村。五六十户房屋建在不甚平坦的沙石地上，这样的土地根本无法耕种。房屋由灰色的石块与泥砖盖成，每栋房子都将紧实的泥土铺在草垫之上，形成一个平坦的屋顶。一座小清真寺旁是一片残破的屋群：两个月前，苏联的轰炸机恰恰命中此处。简可以清晰地看到这个村子，不过真要跋涉过去怎么也要二十分钟。她扫视着一片片屋顶、一处处墙围的庭院和一条条泥泞的小路，想找到几个流浪的孩子，但幸好没有看到——班达村在骄阳与蓝天下一片荒凉。

在她左侧，山谷豁然开朗。多石的土地上满是弹坑，低处的山坡上，多处古台的墙面已经倒塌。小麦已经成熟，然而却无人收割。

越过田野，山谷远处的峭壁脚下，流淌着五狮河。它时深时浅，时而宽阔，时而狭窄，但总是奔涌向前，激石无数。简观察着河流：没有女人在河里洗澡或洗衣服，没有孩子在浅水中嬉戏，也没有男人牵着骡马涉过浅滩。

简在思忖着要不要穿上衣服，离开避难之地继续爬到更高的洞穴去。村民们就住在那里。在地里辛苦劳作一夜的男人们在那里熟睡，女人们在那里做饭，同时照管孩子，不让他们乱跑。牛围在栏里，羊被拴着，几只狗为一点零星之物相互撕咬着。她在那里会很安全，因为苏联人炸村子，但不会跑到山坡上来。不过炸弹偏离的可能总是有的。山洞可以保护她，可如果一个炸弹正直飞过来，那也就回天乏术了。

还没等她拿定主意，便听到一阵飞机轰鸣。她眯起眼睛朝太阳的方向看去。一架架飞机声震山谷，淹没了河流的声响。飞机越过头顶，向东北飞去。它们飞得很高，但看得出在渐渐下降。一、二、三、四，四架银翼杀手——这就是人类智慧成就的巅峰，专门用以屠杀目不识丁的农民，摧毁泥屋，而后以700英里的时速呼啸而归。

很快它们便消失了。班达村今日躲过一劫。慢慢地，简放松下来。这些飞机令她害怕。去年夏天，班达村全然没有遭受任何轰炸袭击，而五狮谷也在冬天得以喘息。然而，这个春天它们卷土重来，班达村多次受袭，其中一次还是在村子中心。从那时起，简就对这些轰炸机厌恶至极。

村民的勇气简直不可思议。每个人家都在山洞里有另一处栖息之所，每天清晨，大家爬上山洞，在那里度过整个白天，黄昏时再返回平地，因为晚上不会发生轰炸。由于白天在地里干活不安全，男人们都是晚上做农活儿——至少上了岁数的人是这样，因为年轻人大多数都不在这里，都跑到山谷南边或者更远的地方去打苏联人了。据让-皮埃尔从游击队那里听来的消息，今年各个反抗军据点所发生的轰炸比以往任何时候都要多。如果阿富汗其他地方的人能像五狮谷的居民那样，也许还能活下去：在碎石废墟上搜罗几件值钱的家当，把毁了的菜园继续种上，照顾伤患，掩埋死者，把年幼的男孩送去参加游击队。苏联人永远也无法打败这样的人民，简想，除非他们把这里全然炸成放射性沙漠。

至于反抗军能不能打赢苏联人，那就是另一回事了。他们英勇善战，无法抑制，已经将农村地区基本掌控。然而，不同的派系之间水火不相容，互相仇视的程度不亚于针对入侵者。而手中的步枪面对喷气式轰炸机和装甲直升机则显得无能为力。

她努力不去想战争的事。现在正值酷热之时，应该午休，她应该安安静静地放松一下。她把手伸进山羊皮的包里，拿出纯净的黄油，一面按摩她大肚子上紧致的肌肤，一面想自己怎么会如此愚蠢，居然在阿富汗怀上了孩子。

来到阿富汗时，她带了足够吃两年的避孕药、一个子宫帽，还有整整一箱的杀精啫喱。尽管如此，几周后，经期刚过，她先是忘记重新开始服药，接着又忘记把子宫帽戴上，而且不止一次。"你怎么会犯这种错误？"让-皮埃尔吼道，而她无言以对。

然而现在，她愉快地挺着大肚子沐浴在阳光下，乳房略微肿胀，背痛也不曾减退。她才意识到原来这个错误当中也有刻意的因素，仿佛一场无心的"小阴谋"。她想要个孩子，她也明白让-皮埃尔对此毫无兴趣，所以也只能借助"偶然"之力了。

为什么我这么想要孩子？她问自己，答案意外显现，因为孤独。

"真是这样吗？"她自言自语道。太具讽刺意味了。在巴黎，即便是一个人生活，一个人逛街，对着镜子自言自语，她也从未感到孤单。然而等到结了婚，每夜同丈夫同床共枕，白天多数时候也是并肩工作，她却觉得自己是孤身一人，因而感到惶恐与孤单。

动身来阿富汗前不久，他们在巴黎结了婚。作为冒险的一个部分，这样做貌似也顺理成章：新的挑战、新的风险、新的刺激。说他们多么幸福、多么般配、多么勇敢、多么相爱，这话不假。

无疑是她抱的期望太高了。她期待着与让-皮埃尔如胶似漆，你侬我侬；满心以为会了解对方的童年初恋，了解他真正的恐惧，问问他男人是否真的在撒尿后把最后的几滴甩掉完事。而她也会给丈夫讲讲常年酗酒的父亲、被黑人强暴的性幻想，以及自己在焦虑之时如何喜欢吮拇指。然而让-皮埃尔似乎认为，他们的婚后关系与婚前不应有任何区别。他对她彬彬有礼，一脸暴躁的样子逗得简哈哈大笑，沮丧之时无助地倒在她臂弯里。他与她探讨政治与战争。他们每周做一次爱，那瘦削而年轻的躯体，一双外科医生敏感而细腻的双手，技巧娴熟而老到。无论从哪一方面，让-皮埃尔对待简的方式都更像是一位贴心的男友，而非丈夫。她还是不敢同他说些冒傻气的尴尬事，比如某顶帽子是否让自己的鼻子显得过长，以及她仍然为将红墨水洒在家里客厅地毯上而挨打的事耿耿于怀。而事实上，那件事的"罪魁祸首"其实是姐姐波琳。她很想找个人问问：婚姻应该是这样吗？还是说，以后会慢慢好转？然而她的亲人和朋友都远在千里之外，当地的阿富汗妇女又觉得她对婚姻的期许简直是异想天开。她努力克制自己，不对让-皮埃尔流露她的失望与不满，一方面是她抱怨的事情都是如此含糊，另一方面她也害怕听到对方的回答。

回头想想，原来要孩子的想法早已在她心中悄然生根——在她与埃利斯·塞勒约会之时就已萌芽。那年，她坐飞机从巴黎到伦敦参加姐姐波琳第三个孩子的洗礼。一般她不会这样，因为她不喜欢这种正儿八经的家庭聚会。她甚至还帮同楼的一对夫妇看护孩子。这家的丈夫是一位古董商，妻子是位贵妇。每次孩子哭闹时，简都要抱起来哄哄他，那也是简最为享受的时刻。

然而现在，在阿富汗的山谷里，简的职责是鼓励当地妇女将自己的孩子相互隔开，以保护身体较为健康的孩子。但即使是最为穷困和拥挤的家庭，都会以喜悦之情迎接每一个新生命的到来。简发现，自己对那份喜悦也能感同身受。于是，孤独感与天生的母性战胜了理智。

　　她是否曾意识到，自己在潜意识中正试图怀孕，哪怕只有转瞬即逝的一刻？让-皮埃尔每次进入她的身体时，都优雅而温存，如航船入港一般，而她也用双臂紧紧拥着他的躯体；或是在他高潮来到前的那一刻，他紧闭双眼，仿佛退出了幽深之地，沉迷于自我的狂喜之中，如同一架飞船坠入烈日；或是欢爱过后，当她在幸福中迷离入睡，而那生命的种子仍带着余温留在体内……这些时刻，她是否曾经想过，自己也许会有一个孩子？"我想过吗？"她出声自言自语道。然而，一想到欢爱之事，她顿感欲火上身，于是用一双油滑的双手尽情爱抚着自己，全然忘记了思索的问题，任由模糊迷离的激情画面充斥脑海。

　　飞机的轰鸣声猛地将她带回现实。随着另外四架轰炸机在山谷上空升起、消失，她目瞪口呆，惊恐万状。当响声渐渐消失，她试着继续，却已是意趣尽失。她一动不动地躺在烈日之下，想着腹中的孩子。

　　听到她怀孕的消息，让-皮埃尔的反应就仿佛这全然是简精心策划的一起阴谋。他大发雷霆，甚至想立刻亲手实施流产。简对他的这一想法感到毛骨悚然。突然间，让-皮埃尔仿佛变成了一个陌生人。然而，最让人难以忍受的，却是那种被爱人拒绝的感觉。一想到自己的丈夫拒绝接受自己的孩子，她就感到无比凄凉。让-皮埃尔甚至拒绝碰她，这让她更感孤寂。有生以来，她第一次感到如此悲惨。她头一次明白了为什么有人会自杀。拒绝身体的接触是最大的折磨——简迫切地渴望着被碰触的感觉，甚至希望让-皮埃尔打她，那样都好过这种冷淡。一想到那些日子，她仍觉得耿耿于怀，尽管她心里清楚，这一切都是自己一手造成的。

之后的一天早上，他伸出双臂搂住她，为自己的行为向她道歉。尽管心中也有一个声音在说："道歉是不够的，你这个浑蛋。"然而其余的部分依旧迫切渴望着他的爱，她立刻原谅了他。让-皮埃尔解释说，光是担心失去她就已经让自己担惊受怕了，如果她再怀了孕，那自己更是会坐卧不宁，生怕会将母子两人一同失去。一番话说得简声泪俱下，她意识到，怀孕意味着她已将自己完全交付给了让-皮埃尔。同时她也下定决心，无论如何，自己都会努力维系这段婚姻。

自此之后，让-皮埃尔的态度缓和了许多。他开始关心渐渐成长的胎儿，对于简的健康和安全也十分紧张，俨然一副准爸爸的架势。简觉得他们的婚姻虽不算完美，但也算一种幸福的结合。她憧憬着那个理想的未来：社会主义政权之下的法国，让-皮埃尔成为卫生部长，自己也成为欧洲议会的成员，膝下三个聪明伶俐的子女，一个就读于索邦，一个在伦敦政治经济学院，还有一个在纽约的艺术高中表演。

幻想中，年龄最长，同时也最为聪慧的孩子是个女孩。简摸摸她的大肚子，用指头轻柔地摁压，感受着胎儿的形状：根据村子里老接生婆拉比亚·古尔的说法，这应该是个女孩，因为能感觉到，胎儿的位置靠左，而男胎的位置长得较为靠右。据此，拉比亚制定出了一份素食谱。要是个男孩儿，她则会建议多吃些肉。在阿富汗，男孩子在出生前就比女孩子吃得好。

突然一声巨响打断了简的思绪。一时间她没缓过神来，还以为这爆炸声来自几分钟前刚刚飞过头顶的轰炸机，以为它们是要到别的村子轰炸。紧接着，她听到附近有孩子持续而高声的尖叫，那声音如此痛苦而恐慌。

她立刻意识到是怎么回事：苏联人借用了美国人在越南战场使用的伎俩，在村庄里布满了反步兵地雷。表面上是想截断游击队的供给线；可既然所谓的"游击队供给线"是老人、孩子和动物们日常来往的山路，这些地雷真正的目的则是制造赤裸裸的恐慌。那声尖叫意味着，一个孩子引爆了地雷。

简连忙起身。那声音似乎来自毛拉①家附近。这位毛拉的家位于村庄外约半英里②处的坡道上。它就在简所处位置左侧的远处，一片地势较低的地方，她刚好可以看到。她蹬上鞋，抓起衣服朝那个方向跑去。刚才那声持续的尖叫声已经消失，取而代之的是一连串短促的叫喊：在简听来，貌似孩子看到了炸弹对自己的身体所造成的伤害，直吓得高声尖叫。穿梭在粗糙的灌木丛中，简发现自己也是惊慌万分——痛苦中孩子的尖叫声原来是如此令人揪心。"冷静点。"她气喘吁吁地对自己说。如果自己摔倒了，没人能帮忙不说，还得伤着两条命；再说，如果大人也慌了，对于惊慌中的孩子更是毫无帮助。

她离得不远了。孩子应该藏在树丛中，而不在小路上。每次路上有地雷，男人们都会清理掉。不过要将山坡上所有的道路都清理一遍也不现实。

---

① 毛拉：阿拉伯语音译，原意为"保护者""主人""主子"，显示有文化、受人尊敬的身份。
② 1英里约为1.6千米。

简停下来侧耳倾听。她的喘息声太重，以至于必须屏住呼吸才能听真切。尖叫声来自于一处长着骆驼草和杜松的矮丛。她拨开丛丛灌木，隐约瞥见一块亮蓝色的外衣。这孩子一定是穆萨——游击队领袖之一穆罕默德·汗九岁的儿子。不一会儿简便来到孩子身边。

他跪在满是尘土的地面上，显然刚才试图捡起地雷。爆炸中他失去了一只手。现在，他二目圆睁，盯着血肉模糊的断肢，直吓得高声尖叫。

过去这一年中，简目睹了无数伤残。然而眼前这个可怜的孩子仍让她顿生怜悯。"哦，上帝啊，"她说，"可怜的孩子。"说着，简在他面前跪下来，抱着他，低声安慰着。过了一会儿，孩子停止了尖叫。她希望穆萨能哭出声来，然而他惊魂未定，恍惚中一言不发。抱着孩子的同时，简寻找到他腋窝下的止血点，阻止鲜血继续涌出。

她需要穆萨的协助，必须让他开口才行。"穆萨，究竟怎么回事？"简用达里语问道。

他没有回答。简又问了一遍。

"我以为……"想到那一幕，穆萨睁大了眼睛，尖声高叫着，"我以为那是一颗球！"

"嘘……嘘……"简低声安抚着，"告诉我你做了什么。"

"我把它捡起来！捡起来！"

她把穆萨抱得紧紧地，一边抚慰一边问："然后呢？"

孩子的声音仍在颤抖，但已停止了狂叫。"接着就'砰'的一声。"穆萨很快冷静下来。

简抓起孩子的右手，将其置于他左臂之下。"按住我按着的地方。"说着，她将孩子的小指头放到止血处，然后挪开了自己的手。鲜血再次从伤口流出，简告诉他："用力压住。"穆萨照做，血流止住了。简亲亲他的前额，那里又湿又冷。

她的一团衣服就撂在穆萨身边的地上。那些衣服跟阿富汗妇女穿的并无分别：纯棉长裤，外罩布袋形的长裙。简拾起裙子，将纤薄的布料撕成碎条，开始给穆萨绑止血带。穆萨看着她，眼睛睁得大大的，一声不吭。她在杜松丛中折了一段干枝，将其用作止血带的一部分。

现在，他需要伤口敷料和镇静剂，需要抗生素防止感染，同时，也需要母亲来抚慰创伤。

简穿上裤子，绑好系绳。她真希望自己刚才没急着将裙子撕碎，兴许能留下一块足够遮住上身。现在只能祈祷回洞穴的路上不会碰上什么男人。

怎样才能把穆萨送回去呢？她不想让他走路，也不能把他背在背上，因为他没法搂着她。简叹了口气，只能把他抱在怀里了。她蹲下来，一只胳膊搂住孩子的肩膀，另一只从下面搂住他的大腿将他抱起。这种膝盖发力而非后背使劲的方法还是女性健身课程上学来的。简把孩子抱在胸前，开始慢步朝山上走，穆萨的后背靠在自己隆起的小腹上。这孩子成天忍饥挨饿，所以简才抱得动他。如若换作一个健康的九岁欧洲孩子则肯定抱不动。

很快她便出了灌木丛，来到小路上。然而刚走了四五十码，简就开始觉得吃力。过去的几周里她发现自己很容易疲劳，这让她恼火，不过她已经懂得不去抗争。她将穆萨放下，站在他身边，轻轻地搂着他，同时靠在山路一侧的崖壁上休息。穆萨已经十分虚弱，木然中一语不发。比起尖叫，他的沉默更令简忧虑。

倦意稍有减退，简立刻抱起孩子，继续前行。

十五分钟后，当她正在靠近山顶的地方休息，一个男人出现在前方的路上。简认出了他。"哦，不。"她用英语说道，"怎么偏偏碰上阿卜杜拉。"

阿卜杜拉是个小个子男人，大概五十五岁。尽管当地食物稀缺，此人却养得胖墩墩的。他裹着褐色的头巾，黑色的肥腿裤来回抖动着，上身是一件多色棱纹毛衫，外面罩着蓝色的直条纹双襟大衣——仿佛那件衣服之前被伦敦某位股票经纪人穿过一样。一脸浓密的胡子被染成了红色：他是班达的毛拉。

阿卜杜拉信不过外国人，他鄙视女性，对所有推行异域医术的人也是心怀敌意。这三点在简身上全都满足，所以她根本不可能赢得阿卜杜拉的一丝好感。不仅如此，山谷里很多人发现，从简那里领来的抗生素治疗感染更为有效，比阿卜杜拉用藏红花水点刷过的纸片烧出的烟吸来得强多了。毛拉亏了钱，对于简的仇恨也就越来越深。他叫简"西方婊子"，以此泄愤。不过除此之外，也很难实施其他报复手段。因为她和让–皮埃尔处于艾哈迈德·沙·马苏德的保护之下。马苏德是游击队领袖。即使是毛拉，对于这样的英雄人物也不能不有所顾忌。

看到简，阿卜杜拉停下脚步，呆站在路上。他一脸难以置信的神情，平日里那张冷峻的面孔僵硬得如同一张滑稽的面具。碰上这种人实在是倒霉至极。要是换作村里其他男人，看到她赤裸着上身，兴许会感到尴尬，甚至会觉得受到冒犯，而阿卜杜拉则会大发雷霆。

简决定硬着头皮迎上去。她用达里语说道："愿安宁与你同在。"人们之间较为正式的问候中，往往以这句开头。这种寒暄有时会持续一阵，而阿卜杜拉并没有像其他人一样，回应一句"也愿与你同在"，而是张开血盆大口用达里语高声咒骂，其中不乏"妓女""流氓""勾引小孩的荡妇"这样的词语。他气得脸色发紫，怒冲冲走到她近前，举起了手杖。

这太过分了。简指了指站在身边的穆萨，由于失血过多，虚弱与痛苦之中的他已经神情恍惚。"看看！"她朝阿卜杜拉喊道，"你没看到吗……"

然而愤怒已经蒙蔽了阿卜杜拉的双眼。没等简把话说完，他便举起棍子，朝着她的头顶就是用力一击。疼痛与愤怒中，简厉声大叫。她没想到疼痛居然会如此强烈。阿卜杜拉居然会做出这样的事，这让她忍无可忍。

他还是没意识到穆萨受了伤。这位毛拉厉眼盯着简的前胸。一瞬间，简意识到：对于阿卜杜拉来说，光天化日之下，看见一个怀有身孕的西方白人女子袒胸露乳，眼前充斥着如此多的性诱惑，他肯定会气得火冒三丈。这可不是教训不听话的老婆，打个一棍子两棍子就能了事。此时的阿卜杜拉已心怀杀机。

瞬时间，简的心中充满了恐惧——为自己，为穆萨，也为她尚未出生的孩子。她蹒跚着后退几步，让他够不着自己。然而对方上前几步，再次举起了棍子。突然，简急中生智，跳到他面前，伸出手指抠住他的双眼。

阿卜杜拉像一头受伤的公牛般咆哮着。疼痛还在其次，一个被他打的女人居然胆敢还手，这让他气急败坏。趁他不备，简用双手揪住他的胡子用力一拽。阿卜杜拉向前一倒，摔在地上。他顺着山坡滚下去几码，倒在一丛矮柳当中。

简心想：上帝啊，我干了什么？！

看看眼前这位传教者：他傲慢无礼、暴躁狠毒，如今又受了奇耻大辱，简知道，对方一定会怀恨在心。他兴许会找"白胡子"——也就是村里的长老们告状；兴许会找到马苏德，要求将所有的外国医生全部赶回老家；甚至可能煽动班达的男人们将简乱石投死。然而就在此时，她转念一想：不管是哪一种申诉，阿卜杜拉都必须将他那些无耻的行为仔仔细细讲讲清楚，这样一来便肯定会遭到村里人的耻笑——阿富汗人的冷酷是出了名的。兴许她能够逃过一劫。

简转过身。她还有更重要的事情要操心。穆萨依旧站在原地，一语不发，面无表情。他受了严重的惊吓，已经无法理解眼前发生的事情。简深吸一口气，抱起他继续前行。

没走几步他们便来到山顶。路渐渐平缓，简也能加快脚步。她穿过乱石丛生的高地。此时的她筋疲力尽，背也疼痛起来，然而就快到了：洞穴就在山岩之下。到达较远一侧的山脊处时她转而下行，此时听到了小孩子的声音。不一会儿，她看到一群六七岁的孩子正在玩"天堂地狱"——一个抓脚趾的游戏：如果你能抓着自己的脚趾不放，另外两个孩子便会把你抬上"天堂"；如果放了手，就会被扔下"地狱"（一般是茅坑或者垃圾堆）。穆萨以后再也不能玩这个游戏了，想到这里，一股悲戚感涌上简的心头。在她经过时，孩子们也注意到了她，纷纷停下玩耍望着她。其中一个小声说道："是穆萨。"接着，另一个孩子也重复着这个名字，紧接着沉默被打破，孩子们一拥而上跑在简的前面，叫喊着通报消息。

班达村民日间的藏身处好似游牧部落在沙漠中的营地：地上满是灰尘，午间骄阳似火，灶火余烟未尽……随处可见头巾围裹的女人和脏兮兮的孩子。简穿过洞穴前的一方平地。妇女们已经开始在最大的洞穴里聚集——简和让-皮埃尔的诊所就设在那里。听到外面的骚动，让-皮埃尔连忙出来。简将穆萨交给他，用法语说道："是地雷。他失去了一只手。把你的衬衣给我。"

让-皮埃尔将穆萨抱入洞中，放在地毯上——那是他的检查台。在为孩子诊治之前，他迅速脱下褪了色的卡其色衬衫，让简穿上。

简感到有点头晕。她本想走到洞里，找个凉快点的地方坐下休息。然后没走几步她就改变主意，立即倒身坐下。让-皮埃尔说："给我几块纱布。"她没理会。穆萨的母亲哈利玛急匆匆跑进洞里，看到自己儿子的惨状，不禁失声尖叫起来。我该劝她冷静一下，简想，这样她才能安抚孩子，可为什么起不来？先闭眼歇一会儿吧，就一会儿。

黄昏降临时，简知道，孩子要出生了。

晕厥过后，她在洞里醒来。一开始，她以为是由于一路怀抱穆萨而引起的背痛。让-皮埃尔也同意，给了她一片阿司匹林，让她静躺。接生婆拉比亚来洞里看望穆萨，一脸凝重地看了简一眼，然而当时简并没有意识到问题所在。让-皮埃尔帮穆萨清理和包扎了断肢，让他服用了青霉素，还打了破伤风预防针。这样他至少不会死于感染——如果没有这些西药，他必死无疑。然而，简依然在想：这样活着对于穆萨还有什么意义——在这里，最为强壮的人想活下去都十分艰难，身患残疾的孩子往往很早便会夭亡。

下午晚些时候，让-皮埃尔准备离开。按照日程计划，明天他要在数英里之外的一个村子坐诊。出于某种原因，简一直都不甚理解：让-皮埃尔从来没有错过诊期。其实他非常清楚，在阿富汗，即便他晚上一天，甚至是一个星期，也不会有人大惊小怪。

等到他与她吻别时，简才开始意识到：一路与穆萨艰难走来，这种所谓的背痛会不会是临产的征兆？由于她没有生育经验，自己也搞不清楚，但总觉得不太可能。她问让-皮埃尔。"别担心，"他干脆地答道，"预产期还有六个礼拜呢。"她问让-皮埃尔是不是考虑留下来，以防万一。可他觉得没有必要，甚至连简都认为自己有些担心过度。于是她放他离开。一匹骨瘦如柴的马拖着他的医疗用品，随他连夜赶路。这样明天一早就可以按时出诊。

当太阳渐渐消失在西面悬崖的后方，整个村落被阴影笼罩之时，简和村里的女人孩子们一起走下山来，回到渐渐黑暗的村落。男人们赶赴田间，趁着轰炸机"熟睡"之时收割庄稼。

简和让-皮埃尔所住的房子其实属于村里的一位卖货老板。战争期间，他也没指望赚什么钱——因为几乎无货可卖，而他本人也带着一家老小逃到了巴基斯坦。前厅原来是店铺，后来用作让-皮埃尔的门诊。直到夏天轰炸开始密集，村民们只得在日间隐居洞穴。整栋房子有两间后屋：一间原本是男人和贵客使用，另一间留给女人和孩子。让-皮埃尔和简将它们分别用作卧室和客厅。房子一侧有一个泥墙砌成的院子，那里有灶台和用以洗衣、洗碗和给孩子们洗澡的小池子。店主留下了一些自家打的木头家具，村民还借给他们几块漂亮的地毯铺在家里。和阿富汗人一样，让-皮埃尔和简也睡床垫，不过他们不盖毯子，而是钻羽绒睡袋。和阿富汗人一样，白天他们也会把床垫卷起，天气好的时候还会拿到房顶晾晒一番。夏天一到，大家都睡在屋顶上。

从洞穴走回村子，简的感觉愈发强烈。她的后背疼痛加剧，到家时，她几乎疼倒在家门口。她迫切地想小便，然而由于太过疲惫去不了茅房，只能拿出卧室屏风后的尿壶应急。此时她才发现，棉料裤的裤裆处有一小块血印。

她已经没有力气爬上外面的梯子，到屋顶去取床垫，索性直接躺在卧室的地毯上。"背痛"一阵阵来袭。下一波疼痛来袭时，她将手放在小腹上，感觉到凸起发生了变化：疼痛加剧时，隆起处也变得更高；而疼痛减退时，它又会回到原来的高度。现在她确信，这是宫缩。

她惊恐万分。记忆中她曾与姐姐波琳探讨过生孩子的事。波琳生完头胎后，简前去看望，还带了瓶香槟外加一点大麻。等到姐妹两人都飘飘欲仙时，简问生孩子是怎样一回事。波琳答道："就像屙个瓜出来。"两人为此还乐了老半天。

然而，波琳生孩子是在大学学院医院，地处伦敦市中心，而非阿富汗五狮谷的泥砖房里。

简想：我该怎么办？

不能慌。必须弄点热水和肥皂清洗一下；找一把锋利的剪子，在开水里烫十五分钟；再找几床干净的床单躺在上面；补充液体；保持放松。

还没等她做成任何一件，又一波阵痛来袭，这回疼得极为厉害。她闭上双眼，努力保持缓慢、均匀的深呼吸，就像之前让-皮埃尔教的那样。然而做起来却没那么容易。又是疼痛，又是害怕，现在的她只想高声大叫。

一阵阵宫缩使得她筋疲力尽。她一动不动地躺着，恢复元气。简意识到：刚才所说的事情一样都没做——她自己根本不行。一有了力气，她就马上起身，到离得最近的人家，让家里的女人去请接生婆。

下一波阵痛比预期中来得要早——上一波似乎才过去一两分钟而已。当疼痛到达顶峰时，简大声喊道："从没听人说过，怎么这么疼？！"

疼痛感稍有缓和，她便硬撑着坐起身。独自生育的恐惧感激发了她的力量。她蹒跚着来到客厅，每走一步都觉得自己多了几分力量。突然间，一股暖流从两腿间渗出，立刻阴湿了裤子：羊水破了。"哦，不。"简呻吟道。她靠在门柱上，裤子一直往下坠，她甚至不确定自己还能走出几码。她感到羞愧难当。"我必须做到。"她说。又一阵疼痛来袭，她瘫在地上，心想：只能自己来了。

等再度张开双眼，她看到一张男人的面孔。对方正近距离看着自己。他像一位阿拉伯的酋长：深棕色的皮肤，黑眼睛，黑色的小胡子，样貌中带着贵族之气——高高的颧骨，罗马人一样的鼻子，洁白的牙齿，长长的下巴。是穆罕默德·汗，穆萨的父亲。

"感谢上帝。"简喃喃地道。

"我来是为了感谢你，谢谢你救了我唯一的儿子。"穆罕默德用达里语说道，"你生病了吗？"

"我要生了。"

"现在？！"他吓了一跳。

"很快，扶我到房里。"

他迟疑了——生孩子，像这样专属于女人的活儿都被视作是不洁之事，不过可贵的是，他只迟疑了片刻。穆罕默德扶她起身，搀着她穿过客厅，来到卧室。简再次躺在地毯上。"快去找人。"她说。

他双眉紧锁，有些无所适从，孩子气中隐约透着英俊。"让-皮埃尔去哪儿了？"

"他去了哈瓦克。我需要拉比亚。"

"好，"他说，"我让我妻子去请。"

"在你走之前……"

"什么？"

"求你给我一点水。"

他似乎很吃惊。男人伺候女人，在他看来是闻所未闻的事，甚至端茶倒水这种小事也绝不可能。

简补充道："从专用的水壶里倒。"她总是将一个盛着经过过滤的开水壶放在身边。只有这样才能避免无数肠道寄生虫进体内，多数当地人一生都受此折磨。

穆罕默德决定打破规矩："当然。"他进了隔壁房间，不一会儿便端来一杯水。简谢过他，然后抿了一口。

"我让哈利玛去请接生婆。"他说。

哈利玛是他妻子。"谢谢，"简说，"请她务必赶快。"

穆罕默德走了。简觉得很幸运，来人是穆罕默德而不是其他人。要是换作旁人，见到病怏怏的女人，恐怕连碰也不会碰一下，但穆罕默德则不同。他是游击队里的重要人物。实际上，他也是反抗军首领马苏德在当地的代表。穆罕默德才二十四岁，然而在这个国家，这个年龄便当上游击队领袖，并且有一个九岁的儿子，并不算什么稀奇事。他去喀布尔学习过，会讲一点法语，同时也懂得礼仪风俗，并不只拘泥于山谷里人们恪守的那种形式。他主要负责替反抗军组织护送枪支弹药等重要物资进出巴基斯坦。简和让-皮埃尔就是通过这条渠道进入了五狮谷。

在等待下一波阵痛的过程中，简想起了那次艰难的旅程。她一直以为自己身体强健、充满活力，轻轻松松就能走上一整天。然而，她没料到路上会出现食物短缺，更没料到陡峭的山路、碎石满布的小径和折磨人的痢疾。有时他们只能趁夜间赶路，生怕碰上苏联人的直升机。同时还要对抗一路上怀有敌意的村民：因为害怕护送队的人会招来苏联人的袭击，当地人有时会拒绝将食品卖给游击队，不然就闭门躲起来，再不然就指点他们到几英里以外的草场或果园，声称那里是扎营的绝佳地点，结果这样的地方根本就不存在。

由于苏联人的袭击，穆罕默德时不时需要改变路线。让-皮埃尔在巴黎搞到了美国人绘制的阿富汗地图，这比反抗军拥有的任何东西都更有价值，所以每次有新的护送任务时，穆罕默德都会在任务开始前来到他家，看看这些图纸。

事实上，穆罕默德完全没必要来得如此频繁。比起其他阿富汗男子，他与简的交流也要多出许多。多少次，他与简的眼神相遇；多少次，他会偷偷瞥见她的身体。简觉得穆罕默德爱慕自己，至少在怀孕特征变明显前是这样。

而每当让-皮埃尔让简备感孤单和痛苦时，穆罕默德对她的吸引力也日渐强烈。他瘦削、黝黑、强壮而有力。简有生以来第一次被一个不折不扣鼓吹大男子主义的混蛋吸引。

她本可以与他发展一段婚外恋情。穆罕默德同游击队其他成员一样，是虔诚的穆斯林，可那又怎样？就像她父亲曾说的："宗教信仰也许能击退怯懦的欲望，然而却抵挡不住内心的声色之欲。"这番言论让母亲大为光火。不，在这些清教徒一般的农民当中，存在的不忠与欺骗并不比其他地方少。当地妇女在河边取水或沐浴时的窃窃私语让简明白了这一点。况且，她也知道如何掩人耳目。是穆罕默德告诉她的。一天，他说："过了最后一台水磨有座瀑布，黄昏时可以在瀑布下看到跳跃的鱼儿。有时，我会趁晚上过去抓鱼。"傍晚，女人们都忙着做饭，而男人们则坐在清真寺的院子里抽烟、闲聊；情人们躲在远离村庄的地方，根本不会被发现。简和穆罕默德即使不见了踪影，也不会有人留意。

瀑布之下，与这个外表英俊、原始粗犷的当地男人欢爱，对简而言是一股巨大的诱惑。然而，之后她怀了孕，让-皮埃尔又坦言自己多么害怕失去她，她下定决心，无论如何都要拼尽全力维系婚姻。所以她从没有去过那处瀑布，而且等肚子渐渐大起来，穆罕默德也对她的身体失去了兴趣。

也许是两人之间那种暧昧的亲密感促使穆罕默德进屋帮助她，而没有像其他男人那样拒绝，甚至是扭头就走；或许是因为穆萨。穆罕默德只有这么一个儿子，剩下三个全都是女儿，现在的他对简很可能是感恩戴德。简想，今天我交了个朋友，树了个敌人：那个朋友便是穆罕默德，而那个敌人，则是阿卜杜拉。

疼痛再次袭来，她发现这一次的间歇出奇的长。阵痛开始变得不规律了？为什么？让-皮埃尔可没提过这种情况。不过也难怪，妇产科的那一套还是他三四年前学的，估计现在已经快忘光了。

这是目前为止最难受的一次，疼得她浑身打战，头晕恶心。接生婆哪里去了？穆罕默德肯定让妻子去找了——这点他不会忘记，也不可能改变主意。可妻子会听从他的命令吗？当然会——阿富汗的女人都会。但她可能会走得慢条斯理，路上还不忘找人聊聊家常、说说闲话，甚至可能到某家串个门、喝喝茶。在五狮谷，如果存在不忠，那也一定存在嫉妒。哈利玛肯定知道——至少会察觉到丈夫对简的觊觎，妻子总是知道的。丈夫派她去救自己的死敌，她兴许是满腹怨恨——就是这个皮肤细白、又读过书的外国女人，把自己的丈夫迷得神魂颠倒。突然，简开始怨恨穆罕默德和哈利玛。我又没做什么坏事，她想，为什么所有人都抛弃了我？为什么我的丈夫不在身边？

当阵痛又一次到来时，她失声痛哭。这实在是难以承受。"我坚持不下去了。"她大声说道。她浑身颤抖，无法控制。她宁愿在更大的痛苦到来前立刻死去。"妈妈，救救我，妈妈！"她哭着说道。

突然，一只强有力的胳膊搂住她的肩头，耳畔响起一个女人的声音，用达里语低吟着什么。虽然听不懂，但却令人镇静。简的双眼依旧紧闭，她紧紧抓住这个女人，伴随着愈发强烈的疼痛哭喊着；终于，疼痛渐渐退去，虽然缓慢，但让人看到了终点，仿佛那是最后一次——或者，至少最坏的一次已经过去。

简抬起头，看到了拉比亚老人清澈的棕眸，以及那如果壳般褶皱的下巴。

"愿安宁与你同在，简·德布。"

简顿时感到了安慰，仿佛卸去了千斤重量。"也愿与你同在，拉比亚·古尔。"她充满感激地低吟道。

"阵痛频繁吗？"

"每一两分钟一次。"

另一个女人的声音响起："孩子提前出来了。"

简一转头，看到拉比亚的儿媳萨哈拉·古尔。这是个美丽动人的姑娘，与简年纪相仿。她弯弯的头发几近全黑，宽阔的嘴巴天生带着几分笑意。村里的女人当中，只有她让简觉得亲近。

"你在这里我真高兴。"简说。

拉比亚说："你把穆萨一路抱上山，结果引得早产。"

"就因为这个？"简问道。

"这就够麻烦了。"

简想，这就意味着她们对自己与阿卜杜拉之间的冲突并不知情。看来他还没有声张。

拉比亚说道："要我准备接生用的东西吗？"

"好，麻烦你了。"天知道我要面对的是怎样原始的接生方法，简想，然而我无法独自面对，根本做不到！

"要萨哈拉泡点茶吗？"拉比亚问。

"有劳你了。"至少泡茶没什么迷信讲究。

两个女人进进出出忙碌着。单单是她们的出现就让简平静了许多。她想，拉比亚接生还会征询自己的意见，这一点十分难得。要是换作西方的医生，一进门肯定就要统领一切，仿佛这里是他的地盘一样。拉比亚按照仪式净了手，声声呼唤先知之名，祈求他们保佑自己"红面而归"——也就是顺利接生的意思，然后用肥皂和大量清水再次净手——这一次更为彻底。萨哈拉拿来一罐野芸香，拉比亚抓了一把细小的深色颗粒，和上少许木炭点着。简想起来，听说恶魔闻到焚烧野芸香的味道便会落荒而逃。她努力安慰自己，祈祷这刺鼻的味道能将苍蝇飞虫挡在门外。

拉比亚不只是个接生婆。接生是她最主要的工作，她还知道许多草药配方与神奇疗法，能帮助那些怀不上孩子的妇女增加受孕可能。同时，她也深谙避孕与流产之术。不过在这里，这后一种技能并没有太大需求：多数阿富汗妇女求的都是多子多孙。很多人也会找她请教一些"女人家"的疾病问题，还经常有人请她为死者净身。这类工作同生孩子一样，都被视作不净。

简看着她在屋里跑来跑去。拉比亚兴许是村里年纪最大的女人，而年龄也就是六十岁上下。她身材矮小，身高不会超过五英尺，而且形容瘦削，跟当地大多数人一样。她那棕色的面孔尽是皱纹，头上也是银丝满布。她的动作很轻，一双枯槁的双手敏捷而高效。

简与拉比亚的关系始于猜疑与敌视。当简问到万一接生出现问题，拉比亚会找谁帮忙时，拉比亚突然火冒三丈："恶魔的耳朵也许会聋，我接生却从来没失过手。也没有一位母亲、一个婴儿死在我手里！"然而过后，每当村里的妇女出现经期的小毛病或是需要怀孕检查时，简没有直接给她们开安慰剂，而是建议她们去找拉比亚。从那时候开始，两人之间开始有了几分默契。新近接生的一位妇女出现阴道感染，拉比亚会找简咨询。简给了她一些青霉素，并告诉她如何给病人使用。一听说拉比亚连用西药都很可靠，她的名声也渐渐大了起来。而简也可以直言不讳地向她说明，很可能是由于她接生时用双手润滑产道，才导致了产妇感染。

从那时起，拉比亚每周都会来诊所一两次，跟简探讨，或者看她如何工作。而简也会抓住机会，有意无意地向她解释，例如自己为何要频繁洗手，为何所有用过的器具都要放在开水里煮，为何要为身患痢疾的婴儿补充大量的营养液。

反过来，拉比亚也给简传授了许多自己的秘诀。简对于拉比亚的各种配方十分感兴趣，对于各种配方的起效机理也能猜到几分：催孕的药方中含有兔脑或者猫脾，也许二者能够帮助病人补充新陈代谢中缺失的荷尔蒙；而配方中频繁采用的薄荷和樟脑草很可能有助于清除感染、促进受孕。拉比亚还有一剂药方，让妇女们回家给阳痿的丈夫使用。毋庸置疑，之所以会有效，是因为其中含有鸦片。

谨慎的互信渐渐取代了猜疑，然而简在自己怀孕时，却并未向拉比亚求教。拉比亚将传说与巫术参半起来，用在阿富汗妇女身上兴许管用，放在自己身上就是另一回事了。再者，简一直期望由让-皮埃尔来为孩子接生。所以，拉比亚一问起胎儿的位置，并说要让女婴多吃蔬菜，简就已经做出决定，此次怀孕一定要按照西医的方式调养。拉比亚似乎为此很是伤心，不过还是大大方方地接受了这个决定。如今，让-皮埃尔远在哈瓦克，而拉比亚就在眼前，简很庆幸身边有这样一位给数以百计的婴儿接过生、自己也有过十一次生育经历的老妇帮忙。

疼痛许久没有到来，然而在过去的几分钟里，当她看着拉比亚安静地在屋里忙来忙去，一股新的刺激感向她袭来，随之而来的是愈来愈强烈的推力冲动。这种力量越来越难以抑制，她在使劲的同时呻吟着。这并非是出于疼痛，纯粹是为了发力。

她听到拉比亚的声音，仿佛是来自远方的呼唤："来了，很好。"

过了一会儿，冲动逐渐消失。萨哈拉端来一杯绿茶，简坐起来抿了几口。茶水又温暖又甘甜。简想，萨哈拉与我年纪相仿，而她却已经有了四个孩子，这还不算流产和死于腹中的。然而，萨哈拉却如此充满活力，如同一头活蹦乱跳的幼狮。她可能还会有更多的孩子。初次见到简时，她丝毫不掩饰一脸的好奇，而别的妇女大多数都是满心怀疑与敌意。慢慢地，简发现萨哈拉对于山村里的许多陈规旧习都十分厌恶，她迫切地想尽一切可能学习国外的医学卫生、儿童保健与营养学理念。久而久之，萨哈拉不光成为了简的密友，也成为她推广卫生教育的一把利器。

然而今天，简却对阿富汗的本土医术有了深刻的理解。她看着拉比亚将一块塑料薄膜铺在地上（在这些塑料出现以前，她们用的又是什么？），萨哈拉从屋外拎回一桶细沙土，拉比亚把它撒在薄膜上。紧接着，拉比亚在地上摊开一块布，在布上摆了几样东西。简暗自庆幸有干净的棉布，以及尚未拆封的新刀片。

一股冲动促使她再次用力，简闭上眼睛，集中力量。确切来说，那并不是疼痛，更像是某种不可思议、无法排解的便秘感。她发现呻吟可以帮助缓解紧张，同时也想向拉比亚解释，这并非是因为痛苦。然而她专注于用力，根本无暇说话。

接下来的一次间歇里，拉比亚蹲下身子，替简解开裤子上的绳带，把它脱了下来。"帮你洗身之前，想方便一下吗？"拉比亚问。

"好。"

拉比亚扶简起身，来到屏风后，并在她俯身时扶住她的肩膀。

萨哈拉端来一碗温水，然后将夜壶拿开。拉比亚帮简清洗小腹、大腿和私处，动作中头一次带着几分轻快。简再次躺下，拉比亚重新净手，然后擦干。她给简拿来一小罐蓝色的粉末，简猜想应该是硫酸铜，接着拉比亚说："这种颜色能吓跑恶魔。"

"你要怎么做？"

"抹一点在你眉毛上。"

"好吧。"接着简又补充道，"谢谢你。"

拉比亚拈了一小撮，涂在简额头上。只要无害，一点巫术也无所谓，简想，不过若真出了问题，她该怎么办？还有，这孩子究竟早产了多久？

正在她担心之时，又一波阵痛来袭。忧虑使她不能集中精力，使得疼痛感尤其剧烈。简告诉自己：不能担心，必须尽量放松。

阵痛过后，她筋疲力尽，昏昏欲睡。她闭上眼睛，感到拉比亚正在解她的衣扣，就是下午让-皮埃尔借给她的那一件。然而那仿佛已是一百年前的事了。老人开始用某种润滑剂为她按摩鼓起的小腹——很可能是清牛油。她将手指伸进简的身体内。简睁开双眼，说道："尽量别碰着孩子。"

拉比亚点点头，手指继续向里探。她将一只手放在简胸下隆起的小腹上，一只手放在下体。"孩子头朝下，"她终于开口，"一切正常。但孩子很快就要出来，你得起来。"

萨哈拉和拉比亚扶着简站起来，向前走两步来到撒着细土的塑料薄膜上。拉比亚站在她身后说："站到我脚上。"

虽然并不清楚个中奥妙，简还是遵命照做。拉比亚扶她慢慢蹲下，自己则蹲在她身后。原来这就是当地人的生育姿势。"坐在我身上，"拉比亚说，"我托得住你。"简将自己的重量全然放在老人的大腿上。这个姿势居然如此舒服，而且很有安全感。

简感到自己的肌肉再次紧缩。她咬紧牙关，呻吟中向下用力。萨哈拉蹲坐在她面前。一时间，简的脑海一片空白，只剩下那股压力。终于，压力得以释放，简也累得瘫软下去，陷入半睡半醒之中，任由拉比亚承载着自己的重量。

当新一轮收缩开始，一种之前从未有的疼痛感也随之而来。她的胯下感到一阵剧烈的灼烧感。萨哈拉突然喊道："要生了。"

"先别用力，"拉比亚说，"让孩子自己冲出来。"

压力感有所减退。拉比亚与萨哈拉交换位置，现在，拉比亚蹲坐在简两腿之间，密切关注着。收缩再次开始，简紧咬牙关。拉比亚说："别用力，冷静。"简试着放松。拉比亚看看她，伸手摸摸她的脸，说："别咬死了，嘴巴放松。"简松开下巴，发现这样果然有助于放松。

灼烧感再次来袭，而且比之前更加剧烈，简知道，孩子就快出世了：她能感到孩子的头正冲出她的身体，于是尽量将两腿张得大大的。她痛苦地大叫——突然，疼痛减退了，一时间她甚至没有丝毫感觉。她低下头，拉比亚伸出双手在她两腿间，呼唤着先知的名字。泪水迷蒙中，她仍看见拉比亚手中一颗圆圆的黑东西。

"别拉，"简说，"别拉头。"

"不会的。"拉比亚说。

简再次感到一阵压力。此时拉比亚说："再稍微使点劲，把半边肩膀推出来。"简闭上眼睛，慢慢用力。

过了一会儿，拉比亚又说："好，现在换另一侧。"

简再次用力，一阵莫大的松弛感贯穿全身，她知道，孩子出生了。她低下头，看到小东西正躺在拉比亚臂弯里。它浑身起皱，黏黏糊糊，头上盖满了湿漉漉的深色头发。深蓝色的脐带如血管一般鼓动着，看上去很是怪异。

"它没事吧？"简问。

拉比亚没说话。她用双唇盖住孩子的嘴，用力朝它脸上吹气。那张小脸由于受了挤压，一动不动。

上帝啊，它死了，简想。

"它没事吧？"简重复道。

拉比亚又吹了一口气，接着，孩子张开小嘴，放声啼哭。

"谢天谢地——它还活着！"简叫道。

拉比亚抓起一块干净的棉布，给孩子擦脸。

"它正常吗？"简问。

拉比亚终于开口，她看着简的眼睛，笑着说道："嗯，她完全正常。"

她很正常，简想，我生了个小女儿，一个女儿。

她突然感到一阵虚脱，再也坐不住了。"我想躺下。"她说。

萨哈拉扶着她退到床垫上，在背后垫上枕头好让简坐起来。拉比亚抱着孩子，脐带还连着。等简坐好，拉比亚开始用棉布给孩子擦身。

看到脐带停止了搏动，并逐渐变白，简对拉比亚说："可以把它剪断了。"

"我们一般会等到胎衣出来。"拉比亚说。

"现在就剪，求你了。"

拉比亚半信半疑，不过还是照做了。她从桌上拿了一段白线，将它绕在脐带上靠近孩子肚脐几英寸的地方。应该再近一点，简想，不过已经无关紧要了。

拉比亚拆开新刀片："以阿拉的名义。"说着将脐带剪断。

"把孩子给我。"简说。

拉比亚把孩子递给她，并说："先别让她吃奶。"

简知道，这一点拉比亚错了。"这样有助于胎衣排出。"她说。

拉比亚耸耸肩。

简将孩子的脸贴近自己前胸。她的乳房胀大，灵敏中感受着甜美，仿佛享受让-皮埃尔的亲吻一般。她的乳头一碰到孩子的脸颊，小家伙立马扭过头，张开小嘴吮吸起来。简惊讶地发现，那种触觉十分性感，一时间甚至觉得有些尴尬。可转念一想，管他呢！

她感到下腹内一阵蠕动，于是顺应着那股冲动向下用力，胎盘排出了体外——一次顺利的小型生产。拉比亚小心翼翼地用碎布包起来。

孩子停止了吮吸，似乎进入了梦乡。

萨哈拉递给简一杯水，她一饮而尽。味道好极了，她又要了一杯。

她浑身疼痛，筋疲力尽，欣喜若狂。她低头看着这个小家伙安稳地睡在自己的胸前，感觉自己也即将进入梦乡。

拉比亚说："该把孩子裹起来。"

简把孩子抱起来交给老人，她像个洋娃娃一样轻。"香塔尔，"拉比亚将孩子接过去的那一刻，简说道，"就叫她香塔尔。"接着，她闭上了眼睛。

第五章

　　埃利斯·塞勒从华盛顿乘坐"东方航空"班机飞往纽约，在拉瓜迪亚机场乘出租车前往广场酒店。车子将他送至位于第五大道的酒店门口，埃利斯走进酒店。在大堂，他转而向左，走进"58大街"电梯。一同进入电梯的还有一个身着西装的男人，以及一个挎着萨克斯百货购物袋的女人。男人在七楼出了电梯，埃利斯到八楼，女人继续乘电梯上行。埃利斯独自一人在酒店空洞的走廊前行，直到"59大街"电梯，乘电梯下到底层，由59大街附近的入口离开酒店。

　　确认没人跟踪后，他在中央公园南打了一辆出租车，到滨州站乘火车前往皇后区道格拉斯顿。

　　行进中，奥登《摇篮曲》中的几行诗句一直在他脑海里不断重复着：

> 时间与病热燃尽
> 个体之美远离
> 沉思的孩童而去，而坟墓
> 证明孩子生命的短促。

伪装成胸怀大志的美国诗人潜伏巴黎，已经是一年多以前的事了。然而，他对诗歌的兴趣却并未消失。

他仍旧留意是否有人跟踪，因为此次会面绝不能让敌人发现。他在法拉盛下车，站在月台上等候下一班。身边没有人。

由于一路上小心谨慎，埃利斯到达道格拉斯顿时已是下午五点。他从车站快速步行半个小时，脑子里不断盘算着各种沟通手法、措辞，以及可能遭遇的各种反应。

埃利斯来到一处城郊街道，从那里可以望到长岛海湾。他在一幢干净整洁的小屋前停下脚步，房子装饰着仿都铎风格的尖顶，墙上还有一扇有色玻璃窗。车道上挺着一辆日本小轿车。他走上门前的小径，此时，大门打开，出来一个十二三岁的金发小姑娘。

埃利斯开口道："你好，珮朵。"

"嗨，爸爸。"姑娘应道。

他俯身亲吻女儿，骄傲的同时总是有一丝歉疚感，将他隐隐刺痛。

埃利斯上下打量她：印有迈克尔·杰克逊的T恤之下穿着内衣。他十分确定，这在之前是没有的。埃利斯想，老天爷！她从女孩成长为女人了。

"想进来待会儿吗？"她彬彬有礼地问道。

"当然。"

他随女儿进了屋。从背后看去，她显得更加成熟动人，让埃利斯想起自己的第一个女友。那时的他十五岁，而对方也就是珮朵差不多的年纪……不，等等，他想，当时的女友还要小些，那时她十二岁，我还曾将手伸进她的上衣向上摸索。上帝保佑，但愿女儿离这些十四五岁的毛头小子远远的。

他们走进狭小但十分整洁的客厅。"不坐吗？"珮朵说。

埃利斯坐了下来。

"想来点什么吗？"她问。

"放松点。"埃利斯说，"你不必这么客气，我是你爸爸啊。"

她似乎有些迷惑与迟疑，仿佛之前认为理所当然的事，现在却突然受到责难。片刻之后，她说道："我得梳梳头，然后就可以走了。失陪。"

"没问题。"埃利斯说。珮朵转身离开，她的客气让埃利斯心痛。这说明对女儿来说，自己仍是个外人，而非家庭正式成员。

自从离开巴黎，过去一年来，他每月至少见女儿一次。有时两人会在一起度过一整天，大多时候只是共进晚餐——今天埃利斯也是如此。为了这有限的父女时光，他得辗转五个钟头，更别提一路上还要高度戒备。当然，这些珮朵都不知道。埃利斯并无太大奢望，他只希望能够在女儿的生活中长久拥有一席之地，清清静静，简简单单。

这就意味他得换个工作来做。埃利斯放弃了特工外勤，搞得上司十分不悦：卧底特工不少，但多数拙劣平庸，优秀者少之甚少。埃利斯自己也有几分不情愿，感觉不应辜负这方面的天赋。然而，如果动不动就消失一年半载，跑到地球另一边某个角落里，既不能告诉女儿自己身在何方，又不能解释何时回家，这样肯定无法赢得女儿的心。女儿刚开始学着爱这个父亲，他不能让自己拿生命去冒险。

他怀念追凶缉恶的那种兴奋、那种危险、那种刺激，也怀念投身旁人无法胜任的重要使命时那份成就感。然而长期以来，他的所有感情关系都十分短暂。自从失去简后，他觉得身边至少需要一个能长久爱他的人。

埃利斯正坐在客厅等候，吉尔走了进来。埃利斯站起身。他的前妻一身夏日白裙，表情镇静沉着。埃利斯亲了亲她惯于被吻的一侧脸颊。"你好吗？"她问。

"就那样。你呢？"

"最近忙得要命。"她开始描述某些细节——有多少事情要做。同往常一样，埃利斯漠然听着。他喜欢这个女人，不过她无趣得要命。想来奇怪，他居然一度与她成为夫妻。不过在当年，吉尔可是英文系最漂亮的姑娘，而他自己也是绝顶聪明。那是1967年，所有人都是醉生梦死，任何事情都有可能发生——尤其是在加利福尼亚。大学第一年即将结束时，他们穿着白色礼服结了婚，有人用西塔尔琴演奏《婚礼进行曲》。之后，埃利斯挂了科，被学校开除，于是应召入伍。但他既未奔赴加拿大，也没有去瑞典，而是进了征兵办公室，如同羔羊送到了屠夫手中。这让所有人大跌眼镜，只有吉尔不觉得意外。那时她已经知道，他们的婚姻不可能长久，只等着看埃利斯如何逃离枷锁了。

当离婚已成定局时，他躺在西贡的医院里，小腿上受了枪伤——直升机飞行员最容易受这样的伤，因为坐的是装甲驾驶座，但脚底却没有防范措施。有人在他上厕所时将通知丢在床上。他回来时，看到了通知，还有一枚橡叶勋章。这已是他第二十五枚勋章了（这年代勋章发得倒挺勤）。"我离婚了。"他说。邻床的士兵回了一句："见鬼，打牌吗？"

吉尔没把怀孕的事告诉埃利斯。是他几年后自己发现的。那时他做了间谍，拿追踪吉尔当练手。他查到吉尔有了个孩子，取名珮朵——这名字无疑是20世纪60年代后期风格；吉尔还嫁了人，丈夫名叫伯纳德，彼时正找生育专家求医。隐瞒珮朵的存在是吉尔对他做过唯一真正过分的事，埃利斯想。但她一直坚持，这是为了他好。

他坚持偶尔要见见珮朵，还不让她管伯纳德叫"爸爸"。然而埃利斯彼时并未试图介入他们的家庭生活——直到去年。

"需要开我的车吗？"吉尔问。

"若你不介意的话。"

"当然不介意。"

"谢谢。"跟吉尔借车实在有些尴尬，但从华盛顿驾车来此太过耗时，埃利斯也不想频繁在这一区域租车，因为总有一天，他的敌人会通过租车公司或信用卡公司的记录追踪到他，之后找到珮朵只是个时间问题。另一个选择便是每次租车时使用不同的假身份，但制造假身份成本太高，再说，局里也不会为他这个普通文员搞个假身份。所以，他要么借吉尔的本田，要么雇一辆本地出租。

珮朵回来了，金色的秀发在肩头飘荡。埃利斯站起身。吉尔说："钥匙在车上。"

埃利斯对珮朵说："你先上车，我马上来。"珮朵出了门。他对吉尔说："我想请她到华盛顿住一周。"

吉尔的口气和蔼而坚决："如果她愿意去，那当然没问题。如果她自己不愿意，我不会勉强她。"

埃利斯点点头："好吧。一会儿见。"

他带珮朵来到小颈①的一家中国餐馆。她喜欢中国菜。已离开家，珮朵变得稍微放松了一些。她谢谢埃利斯在自己生日时送诗歌作为礼物。"没人在生日时收到诗歌做礼物。"她说。

埃利斯不确定那究竟是好还是不好。"希望好过印着可爱猫咪的生日卡。"

"当然，"珮朵笑了，"我的朋友们都觉得你特别浪漫。英文老师还问我你是否发表过东西。"

"我写的那些都不够格出版。"他说，"你还喜欢英文课吗？"

"比数学强多了。我的数学糟糕得要命。"

"最近在学什么？有戏剧吗？"

"没有，但偶尔会接触诗歌。"

"有喜欢的吗？"

她思索了一阵："我喜欢写水仙的那首。"

埃利斯点点头："我也喜欢。"

"忘了是谁写的。"

"威廉·华兹华斯。"

"哦，对。"

"其他的呢？"

"没了。我对音乐更感兴趣。你喜欢迈克尔·杰克逊吗？"

"不知道。我可能都没听过他的唱片。"

"他真的很帅。"珮朵咯咯地笑着，"我所有的朋友都特别迷他。"

---

① 小颈（Little Neck），地名，位于纽约市皇后区。

这是她第二次提到"所有的朋友"。现在对珮朵来说,最重要的就是她的那些伙伴。"什么时候我也想见见你的朋友。"埃利斯说。

"哦,爸爸,"珮朵怪他道,"你不会喜欢的——一帮小女孩儿而已。"

遭到拒绝埃利斯有些失落,眼睛好半天盯着盘中的食物。吃饭时他配了一杯白葡萄酒:在法国养成的习惯还没有消失。

吃完饭他说:"我一直在想,找个时间,你来华盛顿,到我那里过周末怎么样?坐飞机一个半小时就到了,我们会玩得很开心。"

她显得颇为意外。"华盛顿有什么?"

"我们可以去白宫,看看总统住的地方。而且,华盛顿有很多博物馆,是全世界最棒的。你还没见过我住的公寓呢。我有另外一间卧室……"他的声音渐渐弱下去,珮朵显然不太感兴趣。

"爸爸,很难说。"她说,"我周末事情太多了——有作业,有聚会,还要逛街、上舞蹈课什么的……"

埃利斯掩饰着自己的失望。"别担心。"他说,"也许可以等你不忙的时候。"

"嗯,好。"珮朵显然松了一口气。

"我可以把另一间卧室整理好,这样你就随时可以来住了。"

"好啊。"

"要刷成什么颜色?"

"我也不知道。"

"你最喜欢什么颜色?"

"大概是粉色吧。"

"那就刷成粉色，"埃利斯努力微笑着，"咱们走吧。"

驾车返回的路上，珮朵问埃利斯介不介意自己穿耳洞。

"我不知道，"他略带谨慎地说，"你妈妈怎么说？"

"她说只要你同意，她就同意。"

吉尔是贴心让他参与决定，还只是抛来个烫手的山芋？"这主意我不太喜欢。"埃利斯说，"你还太小，还不到为了爱美在身上穿眼儿的年纪。"

"那你觉得我太小，不该找男朋友吗？"

埃利斯很想说是。她实在太小，然而自己无法阻止女儿成长。"你到了约会的年纪，但还不至于发展稳定的关系。"他说。他瞥了珮朵一眼，想看她做何反应。她好像觉得很有趣。兴许这年头的人们已经不再讲什么稳定关系了，他想。

他们到达门前时，伯纳德的福特停在车道上。埃利斯把车停在福特后面，跟珮朵一同进了屋。伯纳德在客厅——一个留着短发的矮个子。他性情温和，但全然没什么想象力。珮朵热情地和他打招呼，与他拥抱、亲吻。伯纳德显得有些尴尬。两人用力握了握手，伯纳德问："华盛顿的政府运转还正常吧？"

"一如既往。"埃利斯说。他们以为埃利斯在国务院工作，每天读读法国报纸杂志，给法国事务司总结每日情报摘要。

"来点啤酒怎么样？"

埃利斯并不想喝啤酒，但为了显得友好还是没有拒绝。伯纳德进厨房拿啤酒。他在纽约的一家百货公司做信贷经理。珮朵似乎很喜欢他，对他也很尊敬，而伯纳德对珮朵也很亲近。他与吉尔没有生孩子：生育专家没起什么作用。

他拿着两杯啤酒回来，将其中一杯交给埃利斯。"去做作业吧。"伯纳德对珮朵说，"你爸爸走前会打招呼的。"

珮朵再次亲吻他，然后跑开了。等珮朵走远，听不到他们的谈话，伯纳德说："她平时不会这么亲热。每次你在时，她总是做得很刻意。真不明白。"

埃利斯一清二楚，但他还不愿去想那件事。"别担心。"他说，"生意怎么样？"

"还不错。高利率造成的影响没有我们预计的那么严重。人们貌似还是愿意借钱买东西——至少在纽约是这样。"说着，他坐在沙发上抿着啤酒。

埃利斯总觉得伯纳德在体格上惧怕自己三分——他见了埃利斯总是绕着走，俨然一只不被允许进屋的小狗，小心翼翼地保持着距离，将将不被主人家踢到。

两人聊了一会儿经济，埃利斯尽快把啤酒喝完，接着起身要走。他来到楼梯底层喊道："再见，珮朵。"

珮朵站在楼梯顶层："穿耳洞的事呢？"

"让我考虑一下好吗？"他说。

"当然，再见！"

吉尔走下楼梯："我开车送你去机场。"

埃利斯很意外："好吧，谢谢！"

路上，吉尔说："她说不太想跟你一起过周末。"

"是啊。"

"你很伤心，对吧？"

"很明显吗？"

"我看着挺明显。我可曾经是你老婆啊。"她顿了一下，

"很抱歉，约翰。"

"是我不好，没考虑周全。在我出现前，她有妈妈，有爸爸，还有一个家——孩子想要的她都有了。我一出现，不光显得多余，还威胁到了她的幸福——我成了入侵者，一个不稳定因素，所以她才当着我的面拥抱伯纳德。珮朵无意伤害我，她只是担心失去伯纳德，是我让她觉得担心。"

"她会想明白的。"吉尔说，"在美国，有两个父亲的孩子多的是。"

"那并不成为理由。是我搞砸了，我就应该面对。"

吉尔拍拍他的膝盖，这又一次出乎埃利斯的意料。"对自己别太苛刻。"她说，"这不是你的长项。跟你结婚不到一个月我就明白了这一点。你不追求房产、事业，也不求都市繁华、生儿育女。你是个怪人，正因如此我才爱你；也是因为这一点，我才毅然放手。我爱你是因为你与众不同，因为你疯狂、刺激、特立独行。你无坚不摧，然而却不是居家男人的料。"

他默默坐着，思考着吉尔的话。这番话的确出于善意——这让他觉得温暖而感激；然而，真是这样吗？埃利斯并不这么认为。我是不想在城里买房子，他想，可我想有个家：摩洛哥的一栋别墅，格林尼治的某个顶楼寓所，或者罗马的一间阁楼。我不求娶个妻子操持家务——每日洗衣、做饭、买东西、给孩子开家长会；可我想要个伴，想与她分享书籍、电影和诗歌，在夜晚聊天。我甚至愿意要个孩子，把孩子抚养成人，让她知道迈克尔·杰克逊。

然而，这些他都没有告诉吉尔。

她把车子停下，埃利斯这才意识到他们已经到达东区航站楼。他看看表：八点五十。如果抓紧时间的话还能赶得上九点的飞机。"谢谢你送我。"他说。

"你得找个跟你性情相投的女人，跟你得是同类。"吉尔说。

埃利斯想到简："曾经遇到过一个。"

"怎么样了？"

"她嫁给一位英俊的医生。"

"那医生跟你一样是个疯子？"

"我想不是。"

"那必定不会长久。她什么时候结的婚？"

"大约一年前。"

"啊。"大概是吉尔明白了：就是在那个时候，埃利斯回国，也全面进入了珮朵的生活。然而吉尔还是保持风度，没有言明。"听我一句，"她说，"打听一下她过得怎么样。"

埃利斯下了车："回头聊。"

"再见。"

埃利斯甩手关门，车开走了。

他匆匆走进机场大楼，在还差一两分钟之时赶上了航班。飞机起飞时，埃利斯在前排座椅后的口袋里找到一本新闻杂志，在上面搜寻着关于阿富汗的报道。

自从比尔告诉他简果真随让-皮埃尔去了阿富汗，埃利斯便一直密切关注着战争局势。如今，阿富汗战争已不再是头版新闻，过上一两个星期，可能连条报道也没有了。但现在冬日的平静已经过去，每星期媒体上至少会有一两则消息。

这本杂志上有一篇关于苏联人在阿富汗立场的分析。埃利斯带着几分怀疑开始阅读——他知道，很多新闻杂志上的类似文章都出自中情局：某位记者拿到中情局对于某局势的独家情报评估通报，然而事实上，他却在无意中成为了针对另一国家情报机关的假情报传输通道，而新闻报道的真实程度比苏联的《真理报》好不到哪去。

不过，这篇文章似乎还算真实。上面说苏联正在集结军队和武器，为夏日发动大型攻击做准备。对于莫斯科政府来说，这个夏天，成败在此一举：要么在今年之内将反抗军摧毁，不然只能被迫与之达成某种协议。埃利斯觉得有道理：他要看看莫斯科的中情局人员怎么说，不过他也有预感——说出来的话应该都差不多。

文章中罗列着袭击的主要目标区域，"帕尼歇尔谷"赫然位列其中。

埃利斯记得让-皮埃尔提到过这个"五狮谷"。文章中也提到了马苏德——反抗军领袖，这个人让-皮埃尔貌似也提过。

他朝窗外望去，看着太阳渐渐西沉。埃利斯心中不禁涌起一阵恐惧：毫无疑问，这个夏天简将陷入极度的危险。然而，不管怎样，埃利斯都无能为力。

他低头翻着杂志，开始读一篇有关萨尔瓦多的文章。飞机在轰鸣中飞往华盛顿。日落西山，夜幕降临。

艾伦·温德曼请埃利斯到一家可以远眺波多马克河的海鲜酒店吃午饭。温德曼迟到了半个小时。这是个典型的华盛顿特工：深灰色西装，白色衬衫，条纹领带；狡猾如鲨鱼。既然是白宫付账，埃利斯索性点了龙虾，还要了一杯白葡萄酒。温德曼要了矿泉水和色拉。这是一个怎么看都"紧"得要命的男人——领带紧，鞋子紧，日程紧，自我控制也很紧。

前来赴宴的埃利斯带着几分小心。要员请客自是无法拒绝，可是这种非正式午餐还要谨小慎微，这让埃利斯很不喜欢，况且，他也不喜欢艾伦·温德曼。

温德曼开门见山："我需要你的建议。"

埃利斯打断了他："首先，我得知道，今天的会面有没有通知局里。"如果白宫想背着中情局搞秘密行动，那埃利斯自己可不想蹚这趟浑水。

"当然。"温德曼说，"你对阿富汗了解多少？"

埃利斯顿时觉得浑身发冷。他想：这件事迟早得把简牵扯进来。当然，当局知道简的存在：自己也没试着掩盖。在巴黎时，他告诉比尔自己会向简求婚，后来还让比尔查看简是否真的去了阿富汗——所有这些都记录在案。如今，简的事传到了这个浑蛋耳朵里，看来他是要加以利用了。"略有所知罢了。"他谨慎地答道，接着想起一首吉卜林的诗章，随即诵道：

当你伤痕累累被弃于阿富汗平原，

女人们走来，想将你的残体肢解，

翻滚着拾起步枪，让头颅爆裂，

如士兵般，迈向上帝的圣殿。

温德曼第一次感到不太自在。"假扮了两年的诗人，肯定对这些东西懂得不少。"

"阿富汗人也是，"埃利斯说，"他们都是诗人，就如同法国人是天生的美食家，而威尔士人是天生的歌者。"

"是吗？"

"因为他们既不会读，也不能写。诗歌便成为一种口头艺术形式。"温德曼显然听得有些不耐烦，他可没时间听人谈论诗歌。埃利斯继续道："阿富汗人狂野不羁，是个性格刚烈的山地族群，比中世纪先进不到哪去。听说他们笃信礼义，勇敢如狮，而且冷酷无情。他们的国家气候干旱，土地贫瘠，条件恶劣。你又了解些什么呢？"

"根本就没有什么阿富汗人，"温德曼说，"南部有六百万普什图人，西部有三百万塔吉克人，北部是一百万乌兹别克人，还有十几个人口不足一百万的民族。现代意义的疆界对他们来说没什么意义：苏联有塔吉克人，巴基斯坦也有普什图人。一些民族内部分化成不同的部落，他们就像是红色印第安人，从不把自己当作美国人，只当自己是阿帕奇人、克劳人或者苏族人。不同部落之间的争斗如同对抗苏联人，不会有丝毫犹豫。而我们的问题就在于阿帕奇人和苏族人已经联手，共同对抗白人。"

"原来如此。"埃利斯点点头。他在想：简何时会牵扯进来？他开口道："所以主要问题在于哪个是大人物？"

"这个简单。目前人们最为看好的游击队首领，是帕尼歇尔谷的艾哈迈德·沙·马苏德。"

五狮谷。这个虚伪的浑蛋在打什么主意？埃利斯注视着那张刮得溜光的脸。温德曼泰然自若，埃利斯问："马苏德究竟有什么特别？"

"大多数反抗军领袖只满足于掌控自己的部族，收收税，让政府吃吃闭门羹也就罢了。马苏德可不满足于此。他会走出自己的山中大本营，主动袭击。马苏德一部所在的位置可以袭击到三个战略目标：首都喀布尔，萨朗隧道——位于喀布尔通往苏联的唯一公路之上，还有主要的空军基地巴格拉姆。他所处的位置可以造成巨大破坏，而他正有此意。马苏德深谙游击战之道。他无疑是阿富汗最有军事头脑的人，同时资金实力雄厚——山谷中出产绿宝石，销往巴基斯坦；马苏德对所有销售收入征收百分之十的税款作为军用资金。他二十八岁，领袖魅力超凡，人们都崇敬他、拥护他。最后说一句，他是塔吉克人。最大的部族是普什图人，其他部族都恨他们，所以也不可能选个普什图人做领袖。塔吉克是第二大部族，团结在一个塔吉克人手下还是有可能的。"

"而美国试图促成这一点？"

"没错。反抗军实力越强，对苏联人的打击就越大。况且，美国的情报界今年也非常需要打一场胜仗。"

埃利斯想，对于温德曼这样的人来说，阿富汗人是否要对抗残酷的入侵者以争取自由，这根本无关紧要。华盛顿可不流行讲什么人性道义——权力角逐才是最重要的。如果温德曼没有生在洛杉矶，而是列宁格勒，想必他也是一样如鱼得水、事业得意、手握大权；而且就算是站在交战的另外一方，他也会使出相同的策略。"你想要我做什么？"埃利斯问道。

"我想征求你的意见。一个卧底特工有没有办法促使阿富汗不同的部族联手？"

"我想应该有。"埃利斯说。菜品端上，正好可以让他思考片刻。待侍者离开，他说："只要对方有求于我们——可能会在武器方面，我想应该是可能的。"

"是啊。"温德曼略带迟疑地开始享用午餐，看上去像得了胃溃疡。小口咀嚼的间隙，他说："现在他们从巴基斯坦跨界购买武器，买的尽是些老式的供应国步枪仿冒品——如果不是仿冒品，就是真正的老家伙，一百多年的老古董还能打出火来。他们还从死了的苏联士兵身上弄来些卡拉什尼科夫冲锋枪。不过，这帮人最想要的还是小型火炮——高射炮、手动发射的地对空导弹，这样就能把飞机和直升机打下来了。"

"我们会乐意把这些武器给他们？"

"会。不是直接给——找个中间人，借以掩盖我们参与其中。但这个不成问题，可以找沙特人帮忙。"

"好吧。"埃利斯吞了几口龙虾，味道很好，"让我来说说我的想法，第一步，在每个游击队团体中，你都需要聚集一众核心人物——必须是认识、了解并且信任马苏德的人。这些人就是与马苏德进行沟通的联络员。他们要一步步树立自己的地位：首先是交换信息，然后是双方合作，最后是协调作战计划。"

"听起来不错。"温德曼说，"如何筹备？"

"让马苏德在五狮谷组织一个训练项目。每一个反抗军组织都派几个年轻人，与马苏德并肩作战一段时间，学习他的成功秘诀。如果他真如你所说是个优秀的领袖，他们会渐渐尊敬他、相信他。"

温德曼若有所思地点点头。"那些部族领袖一般都会拒绝听命于马苏德，这样的建议他们倒有可能采纳。"

"有没有哪个领袖会成为部落联盟的关键因素？"

"有，两个：贾汗·卡米尔和阿玛尔·阿齐兹，都是普什图人。"

"我会派两个卧底特工，旨在找机会让他们两个与马苏德接洽。等拿到三个人都签了名的协议，我们就把第一批火箭筒送过去。接下来就要看训练计划进行得如何了。"

温德曼放下叉子，点了一根烟。他绝对有胃溃疡，埃利斯心想。温德曼说："我就是这样想的。"埃利斯已经可以想到温德曼会如何把这个想法归成自己的功劳。明天，这个家伙便会鼓吹："吃顿午饭计划就成形了。"而他的报告上则会写着：秘密行动专家认为本人计划可行。

"有什么风险？"

埃利斯想了想："如果特工落到苏联人手里，整个计划对于他们则有着巨大的宣传价值。苏联人目前在阿富汗的处境，用白宫的话说就是'形象问题'。那些第三世界的盟友也看不惯他们欺负一个落后的小国。尤其是那些穆斯林朋友一定会对反抗军抱有同情。苏联人的说辞是那些所谓的反抗军只不过是一群土匪，背后有中情局提供资金和武器。他们巴不得在阿富汗活捉一个中情局的间谍，并送去受审，以此证明。说到国际政治，我想这对我们会有诸多损害吧。"

"被苏联人抓住的概率有多大？"

"很小。如果他们抓不住马苏德，又怎么能抓住派去见他的卧底特工呢？"

"很好。"温德曼把烟戳灭，"我希望你来做。"

这完全出乎埃利斯意料。他突然发觉，自己本应有所预见，只怪之前太过专注于问题了。"这种工作我已经不做了。"话是这样说，声音当中还是带着几分犹豫。他不禁在想：那就能见到简了！那就能见到简了！

"我跟你上司通过电话，"温德曼说，"他的意思是：如果派你去阿富汗执行任务，也许能说服你重回外勤。"

看来一切都是计划好的。白宫想在阿富汗搞个大动作，于是找中情局借人。而中情局想让埃利斯继续做特工，于是告诉白宫派他去，明知——或者说怀疑他无法拒绝与简重逢的机会。

埃利斯讨厌被人牵着鼻子走。

然而，他确实想去五狮谷。

一阵良久的沉默。温德曼不耐烦地问："你愿意吗？"

"让我考虑一下。"埃利斯回答。

埃利斯的父亲轻声打了个嗝儿，道了声歉然后说："好吃。"

埃利斯把自己那碟樱桃派推开，刮掉奶油。这还是这辈子第一次要控制体重。"真的很好吃，妈妈，可我不能再吃了。"他不无歉意地说。

"现在人都不如以前吃得多了，"她说着起身开始收拾，"因为到哪里都是坐车。"

他父亲一推凳子："我还有账目要看。"

"你还是不请会计？"埃利斯问。

"对于自己的钱，没人会比你自己更上心。要是你赚了钱就会明白了。"他离开餐厅，回自己屋里去了。

埃利斯帮助母亲整理清洗。埃利斯十三岁那年，全家人就搬进了新泽西蒂内克这间四卧住房，然而搬家就仿佛是昨天的事。全家人期待搬家已经许久，房屋是父亲所建——一开始是亲力亲为，后来建筑生意越做越大，就开始雇人干活儿。不过，雇来的人总是在生意萧条时才来干活，生意好时便搁置下来。刚搬进来时，房子并未完工：没有供暖，厨房里没有碗柜，粉刷还一点没做。之所以第二天便有了热水是因为妈妈威胁说没有的话就离婚。不过最终还是完工了，埃利斯和他的兄弟姐妹各有自己的一个房间伴随其成长。

而如今，对于埃利斯的父母来说，它显得过于宽敞，不过他还是希望父母能把房子留着，它让他觉得很温馨。

等把盘子摆进洗碗机，埃利斯说："妈妈，还记得我从亚洲回来时放在这儿的行李箱吗？"

"当然，就在小卧室的衣柜里。"

"谢谢，我想翻翻看。"

"去吧，剩下的我来做。"

埃利斯上楼来到顶层的小卧室。这里很少使用，单人床周围堆着几把损坏的椅子、一张旧沙发以及四五个柜箱，两面放着儿童的书籍和玩具。埃利斯打开衣柜，取出一个黑色的塑料小手提箱。他把箱子摆在床上，转动密码锁，打开箱盖。箱子里有股霉味——已经有十年没有打开过了。所有的东西都还在：奖章；两颗从他身上取下的子弹；《陆军战场手册FM 5-31》——被叫作"饵雷"；一张埃利斯立于直升机旁的照片——那是他的第一架休伊直升机，他一脸笑容，看起来年轻而纤瘦（噢，该死！）；一张来自弗兰基·阿玛尔菲的字条，上写："致害我丢了腿的杂种。"——这是个勇敢的笑话，当时埃利斯轻轻地解开弗兰基的鞋带，抓住他的靴子往下拽，一只脚连带着半条腿都掉了——弗兰基的腿被严重弯曲的螺旋桨叶打到，膝盖以下全被截断。吉米·琼斯的手表永远地停在了五点三十分——"你留着吧，孩子，"吉米的父亲醉醺醺地对埃利斯说，"因为你是他的朋友，我永远也比不上你。"此外，还有一本日记。

他翻动着一页页纸张，只需读几个字便能回想起那一整天、一整周、一整场战役。日记的开头很轻松，带着几分冒险精神、几分自觉；接下来便是幻想破灭，忧郁、凄凉、绝望和自我毁灭。那些无情的词句让记忆再次变得栩栩如生:"该死的阿尔文斯就是不从直升机里出来,既然那么盼着脱离共产主义,为什么不奋起一战?话说回来,我想约翰逊上尉一直都是个浑蛋,然而被自己人的手榴弹炸死,这样的死法也未免太过惨烈。"后面还写道:"女人的裙子里藏着来复枪,孩子的衣服里藏着手榴弹,我们能怎么办?投降不成?"最后一篇写道:"这场战争的问题在于我们被变成不义之师,成了坏人。所以年轻人才躲兵役,所以越南人才不反抗,所以我们才杀死那么多妇女儿童,所以部队将领才会对政客撒谎,所以政客才会对记者撒谎,所以报纸才会对大众撒谎。"在那之后,他的想法变得太过强烈,诉诸笔端已远远不够;而他的罪恶感也日渐加深,在文字中根本无法找到救赎。似乎在他看来,必须花上整个后半生的时间才能弥补自己在战争中犯下的错误。这么多年过去了,他的想法依旧没有改变。当他历数自己后来投入监狱的杀人犯,拘捕的绑匪、强盗和投弹分子,与他当年在越南、老挝和柬埔寨投下的无数炸弹、发射的无数弹药相比,根本显得无足轻重。

埃利斯明白,这样太感情用事了。当他从巴黎回来,好一阵子回想着这份工作如何毁了自己的生活时,他就已经意识到这一点。他决定停止为美国的罪恶寻找救赎。可是这次……这次不同。现在有机会为弱小者伸张正义,奋起反抗撒谎的军官、强大的财阀和愚蠢的记者;不光是抗争,不光是出力,而是要真正改变现状,改变战争的走向,改变国家的命运,为了更为广义的自由奋起一搏。

还有,就是为了简。

光是再次见到她的可能便已使他重新燃起热情。就在几天前,想到她身处的危险，他还可以将之抛诸脑后，继续翻页读杂志。而现在，他甚至无法阻止自己去想她。他想知道简的头发是长是短，身材是胖是瘦，她对自己所做的选择是否满意，阿富汗人是否喜欢她，还有就是最重要的——她是否还爱让-皮埃尔？"听我一句，"吉尔说，"打听一下她过得怎么样。"聪明的吉尔。

终于，他想到了珮朵。我尽力了，他对自己说；我真的尽力了，而且也做得不错——可能一开始就不会成功。吉尔和伯纳德会给她所需要的一切关怀，她的生活中没有我的位置。没有我，她会更开心。

埃利斯合上日记，把它放回箱子，然后拿出一个廉价的小珠宝盒。盒里放着一对黄金小耳环，每一只中间都镶嵌着一枚珍珠。耳环原本是想送给一个小姑娘，她双目有些斜视，胸部平平。是她让埃利斯明白了这世上根本没有禁忌。耳环还没送出，姑娘就死了——在西贡一间酒吧被一个喝醉了的士兵所杀。埃利斯没有爱过她——喜欢与感激而已。那对耳环原本是告别的礼物。

他拿出一张空白卡片，从衬衣口袋里掏出一支笔。思索片刻后，埃利斯写道：

致珮朵：

好吧，你可以穿耳洞。

爱你的爸爸

第六章

五狮河的河水向来没有暖意。不过此刻，当尘日将近，在柔和的空气中，女人们来到专属于她们的河岸沐浴时，那水倒也少了几分寒气。清冷的河水不禁令简牙齿打战，她和其他人一道下水，随着越走越深，她的裙子也越提越高，一直提到腰际的位置，然后开始清洗：经过长久以来的练习，简已经掌握了阿富汗人这种独特的洗澡方式——不脱衣服也可以清洗全身。

洗完澡简上了岸，哆哆嗦嗦地站在萨哈拉身边。萨哈拉还在水塘里洗头发，水花噼噼啪啪四处飞溅，同时还不忘叽叽喳喳地与别人交谈。她再次把头浸在水里，然后伸手去拿毛巾。她在沙地上的一处空洞里来回摸索，然而毛巾不在那儿。"我的毛巾呢？"她喊道，"我明明放在这个洞里的，是谁偷走了？"

简从萨哈拉身后拾起毛巾，说道："在这儿呢，你放错洞了。"

"毛拉的老婆也是这么说的！"萨哈拉大喊，其他人听了都尖声大笑起来。

村里的妇女已经接受了简，把她当成其中一分子。随着香塔尔的出生，最后的一丝谨慎与顾忌也已消失，似乎生育证明了简毕竟只是个普通的女人，跟她们一样。河边谈话的内容异常直白——也许是因为孩子们已留给年长的姐妹或长辈照看，但更有可能是因为萨哈拉。那嘹亮的嗓音、灵动的双眼、富有活力又略带沙哑的声音让她成为了这里的焦点。毫无疑问，正因为一天到晚都要收敛天性，此刻的她在这里更是倍加奔放。萨哈拉开玩笑有时不免粗俗，简从未见任何一个阿富汗人敢这样做——无论男女。而她那些略带下流的言论和带有双关语义的笑话总能为严肃的讨论创造契机。简也因此有机会将傍晚的沐浴时间变为即兴的健康教育课堂。尽管班达的妇女更关心的是如何生孩子，而非如何避免生孩子，避孕这个话题仍然广受欢迎。然而，对于避孕，人群中仍有一些赞同之声，简总是对此加以鼓励。她极力向大家说明，如果隔两年再怀下一胎，母亲可以更好地喂养和照料自己的孩子，效果远比每十二到十五个月就怀一次孕要好得多。昨天大家聊到月经周期，显然，阿富汗妇女认为，怀孕的最佳时间刚好在月经前后不久的几天。简告诉大家：一般是从第十二天到第十六天，而大家似乎也接受了这一观点。不过简还是怀疑，她们觉得自己弄错了，只是出于礼貌，没有明说罢了。

今天的气氛十分活跃。最近的一批巴基斯坦护送队即将归来。男人们会带些稀罕的小东西回来——围巾、橘子、塑料手镯，当然，还有最为重要的枪支、弹药、炸药作战时之用。

萨哈拉的丈夫，也就是接生婆拉比亚的儿子之一，艾哈迈德·古尔是队里的领袖，而萨哈拉显然十分期待再次见到丈夫。两人在一起时就像其他阿富汗夫妇一样：萨哈拉低声下气，对丈夫唯命是从，而艾哈迈德通常显得威严傲慢。不过，看着他们注视彼此的眼神简就知道，两人深爱彼此。萨哈拉说话的语气中也可以听出，两人的夫妻生活十分活跃。今天的萨哈拉被欲望折磨得近乎发狂，猛力拿毛巾摩挲着把头发擦干。简很理解她的感受：她自己有时也有这种感觉。毫无疑问，她之所以能与萨哈拉成为朋友是因为都在对方身上发现了相同的特质。

一接触到那温暖而干燥的空气，简的皮肤立马变干。此时正值盛夏，每一天都是漫长而燥热。好天气最多也就再持续一两个月，之后便是严寒。

萨哈拉依然沉迷于昨天的话题。她突然停下擦头发的手，说道："不管人们怎么说，最好的怀孕方法就是夜夜做。"

哈利玛表示赞同。她是穆罕默德·汗的妻子，有着一双黑色的眼睛，面色阴郁。"要是不想怀孕，只有一个方法，那就是永远别做。"她有四个孩子，只有穆萨一个是男孩。当听说简也没有办法提高生儿子的概率，哈利玛非常失望。

萨哈拉问："可你丈夫参加护送队，一走就是六个星期。现在他回来了，你打算跟他怎么说？"

简说："像毛拉的老婆一样，塞到别的洞里。"

萨哈拉一阵大笑，简也笑了。这种避孕技巧可不是巴黎速成班上学来的。不过，现代先进技术要真正传播到五狮谷还有待时日，所以只能靠土方法了——也许再加上一点点教育推动。

话题转向了收成。五狮谷遍地都是金色的小麦和多芒的大麦，不过大多数都只能烂在地里，多数年轻人都忙着打仗，而年纪大的又发现趁夜收割速度太慢。到了夏末，家家户户都会把自家一袋袋的面粉、一篮篮的干果盘点一番，数数鸡仔和山羊，看看家中积蓄，盘算一下肉蛋将如何短缺，再预计一下今冬大米和酸奶的价格；很多人会带几件家里的值钱之物，翻山越岭到巴基斯坦的难民营安家，杂货店老板是这样，同时还有数百万阿富汗人。

简十分担心这样的清除行动会成为苏联人的永久策略——既然无法打败游击队，那就把他们所生活的地方摧毁。这就像美国人在越南的所作所为，通过地毯式轰炸整个地区，五狮谷就会变成杳无人迹的荒芜之地，而穆罕默德、萨哈拉和拉比亚他们变成了无家可归、无国可投、前路渺茫的难民。反抗军根本无力抵抗全面闪击，因为他们几乎没有任何防空武器。

天色渐黑，妇女们逐渐开始回村。简和萨哈拉同行，一边听对方讲话，一边想着香塔尔。她对女儿的感情经历了数个阶段：刚刚生下孩子时她如释重负，同时也为生下一个完美健康的宝宝而欣喜若狂；然而当孩子开始哭闹，她又感到自己是如此悲惨。她不懂如何照看婴儿，也并不像人们所说的那样——在做母亲方面，简全然没有所谓本能的悟性。孩子甚至让她感到害怕。简的心中没有母爱涌动，相反，关于孩子死去的可怕梦境和怪异幻象时而出现——掉入河中，被炸弹炸死，要么就是夜间被雪虎叼走。她还没把这些告诉让-皮埃尔，不然他一定认为简疯了。

简与接生婆拉比亚·古尔间也出现了裂痕。拉比亚坚持妇女刚生孩子的头三天不应该母乳哺育婴儿，因为这段时间出的不是奶水。而简确认为这种做法荒唐至极，大自然所赋予女性的乳房之中，绝对不会生出什么对新生儿不好的东西，因而无视了接生婆的建议。拉比亚还说孩子出生的头四十天内不可以洗澡，而香塔尔和其他西方人的婴儿一样，每日都洗得干干净净。有一次，简看到拉比亚用白糖和着黄油，放在皱纹满布的手指尖喂香塔尔，这让简很生气。第二天，拉比亚去帮别人家接生，于是派自己的一个孙女——十三岁的法拉来给简帮忙。这样便有了很大的改观：法拉对于照看婴儿没有任何先入之见，只是简单照做。她不为挣钱，但有食物作为报偿——简家里的食物比法拉父母家的要好得多；同时，她还有机会学习如何照看婴儿，以此为自己的婚姻生活做准备——对她来说，那也就是一两年内的事情。简估计拉比亚兴许在培养法拉成为未来的接生婆，这样一来，帮助西方来的护士照看孩子可以帮法拉赢得声誉。

没有拉比亚的插手，让-皮埃尔也开始独当一面。他对香塔尔非常温柔，同时信心满满，对简也是关爱有加。是他提出建议——而且十分坚决，如果香塔尔半夜醒来，可以用滚熟的羊奶喂她。让-皮埃尔还用他的医疗设备自制了一个喂奶瓶，这样一来半夜可以由他来喂奶。当然，每次香塔尔哭闹时，简都会惊醒，即使是让-皮埃尔喂奶她也一直醒着。但这样的确省力不少，她也终于摆脱了那种无边绝望的疲惫感，走出了沮丧情绪。

最终，尽管简仍旧感到不安，感到缺乏自信，她的内心却逐渐培养起一种耐心——这种品质是她不曾有过的；尽管这并非她所期望的那种本能领悟与自我保障，但也足以让她平静面对每日的"危机"。甚至是现在，她才发现，自己已经离开香塔尔将近一个小时，却并没有丝毫担心。

一众妇女到达村庄核心处的房屋集中区，一个接一个消失在自家院落的泥墙后。简将鸡群轰散，将一头瘦骨嶙峋的牛赶到一边，进了自己的家。屋子里亮着灯光，法拉正唱歌给香塔尔听。孩子睁着两只大眼睛专注地听着，显然被女孩儿的歌声所吸引。那是一首摇篮曲，歌词很简单，曲调婉转，充满着东方韵味。胖嘟嘟的小脸蛋儿，再加上小鼻子和蓝汪汪的眼睛，她真是个漂亮的宝宝，简想。

她让法拉去沏茶。小姑娘非常害羞，来时就是一副怯生生的样子，想到是给外国人干活儿就紧张得要命；但现在紧张有所缓解，对于简也由一开始的敬畏逐渐转为忠诚与喜爱。

过了一会儿，让-皮埃尔也回来了。肥大的纯棉衬衣和裤子污秽不堪，血迹斑驳，长长了的棕色头发与黑色胡须里还沾着尘土。他看上去疲惫不堪。这次去的是坎吉——一个距五狮谷十英里的村庄，救治空袭的幸存者。简踮起脚尖亲吻他。"情况如何？"她用法语问道。

"很糟糕。"他捏了捏简的臂膀，然后俯身去看香塔尔。"你好呀，小家伙儿。"让-皮埃尔一笑，香塔尔也咯咯地乐起来。

"怎么回事？"简问。

"是一户相对离群而居的人家，他们以为这样就会安全。"让-皮埃尔耸耸肩，"接着，一群在南部冲突中受伤的游击队伤员被送到这里，因此才回来晚了。"他坐在一叠垫子上，"家里有茶吗？"

"马上就好。"简说，"什么冲突？"

他闭上眼。"还是老一套。直升机空降部队，占领了村子，真正的目的只有他们自己知道。村民四散奔逃。男人们组织起来，集合力量，并开始将苏联人从山坡逼退。两边都有伤亡，游击队也终因弹尽粮绝而撤退。"

简点点头。她替让-皮埃尔感到难过：为一场无谓战斗的受害者诊治并不好受。班达从未遭受过此等突袭，但她却一直生活在这样的恐惧中——噩梦中自己在奔跑，奔跑，香塔尔紧紧地抓着妈妈，而直升机就在头顶，机关枪的子弹砰砰地打穿两脚周围的土地，尘土飞扬。

法拉端着热气腾腾的绿茶进屋，还有一些当地人叫作"馕"

的扁形面食，外加一石罐新鲜黄油。简和让-皮埃尔动手吃起来。通常，晚饭的馕都会沾着酸奶、凝乳或者油食用，黄油佐餐实在是难得的乐事。中午，他们一般吃些米饭，再配些荤味的酱汁——有没有肉那就不一定了。家里每周会吃一次鸡或者羊肉。简依旧是一个人吃两个人的饭，每日享受着一个鸡蛋的豪华待遇。每年到了这个季节，都有许多新鲜水果——一袋袋杏子、李子、苹果和桑葚，可以作为甜点。简觉得这种饮食习惯很健康，而多数英国人看来，这种吃法无异于绝食，而一些法国人甚至觉得这么吃甚至会逼人自杀。她对丈夫笑笑：“要不要再来点蛋黄酱配牛排？”

“不用了，谢谢。”他把杯子伸过来，“不过可以再来一点白马庄园葡萄酒。”简帮他添茶，他假装细品着——又是品咂又是漱咽，仿佛喝的不是茶，而是葡萄酒。“1962年这支实在是被人低估的佳酿，仅次于令人入口难忘的61年陈酿。然而，我依然觉得前者相对温和而无可挑剔的品质总能带来美的享受，与其孤芳自赏的‘前辈’之高雅完美相比，毫不逊色。”他说。

简笑了。让-皮埃尔又恢复了生气。

香塔尔啼哭起来，简的双乳立刻感到一阵刺痛，回应着婴儿的需求。她抱起孩子开始喂奶。让-皮埃尔继续吃着东西。简说：“给法拉留一些黄油。”

“好。”他把剩下的食物端出去，然后捧回一碗桑葚。趁着香塔尔还在吃奶，简也吃了一些桑葚。很快，孩子睡着了，可简知道，过不了几分钟她会再次醒来要奶吃。

让-皮埃尔把碗推开，说道：“今天又听到有人对你不满。”

“是谁？”简厉声问道。

让-皮埃尔无意进攻，但表情坚持："穆罕默德·汗。"

"他不是为自己说的。"

"也许吧。"

"他说了什么？"

"说你教唆村里的女人们不生孩子。"

简叹了口气。让她生气的不光是村里男人的愚昧，让-皮埃尔的纵容态度更令她恼火。她希望丈夫能维护自己，而不是站在谴责她的人一边。"肯定是阿卜杜拉·卡里姆背后指使的。"她说。毛拉的妻子经常到河边来，肯定是她把听到的话告诉了丈夫。

"你还是别做了。"让-皮埃尔说。

"别做什么？"简觉察到自己声音中的危险语气。

"别再教他们如何避孕。"

这样描述简所教授的内容实在有失公正，不过她并不打算为自己辩护，也不想道歉。

"凭什么不做？"

"会惹麻烦的。"让-皮埃尔那种不温不火的架势让简十分窝火，"要是把毛拉惹怒了，我们甚至可能要离开阿富汗。更麻烦的是，这样会有损'自由医生组织'的声誉，反抗军也可能会拒绝别的医生。这是一场圣战，知道吗——灵魂的安宁比身体的健康更加重要。他们很可能会拒绝我们的帮助。"

还有其他组织，他们也将满怀理想的年轻医生派往阿富汗，然而简忍住没说。她只是淡淡地说："我们只能冒险一搏。"

"是吗？"简听得出，让-皮埃尔已经开始发火，"为什么要冒险？"

"因为我们能给予当地人具有永久价值的东西只有一种，那就是知识。光是包扎伤口、吃药杀菌只能解决燃眉之急，医生永远不足，药品永远不够。但是教他们基本的营养、卫生和健康常识，便可以永久改善他们的健康状况。惹恼阿卜杜拉总比袖手旁观要强。"

"不过，我还是希望你不要与那个人为敌。"

"他可拿棍子打过我！"简生气地喊道。香塔尔哭闹起来，简强忍着让自己冷静下来。她哄了香塔尔一阵，再次开始喂奶。为什么让–皮埃尔没意识到，自己的态度是多么懦弱？为什么他如此惧怕被这个苍凉的国家拒之门外？她叹了口气。香塔尔把头撇到一边，发出不满的声音。突然，他们的争吵被远处的叫声打断。

让–皮埃尔皱眉倾听着，紧接着站起身。院里传来男人的声音。让–皮埃尔拿起一块头巾披在简的肩上，她从前面戴好。这已经是一种让步了：按照阿富汗人的标准，简的穿着显然包裹得不够严实。但她断然拒绝像一个二等公民一样，如果有男人在她喂奶时进屋，就赶紧躲出屋去；而且她有言在先：谁要是有意见，就别来看病。

让–皮埃尔用达里语喊道："请进。"

来的是穆罕默德·汗。简恨不得马上告诉穆罕默德自己对他、对全村的男人是怎样的看法，可当留意到那张俊俏的面孔上一脸严峻，简还是犹豫了。这一次，他几乎没有看她。"护送队中了埋伏，"穆罕默德开门见山，"我们损失了二十七个人——所有的物资都没了。"

简痛苦地闭上了眼睛。第一次来到五狮谷时，她就是与一支护送队同行。她不禁想象着遇袭的场景：月光下，一队棕色皮肤的男人牵着瘦马，组成一条不规则的队列，行进在狭窄幽暗的山谷中乱世丛生的小径上；螺旋桨的声音忽然想起，越来越大；闪光，手榴弹，扫射的机关枪；敌人试图占领贫瘠的山坡，众人一片慌乱；队员们绝望地对着毫发无伤的直升机开火；最后，是伤者的喊声和垂死之人的哀鸣。

她突然想到萨哈拉：她丈夫也参加了护送队。"那……那艾哈迈德·古尔呢？"

"他活着回来了。"

"哦，谢天谢地。"简松了一口气。

"但他受了伤。"

"村里有人牺牲吗？"

"没有。班达还算走运。我的兄弟马杜拉平安无事，毛拉的弟弟阿力山·卡里姆也没事。另外还有三个人幸存下来，其中两个受了伤。"

让-皮埃尔说："我马上就来。"他到了前屋——也就是以前的店铺、后来的诊所、现在的医药储藏室。

简把香塔尔放进角落里的临时摇篮，匆忙收拾了一下。让-皮埃尔可能需要她的协助，如果不需要，至少萨哈拉需要朋友的安慰。

穆罕默德说："我们几乎没有弹药。"

简对此并不惋惜。战争令她厌恶，如果反抗军迫于无奈，必须暂时停止杀害那些思念故乡的年轻苏联士兵，她丝毫也不会为此难过。

穆罕默德继续道："一年内，我们损失了四批物资，只有三批带了回来。"

"苏联人是怎么找到的？"简问。

让-皮埃尔在外屋一直关注着谈话，他通过敞开的屋门高声说道："一定是通过直升机低空飞行，甚至可能通过卫星拍摄加强了监控。"

穆罕默德摇摇头："是普什图人出卖了我们。"

这也有可能，简想。一路途经的村庄里，很多人视护送队为招来苏联人袭击的祸患，所以也不难预见，有些村民为了自保，便将护送队的行踪告诉了苏联人——不过，简想不出他们是如何把信息送到的。

她想到自己对护送队的期望。她曾要求增加抗生素、注射针头，尤其是消毒纱布的供给。让-皮埃尔开了一张长长的药单。"自由医生组织"在巴基斯坦西北部城市白沙瓦有一个联络员，游击队就是在那里购买武器。他兴许能在本地弄到基本供给，但是药物要从西欧空运过来。真是耽误时间。补充品可能要几个月才能运到。在简看来，这种损失可比弹药损失大多了。

让-皮埃尔拿着打好的包返回。三人来到漆黑的院里。简停下来，告诉法拉如何给香塔尔换尿布，接着跟着两个男人匆匆离开。

她在即将到达清真寺时追上了他们。这座清真寺并无特别之处，与休闲杂志上关于伊斯兰文化的描述不同，这里既没有绚丽的色彩，也没有精美的装饰。它是一幢开放式建筑，屋顶由石柱支撑，简觉得它像个光彩照人的公共汽车站，或者是某幢被毁殖民建筑的游廊。建筑中部由一条拱道贯穿，由此通向一处有围墙的院子。村民们对此处都怀着些许敬意，在那里祈祷，同时也经常作为会议大厅、市场、学校和客栈使用。今晚，这里则变成了医院。

石柱钩子上挂着的油灯将这栋游廊似的建筑照亮。村民们在拱道左边凑成一群。他们沉默寡言，很多妇女在轻声啜泣，同时可以听到两个男人的声音，一问一答。人群中闪出一条路，使让-皮埃尔、穆罕默德和简通过。

六个遭遇突袭的幸存者在夯实的土质地面上挤作一团。三个没受伤的半蹲着，头上依旧带着奇特拉里小圆帽，一个个蓬头垢面，垂头丧气，筋疲力尽。简认出了马杜拉·汗——他简直就是哥哥年轻的翻版；还有阿力山·卡里姆，比他那位毛拉哥哥瘦一圈，不过也是一脸奸邪。两位伤者后背靠墙坐在地上，一个的头上缠着污秽不堪的血绷带，另一个的一条手臂用临时的绷带吊着。这两个人简都不认识，她下意识估了一下伤情，乍看上去伤势不重。

第三位伤者——艾哈迈德·古尔平躺在由两条木棍和一床毯子做成的担架上。他双目紧闭，皮肤发灰。妻子萨哈拉蹲在他身边，让他的头枕着自己的大腿，并不时抚摸他的头发，悄然流着泪。简看不到他的伤口，但能看出肯定伤得不轻。

让-皮埃尔要来一张桌子、热水和毛巾，然后跪在艾哈迈德跟前。过了几秒钟，他抬头看着其他几名游击队员，用达里语问道："他遭遇爆炸了？"

"直升机发射了火箭，"一名没受伤的队员说，"其中一枚就在他旁边炸了。"

让-皮埃尔转而用法语对简说："他伤势很重。能活着回来简直是奇迹。"

简能看到艾哈迈德下巴上的血迹：他一直在咳血，说明他有内伤。

萨哈拉恳求地望着简，用达里语问道："他怎么样了？"

"很抱歉，我的朋友，"简尽量做到温柔，"他伤得很重。"

萨哈拉顺从地点点头：她知道会是这样，然而俏丽的脸上仍淌下了泪珠。

让-皮埃尔对简说："帮我检查一下其他几个——这里耽误不得。"

简检查了其他两位伤者，过了一会儿，她说："头上只是擦伤而已。"

"处理一下。"让-皮埃尔说。他在指挥大家把艾哈迈德抬上桌子。

简帮吊着胳膊的队员查看伤情。他的情况更为严重：一颗子弹似乎打碎了骨头。"一定很疼吧？"她用达里语问道。对方笑着点点头。他们都有着钢铁般的意志。"子弹打伤了骨头。"她对让-皮埃尔说。

让-皮埃尔并未抬头，依旧专注于艾哈迈德。"给他做局部麻醉，清洗伤口，然后取出弹片，重新包扎吊臂。受伤的骨头稍后处理。"

简开始为注射做准备。让-皮埃尔需要协助时会叫她。看来这又是漫长的一夜。

午夜刚过没几分钟，艾哈迈德停止了呼吸。让-皮埃尔很想哭。这并非出于悲伤，毕竟他与艾哈迈德相交尚浅；想哭的冲动纯粹源于挫败感，如果有电、有手术室、有麻醉师协助，他本可以拯救这条生命。

他蒙住死者的面部，然后看了看丧夫的妻子。她一直呆若木鸡地站在那里看着，几个小时不动地方。"我很难过。"让-皮埃尔对她说。她点点头。她的镇定使让-皮埃尔感到欣慰。有时，死者的家人会指责他没有尽力抢救：这些人似乎认为既然这个医生懂得那么多，那就没有他医不好的病。而每当此时，让-皮埃尔都有一股冲动冲着这些人大喊：我不是上帝！但眼前这个女人似乎能够理解。

他转身背对尸体。此时的他已经筋疲力尽。这一整天来，他一直在修补那些支离破碎的病体，而失去生命的这还是第一个。那些一直看着他抢救的人，多数都是死者的亲属，此时都走上前来处理遗体。死者的遗孀大声痛哭，简扶着她走到一旁。

让-皮埃尔感到一只手搭在自己的肩头。他一回头，看到穆罕默德——组织这次运送任务的游击队员。他立即感到一阵内疚。

穆罕默德道："这是阿拉的意志。"

让-皮埃尔点点头。穆罕默德掏出一包巴基斯坦香烟，点燃一支。让-皮埃尔开始整理自己的医疗器具，把它们放进包里，同时不回头地问了一句："现在你怎么打算？"

"马上再派一支护送队过去。"穆罕默德说，"我们需要弹药。"

让-皮埃尔突然一惊——尽管此刻他已十分疲惫。"要看地图吗？"

"要。"

让-皮埃尔合上包，两人离开清真寺。星光照着村中的小路，他们回到小店老板的家中。客厅里，法拉睡在香塔尔摇篮边的地毯上。两人进屋，她立即醒来，并站起身。"回家去吧。"让-皮埃尔对她说。她一言不发地离开。

让-皮埃尔把包放在地上，轻轻将摇篮搬进卧室。香塔尔睡得很熟，直到摇篮放下方才惊醒，接着便一阵啼哭。"哎呦，这是怎么了？"他低语安慰道。让-皮埃尔看看手表，意识到可能孩子需要喂奶。"妈妈马上就回来。"他对女儿说。没用。他将孩子从摇篮中抱起来轻轻摇动，孩子渐渐安静下来。他抱着女儿回到客厅。

穆罕默德站在那里等待着。让-皮埃尔说："你知道东西的位置。"

穆罕默德点点头，打开一口油漆的木柜，拿出一大捆折叠地图，从中抽出几张在地上摊开。让-皮埃尔哄着香塔尔，越过穆罕默德的肩头看着地图："伏击发生在何处？"

穆罕默德指了指贾拉拉巴德附近的一个地点。

穆罕默德组织的护送队所走的路线在任何地图上都没有显示。然而，让-皮埃尔的地图却标注了某些山谷、高原和季节性河流，这些区域兴许可以纳入路线当中。有时，穆罕默德可以回忆起某地特征，有时只能猜测。他经常和让-皮埃尔讨论等高线所描绘的确切地形，或者说说诸如冰碛层这样较为模糊的地理特征。

让-皮埃尔建议道："你可以再往北到贾拉拉巴德附近。"在这座城市所在平原的北部，有一处地形复杂的山谷，仿佛一面蜘蛛网张在科纳尔和努里斯坦河之间。

穆罕默德又点燃一支香烟。同多数游击队员一样，他也是杆大烟枪。他一面吐着烟雾，一面摇头："这片区域已经发生过多起伏击。"他说，"即使那里的当地人尚未出卖我们，恐怕也离得不远了。不行，下一趟要走贾拉拉巴德南侧。"

让-皮埃尔紧锁双眉。"这怎么可能？南边从开博尔山口开始，一路都是原野。你们会被发现的！"

"我们不走开博尔山口。"穆罕默德说。他用手指着地图，沿着阿富汗的边境一路向南："我们会在特勒蒙加尔过境。"说着用手指着那个城镇，并且从那里延伸出一条路线，一直回到五狮谷。

让-皮埃尔点点头，掩饰着心中的喜悦。"有道理。新一批队伍什么时候离开？"

穆罕默德将图重新折好，说道："后天。事不宜迟。"他将地图重新放进柜子，然后出了门。

简回来时，穆罕默德刚要离开。他心不在焉地跟简道了一声"晚安"。让-皮埃尔庆幸自从简怀孕后，这位英俊的游击队员对她便失去了"性"致。在他看来，自己的这位妻子性欲旺盛，很容易受到诱惑。要是她与一个阿富汗男人有了风流之事，恐怕会招惹无尽的麻烦。

让-皮埃尔的医药包还摞在地上，简俯身想将它捡起。他顿时觉得仿佛心脏骤停，连忙从她手里接过包。简的脸上略微显出惊讶。"我来放吧，"他说，"你去照看香塔尔。该给她喂奶了。"说着将孩子交给她。

趁着简给孩子喂奶，让-皮埃尔把包拿到前厅，又拿了一盏灯过来。一盒盒的药品堆在土地上，已经打开的摆在老板家的原木架上。让-皮埃尔把医药包放在砌着蓝砖的柜台上，然后拿出一件黑色的塑料物品，形状大小与一台便携式电话差不多。他把那东西放进口袋。

让-皮埃尔把包清空，把消毒器具放到一边，尚未用过的用具放到架子上。

他回到客厅，对简说："我下河去洗个澡，身上太脏，没办法上床睡觉。"

她一脸迷醉而满足的笑容望着他，每次给香塔尔喂奶时简总是这样的神情。她说："快点回来。"

让-皮埃尔转身出门。

终于，整个村庄进入了梦乡。只有少数几家的灯还亮着，他听到一家的窗子里传出女人痛苦的声音，余下的则多为寂静与黑暗。经过村尾的最后一栋房子，他听到一个女人高声吟唱着一首悲戚的丧亲曲。一瞬间，这场由他酿成的死亡悲剧的沉重突然向他袭来，他尽力将这种想法抛在脑后。

两片麦田之间有一条多石子的小路，让-皮埃尔沿此路向前，一路还不时四处张望，小心倾听：村里的男人现在应该都在干活儿。一片田地中，他听到镰刀挥动的窸窣声；狭窄的梯田上，她看到两个男人正借着微弱的灯火之光除草。他并未同这些人交谈。

他来到河边，越过浅滩，沿着河对岸山崖的崎岖小径一路向上攀爬。他确信自己很安全，然而朦胧的光线中，随着山路日渐陡峭，他的心中也渐渐紧张起来。

十分钟后，让-皮埃尔到达了自己想要寻找的制高点。他从口袋里掏出无线电收发器，拉出伸缩天线。这是克格勃最为先进精巧的微型发报机。即便如此，由于当地的地形实在不利于无线电发报，苏联人只得修建一处专门的通信中继站，地址就选在其控制区域内的一个山顶，借此接受让-皮埃尔发出的信号，并将其传送出去。

他按下通话按钮，用英语和暗语呼叫："我是'独形'，收到请回答。"

他等了一阵，再次呼叫。

待呼叫到第三次，他收到了夹杂着噼啪声的回应，此人带有口音："这里是'总管'，'独行'请讲。"

"你的派对很成功。"

"重复：派对很成功。"对方回应道。

"二十七人参加，之后又来一人。"

"在此重复：二十七人参加，之后又来一人。"

"为筹备下一场，我需要三头骆驼。"这是一句暗语，意思是：从即日算起，三天之后与我会面。

"重复：你需要三头骆驼。"

"我们在清真寺见。"这也是一句暗语。"清真寺"指的是距离三座山谷交会处几英里的一个地方。

"重复：在清真寺见面。"

"今天是星期日。"这句不是暗语，只是以防通话的另一方是个笨蛋，没意识到现在已过午夜所采取的谨慎做法而已。要是与让-皮埃尔接头的人提前一天到达见面地点，那麻烦就大了。

"重复：今天是星期日。"

"完毕收线。"

让-皮埃尔收起天线，将无线电收发器放回口袋，接着下山回到河边。

他迅速脱掉衣服，从衬衣口袋里掏出一把指甲刷和一块肥皂。肥皂在这里严重稀缺，然而作为医生，他可以优先获得。

让-皮埃尔小心翼翼地踏入五狮河，他弯曲膝盖，撩起冰冷的河水泼洒全身。他在身上和头发上打了肥皂，然后拿起刷子擦洗全身：双腿、腹部、前胸、面部、双臂、双手。擦洗手部时他格外用力，用肥皂一遍又一遍地清洗。星空下，他赤裸着跪在浅滩之中，颤抖着一遍遍擦洗身体，仿佛永远也不会停下。

第七章

"这孩子得了麻疹和肠胃炎，还长了癣。"让-皮埃尔说，"看他脏兮兮的，显然营养不良。"

"这些孩子不都是吗。"简说。

两人用法语对话，通常在一起时总是如此。孩子的母亲看看这个，再瞧瞧另一个，好奇他们说的是什么意思。让-皮埃尔觉察到她的焦虑，于是用达里语对她说："你儿子会没事的。"

他来到洞穴的另一侧，打开了药箱。所有送到诊所来的孩子都会注射预防结核病的疫苗。在准备卡介苗针剂的同时，让-皮埃尔用眼角的余光观察着简。她正小口喂孩子喝补水饮品——一种葡萄糖、盐、小苏打、氯化钾清水溶液的混合物，并在孩子小口嘬饮的间隙，小心帮他清洗脸上的污秽。她的动作迅速而优雅，仿佛心灵手巧的手工艺人——塑造黏土的陶艺家，或是挥舞着泥铲的瓦匠。他注视着，看她带着无尽关怀，用纤细的双手小心碰触着孩子惊恐的面庞。他爱这双手。

他转身将针拔出，这样便不会让孩子看见，然后将针藏在袖子后面，再次转过身，等简就绪。他端详着简的脸，看着她清洁孩子右侧肩上的皮肤，看着她用酒精擦拭伤口。那是一张俏皮的脸，一双大眼睛，翘起的鼻子，宽阔的嘴形，那嘴角总是泛着笑容。然而现在，她的神色凝重，下颌不时左右动着，仿佛咬牙切齿——这是她专注的表现。让-皮埃尔对她的表情了如指掌，然而对她内心的想法却一无所知。

他时常猜测简的想法，几乎无时无刻不这么做，然而却没有勇气当面问她，因为这样的对话很容易步入禁区。他必须时刻警惕，如同一位出轨的丈夫，生怕自己的只言片语——甚至是脸上的一个表情——会将自己暴露。任何关于真相与欺骗、信任与背叛、自由与专制的谈话皆属禁忌；而任何可能引入这些雷区的话题——诸如爱、战争和政治也同样尽量避免。甚至对于那些无伤大雅的话题，让-皮埃尔也是谨小慎微。由于缺少谈资，两人的婚姻生活也少了许多亲密，连做爱都感觉别扭。让-皮埃尔发现，除非自己闭上眼睛，想想自己身处别处，否则无法达到高潮。由于香塔尔的降生，过去的几周他不需要在床上"表现"，这让他松了一大口气。

"就等你了。"简说。让-皮埃尔这才意识到妻子在对自己微笑。

他提起孩子的手臂，用达里语问道："你多大了？"

"五岁。"

趁孩子说话时，让-皮埃尔将针头刺入。孩子立刻啼哭起来。那哭声使让-皮埃尔想到五岁时的自己，第一次骑车摔倒，哭相与眼前的男孩如出一辙。那是一种尖声的哀号，声讨着那意想不到的疼痛。他看着眼前这个一脸苦相的小病人，回想着当初的疼痛与愤怒，心中不禁想：当初的小家伙又何以走到今天呢？

他放孩子去找妈妈，数出三十粒250克灰黄霉素胶囊交给那位母亲。"让他每天服一粒，直到全部吃完。"他用简单的达里语说道，"别把药分给别人吃，他需要这些用量。"这样一来癣病能得以医治，麻疹和肠胃炎则要顺其自然了。"让他卧床休息，直到疹子消失。务必让他多喝水。"

女人点点头。

"他有没有兄弟姊妹？"让–皮埃尔问道。

"五个兄弟，两个姊妹。"女人骄傲地答道。

"他应该被单独隔开，不然其余的孩子也会染病。"女人看起来一脸迟疑：她家里很可能只有一张床，所有的孩子挤着睡。让–皮埃尔对此无能为力。他继续道："等药吃完，如果他还不见好，带他来找我。"其实孩子真正需要的是充足的食物——既要优质，又有营养。这一样让–皮埃尔给不了，她的母亲也不行。

母子两人离开洞穴，孩子瘦骨嶙峋，一副病态；而母亲也显得弱不禁风，筋疲力尽。他们很可能跋涉了几英里路才到达这里，一路上多数时间里孩子由母亲抱着。如今看完了病，两人想必又要步行回去。这孩子很可能还是活不下去，不过至少不会死于肺结核。

还有一位病人——一位玛朗乞士。他是班达的圣者。此人疯疯癫癫，多数时候衣不蔽体。他从班达上游二十五英里处的科马尔开始，一路沿五狮谷而行，一直到西南方六十英里以外苏军占领平原上的恰里卡尔。此人成日胡言乱语，经常看到幻象。阿富汗人认为玛朗乞士都是有福之人，不但能容忍他们的怪异言行，还热心施舍饮食与衣物。

乞士走进来，腰上围着一块破布，头上还戴着一顶苏联的军帽。他紧捂着腹部作疼痛状。让–皮埃尔倒出一把二乙酰吗啡药片交给他。疯子将这些合成海洛因药片攥在手里，转身就跑。

"他肯定对这些东西上瘾了。"简说，声音中明显不甚赞同。

"他确实有瘾。"让–皮埃尔承认道。

"那为什么还给他？"

"他有溃疡。不然我还能怎么做——给他开刀不成？"

"谁让你是医生啊。"

让–皮埃尔开始打包。次日清早还要在科巴克坐诊。科巴克距此有六七英里的山路，途中他还有约要赴。

那个五岁孩子的哭声为山洞里带入一丝旧日的氛围。仿佛是旧玩具的气味，或是某道奇异的光线，促使你揉搓双眼。让–皮埃尔隐约感到有些恍惚。他看到孩童时所见过的人不断从眼前闪过，他们的脸孔与周围的事物重叠在一起，仿佛一架偏离了的放映机，将电影的画面打在了观众的后背，而非银幕之上。他看到自己的启蒙老师——带着钢框眼镜的麦迪生小姐；还有雅克·勒方丹，因为被叫作骗子而把让–皮埃尔打得鼻子流血；他看到纤瘦的母亲，一身不合适的衣装，总是心神不定；他尤其看到父亲，一个高大结实的愤怒壮汉站在禁区之外。

让–皮埃尔努力集中精神，整理去科巴克可能需要的器械和药品。他装了一烧瓶的纯净水，准备出门喝，当地村民会提供吃食。

他将行装拿到外面，驮在脾气暴躁的老母马背上——这就是他此类远行的脚力。这头牲口可以走上一整天的直线，就是不愿意拐弯儿，因此简叫它"麦琪"①，与英国首相玛格丽特·撒切尔同名。

让–皮埃尔整装待发。他回到山洞，亲了亲简柔软的嘴唇。他

---

① 麦琪（Maggie）是玛格丽特（Margaret）的简称。

刚要转身离开,法拉抱着香塔尔走进来。孩子在哭闹。简立即解开衬衣口子,把乳头送到孩子嘴边。让-皮埃尔摸摸孩子粉嫩的脸蛋说道:"祝你好胃口。"接着转身出门。

他牵着麦琪一路下山,来到荒芜的村庄,一路沿河堤向西南而行。烈日之下他快步前行,不知疲倦,对此他早就习以为常。

医生的伪装已甩在身后,想到马上要赴约,他不由得开始紧张。安纳托利会去吗?他有可能被耽搁了,甚至有可能被擒。如果被抓到,他会交代吗?他会因为不堪折磨而出卖让-皮埃尔吗?会有一群残酷成性的游击队员埋伏在约见地点,等着他掉进圈套,好报仇雪恨吗?

尽管他们富于诗情,信仰虔诚,这些阿富汗人终究是蛮族。这个国家最盛行的运动是"马背叼羊",这种运动既危险又血腥:一具无头的小牛尸体陈于场地中央,对抗双方骑马列队各站一方。一声来复枪响,一众人马纷纷奔向牛尸。竞技的目标在于抢到尸体,将其驮到约一英里之外的预定地点,再将其带回场地,途中尽量不让任何对手抢到分毫。当这具血肉模糊的尸体被抢得四分五裂时——事实上往往如此——便将由裁判判定哪一方夺得的部分更多、更大。去年冬天,让-皮埃尔恰好碰上一场比赛正在进行,地点就在五狮谷的罗卡镇。看了几分钟,让-皮埃尔才意识到:比赛双方所争抢的并不是什么小牛尸体,而是人,一个一息尚存的大活人。他对此反感到了极致,甚至试图阻止比赛,有人告诉他那个倒霉蛋是个苏联士兵,仿佛这样的解释便足够一般。此后玩家们便不再理会让-皮埃尔,五十个骑手个个玩兴正酣,都想在这场野蛮游戏中一展身手,他根本无法引起任何人注意。让-皮埃尔没有留下来眼看着那个人丧命,也许他应该留下。因为每一次他担心自己暴露时，那个苏联人的惨状便浮现在他的脑海，挥之不去：无助的神情、涌出的鲜血、四分五裂的躯体……

过去的感觉依然如影随形。一路上，他看着岩沟卡其色的石墙，童年的景象与被游击队捉到的噩梦交织在一起。最早的记忆便是关于那场审判，以及爸爸被判入狱时内心强烈的愤怒与不公感。当时的他还不怎么认字，不过还是能从报纸的标题上辨认出爸爸的名字。那时的他应该是四岁，这样的年纪，他并不理解"反抗组织"英雄的意义何在。他知道父亲是共产主义者，父亲的朋友们也都是：牧师、鞋匠以及在村里邮局坐柜台的男人；然而让-皮埃尔一直以为，大家之所以管父亲叫"红色罗朗德"是因为他发红的脸膛。当父亲被判叛国而坐牢五年，他们告诉让-皮埃尔这肯定与阿卜杜尔舅舅有关。阿卜杜尔是个有着棕色皮肤的凶恶男人，在让-皮埃尔家待了好几个星期，他是FLN（"民族解放战线"）的人。可当时的让-皮埃尔并不懂得FLN是什么东西，还以为是动物园的大象什么的。他始终明白并且相信的只有一点：警察很残酷，法官很狡诈，人民大众都被报纸所欺骗。

一年年过去，他理解的东西越来越多，煎熬感愈来愈深，他的愤怒也随之加剧。上学时其他的男同学都说他爸爸是卖国贼。他说恰恰相反，父亲勇敢地抗争，冒着生命危险在战斗，可是没人相信他。他和母亲搬到另外一个村子住了一段时间，不过还是被邻居知道了身份，他们纷纷告诫自家的孩子不要跟让-皮埃尔一起玩。最糟糕的还是探监。父亲的变化很明显，他越来越瘦，越来越苍白，病态越来越明显；最难过的是眼睁睁看他成为阶下囚，穿着邋遢的囚服，被人吆来喝去，战战兢兢，开口闭口管那些拿着警棍横行的恶霸叫"长官"。不一会儿，监狱的气味开始叫让-皮埃尔觉得恶心，一进门就想呕吐；而母亲也不再带他去探监。

直到父亲刑满出狱，让-皮埃尔才得以与他深谈，并且终于了解了全部。他终于看到，所发生的一切当中的种种不公比他想象的还要不堪。在德国人入侵法国后，法国共产党人早已在监狱里组织起来，并在"反抗运动"中起到了领军作用。战争结束后，父亲继续坚持与右翼专制进行抗争。那时阿尔及利亚已经变成法国殖民地。那里的人民惨遭压迫与剥削，但依然勇敢为自由而战。年轻的法国人被强行征召入伍，被迫参与到与阿尔及利亚人的残酷战争中。在此期间，法国军队所犯下的暴行甚至让很多人联想到当年纳粹的行径。而那个总令让-皮埃尔联想到动物园脏兮兮大象的FLN其实是Front de Liberation Nationale，也就是阿尔及利亚"民族解放战线"的缩写。

让-皮埃尔的父亲是联名请愿支持阿尔及利亚独立的121位知名人士之一。当时的法国在打仗，此次请愿被说成是阴谋煽动，因为很可能被理解为鼓励法国士兵临阵脱逃。然而爸爸远没有止步于此：他在箱子里装满了从法国人那里筹集到支持解放战线的捐款，带着它穿越边界到了瑞士，并将这笔钱存进银行；也是他为阿卜杜尔舅舅提供了避难所，所谓的"舅舅"其实丝毫没有血缘关系，而是被法国国土情报监测部——也就是秘密警察所通缉的阿尔及利亚人。

父亲向让-皮埃尔解释，这些跟他在对抗纳粹的战斗中所做的事情并无二致。他还在做着同样的斗争。那时，真正的敌人从来都不是德国人，正如现在真正的敌人也不是法国人民：真正的敌人是资本家，是财产的所有者，是富人阶级和特权阶级，是那些可以不择手段以维护自身地位的当权者。这些人手握大权，几乎掌控着半个世界——尽管如此，饱受压迫的穷苦大众仍有着一线生机。因为，在莫斯科，当家做主的正是人民，而在世界其他地方，工人阶级都在向苏联寻求帮助、指导与启发，为自由而战。

随着让-皮埃尔渐渐长大，这幅理想的图景也渐渐变得暗淡，他发现，苏联并非是劳动者的天堂。然而，这并没有令他改变根本的信仰。他依旧坚信，在莫斯科领导下的共产主义运动才是全世界被压迫人民的唯一希望，也是战胜狡诈法官、无良警察和报纸的唯一方法，就是它们残酷地背叛了他的爸爸。

父亲成功地将火炬传递到儿子的手上。他仿佛之前就已知晓一般，身体情况很快便走向恶化。他脸上再也没有之前的红晕。他不再参加示威游行、组织募捐舞会，也不再写信给当地报章。他承担了一系列较为轻松的文员工作。当然，父亲是党员，也参加了工会，但并未重新担任委员会主席，也不再负责会议记录、准备日程。他依旧下下象棋，同牧师、鞋匠和管村里邮局的男人喝点茴香酒。曾几何时，他们聚在一起热烈地商讨时局政事；而如今，这种讨论已经变得暗淡无趣，仿佛他们呕心沥血为之奋斗的那场革命被无限期推后一般。没过几年，父亲去世了。让-皮埃尔这才知道，原来父亲在监狱里便感染了肺结核，而且一直没有康复。他们夺走了他的自由，瓦解了他的意志，同时也毁了他的健康。最糟糕的是，他们给他贴上了叛国者的标签。他是个英雄，冒着生命的危险拯救自己的同胞，最终却被判叛国罪而含恨辞世。

他们会后悔的，爸爸。如果他们知道我正在实施的报复，他们一定会后悔的，让-皮埃尔想着，一边牵着那头瘦骨嶙峋的母马上了山坡。正是有了我所提供的情报，这里的共产党才得以掐断了马苏德的供给线，让他去年冬天无法积存武器弹药。今年夏天，他无法发动针对空军基地、发电站和公路供给卡车的袭击，只能苦于抵抗政府对其领地的袭击。爸爸，我不费吹灰之力就令这些野蛮人几乎无计可施。他们还妄想着将这个国家带回到过去落后而黑暗的蛮荒时代，用伊斯兰教的迷信思想统治这方土地。

当然，仅仅掐断马苏德的供给线还远远不够。他已经是一个领袖人物。再者，此人有着足够的聪明才智和人格魅力，可以从反抗军领袖摇身一变成为合法的总统，是一位铁托、戴高乐和穆加贝一般的人物。解除他的力量还不够，这样的人必须摧毁——必须被苏联人控制，无论死活。

问题在于，马苏德总能神不知鬼不觉地迅速转移，如同林中的野鹿，突然在草丛中露个头，随即又消失得无影无踪。但让-皮埃尔很有耐心，苏联人也是如此：迟早有一天，让-皮埃尔可以确切掌握马苏德接下来二十四小时的动向——兴许是受了伤，或者是计划参加某场葬礼——到了那时，让-皮埃尔则会用他的无线电发出一条特殊的代码，猎鹰捕食的机会就会到来。

他真希望能将自己在阿富汗的真正意图告诉简，甚至也许能说服她，让她看到这其中的正义之所在。他要向妻子说明：他们的医疗工作起不到半点作用，因为帮助反抗军只会延长当地人的痛苦，让他们继续生活在贫穷与无知当中；同时又阻止苏联击中这个腐朽国家的要害，在挣扎与惨叫中将它带入20世纪。简也许能够理解。然而，他本能地意识到，简不会原谅他一直以来如此欺骗自己，她会变得怒不可遏。让-皮埃尔能够想象那样的简：她骄傲，绝不屈就，不走回头路。她会马上离开自己，就像当初离开埃利斯·塞勒一般。连续被两个男人用同样的方法骗得团团转，她一定会怒上加怒。

因为害怕失去她，让-皮埃尔值得继续骗下去，如同站在悬崖边，在恐惧中动弹不得。

当然，简已经意识到有什么地方不对劲；有时妻子看自己的眼神证明了这一点。但她以为是婚姻中出现了问题，这一点他能肯定——简并没有意识到，丈夫的整个人生都处在一个巨大的伪装之中。

想做到绝对安全并不可能，他尽可能做到小心谨慎，不让简或其他任何人发现。每次使用无线电时，他都是使用暗码进行通话。这并非是要提防反抗军的监听——他们并没有无线电设备，要提防的是阿富汗军方。阿富汗军队里充斥着各种各样的反叛人物，以至于军队对于马苏德来说毫无秘密可言。让-皮埃尔的无线电收发器很小，可以藏在医药箱的活底里面；不带包的时候，装置可以藏在衬衣或者背心的口袋中。这台无线电的缺点在于，其电力只能够支持简短的通话。要想记下运输路线和时间的完整信息，发报会相当耗时——更别说是使用暗码。这需要无线电，以及一个更大的电池组。让-皮埃尔和勒布隆德先生决定还是不这样做。让-皮埃尔也只能面见联络人来传递情报。

他来到山上向下看。目前所处的位置是一处小山谷的前沿，所在的这条小路通往另一座山谷，与这里垂直相切。午后的阳光下，一条奔腾的溪流熠熠闪光，将远处的那条山谷切出若干支岔。远处溪流的尽头，另一条山谷一路延伸至群山之中，直通科巴克。那里便是他的目的地。三座山谷的交会之处，就在河流的近岸，有一处石屋。整个区域遍布这样的原始建筑。让-皮埃尔猜想这些小屋应该是由游牧民和商旅所建，供其在夜间使用。

他牵着麦琪朝山下走。安纳托利很可能已经到达。让–皮埃尔并不知道他的真名和级别，但设想他应该是克格勃的人。同时，根据之前那些关于各位将军的描述判断，安纳托利应该是位上校。无论是什么级别，此人一定不是搞案头工作的。这里和巴格拉姆之间隔着五十英里的乡间山路，安纳托利一个人花一天班时间步行来到这里。高颧骨、黄皮肤，安纳托利全然一副东苏联人的样貌。穿上阿富汗人的传统服装，他便化身为乌兹别克人，成为阿富汗北部蒙古部族的一员。这就解释了为何他的达里语说得磕磕巴巴——乌兹别克人有着自己的语言。安纳托利生性勇敢：他当然不会说乌兹别克族的语言，所以一直都有暴露的危险；他也知道，被游击队抓到的苏联军官都会被扔进"马背叼羊"的游戏去送死。

来参加这样的会面对让–皮埃尔的威胁则小很多。经常到边远村落去坐诊并非十分奇怪。然而，如果被人看到他总是"碰巧"遇上同一个四处游荡的乌兹别克人，则难免会引起疑心。当然，如果碰上一个讲法语的阿富汗人，被他听到两人的对话，恐怕让–皮埃尔也只能但求速死了。

他的便鞋在路上不会发出大的声响，麦琪的四蹄落在沙土路上也是悄然无声。接近石屋时他吹了一段口哨，以防除安纳托利之外有其他人在屋里：让–皮埃尔十分谨慎，尽量不惊动阿富汗人，这些家伙总是全副武装，任何风吹草动都会一跃而起。他探头走进屋里，意外地发现这凉爽的屋子里居然空无一人。让–皮埃尔坐下来，背靠在石墙上原地等待。过了几分钟，他闭上了眼睛。现在的他十分疲倦，但由于紧张根本无法入睡。这才是此次使命最糟糕的部分：恐惧与厌倦相互交织，在漫长的等待中将他吞噬。置身此地，没有手表，他已经学会了接受延误与等待，但并不能像阿富汗人那样在等待中泰然自若。他不禁想象着各种可能将安纳托利牵绊住的意外灾难。要是他意外踩到了苏联人的反步兵地雷，炸断了某只脚，那将是何等讽刺。事实上，这种地雷伤及的牲畜远多于人，不过威力还是一样大：失去一头牛对于一个阿富汗家庭来说，就如同家宅被炸、全家人皆在屋中一样致命。现在再见到装着粗糙木腿的牛或山羊，让-皮埃尔可笑不出来了。

幻想中，他感觉到了另一个人的存在。他睁开眼睛，安纳托利的东方人面孔就在眼前，距离他只有几英寸。

"我完全可以打劫你。"安纳托利用流利的法语说道。

"我可没睡着。"

安纳托利盘腿坐在土地上。他身材矮胖，体格强壮，身穿宽松的棉质衣裤，头上戴着穆斯林头巾，又围了一条彩格围巾，肩上披着叫作"帕图"①的泥土色毯子。安纳托利任由脸上的围巾垂下，咧嘴一笑，露出满是烟渍的牙齿。"你好吗，我的朋友？"

"很好。"

"你妻子呢？"

安纳托利问及简时的语气总带着几分阴险。苏联人极力反对他把简带到阿富汗，认为这样做会妨碍他执行任务。让-皮埃尔指出自己反正也要带一名护士——这是"自由医生组织"的原则：

---

① 帕图（pattu），一种传统羊毛制品。

成对派遣。而且不论与谁搭档，只要对方长得不像大猩猩，鱼水之欢还是在所难免。最终苏联人同意了，但显得十分勉强。"简很好，"他说，"六周前生了个女儿。"

"祝贺你！"安纳托利似乎真心为他高兴，"但是不是出生太早了？"

"是啊。幸而没染上并发症。事实上还是村里的产婆帮忙接的生。"

"不是你？"

"我不在，当时正跟你见面。"

"上帝啊，"安纳托利一脸惊愕，"那么重要的日子，我居然还让你跑这么远……"

安纳托利的关心令让-皮埃尔感动，但他没有表现出来。"这种事情也无法预料。"他说，"再说，那次会面也有所收获：你成功打击了我说的那次运送任务。"

"是啊，你的消息很准确。再次恭喜你！"

让-皮埃尔感到一阵骄傲，但他尽力保持镇定。"我们的计划似乎进展顺利。"他谦虚道。

安纳托利点点头。"他们遇袭后有怎样的反应？"

"越来越绝望。"说话时让-皮埃尔意识到，面见联络人的另一大好处在于他可以提供背景信息、情绪变化与印象观点，这些信息都不够具体，无法用暗码通过无线电传达。"现在，他们经常出现弹药短缺。"

"下一次护送行动——队伍何时出发？"

"昨天就走了。"

"他们已经开始铤而走险，这很好。"安纳托利伸手在衬衣里拿出一张地图，在地上摊开。图上展示着五狮谷与巴基斯坦边境之间的地理状况。

让-皮埃尔聚精会神，极力回忆着与穆罕默德谈话的种种细节，并将护送队从巴基斯坦返回时所经的路线指给安纳托利。他也不清楚返程的具体时间，因为穆罕默德也不知道在白沙瓦要多久才能买到需要的物资。但是，安纳托利在白沙瓦也有眼线，这些人会告知他五狮谷的护送队何时离开。有了这些信息，他便能够制订出行动的具体计划。

安纳托利并没有做笔记，但已经记住了让-皮埃尔说的每一句话。汇报完毕后，他们将整个流程再次确认，这次由安纳托利重复，让-皮埃尔确认。

安纳托利将地图折好，重新放进衬衫里。"马苏德怎么样了？"他平静地问道。

"上次跟你对话后就再没见过他。"让-皮埃尔说，"我只见到穆罕默德，连他也不确定马苏德的下落，更不知道他何时会出现。"

"马苏德是个老狐狸。"安纳托利说道，口气中罕见地带着一丝情绪。

"我们会抓住他的。"让-皮埃尔说。

"哦，我们肯定会抓到他。他知道追捕正全力展开，所以他才销声匿迹。不过猎犬身上也有味道，他不可能躲一辈子。"安纳托利突然意识到自己暴露了内心感受，他连忙笑笑，回归实际，"对了，电池。"说着，他从衬衣里掏出一包电池组。

让-皮埃尔从医药包底的夹层掏出小型无线电收发器，取出旧电池换上新的。两人每次见面都是如此，保证让-皮埃尔不会因电力不够而失去联络。安纳托利会将旧电池带回巴格拉姆，不能冒险将苏联制造的旧电池留在五狮谷，因为当地没有任何电器。

让-皮埃尔将无线电重新放回包里，安纳托利说："你这儿有治水疱的东西吗？我的脚……"他突然停下，皱起眉头，支棱着脑袋倾听着。

让-皮埃尔紧张起来。到目前为止，他们的会面还从未被人发现。两人都知道，这种事情是迟早的事，他们也有所准备，知道如何假装陌生人，共用一间休息处，并在闯入者离开后继续假装谈话。如果迹象表明对方暂无去意，他们便会一同离开，仿佛碰巧前往一方向。这些都是之前商量好的，尽管如此，让-皮埃尔依旧觉得自己一脸心虚。

下一刻，他听到门外有足球的声音，同时传来粗重的喘息声；接着，一条黑影渐浓，笼罩了阳光照射的入口。简走进屋子。

"简！"他开口道。

两个男人立马起身。

让-皮埃尔问道："怎么了？你怎么会在这儿？"

"谢天谢地，总算追上你了。"她上气不接下气。

利用眼角的余光，让-皮埃尔看到安纳托利转过身，仿佛一个阿富汗男人见到了厚颜无耻的妇人一般。这一动作帮助让-皮埃尔镇定下来。他迅速查看四周。幸好几分钟以前，安纳托利已经收起了地图。可是无线电——无线电从医药包里露出个头，足有一两英寸。不过简没看到——暂时还没看到。

"快坐下，"让-皮埃尔说，"喘口气。"说着，他也坐下来，并利用这个机会挪了挪包，好让露头的无线电对着自己，从而避开简。"究竟怎么了？"他问。

"有个医疗问题，我解决不了。"

让-皮埃尔紧张的神经稍微有所松弛：他一直担心简会起疑心，从而跟踪他到这里。"先喝点水。"说着，他一只手伸进包里，翻找时趁机用另一只手将收发机推进包里。藏好之后，他掏出自己的那瓶纯净水递给简。他的心跳开始回归正常，人也渐渐镇定下来。证据已经隐藏妥当，她还有什么好起疑的？也许她听到安纳托利讲法语，但那也不是什么稀奇事：阿富汗人如果讲外语的话，一般都是法语；而且乌兹别克人的法语通常讲得比达里语好得多。简进门时安纳托利在说什么？让-皮埃尔回忆道：他想要治水疱的药膏。正好！阿富汗人遇到医生通常会索要药品，即使是身体健康的人也是如此。

简喝了几口水，然后说道："你走后没过几分钟，一个十八岁的男孩被送进来，他的大腿受了重伤。"说着，她又抿了一小口。她没有理会安纳托利，让-皮埃尔发现她极度专注于病患的紧急状况，几乎没注意到屋里第三个人的存在。"他在罗卡的战斗中受的伤，他父亲一路将他背回山谷——走了足足两天。到达时，伤口已经严重腐坏。我给他用了六百毫克青霉素粉剂，通过臀部注射，然后清理了伤口。"

"处理方法完全正确。"让-皮埃尔说。

"几分钟后他突然开始冒冷汗，神志不清。我测了他的脉搏，很快，但很微弱。"

"脸色有没有变白或发灰？呼吸有无困难？"

"有。"

"你如何处理的？"

"我按照休克处理：垫高双脚，为他盖毛毯，并且喂他喝茶，然后就跑来追你了。"她几乎要哭出来，"他父亲背他走了整整两天——我不能让他死。"

"他不一定会死。"让-皮埃尔说，"注射青霉素引发过敏性休克的情况很少，但也属典型。处理这种情况先打半毫升肾上腺素，肌肉注射，之后再打抗组胺剂——比如六毫升苯海拉明。要我跟你一起回去吗？"提议后他瞅了瞅安纳托利，对方并无反应。

简叹了口气："不用了。山那边还有其他垂死之人等着你救，你去科巴克吧。"

"你确定？"

"确定。"

安纳托利划着火柴，点燃一根香烟。简看了他一眼，又看了看让-皮埃尔。"半毫升肾上腺素，之后是六毫升苯海拉明。"说着，她站起身。

"没错。"让-皮埃尔跟着起身，吻了吻她，"你确定自己能应付？"

"当然。"

"那你得抓紧时间。"

"好。"

"用不用得着麦琪？"

简想了想。"应该不用。那条路步行更快。"

"那就听你的。"

"再见。"

"再见，简。"

让-皮埃尔目送她出门，一动不动地站了好一阵。他与安纳托利都一言不发。过了一两分钟他走到门口向外张望。他可以看到简——就在二三百码以外的地方有一个细长的小身影，身着一件纤薄的棉裙，意志坚定地朝着山谷大步进发。尘土飞扬的棕黄色背景当中，只有她孤单一人。他一直注视着，直到简消失在群山之中。

他回到屋内，背靠墙坐在地上，与安纳托利四目相对。"老天爷，"让-皮埃尔道，"就差那么一点。"

第八章

孩子死了。

简到达时，男孩已经死了近一个小时。她汗流浃背，满面灰尘，累得几乎摔倒。孩子的父亲站在洞穴口等她，麻木的神情中带着责备。从他松懈的体态和棕色眼睛中的平静不难猜出，已经完了。他一语不发。简走进洞穴看看孩子。她太过劳累，已经没有力气感到愤怒，强烈的失望感将她占据。让-皮埃尔不在身边，萨哈拉又处于悲痛之中，没有人能分担她的悲伤。

躺在杂货铺老板家屋顶的床上，她流下了眼泪。香塔尔就睡在身边一张小小的床垫上，睡梦中偶尔发出低声呢喃。她为死去的男孩哭泣，更为孩子的父亲难过。和她一样，那位父亲累死累活，拼尽全力也要拯救儿子。他承受的痛苦将是如何巨大。她在哭泣中入睡，泪水模糊了眼前的星辰。

她梦到穆罕默德睡在她的床上，在全村人的注视下与她欢爱；然后穆罕默德告诉她，让-皮埃尔有了外遇，与那个胖记者拉乌尔·克莱门特的妻子西蒙娜搞在一起。就在让-皮埃尔本应在科巴克坐诊之时，却是与情人在那里幽会。

由于前一天一路跑去小石屋，第二天简起床时，感到浑身酸痛。她一边进行着例行的琐事，一边想：自己算是幸运，让-皮埃尔在路上的一处石屋前停下来——大概是为了休息，这才使自己得以赶上。看到麦琪被拴在门前，看到让-皮埃尔和那个怪模怪样的乌兹别克男人坐在屋里，她这才松了一口气。进屋时，两个男人吓了一跳，好不滑稽。这还是简第一次见阿富汗男人会在女人进屋时起身相"迎"。

她带着医药箱走上山坡，打理洞中的诊所。她一面处理着普通的营养不良、疟疾、伤口感染以及肠道寄生虫病理，一面回想着昨日的紧急情形。在此之前，她从未听说过过敏性休克。毫无疑问，需要为他人注射青霉素的人通常也学过如何处理此类情形，然而她所受的培训实在过于匆忙，很多内容都被忽略了。事实上，医学上的细节问题几乎完全跳过，就因为让-皮埃尔是一位合格的医生，会在一旁为她指点。

那是一段怎样的苦恼时光：坐在教室里，有时身边坐着见习护士，有时确实独自一人，一边绞尽脑汁想要消化那些医学卫生原理与操作流程，一边想象着在阿富汗等待她的将是怎样的生活。有些课程让她越听越觉得担忧。有人告诉她，她的第一项任务是为自己建一处土掩厕所。为什么？因为帮助落后国家人民改善健康状况的最有效方式，就是教他们停止把河流和小溪当作厕所，这样做可以为他们树立榜样。她的老师斯黛芬妮是一位戴着眼镜、四十岁上下的中年女人，经常是一身粗布衣服，脚蹬凉鞋。这位颇能生养的"大地母亲"还一直强调开药开得太过"慷慨"有多危险。多数的小病小伤不进行医疗处理也很快便会自动痊愈，可是那些"原始人"（以及那些"不算原始的"）总想弄些药片、药水来。简想起那个乌兹别克小个子一直在跟让-皮埃尔要水疱药膏。他一生中想必远路走了无数，见了医生才喊脚疼。

过量开药的坏处在于不光是药品浪费，得了小病就吃药，久而久之，病人的身体便会产生耐药性；而等到病人身患重症，药物便起不到治愈的效果。斯黛芬妮建议简尝试与当地的传统医师进行合作，而不是与之对立。简与接生婆拉比亚一直很默契，与毛拉阿卜杜拉则不然。

语言学习算是最简单的一部分了。在巴黎时，甚至是考虑去阿富汗之前，简便已经开始学习波斯语，好让身为翻译的自己更有用武之地。波斯语同达里语属于同一语种的不同方言。阿富汗地区使用的另外一个主要语种是普什图人使用的普什图语。达里语是塔吉克人使用的语言，而五狮谷地处塔吉克地区范围。少数游走四方的阿富汗人——例如游牧民族——通常通晓普什图和达里两种语言。如果再多会一门欧洲语言的话，则通常是英语或法语。小屋里的乌兹别克男人一直在跟让–皮埃尔讲法语。简还是第一次听人说带有乌兹别克口音的法语。听起来就像是苏联口音。

那一整天，她时常想起那个乌兹别克男人。一想到他，心中便是一阵烦乱。有时她明知有什么重要事情需要自己去做，却又偏偏不记得是什么事时，那种感觉就是如此。这个人兴许有什么地方不对劲。

中午，她关闭诊所，喂过香塔尔，给她换了尿布，做了米饭和肉汁，与法拉共享午餐。这个小姑娘已经完全忠心于简，甘心做任何事讨她欢心，连晚上也不愿回家。简尽量对她平等相待，这样却使得小姑娘更加崇拜她。

正午炎热之时，简将香塔尔交给法拉，自己则下山来到自己的隐秘之地——山坡上悬石之下的一处阳光充足的隐秘崖台。她在那里进行产后运动练习，下定决心要恢复从前的好身材。她紧紧抓住盆底肌，脑子里一直想着乌兹别克男人，想到他在小石屋里起身站立，想到他那张东方人面孔现出惊愕的表情。她莫名地感到，悲剧即将发生。

然而发现真相的感觉并非是灵光一闪的顿悟，那种感觉更像是雪崩，刚开始规模很小，之后便是排山倒海。

没有阿富汗人会抱怨脚上起水疱，即使假装也不会，因为他们压根不知道这种东西：这就像格洛斯特郡[1]的农夫说自己长了脚气——根本不可能。而且，无论多么惊讶，阿富汗人绝不会在女人进屋时起身站立。如果他不是阿富汗人，那又是何方神圣呢？他的口音也许一般人听不出，但简是个语言学家，熟练掌握俄语和法语，她听得出这个男人说的法语带着苏联口音。

也就是说，让-皮埃尔跑到一个荒无人烟的小石屋，去见一个伪装成乌兹别克人的苏联人。

是巧合？也算有可能，但想到自己进屋时丈夫的表情，她猛然想起了当时不甚留意的细节：他的神情里带着愧疚。

不，那不是偶然相遇，而是秘密约见。这可能甚至不是他们第一次见面。让-皮埃尔经常要到边缘的村落坐诊——没错，他每次都坚持按时前往，那种谨慎未免显得过于夸张。处在一个没有日历，也不用日志的国家，这样的固执未免显得荒唐——除非他还另有打算，暗中策划着一系列秘密约见。

他为何要见苏联人？这一点也很明显，想到这些约见必然意味着背叛，热泪不由得涌入她的眼眶。他当然是为苏联人提供情报，把护送队的情况告诉他们。他对护送队的路线一清二

---

[1] 格洛斯特郡，英国英格兰西部的一个郡。

楚，因为穆罕默德用的是他的地图。他知道大概的时间安排，因为他眼见队伍离开，从班达以及五狮谷其他村子出发。显然，他将这些情报交给苏联人；这就是苏联人去年多次成功突袭的原因；就是因为这样，才留下那么多悲伤的寡妇和孤儿，在五狮谷艰难度日。

我究竟怎么了？简突然自怨自艾起来，涌出的眼泪再次洗刷她的面庞。先是埃利斯，现在又是让-皮埃尔——为什么每次都碰上这种浑蛋？难道说我就喜欢这种行踪诡秘的男人？难道我享受打破对方心理防备的挑战？我真的那么疯狂吗？

她突然想到，让-皮埃尔曾经争辩苏联入侵阿富汗是有其正当理由，说着说着便改变了观点。当时她还以为是自己说服了他，证明他是错的。显然，这种改变是在演戏。当他决定来到阿富汗，决定为苏联人效力当间谍时，便开始用这套反苏言论为自己制造掩护。

难道他的爱也是在演戏？

光是这个问题就已经令她心碎不已。她将脸埋在双手中。这几乎无法想象。她爱上了这个男人，做了他的妻子，亲吻他那一副苦瓜脸的母亲，迁就他做爱的方式，与他一起熬过磨合期，拼尽全力维系他们的婚姻，在恐惧与痛苦中生下了他们的孩子——难道这一切就为了一个幻象，一副所谓"丈夫"的空壳，一个毫不在乎她的男人？这就如同连走带跑数英里只为询问如何拯救一个十八岁的男孩，到头来他还是失去了生命。不，比那还糟糕。她想象着，这想必就是男孩父亲的感受：背着他走了整整两天，最后还是眼睁睁看他死去。

简突然感到前胸一阵饱胀的刺激感，一定是喂奶的时间到了。她穿上衣服，用袖子擦干脸上的泪水，然后向山上走去。悲伤渐渐淡去，她开始冷静地思考。结婚这几年来，她似乎总能隐约感到一丝失望，现在终于明白了。从某种方式来说，简一直都对让-皮埃尔的谎言有所察觉。因为有了这道屏障，两人之间一直都有距离。

回到山洞，香塔尔正在大声哭闹抱怨，法拉轻轻摇着她。简接过孩子抱在胸前，香塔尔吮吸着。起初她感到一阵不适，仿佛胃里的一阵痉挛；紧接着，她的乳房处感到一阵兴奋，甜美中带着欲望。

她想独自一人待着，于是告诉法拉回母亲的洞穴去睡午觉。

哺育香塔尔让简备感安慰，让-皮埃尔的背叛感觉也不再是五雷轰顶。她确信丈夫对自己并非虚情假意。那样做目的何在？又为何要带自己来到这里？自己对他的间谍行动毫无用处。一定是因为让-皮埃尔爱着她。

如果让-皮埃尔爱她，那么其他所有问题都能解决。当然，他必须停止给苏联人卖命。简暂时还没想好如何跟让-皮埃尔摊牌——难不成要说“我全都知道了”？不行。但必要之时，她自然知道该如何表达。之后他则必须带着简和香塔尔返回欧洲——

回欧洲。一想到要回家，简突然如释重负。这是她没有想到的。如果有人问她对阿富汗的感觉，简可能会说她的工作多么精彩、多么意义非凡，说她适应得很好，甚至十分享受这里的生活。然而如今，眼见就要重归文明社会，她的坚韧意志全然崩溃，她对自己承认：恶劣的环境、冬日的寒冷、陌生的人群、轰炸、源源不断送来男人与孩子残破的躯体已经让她濒临崩溃的边缘。

事实上，她想，这里简直糟糕透顶。

香塔尔停止了吮吸，倒头便睡。简把孩子放下，给她换了尿布，然后把她放上床垫，孩子并没有醒。婴孩那种不受干扰的宁静实在是一种恩赐。她在睡梦中经历了各种危机——只要吃得饱，躺得舒服，什么样的噪声和活动都不会把她吵醒。然而，香塔尔对简的情绪变化感觉则十分敏锐。每次简感到忧虑时，即使周围没什么动静，香塔尔也同样会醒。

简盘腿坐在床垫上，望着熟睡的孩子，想着让-皮埃尔。她真希望丈夫现在就在身边，这样马上就能与他谈谈。她不明白，为什么自己没有更加生气，更别说大发雷霆了——他可是将游击队的情报出卖给苏联人啊。是因为她终于明白所有男人都是谎话精？是因为她开始相信这场战争中唯一无辜的是交战双方的各位母亲、妻子和女儿？难道是妻子与母亲的角色改变了她的个性，使得她面对背叛也不会怒从心生？还是仅仅因为她爱让-皮埃尔？她不知道。

总而言之，不能再与过去纠缠，得为将来做打算了。他们要回巴黎，回到一个有邮差、有书店、有自来水的地方。香塔尔可以穿上漂亮的小衣服，躺在婴儿车里，用上一次性的尿不湿。他们可以住在一所小公寓里，周围的生活丰富多彩，威胁生命的只有那些开出租的司机。简和让-皮埃尔可以重新开始，这一次，两人会努力真正了解对方。他们可以共同努力，通过循序渐进的方式与合法手段，让这个世界变得更美好，不用阴谋，没有背叛。在阿富汗的经历可以帮助他们在第三世界发展组织，或者是世界卫生组织找到工作。婚姻生活会像之前想象的那样，一家三口其乐融融，不必担心危险。

法拉走进屋来。午睡时间已过。她礼貌地跟简打过招呼，看看香塔尔。看她睡得正香，便盘腿坐在地上等候吩咐。法拉是拉比亚大儿子伊斯梅尔·古尔的女儿。伊斯梅尔参加了护送队，目前不在家。

忽然，简忽然大惊失色。她喘着粗气，法拉诧异地看着她。简做了一个致歉的手势，法拉把头转开了。

她父亲也参加了护送队，简想。

让-皮埃尔把护送队的情报出卖给了苏联人。法拉的父亲一定会在伏击中牺牲——除非简能有所行动，以避免灾难发生。可她能做什么呢？她可以托一个脚力好的人跑去开伯尔山口与护送队会合，并把队伍领到其他路线上。穆罕默德可以安排。但这样一来，简就得告诉他护送队会遭受伏击——毫无疑问，穆罕默德肯定会杀了让-皮埃尔，很可能赤手空拳就结果他的性命。

简想，如果他们当中非要有人死去的话，那宁愿是伊斯梅尔，而非让-皮埃尔。

接着，想到谷里参加护送队的另外三十几个人，她突然意识到：难道为了救自己的丈夫，就要牺牲他们所有人的性命吗——小胡子卡米尔·汗、疤脸老头儿沙哈萨伊·古尔、有着一副好歌喉的尤瑟夫·古尔、小羊倌儿谢尔·卡多尔、没有门牙的阿卜杜尔·穆罕默德以及家里有着十四个孩子的阿里·加尼姆……难道要让这些人统统丧命吗？

肯定还有其他办法。

她来到洞口向外张望。现在午睡时间已过，孩子们纷纷跑出来，在乱石与充满荆棘的灌木丛中继续着他们的游戏。其中有九岁的穆萨——穆罕默德唯一的儿子，如今只剩下一只手，家人对他更是宠爱有加，他拿着祖父送给他的新刀，显得得意扬扬。她看到法拉的妈妈正顶着一捆柴火艰难地朝山上走。毛拉的妻子正在清洗丈夫阿卜杜拉的衣服。简没有看到穆罕默德和他的妻子哈利玛。她知道穆罕默德在班达，因为早上刚刚见过。他一定是跟家人在洞里吃饭——多数家庭都有属于自己的洞穴。穆罕默德现在应该在那里，而简不想就这么堂而皇之地去找他，这会使周围人心生反感，而她必须谨慎行事。

我该怎么跟他说？简想。

她考虑单刀直入：既然我开口了，你就帮我个忙。如果换作任何一个爱慕她的西方男人，这招儿肯定管用；不过穆斯林男人对爱情的理解可没有那么浪漫，而穆罕默德对她的感觉更像是一种温存的渴求，远不至于令他为自己赴汤蹈火。再说，现在他的心意有没有变，简也不能确定。那怎么办？穆罕默德对她并无亏欠，她也从未给他们夫妇治过病。但穆萨则不然——简救过他的命。穆罕默德欠她这笔人情债。

帮我做件事，因为我救过你儿子。这样也许能行。

但穆罕默德一定会刨根问底。

越来越多的妇女走出来，打水清扫自家的洞穴，照料牲畜，准备饭食。简知道，很快就可以见到穆罕默德。

怎么跟他说呢？

苏联人知道了护送队的路线。

他们是怎么知道的？

我也不知道，穆罕默德。

那你怎么能确定？

我不能说。我无意中听到了一段对话。我从英国情报局得知的消息。我有种直觉。算命时在牌中看到的。我做了一个梦。

有了：一个梦。

她看到了穆罕默德。他走出洞穴，高大的身材，英俊的面庞，一身旅行的打扮，跟马苏德一样，他头戴奇特拉小帽（多数游击队员都是这种风格），土黄色的肩毯既是斗篷，又是毛巾、毯子和伪装；那双长筒皮靴是他从一名苏联士兵的尸体上扒下来的。他大步穿过空地，看上去仿佛日落前还有很长的路要赶。他沿山坡的小路一路向下，朝着荒芜的村庄走去。

简眼见他那高挑的身影渐渐消失。此时不做，更待何时，她想。她尾随着穆罕默德。一开始她还走得缓慢而随便，这样便显不出她在跟着穆罕默德。待出了洞穴处可以观察的范围，她便跑了起来。简沿着满是灰尘的小路蹒跚向下，心想：这一路跑来，我的五脏六腑得经历怎样的折腾啊。当她看到穆罕默德就在她的前方时，她大喊一声。穆罕默德停下脚步，转身等她追上来。

"愿主与你同在，穆罕默德·汗。"追上来时简对他说。

"也愿他与你同在，简·德布。"他礼貌地回应道。

她顿了一下，想喘口气。穆罕默德看着她，脸上带着一股饶有兴致的耐性。"穆萨怎么样了？"简问。

"他很好，很开心，最近正学着怎么用左手。总有一天，他会用那只手消灭苏联人。"

其实这是个小笑话：传统上讲，右手用来吃饭，左手则通常是用来干"脏活儿"的。简笑了笑，借以表明自己理解对方的幽默，然后说道："能救回他的命我真的很高兴。"

即便是觉得这些话有些唐突，穆罕默德也没有表现出来。"我永远都报答不尽。"

简等的就是这句话："有件事你倒是可以帮我。"

他的表情突然变得难以捉摸："只要我能做到……"

简看看四周，想找个地方坐下来。两人站在一座被轰炸的房子附近。前壁的土石散落在路上，四处皆是，他们可以看到房子里的情形：屋里剩下的唯一一家当是一口漏锅。有趣的是，墙上居然还钉着一张彩色的凯迪拉克贴画。简坐在碎石上。穆罕默德犹豫了片刻，在她身边坐了下来。

"你能做到，"简说，"但会有点小麻烦。"

"什么麻烦？"

"你可能会觉得这只是个蠢女人在突发奇想。"

"也许吧。"

"也许你会敷衍我，一面满口答应我的请求，转身就'忘'得精光。"

"不会的。"

"不管你答应与否，我希望咱们可以坦诚相待。"

"我会的。"

差不多了，简想。"我想请你派个跑腿的去找护送队，命令他们改变返回的路线。"

穆罕默德显然吃了一惊——可能他以为会是什么鸡毛蒜皮的小事。"为什么？"他问。

"穆罕默德·汗，你相信梦吗？"

穆罕默德耸耸肩："梦就是梦。"他闪烁其词。

简想，可能这个策略行不通；如果说幻象会好些。"正午最热之时我一个人躺在洞中，当时好像看到了一只白鸽。"

穆罕默德突然变得十分专注，简知道，她命中了关键：阿富汗人相信，白鸽有时可以通灵。

简继续道："但我肯定是在做梦，因为那只鸽子居然要对我说话。"

"啊！"

简明白，对穆罕默德而言，这是一个信号：简看到的是幻象，而非做梦。她继续道："我不明白它在说什么，但还是尽力倾听。我想它说的是普什图语。"

穆罕默德的眼睛瞪得大大的。"来自普什图的信使……"

"而后我看到了伊斯梅尔·古尔，拉比亚的儿子，法拉的父亲。他站在鸽子的身后。"简将手放在穆罕默德的手臂上，凝视着他的眼睛，心想：我可以把你引得欲火焚身，你这虚伪的蠢货。"他的心脏上插着一把刀，泪中带着血。他指着刀柄，仿佛想让我把它从胸前拔出。刀柄上还镶着珠宝。"她不禁闪念自问：这些想法都是从哪来的？"我站起身走向他。虽然很害怕，但我必须救他。然后，我伸手去抓那把刀……"

"然后呢？"

"他消失了，我也似乎醒了。"

穆罕默德合上张大的嘴巴，恢复了镇静。他双眉紧锁，仿佛在谨慎考虑这梦的含义。简想，现在可以试试引他上钩了。

"可能都是我在胡思乱想，"她说，脸上摆出一副小女孩的神情，迎着他作为男子汉的优越感，"所以才想请你帮我，这个曾经救过你儿子性命的人，让我感到安宁。"

穆罕默德立刻神气起来。"这种事你没必要搭人情。"

"也就是说你会帮忙？"

他以问题作答："刀柄上的珠宝是什么样的？"

哦，上帝啊，她想，正确的答案应该是什么样的呢？她想说绿宝石，但这种宝石让人联想到五狮谷，也许能暗示伊斯梅尔是被谷里的叛徒所害。"红宝石。"她说。

穆罕默德慢慢点点头："伊斯梅尔没跟你说话吗？"

"他似乎想说，但又说不出。"

穆罕默德再次点点头，简想：该死，快点做决定啊。终于，他说："征兆很明显，护送队必须改道。"

谢天谢地，简想。"那我就放心了。"她坦言道，"我不知该如何是好。现在我能确定艾哈迈德会得救。"简在盘算着如何做才能让穆罕默德不改主意。她不能让他发誓，那要不要同他握手呢？最终，她决定以一种更为古老的方式锁定他的承诺：她凑上前去亲吻他的嘴唇，动作很快，但很温柔，丝毫不给他拒绝或反应的机会。"谢谢！"她说，"我知道你言出必行。"说着简站起身，沿着小路朝山洞跑去，留下穆罕默德独自坐在那里，脸上带着些许恍惚。

上了山坡，简停下脚步回头望去。穆罕默德正往山下走，距离刚才谈话的小屋已经走出很远一段。他高昂着头，两臂前后摆动着。为了那个吻，他要付出的代价可不小，简想。我真该感到羞愧。我利用了他的迷信、他的虚荣和欲望。作为一个女权主义者，我不该利用他的偏见，利用他眼中女性的通灵、顺从和风骚将他玩弄于股掌之间。但是居然奏效了！真的奏效了！

她继续向前走。接下来要面对的是让-皮埃尔。黄昏时候他应该会到家：让-皮埃尔会像穆罕默德那样，等到下午三点前后再动身，那时热度会有所退却。简觉得让-皮埃尔不会像穆罕默德那么难对付。其一，她可以跟让-皮埃尔讲实话；其二，让-皮埃尔自知理亏。

简回到洞中。这个小小的避难营地很是热闹。一对苏联人的喷气式飞机呼啸着掠过上空。所有人都停下手里的活计仰头看着。尽管飞机飞得很高，投弹距离太远，人们依旧注视着。飞机一飞走，男孩子们便伸出双臂装作飞机的双翼来回奔跑着，嘴里模仿着发动机的声音。简不由得在想：这些孩子驾着幻想中的飞机，是想轰炸谁呢？

她走进洞中，看看香塔尔，又朝法拉笑笑，接着拿出了日记本。她与让–皮埃尔几乎每日都有所记录。这本日记主要是医疗记录，将来打算带回欧洲，使得后续前往阿富汗的人从中受益。也有人鼓励他们将个人的内心体验和困难记录下来，这样后面来的人也好有思想准备；简将自己的怀孕和生产经历做了十分详细的记录，但其中对于她真实的内心情感却少有提及。

她背靠着洞穴的内壁坐下，膝上摆着日记，记录着那个十八岁男孩死于过敏性休克的经过。这让她觉得难过，但并没有沮丧——她告诉自己，这是一种正常而积极的反应。

她对当天的其他几个轻微病例做了简单描述，有意无意地翻动着之前的页面。让–皮埃尔的笔迹细长而潦草，日志也十分简短，几乎全都是病患症状、诊断、治疗方法和结果。他会写"蠕虫"或者"疟疾"，之后是"治愈""病情稳定"或是"死亡"。简则倾向于用整句来记录，例如"今早她感觉有所缓解"或者"母亲身患肺结核"。她读到自己怀孕早期的记录：乳头酸痛，大腿变粗，清晨恶心。大约一年前的一则日志引起了她的兴趣："阿卜杜拉令我感到害怕。"她几乎已经忘记了这件事。

简收起日记，与法拉花几个小时清理诊所；完成后刚好是下山回村准备过夜的时间。在下山回家、忙于家务之时，她在考虑如何与让-皮埃尔摊牌。她知道该如何做：跟他去散步——但还是不知该如何开口。

几分钟后，让-皮埃尔回到家中，简还是没能下定决心。她用湿毛巾帮他抹去脸上的灰尘，用瓷器给他沏了一杯绿茶。他的疲态中透着愉悦，而非筋疲力尽。简知道：就是走再远的路他也完全应付得来。他喝着茶，简坐在旁边，尽量避免盯着他看，同时心里却想着：你欺骗了我。待他休息片刻，简说："出去走走吧，就像从前一样。"

让-皮埃尔有些意外。"你想去哪儿？"

"去哪儿都行。你不记得了吗？去年夏天，咱们出去散步，享受夜晚的情形？"

他笑了笑。"我记得。"简最爱他这样的笑容。他说："带香塔尔去吗？"

"不用。"简不想分心，"让法拉照顾就可以。"

"好吧。"他说，显得有些困惑。

简让法拉着手准备晚餐：茶水、面包和酸奶。说完便同让-皮埃尔出了门。日间的光线渐渐退去，傍晚的空气柔和而芬芳。这是夏日一天中最好的时光。他们慢步穿过田野，向河边走去。简回忆起去年的夏天走在同一条小路上时的感受：当时的她忧虑、迷茫、兴奋，下定决心要取得成功。她很骄傲自己对一切应对自如，但也同样庆幸，这趟危险征程即将结束。

马上就要与他当面对质，简的心中不由得一阵紧张。即便她一直告诉自己：没什么好隐瞒的，也不必感到愧疚和害怕。两人蹚水过河，来到一处开阔的多石浅滩，沿着蜿蜒的陡路上行。对面是一处悬崖峭壁。山顶上，他们席地而坐，双腿荡在崖边。脚下100英尺处，五狮河奔流不息，河水猛拍着卵石，泡沫飞溅。简俯瞰着山谷，耕田、灌溉渠与石墙相互交错。成熟的庄稼闪耀着明亮的绿意与金黄，片片田野看上去仿佛破碎玩具散落的彩色碎片。画面中被轰炸的遗迹四处皆是：倒塌的墙体，堵塞的沟渠，麦浪中的点点弹坑。偶尔可以望见点点圆帽，或是深色的头巾，已经有人在田间劳作，趁着夜间苏联人战机熄火、弹药入库之时收割庄稼。戴着头巾或身材矮小的是妇女和家中大一点的孩子，趁着亮光还能帮上些忙。山谷另一边，农田向低缓的山坡艰难延伸，不过很快便不得不向土石投降。眼前最左边的村落人家升起笔直的炊烟，直到清风将之拂去。清风带来的还有上游河湾洗澡妇女闲聊的只言片语。她们的声音十分微弱，再也听不到萨哈拉爽朗的笑声——她正沉浸在悲痛之中。这一切都是因为让-皮埃尔……

想到这里她勇气倍增。"带我回家吧。"她忽然说道。

一开始他没能会意。"咱们才刚到这里，"他不耐烦地说，然后他看着简，眉头舒展开来，"哦！"

他的语气中带着透着镇定，简有种不祥的预感。她明白，看来要想达到目的，免不了一番争斗。"没错，"她坚定地说道，"回家。"

让-皮埃尔伸手搂住简："在这个国家待久了，有时难免情绪低落。"他没有看简，而是盯着脚下湍急的河流，"尤其是你刚刚生过孩子，非常容易感到抑郁。过不了几个星期，你就会……"

"别来这一套！"简突然发起火来，她不会允许让-皮埃尔就这样蒙混过去，"留着你的医生架势去对付病人吧！"

"好吧。"让-皮埃尔将手臂抽回，"来之前咱们就决定了，要在这里待两年。培训、赶路加上安顿花费了大把时间和金钱，停留时间太短根本起不到效果，这是你我的共识。我们下定决心要发挥实质的作用，所以才承诺驻满两年……"

"可是后来有了孩子。"

"不是我的主意。"

"总之，我改主意了。"

"你无权改主意。"

"我又不归你所有！"她愤怒道。

"绝对不行。还是别再讨论了。"

"这才刚刚开始呢。"她说。让-皮埃尔的态度激怒了简。对话转而变为关于她个人权利的争论，而不知为何，简并不想简单丢出知道丈夫当间谍的真相而站得上风——总之，时机还未到。简想让他承认，她有权自由做出选择。"你不能无视我的意愿，更无权否认它。今年夏天我就要走。"

"我的回答是'不'。"

她决定跟他讲道理。"我们已经待了一年了。已经发挥了作用，同时也做出了巨大的牺牲——比我们预期的还要大。难道还做得不够？"

"说好了要来两年。"他依旧顽固坚持。

"那是很久以前的事了，那时香塔尔还没出生。"

"那就你们两个走，我留下。"

简考虑了片刻。带着孩子跟随护送队前往巴基斯坦困难重重，而且十分危险。如果丈夫不在身边更是形同噩梦，但并非不可能。然而，那便意味着丢下让-皮埃尔不管。他会继续出卖护送队。每过几星期，这座山谷便会失去更多的丈夫与儿子。不能把他留下的另一个原因在于这样会摧毁两人的婚姻。"不行，"她说，"我不能自己走，你得跟我们一块儿。"

"我不走，"让-皮埃尔生气地说，"我不走！"

现在不得不跟他摊牌了。简深吸一口气："不走也得走。"

"没人能强迫我。"让-皮埃尔打断道。他伸出食指指着她，简盯着他的眼睛，那目光中蕴藏着某种东西，令她不寒而栗。"你强迫不了我。别白费力气了。"

"谁说我不能……"

"我劝你还是免了。"他的声音冰冷无比。

突然间，让-皮埃尔变成了一个陌生人，令她完全不认识。简沉默了片刻，心里盘算着。她看到一只鸽子从村庄腾空而起，向她飞来，回到位于她脚下岩壁上的巢穴中。慌乱之中她想：我不认识这个男人！已经过了整整一年，我仍然不知道他究竟是谁！

"你爱我吗？"简问道。

"爱你并不意味着你说什么我都要照做。"

"那就是爱咯？"

让-皮埃尔盯着她，简也坚定地回看过去。渐渐地，那份强硬与狂躁从他眼中消失，他松弛下来。终于，他笑了："爱。"简朝他靠过去，他再次抱住她。"是的，我爱你。"他温柔地说道，轻吻她的前额。

她把脸靠在让-皮埃尔的胸前，目光低垂。刚才看到的鸽子再次飞走。那是只白鸽，正如她之前编造的幻象。鸽子飘然而去，轻巧从容地朝远处的河岸滑翔。简想：上帝啊，我现在该怎么办？

穆罕默德的儿子穆萨——大家现在都叫他"左撇子"——率先看到了归来的护送队。他飞快跑到洞前的空地，扯着嗓子大喊："他们回来啦！他们回来啦！"没人需要问"他们"是谁。

上午，简和让-皮埃尔待在洞中的诊所。简望着他，隐隐可以觉察到他因疑惑而皱眉：他不明白为何苏联人还没有利用他提供的情报组织伏击。简背过身去，避免让他觉察到自己的喜悦。她救了大家的命！尤瑟夫今晚可以放声歌唱，谢尔·卡多尔得以盘点他的羊群，而阿里·加尼姆也可以逐个亲吻他的十四个孩子。尤瑟夫也是拉比亚的儿子，救了他的命也算简对拉比亚为香塔尔接生的报答。那些本可能陷入悲痛的母亲与女儿现在可以享受家人归来的愉悦。

那让-皮埃尔又做何感想呢，简想。是愤怒、沮丧还是失望？很难想象会有人因他人没被杀死而失望。她偷偷瞥了让-皮埃尔一眼，然而他面无表情。真希望能了解他心里在想什么，简想。

两人的耐心很快便消磨殆尽：所有人都跑下山，回到村里欢迎护送队平安归来。"咱们也去吧。"简说。

"你去吧。"让-皮埃尔答道，"我把这里的事处理完，然后跟你会合。"

"好吧。"简猜想他需要时间使自己镇静下来，这样见到护送队才好假装出一副兴高采烈的样子。

简抱起香塔尔，沿着陡坡下山回村。透过薄薄的鞋底，她能感受到岩石的热度。

她没有跟让-皮埃尔摊牌，但也不能这样无休止地拖下去。他迟早会知道穆罕默德差人通知护送队临时改变路线，自然也会追问其中原因。而穆罕默德肯定会告诉他简看到了"幻象",而让–皮埃尔清楚,简并不信这种东西……

我为什么要害怕?她自问。做了坏事的又不是我——是他。但似乎自己也要为丈夫这个不可告人的秘密感到羞愧。那晚在崖顶散步之时,我就该立马跟他讲清楚。然而我一再隐瞒,连自己也变成了欺骗者的同谋。也许就是这样。或者,兴许是他奇怪的眼神……

简并未放弃回家的决心,但目前她还没有想到能够说服让–皮埃尔离开阿富汗的方法。她设想出十几种匪夷所思的计谋:假造信息说他母亲病危,在他的酸奶里下药,迫使他回欧洲就诊……最简单,也最有效的方法便是威胁要将他的间谍身份告诉穆罕默德。当然,她不会这么做,将他的身份揭穿无疑等同于杀死他。但让–皮埃尔会觉得简说到做到吗?可能不会。只有铁石心肠的无情之人才会认为简会这样断送掉丈夫的性命——如果让–皮埃尔真是这样的冷血动物,他也许会杀了简。

尽管天气炎热,她还是不禁颤抖起来。想到杀戮不免感觉荒谬。她想,如果有两个人,能像我们这样,从彼此的身体获得如此多的快感与愉悦,又怎么忍心对彼此施以暴行?

接近村子时,简听到村里响起阵阵的枪声,那是阿富汗人庆祝的习俗。她走向清真寺——凡是村里有事,一般都在清真寺。护送队的人都在院里,队员、马匹和行李周围围拢着欢笑的妇女和大叫的孩子。简站在人群边上,注视着眼前的一切。这么做是值得的,她想。所有的担心、恐惧以及对穆罕默德的无耻利用就是为了眼前的场景,就是为了让大家平安回来,与各自的妻子、母亲与子女团聚。

接下来发生的事情恐怕是简此生中最大的意外了。

在点点圆帽与头巾构成的人群中，出现了一个满头金色卷发的人。起初简没有认出来，但那种似曾相识的感觉已经扣动了她的心弦。接着，那个人的轮廓逐渐在人群中变得清晰。简看到，隐藏在浓密金色胡须之下的，是埃利斯·塞勒的脸。

她的膝盖突然发软。埃利斯？在这里？这不可能。

埃利斯向她走来。他身着宽松的棉质阿富汗传统服装，看起来有点像睡衣，宽阔的肩膀上还搭着一块脏兮兮的毯子。胡子以上裸露着的那一小块皮肤已经晒得黝黑，使得那双天蓝色的眼睛更夺人心魄，如同成熟麦田中的矢车菊。

简惊讶得说不出话。

埃利斯站在她面前，一脸严肃："你好，简。"

简发现自己对他已经没有了仇恨。一个月前简兴许还会咒骂埃利斯欺骗她，监视她的朋友，如今已经怒气全消。她不会对这个人有好感，但也能够容忍他。况且一年多以来第一次听到有人说英语，感觉也十分惬意。

"埃利斯，"简低声叫道，"你跑来做什么？"

"跟你一样。"他说。

这话什么意思？当间谍？不，埃利斯不知道让-皮埃尔的真实身份。

看到简一脸迷惑，埃利斯道："我是说，我来也是为了帮反叛军。"

他会发现让-皮埃尔的事吗？简突然为丈夫担心起来。埃利斯也许会杀了他——

"这孩子是谁的？"埃利斯问。

"我和让-皮埃尔的。她叫香塔尔。"她发现埃利斯突然显得十分难过，这才明白原来他一直希望自己的婚姻不幸。上帝啊，他还爱着我，简想。她试着转换话题："你怎么帮？"

他举起自己的包。这个卡其色的帆布包很大，形状很像香肠，貌似老式的行军包。"我会教他们如何炸毁公路和桥梁，"他说，"所以你看，在这场战争中，你我站在同一条战线上。"

而让-皮埃尔则不然，简想。现在会怎么样？阿富汗人丝毫没有怀疑让-皮埃尔，但埃利斯受过特别训练，深谙欺骗之道。迟早他会猜出是怎么回事。"你来这里待多久？"简问道。如果时间短，兴许他还没时间起疑。

"整个夏天。"他含糊答道。

或许他不会有太多时间与让-皮埃尔打交道。"住在哪里？"简问。

"就在这个村子。"

"哦。"

埃利斯听出了简语气中的失望，于是苦笑道："你见到我想必不会高兴吧……"

简拼命地思考着：如果她能使-让皮埃尔收手不干，他便不会再有危险。突然间，她有信心能够与丈夫摊牌。为什么？她很好奇。因为我不再害怕他。为什么不怕？因为埃利斯在这里。

我怕自己的丈夫，这一点之前倒没意识到。

"恰恰相反。"简答道，心想：看我多洒脱！"我很高兴你能来。"她说。

一阵沉默。显然，埃利斯不明白简何以有此反应。过了一会儿，他说："啊！这里太乱，我在什么地方存了许多炸药之类的东西，还是去看看为好。"

简点点头；"好。"

埃利斯转身消失在混乱的人群中。简漫步走出院子，感觉有些不知所措。埃利斯来了，就在五狮谷，而且显然还爱着她。

刚到店铺老板家中，让-皮埃尔迎了出来。去清真寺之前他先回了一趟家，可能是为了把医疗包放下。简不知该说点什么。"护送队带回一个人，你认识。"她说道。

"欧洲人？"

"对。"

"是谁？"

"去看看吧，你会大吃一惊的。"

他急忙出了门。简走进屋里。见到埃利斯，让-皮埃尔会怎么办？简想。他肯定想告诉苏联人。而苏联人则会置埃利斯于死地。

想到这里，简不禁怒上心头。"再也不能有人被杀！"她大声道，"我不会允许这种事再发生！"她的声音吓哭了香塔尔。简轻轻摇动着她，孩子安静下来。

我该怎么办？简思索着。

得阻止让-皮埃尔跟苏联人取得联系。

如何阻止？

他的联络人不可能进村同他见面。所以，我只需让他一直留在村里。

我会告诉他：你必须保证不离开村子。如果你拒绝，我就告诉埃利斯你是间谍，那他也不会让你出村了。

如果他先答应，之后又食言呢？

如果他出了村子，跟联络人见了面，我都会有所察觉，那么就可以通知埃利斯。

让-皮埃尔跟苏联人有其他的联络方式吗？

紧急情况出现时，他们肯定有联络方法。

可是这里没有电话，无法邮寄，更没有信差和信鸽——

他一定有无线电。

如果他有无线电设备，我便不可能阻止他。

她越想越确定，让-皮埃尔一定有无线电通话设备。每次在小石屋见面都得经过提前安排。理论上来讲，也许在他离开巴黎之前，这些见面就已经被安排好了；然而事实上这几乎不可能：如果让-皮埃尔迫不得已必须改期怎么办？如果他迟到，或者需要紧急约见又怎么办？

他肯定有无线电。

真若如此，我该怎么办？

可以把无线电拿走。

简把香塔尔放进摇篮，在屋里四处搜寻。她来到前屋。曾经作为店铺的房间中央有一处瓷砖砌成的台子，那里是让-皮埃尔放医药包的地方。

这个位置很显眼。除了简之外，没人可以打开这个包。之前，她也没有任何理由要这样做。

她打开包上的锁扣，将包里的东西一件一件地拿出来。

没有无线电。

这种东西不可能轻易就能找到的。

他肯定有一台，简想，而我必须找到它：如果找不到，不是他被埃利斯杀死，就是他杀掉埃利斯。

简决定搜遍整栋房屋。

她仔细查看了货架上所有的医药用品，将所有开封的盒子与包裹翻了个遍。简动作飞快，生怕还没找寻完毕让-皮埃尔已经回来。结果，她一无所获。

她来到卧室，在他的衣物当中翻找，接着又转向收在角落里的冬季卧具。还是没有。简加快动作，在客厅里急切寻找着可能藏匿东西的位置。放地图的柜子！她将柜子打开，里面只放着地图。简"咣"的一声使劲将柜门关上。香塔尔被声音惊醒，尽管已经快到了喂奶的时间，但她并没有哭。真是个乖孩子，简想，谢天谢地！她朝食品橱柜后侧看看，掀起地毯看看是否有个隐藏的洞口。

什么都没有。

肯定就在屋里的某个地方。她觉得让-皮埃尔不可能冒险将无线电装置藏在房子以外的某个地方，那样很可能被人偶然发现，风险实在太大。

简回到商店屋内。只要能找到这台无线电，一切都可以迎刃而解——让-皮埃尔别无选择，只能放弃。

他的包放在显眼的位置，因为无论去哪里，让-皮埃尔都带着它。简把包拎起来，包很沉。她又里里外外找寻了一遍，发现这个包的底十分厚。

突然，她灵机一动。

这个包可能有个活动底。

她用手指触探着包底。肯定在这儿，她想，肯定没错。

她用手指摁住包底一侧，然后抬起手。

活动底轻而易举地翘了起来。

她的心提到了嗓子眼，战战兢兢地朝包里看去。

就在这个隐秘的隔间里，放着一只黑色的塑料盒子。简将盒子取出。

就是它了，简想，他就是用这台小型无线电装置与苏联人取得联系。

那为什么还要见面？

或许是因为害怕被监听，机密情报不敢通过无线电发送。也许无线电只用来安排见面事宜，以及在紧急情况下使用。

比如他无法出村的时候。

她听到后门打开的声音，吓得连忙放下无线电，同时转身看去。法拉提着扫帚走进屋。"哦，上帝啊！"简大叫一声。她扭过头，心跳得飞快。

必须在让-皮埃尔回来之前毁掉这台无线电。

可怎么做呢？又不能把它扔掉——会被人找到的。

必须把它砸碎。

用什么砸？

她又没有锤子。

用石头吧！

简急忙忙穿过客厅来到院里。院墙由石块加灰泥。她伸手晃了晃最顶层的一块石头，貌似砌得很牢固。简又试了试旁边的一块，然后是下一块。第四块貌似有些许松动。她伸手上去，用力向下掰。石块略微动了动。"下来！快点下来！"简喊道。她用力掰着石块，粗糙的石块嵌进手上的肌肤。她用力一掀，石块松动下落，简连忙躲开。石块足有装豆子的罐头那么大，正合适。她用双手将石头搬起，急急忙忙回到屋内。

回到前厅，她从地上捡起黑色的塑料无线电收发机，把它放在台子上，然后将石头举过头顶，使出全身力气将它砸在无线电机上。

塑料外壳开裂。

她得再用力些才行。

简再次举起石头向下砸。这次盒子被砸碎，露出里面的结构：简看到一组印刷电路、一个扬声器音盆以及一组电池，电池上印着俄文。她取出电池扔在地上，然后朝着装置猛砸。

突然，有人从身后一把抓住她，让-皮埃尔的喊叫声突然响起："你在干什么？"

简拼命挣扎着。一时间，她得以挣脱，继而又朝着无线电装置狠命一击。

让-皮埃尔抓住简的双肩，猛地将她丢到一旁。蹒跚中，她摔倒在地，手腕也扭了。

让-皮埃尔盯着无线电："坏了！没法修了！"他抓住简的衬衣领子把她揪起，眼里充满着愤怒与绝望。他大喊道："你根本不知道自己干了什么！"

"放开我！"简喊道。明明是他说谎在先，他根本没有资格发火。

"你居然对我动粗？！"

"居然？！"他放开简的衬衣领，收回胳膊，随即重重给她一拳，这一下刚好打在腹部正中央。刹那间，简惊得丝毫无法动弹。紧接着，一股疼痛在体内蔓延。之前因为怀香塔尔，那个部位现在还时不时感到酸胀不适。简大叫一声，双手捂着腹部弯下腰去。

她双眼紧闭，没有料到拳头会再次袭来。

让-皮埃尔这一拳实实在在打在简的嘴上。她尖叫着，简直无法相信丈夫会这样对她。她睁开眼睛盯着他，害怕他会再次动手。

"居然？"他大叫着，"居然？！"

简跪倒在土地上，沉浸在震惊与痛苦中。她伤心地抽泣着，嘴巴上感到一阵剧痛，几乎说不了话。"求求你别打我，"她勉强开口道，"别再打我。"说着她抬起一只手挡在脸前。

让-皮埃尔俯身跪在地上，推开简的手，猛地凑到她脸前，咬牙切齿地问道："你知道多久了？"

简舔舔肿起的双唇。她用袖子轻轻碰了碰，拿开一看，上面沾着血迹。她说："自从上次在石屋看到你……去科巴克的路上。"

"可你什么都没看见！"

"他说话有苏联口音，还说脚上起了水疱。我是从这些猜到的。"

让-皮埃尔突然沉默了片刻，仿佛还在消化简的回答。"为什么现在毁掉无线电？"他问道，"之前为什么不这么做？"

"之前不敢。"

"现在呢？"

"埃利斯来了。"

"所以呢？"

她鼓起最后的一丝勇气："如果你还继续……做间谍……我就告诉埃利斯，他会阻止你。"

他一把扣住简的喉咙："贱人！如果我掐死你呢？"

简直视着他，让-皮埃尔的眼中燃烧着愤怒。"现在我再也找不到他了！"他说。简在想，他在说谁？埃利斯？不对。马苏德？难道让-皮埃尔的终极目标是杀掉马苏德？他的手依然掐着简的咽喉不放，简感到他越扣越紧，她恐惧地盯着他的脸。

这时，香塔尔哭闹起来。

让-皮埃尔的表情突然转变。他的眼神不再凶恶，之前的顽固与愤怒也随之溃退。简惊诧地看到，他双手捂着眼睛哭了起来。

简注视着他，半信半疑。她发现自己对这个人心生怜悯，转念又一想：别傻了，这个畜生刚刚把你打得头破血流。尽管如此，她还是被让-皮埃尔的泪水所打动，遂低声说道："别哭了。"那声音温柔得出奇。简伸手抚摸他的脸颊。

"对不起，"他说，"我不该这样对你。我一生的心血……全都白费了。"

尽管现在双唇红肿，小腹疼痛难忍，简发现自己居然已经怒气全消。震惊的同时，她也感到一丝自我厌恶。最终，她还是对情感屈服，并伸出手臂搂住让-皮埃尔，轻轻拍着他的后背，仿佛在安慰一个孩子。

"就因为安纳托利的口音，"他含糊地说道，"就因为这个。"

"别想安纳托利了，"她说，"我们离开阿富汗，回欧洲去，就跟着下一批护送队出发。"

让-皮埃尔松开捂脸的双手看着简："等回到巴黎……"

"嗯？"

"等回到家……我依然希望我们能在一起。你能原谅我吗？我爱你——是真的，我一直都爱着你。现在我们结婚了，有了香塔尔。求你了，简，别离开我好吗？”

简意外地发现自己居然没有丝毫犹豫。他就是自己所爱的人，她的丈夫，她女儿的父亲。现在他深陷困境，想企求帮助。"我哪里也不会去。"她答道。

"你发誓，"他说，"发誓绝不会离开我。"

她翘起仍在流血的嘴角对他微笑着："我爱你，我发誓决不离开你。"

第九章

沮丧、焦躁与怨怒将埃利斯笼罩。沮丧是因为他来五狮谷已经七日，却仍然没见到马苏德；焦躁是由于每日目睹简与让-皮埃尔一同生活、工作，一家人共享天伦之乐，感觉简直就是人间地狱；怨怒是因为今日的窘境完全是他自己一手造成，怨不得别人。

他们说今天可以见到马苏德，不过这位大人物目前尚未露面。昨天，埃利斯走了一整天才到达这里。他位于五狮谷的西南边，那里是苏联人控制的区域。离开班达时有三位游击队员与他同行：阿里·加尼姆、马杜拉·汗以及尤瑟夫·古尔。不过，一路上每经过一个村子，他们便会多募集两三个人，如今浩浩荡荡已有三十多个了。一群人围圈坐在山顶一棵无花果树下，一边吃果子一边等。

就在山脚下，一片平原向南伸展。事实上，平原一路延伸至喀布尔。不过那座城市远在五十英里以外，在这里无法看见。就在同一方向十英里以外的地方，坐落着巴格拉姆空军基地。从这里看不到那边的建筑，但时不时可以看到喷气式飞机升空。肥沃的平原可以看到片片牧场与果园，河流奔淌其间，最终纷纷汇入宽阔幽深的五狮河，向前一直奔流到达喀布尔。一条崎岖的道路从山脚下经过，向山谷中延伸，一直到达罗卡镇。那里是苏控区域的最北端。路上并无太多行人车辆，只见到几辆农家的推车，偶尔还会有零星的装甲车驶过。苏联人在河流与道路交会处新建了一座桥梁。

埃利斯要将那座桥炸掉。

他开了一系列爆破课程，借以拖延时间，为他真正的任务作掩护。尽管他的达里语说得磕磕巴巴，这些课程仍然广受欢迎，他甚至不得不限制参加的人数。以前在德黑兰学的那点波斯语还留下些零星印象，随护送队来此的一路上，他也学了许多达里语，所以现在能简单聊聊天气、食物、马匹与武器，不过还不能表达诸如"炸药中的凹痕可以起到集中爆破威力的作用"这样的复杂句。尽管如此，一想到可以把某些东西炸上天，这些阿富汗壮汉便趋之若鹜，一个个听得十分用心。他不能将每次任务中所需的TNT[1]炸药用量的计算公式告诉他们，也无法教他们使用连傻瓜都能操作的美国军用计算磁盘，因为这些游击队员都没学过小学算术，多数人连字都不认。不过，他还是可以向大家示范在同样时间内如何以最少的用量明确击中目标——这一点对游击队来说至关重要，因为他们的军需用品都十分有限。同时，他也试着说服队员们采取最基本的安全防卫措施，然而没有成功。对于游击队员来说，谨慎是懦弱的表现。

与此同时，简的存在一直是一种折磨。

每次看到她抚摸让-皮埃尔，埃利斯都会感到一阵嫉妒；每次见他们夫妻两人在山洞的诊所并肩工作，合作既默契又高效，他

---

① TNT，炸药的一个品种，综合性能较好。

都羡慕不已；每当瞥见简喂奶时露出的乳房，埃利斯便感到自己被欲望所吞噬。夜晚，在伊斯梅尔·古尔的家中，埃利斯躺在睡袋里难以入睡。他辗转反侧，有时满头大汗，有时瑟瑟发抖。躺在夯土地上，他找不到一个舒服的姿势。他尽量不去理会伊斯梅尔与妻子在几码以外隔壁房间做爱时发出的含糊声响；他的双手渴望触碰简的身体，急切得近乎发痒。

走到今天这一步，他怪不得别人。是他主动请命参加这次任务，还奢望着也许能重新赢回简的芳心。这简直就是痴人说梦，而且幼稚至极，现在能做的也只有尽快离开这个鬼地方。

而在见到马苏德之前，他什么都做不了。

他站起身，不安地走来走去，同时也小心地待在树荫的范围内，以防被路上的人看到。几码之外有一堆扭曲变形的金属碎片，之前一架直升机在那里坠毁。他看到一枚金属薄片，大概有盘子那么大，形状也跟盘子差不多，这让他灵机一动。埃利斯一直在想如何向大家展示锥形装药的威力，现在有办法了。

他从行囊里取出一小块扁形的TNT炸药，又拿出一把随身小折刀。游击队员们聚拢在他周围。阿里·加尼姆也在人群当中，他身材矮小，长相有些怪异：扭曲的鼻子、七扭八歪的牙齿，还稍微有点驼背，听人们说他有十四个孩子。埃利斯用波斯语在炸药上刻出一个名字"阿里"，然后拿给大家看。阿里认出了自己的名字。"阿里。"他边念边笑，露出满口难看的牙齿。

埃利斯将炸药放在一块金属上，刻字的一面朝下，然后笑着说："希望管用。"尽管队员们当中没人懂英语，不过听到这句话，所有人都笑了起来。他从大包里取出一圈导火线，切出四英尺，然后打开雷管箱，取出一根，将引线的末端插进圆柱形的雷管，最后将雷管绑在TNT炸药上。

他朝山下的路上看看：路上没人没车，于是便带着这枚小炸弹过了山坡，放在五十码以外的地方。他划了根火柴引燃导火线，然后回到无花果树下。

引线燃得很慢。等待的过程中，埃利斯琢磨：马苏德是不是派其他队员来监视他，看看这人究竟几斤几两。这位头领是不是还在等待，看看埃利斯是不是有真本事，能让队员们信服？对一支军队而言，章法极为重要，反抗军队也是如此。然而埃利斯已经没时间在这里谨小慎微、步步试探了。如果今天马苏德还是不出现，他便只能丢掉这些关于爆破的伪装，坦言自己是白宫当局派来的使者，要求立刻与反抗军领导者见面。

炸弹"砰"的爆炸，动静并不是很大，随之腾起一小团尘埃。看到爆炸威力如此微弱，队员们不免显得有些失望。埃利斯找回了那块金属片，用头巾裹着将它拿起，以防温度过高。用波斯文书写的"阿里"洞穿了金属，字母的边缘参差不齐。他将金属片拿给队员们看，人群中爆发出一阵兴奋的交谈声。埃利斯很满意。生动的示范充分证明：不同于人们通常的理解，有的放矢的炸药威力更大。

队员们突然安静下来。埃利斯四下看看，发现另外一群人正在朝山上靠近，队伍中足有七八个人。手中的步枪以及头上的圆顶帽证明他们是游击队员。这些人越靠越近，阿里也越站越直，仿佛马上要敬礼一般。埃利斯问："这是谁啊？"

"马苏德。"阿里答道。

"哪个是马苏德？"

"中间那个。"

埃利斯观察着队伍中间的那个人。乍眼一看，马苏德跟其他队员并无分别：身形消瘦，中等个头，一身卡其色装扮，脚上蹬着俄式长靴。埃利斯仔细打量那张面孔。浅色皮肤，稀疏的八字胡，下颌的胡子像年轻人那样粘成一小撮一小撮的。他鼻道细长，鼻尖向内勾着。警觉的深色眼睛周围满布深纹，让他看起来至少显老五年，而绝非人们所说的二十八岁。那张脸并不英俊，但却凸显着生动的智慧与冷静的权威，使得他在众人之中脱颖而出。

他直接走到埃利斯近前，伸出手："我是马苏德。"

"埃利斯·塞勒。"说着，他同马苏德握了握手。

"我们要炸毁这座桥。"马苏德用法语说。

"可以开始了吗？"

"可以。"

埃利斯将装备放进包里，与此同时，马苏德走进队伍之中，与一些队员握手，并朝其他人点点头。他同一两位游击队员简单拥抱，彼此寒暄了几句。

一切准备就绪，队员们三五成群向山下走去。埃利斯想，这样做大概是希望一旦被人发现，别人会当他们是一群农民，而非反抗军。来到山脚下，路上的人再也看不到他们，而头顶一旦有直升机飞过，还是有被发现的可能。埃利斯想，如果游击队听到直升机来，肯定会直接接手解决。他们沿着田间的一条小道向河边走去。路上经过许多小屋，许多田间工作的人们看到他们，一些人视而不见，还有一些人挥手致意，呼喊着打招呼。游击队来到河边，沿河岸继续前行。一路上，他们尽量借着岸边的岩石和稀疏的植被隐蔽。在离桥约三百码的地方，一队军车正从桥上经过，向罗卡驶去，队员们纷纷隐藏。埃利斯躺在一棵柳树下，他发现马苏德就在身边。"如果我们炸毁这座桥，"马苏德说，"就能切断他们与罗卡的供给链。"

车队开走后，队员们又等了几分钟，然后继续向桥梁进发。大家聚集在桥下，避免被桥上的人发现。

桥梁中央距离河面的垂直高度为25英尺，而水深大概为10英尺。埃利斯发现这是一座结构简单的纵梁桥——两条长长的金属纵梁支撑起厚厚一层混凝土路面，从一侧河岸一路延伸至另外一侧，中间没有任何支撑。混凝土属于静负荷，也就是说，纵梁承力。破坏纵梁，整座桥就会毁于一旦。

埃利斯着手准备。炸药都是些黄色的砖块，每块重约一磅①。他将十块炸药绑成一捆，之后又绑了三捆一模一样的炸药堆，所有的炸药全部用光。之所以使用TNT是因为其多数成分可以在炸弹、炮弹、地雷和手榴弹中可以找到，而游击队的多数炸药供给都是来自没有爆炸的苏军军火。塑胶炸药可以塞进小洞里，绕在梁上，或者被塑成任何需要的形状，因而更加适应他们的需求。然而，队员们只能使用他们能够找到和偷到的材料。偶尔，他们可以用山谷里种的大麻从苏联工程师那里换来一点可塑炸弹。然而，这样的交易中有阿富汗正规军的介入，危险大，数量有限。这些信息埃利斯都是从白沙瓦的中情局特工那里了解的，事实果然如此。

头顶上方的都是些工字梁，间隔约八英尺。埃利斯用达里语说："给我找根这么长的棍子。"说着指了指工字梁之间的间距，

---

① 1磅约为0.45千克。

一名游击队员走到河边，将一棵小树连根拔起，"再找根一模一样的。"

他将一捆TNT炸药放在其中一根工字梁的下层梁板上，并让一位队员将其固定。然后他将另一捆炸药固定在另一根工字梁类似的位置。之后，他将那棵小树支在两捆炸药之间，避免挪位。

他涉水过河，在桥梁的另一端装了相同的装置。

他将自己的做法用混杂着法语和英语的达里语进行了说明，让大家尽量消化吸收。最重要的是让他们看到自己如何操作，以及最后的结果。他用导爆索引爆，这种烈性炸药导火线能以每秒两万一千英尺的速度燃烧。埃利斯将四捆炸药连在一起，这样它们便可以同时引爆。接着，他又将导爆索绑成一个圈，形成回路。他用法语向马苏德解释，这样做的效果是导火索可以从炸药两边同时引爆。即使一侧的线被切断，炸弹依然可以爆炸。埃利斯建议将其作为常规做法，以防万一。

工作之时，埃利斯有一种奇特的愉悦感。机械的体力劳动，客观单纯的炸药用量计算，这样的工作总能带给他些许慰藉。如今马苏德终于现身，埃利斯的任务也总算有了进展。

埃利斯一路将导火索埋入水中，然后引上河堤。将导火索埋入水中比较便于隐蔽，同时又不影响引燃。他在导火索末端装上一支雷管，又接了一段可以燃烧四分钟的普通慢燃导火线。

"准备好了吗？"他问马苏德。

"好了。"

埃利斯将导火线点燃。

众人急忙撤离，沿河堤往上游方向去。马上就要搞出个大动静来，埃利斯仿佛小孩子一般，心中不由得一阵得意。其他人似乎也很兴奋，埃利斯不由得在想：自己是不是和他们一样拙于掩饰。他意味深长地盯着眼前这群人，此时，他们的表情突然变得十分警觉，仿佛一群倾听泥土中蠕虫动静的鸟。接着，埃利斯也察觉到，远处响起隆隆的坦克声。

他们所处的位置并不能看到路上的情形。不过一名游击队员立马闪身上树，报告道："两辆。"

马苏德一把抓住埃利斯的胳膊："能趁着坦克过桥时把桥炸毁吗？"

埃利斯心想，该死，这是在试探我。"能。"他贸然答道。

马苏德点点头，露出一丝笑容，"很好。"

埃利斯也上了树，与那个游击队员并肩眺望。两辆黑色的坦克重重地碾压在狭窄喀布尔方向来的石子路上。他感到一阵紧张，这可是头一次跟对手打照面。这些敌人一身盔甲，火力威猛，尤其再跟破衣烂衫的游击队员和他们简陋的步枪一比，则更显得刀枪不入、所向无敌。然而，五狮谷里四处可见的坦克残骸，都是游击队员凭借自制地雷、投掷得恰到好处的手榴弹和偷来的火箭制造的成果。

除了两辆坦克外并无其他车辆随行。也就是说，这不是巡逻队，更不是突击队。这些坦克很可能是在巴格拉姆进行修理后被运到罗卡，或者就是刚从苏联运来的。

埃利斯开始盘算。

坦克的行进速度为每小时十英里，所以将在一分半钟后来到桥上。导火线点燃不到一分钟，至少还要燃烧三分钟。照目前的情势发展下去，没等爆炸，坦克就会安然过桥。他必须想办法缩短引线。

埃利斯从树上跳下。他边跑边想：我上次跑到作战区都是哪年的事了？

身后响起脚步声，埃利斯转身往后瞥。阿里就在他的身后，咧嘴冲着他傻笑，另外两个队员也紧紧跟在身后。其他游击队员则隐蔽在沿岸的河堤上。

没过一会儿，埃利斯来到桥上。他单膝触地跪在慢燃导火线旁边，工具包顺势从肩头滑下。他一面打开工具包，在里面翻找小折刀，一面在心中不断计算着。坦克离这里只有一分钟的路程了，他想。导火线的燃烧速度是每三十到四十五秒一英尺。这批引线是烧得慢、烧得快，还是速度一般？他似乎记得这回用的是燃烧速度较快的那种。就算延迟三十秒，燃烧一英尺，三十秒的时间他可以跑到一百五十码开外，将足够安全。

他打开小折刀递给身旁的阿里，在距离雷管一英尺的地方抓起引线。他用双手持着引线，让阿里剪断。埃利斯左手握着剪断的一端，右手抓着燃烧的一端，迟疑着是不是时候将另一端重新点着。他必须确定坦克离这里还有多远。

他爬上路堤，两手依然握着引线两端。在他身后，导火索一路延伸到河里。他将头探到桥栏杆之外。巨大的黑色坦克正在稳步靠近。还有多久？他一秒一秒地数着，计算着坦克的行进距离。然后，他将燃烧的一端引线和与炸弹连接的一段连接到一起，这并不是计算的结果，更多的是猜测。

埃利斯小心翼翼地将导火索放下，撒腿就跑。

阿里和另外两名队员紧随其后。

起初，有河堤的掩护，他们还能够避开坦克的视线。然而随着坦克渐渐靠近，四个奔跑的人也渐渐变得显眼。埃利斯一秒一秒掐数之间，远处的隆隆声已经演变为震耳欲聋的呼啸。

坦克里的炮手只犹豫了片刻：逃跑的阿富汗人一般都会被当作游击分子，拿他们当活靶子也就顺理成章了。只听两声巨响，一对炮弹从埃利斯头顶呼啸而过。他改变方向，朝着远离河畔的方向跑去，一边跑一般琢磨：炮手调整了瞄准范围，如今正调转炮口冲我而来……瞄准……来了！又是一次及时的躲闪，埃利斯再次转向河边。片刻后又是一声巨响，弹壳就落在附近，溅得他满身尘土碎石。埃利斯心想，除非那该死的炸药先炸，不然下一发炮弹肯定会打中我。该死，我干吗要在马苏德面前逞英雄？！机关枪声随后响起。行进中的坦克上很难瞄准，但他们也可能停下来。他想象着枪林弹雨袭来，一边跑，一边开始左躲右闪。突然间，他全然猜到了苏联人的意图：他们找一个视野最为清晰的点停下来，观察敌人的逃跑动向，那一定是桥上。可是，在游击队被扫射放倒前，炸药会引爆吗？埃利斯越跑越快，他的心怦怦直跳，嘴里大口大口喘着粗气，心想：我不想死，即便简爱的是别人，我也不能死。子弹穿裂了眼前的一块巨石，几乎命中他逃跑的去路。埃利斯突然转向，但子弹尾随而至，他几乎陷入绝境，成了活靶子。身后一名游击队员突然一阵哭喊，紧接着他自己也连中两枪。先是胯上一阵灼烧的剧痛，接着右边屁股上像是被人狠揍了一下似的。因为那第二颗子弹，埃利斯的右腿片刻失去了知觉。他踉踉跄跄摔倒在地，胸口擦破了皮。他连忙翻身坐起，忍着疼痛试图往前挪。两辆坦克已经在桥上停下。之前一直紧跟在埃利斯身后的阿里此时上前，双手架着埃利斯的腋窝，想把他拉起来。两人仿佛是瓮中之鳖，一打即中。

炸药引爆了。简直是美不胜收。

四点同时爆破，炸断了大桥的两端，两辆坦克停留的中段失去了支撑。起初只是徐徐倒下，断裂的两端碎尘四起，随后便颓然倾覆，奔涌的河流中溅起巨大的水花。水体霍然分于两侧，河床瞬间出露，之后便在宛如霹雳的震荡声中碰撞融合。

声音渐退，埃利斯听到游击队员们的欢呼声。

一些人卸掉掩护，朝半露在外的坦克奔去。阿里扶着埃利斯站起来，两腿恢复了知觉，他这才意识到自己还带着伤。"我可能走不了。"埃利斯用达里语说。他试着迈步，要不是有阿里扶着，人早就趴下了。"该死！"他用英语咒骂着，"屁股上好像挨了一枪。"

他听到枪声，一抬头，幸存的苏联人想从坦克里逃出来，结果一冒头便被游击队员打个正着。真是一群杀人不眨眼的畜生。埃利斯低头看看，右边的裤腿已经被鲜血浸透，这应该是外伤出血所致，另一处伤口应该还被子弹堵着。

马苏德满面笑容地来到他近前，带着浓重的口音用法语说道："炸桥的活儿干得漂亮！太精彩了！"

"谢谢。"埃利斯道，"可我来不是为了炸桥。"他现在备感虚弱，头晕目眩，不过这倒也是办正事的好时机。"我是来谈条件的。"

马苏德一脸好奇："你从哪儿来？"

"华盛顿，白宫。我是代表美国总统来的。"

马苏德点点头，脸上没有丝毫诧异："很好。我很满意。"

话音刚落，埃利斯便失去了知觉。

就在当天晚上，埃利斯说服了马苏德。

游击队员做了一个担架，抬着埃利斯翻过山谷，黄昏时到达阿斯塔纳。马苏德已经派人打前站，到班达去找让-皮埃尔，明天他会赶到这里，替埃利斯取出身上的子弹。与此同时，一班人马在一家农舍的院子里安顿下来。埃利斯对伤痛已渐近麻木，一路奔波仍令他备感虚弱，已经有队员对他的伤口进行了简单处理。

　　大约过了一个小时，有人端来烫手的甜绿茶，他稍微恢复了些精神。稍后，一行人吃了些桑葚和酸奶当作晚饭。这是典型的游击队作风，从巴基斯坦随护送队进谷的途中，埃利斯便有所体会：到达某处的一到两小时内，肯定有东西吃。他不知道这些食物是买来的、征用的，还是别人送的。不管对方愿意也好，勉强也罢，反正应该是没花钱。

　　吃过饭，马苏德挨着埃利斯坐下，没过一会儿，周围的队员皆回避开去，只剩马苏德跟两个副手面对埃利斯。埃利斯明白，是跟马苏德摊牌的时候了。错过了今晚，可能一个星期内都不会再有机会。可此时的他浑身瘫软、筋疲力尽，如何担得起如此艰巨的任务？

　　马苏德开口："多年以前，某国求阿富汗国王派五百战士支援作战。国王从我们的山谷派了五个人，并派信使告诉对方：五头狮子抵得过五百只狐狸。五狮谷因此而得名。"接着他笑了，"今天，你也变成了一头猛狮。"

　　埃利斯道："传说从前有五名英勇的战士，人称'五狮'。每人把守山谷中的一道入口。我还听说，这也是为什么人们称你为'六狮'。"

　　"不讲传说了。"马苏德笑道，"你想谈些什么？"

　　为了这番谈话，埃利斯已进行了演练，但他并没料到对方居然单刀直入。虽为东方人，但马苏德显然不喜欢拐弯抹角。埃利斯道："首先，你怎么看这场战争？"

马苏德点点头，思索了片刻道："苏联人在谷口的罗卡镇有一万两千人兵力。总是老套路：先是埋地雷，然后是阿富汗军队，最后苏联人再把逃跑的阿富汗人堵死。他们另有一千二百人的援军，计划两周内对五狮谷来场大规模攻击。他们想摧毁我们的力量。"

埃利斯不解马苏德究竟如何获得如此准确的情报，但表情上并未显露出来："依你看他们会得逞吗？"

"不会。"马苏德沉着中透着自信，"他们一出手，我们就潜入山中，让他们没仗可打。他们一停手，我们就从高地袭击，切断他们的联络。就这样慢慢将他们拖垮。敌人会发现，自己投入大把精力，抢到的地盘却没带来任何军事优势，最终只好撤退。一直如此。"

埃利斯暗自思忖，这正是最典型的游击战争。毫无疑问，马苏德有很多宝贵经验可以传授给其他部落首领。"你觉得苏联人还能在这样的无谓袭击战中撑多久？"

马苏德耸耸肩："这掌握在真主手中。"

"你们能把苏联人赶出你们的国家吗？"

马苏德笑了笑："越南人不是把美国人给赶跑了吗？"

"我知道，当时我就在那儿。"埃利斯道，"你知道他们是怎么做到的吗？"

"我认为一个重要的因素在于，苏联人一直在为越南提供当时最为先进的武器，尤其是便携式地对空导弹。正因如此，游击队才得以对抗战斗机和直升机。"

"我同意。"埃利斯道，"更重要的是，美国政府也站在你们一边。我们想帮助你们获得更先进的武器，同时也想看到，你们能真正利用这些武器在对抗敌人的战斗中取得实质性的进展，让美国人看到花钱的实效。依你看来，阿富汗的抵抗运动何时可以像越南人在战争后期那样，形成统一的全国性力量，并针对苏联人展开袭击？"

马苏德犹豫地摇摇头。"现在讲统一抵抗还为时过早。"

"主要的阻力是什么？"埃利斯屏住呼吸，暗自祈祷马苏德能给出自己期待的回答。

马苏德继续道："我们来自不同的部落、不同的国家，有着不同的领袖。其他的游击队会伏击我的运送队，抢夺我的物资供给。"

"互不信任。"埃利斯总结道，"再有呢？"

"联络困难。我们需要固定的联络网。无线电通信终究不能少，但这需要很长时间才能实现。"

"互不信任，通信困难。"这正是埃利斯所期待的答案。"咱们说说别的。"由于大量失血，现在的他昏昏欲睡。他强打精神不让自己睡着。"你们在五狮谷已经形成了完善的游击打法，比阿富汗其他地区的游击战都更有效。其他的游击队领袖仍然将资源浪费在坚守低处阵地和攻打重要据点上。我们希望能由你来训练国内其他地区的游击力量，教会他们现代游击战略。能考虑一下吗？"

"我明白你的用意。再过差不多一年，在各个抵抗区域，都会有一些曾在五狮谷接受过训练的核心力量。他们可以形成一个联络网，彼此理解，对我也非常信任……"他的声音渐弱，但从表情不难看出，马苏德依然在头脑中思索这个决定的影响。

"好吧。"埃利斯道，他已经筋疲力尽了，但事情还不算完，"这样，如果你能征得其他抵抗领袖的同意，开展训练，美国政府会为你们提供RPG-7火箭发射器、地对空导弹和无线电设备。而且，有两个领袖一定要同意加入才行：毕希谷的贾汗·卡米尔和法伊沙巴德领袖阿玛尔·阿齐兹。"

马苏德苦笑一声："你还真是专拣难缠的。"

"我知道。"埃利斯道，"你做得到吗？"

"让我想想。"

"好吧。"埃利斯躺倒在冰凉的地面上，闭上双眼，不一会儿便睡着了。

第十章

让-皮埃尔漫无目的地走在月光下的旷野里，笼罩在深深的沮丧之中。就在一周以前，他还是那样幸福、那样充实，一切尽在他的掌控中，他可以一面实现人生价值，一面静待良机。如今一切都完了，他感到自己一无是处，变成了一个失败者，一个永远没有可能的可能。

已经毫无出路。各种可能性都考虑过了，每一次都是相同的结论：他必须离开阿富汗。

作为间谍，他的价值已不复存在。没办法联络到安纳托利；即便是简没把无线电砸坏，他也无法离开村子去见对方，否则很快简就会发现他的意图，并跑去给埃利斯报信。那时兴许还有机会让简彻底闭嘴——不，想都别想！想都别想！然而如果简出了事，埃利斯一定会刨根问底。都是因为埃利斯！让-皮埃尔不禁想，要是我够有胆量，真恨不得把埃利斯干掉。能怎么办？手里没枪，难道用手术刀割断他的喉咙不成？他可比我壮实多了，我永远也赢不了他。

他琢磨着事态究竟是怎么恶化的。他和安纳托利渐渐放松了警惕，他们本应找个更安全的地方，能够将四面的去路看个清清楚楚，这样有人靠近时他们也能提前收到警告。可谁能料到简会跟来？真算是倒霉到家了：受伤的男孩对青霉素过敏；简听到了安纳托利的话；她辨得出苏联口音；偏偏这个时候埃利斯跑来给她打气。倒霉。然而，历史不会记载那些几乎成就伟业的人。他想，我尽力了，爸爸。他仿佛可以听到父亲的回应：我不在乎你是否尽力，我只想知道你到底是成是败。

离村子越来越近。他决定回去睡觉。最近一直睡不好，况且此时除了睡觉也干不了别的。他朝自己的家走去。

简没有离开他，但这一点并未带来多少安慰。她发现了他的秘密，两人彼此之间似乎日渐疏远。尽管他们正准备着回国，甚至还畅想着回到欧洲的新生活，两人之间的距离却又远了一步。

至少晚上他们还是相拥而眠，这多少算是点安慰。

他走进家中。本以为简已经上床睡了，意外的是，她依然醒着。让-皮埃尔一进门她便开了口："马苏德差人来找你。你得赶去阿斯塔纳，埃利斯受伤了。"

埃利斯受伤了。让-皮埃尔的心怦怦直跳："怎么伤的？"

"不是很严重，应该是屁股上中了一枪。"

"明天一早我就去。"

简点头道："马苏德的人会跟你同行。黄昏时你就能回来。"

"原来如此。"简要确保他没机会跟安纳托利见面。其实她完全是多虑：让-皮埃尔根本没办法安排会面。再说，她这样却忽略了更大的危险。埃利斯受了伤，变成了薄弱的一环，局势即将扭转。

终于有机会置埃利斯于死地了。

让-皮埃尔盘算了整整一夜，想象着埃利斯躺在无花果树下的垫子上，紧咬牙关忍受碎骨之痛，抑或因失血过多变得苍白虚弱。他想象着自己准备针剂："这针抗生素能防止伤口感染。"然后给埃利斯注射过量的洋地黄，诱发心脏病。

一个三十四岁的男人，尽管长久以来伏案工作，但勤于锻炼，身患心脏病的概率极小，但并非完全不可能。况且在这里也无法进行尸检，更不会引起怀疑：西方世界的人一定会以为他是在执行任务过程中受伤丧命。在五狮谷，只要是让-皮埃尔做出的诊断，大家都会相信。人们给予他的信任不亚于马苏德的左膀右臂。这也不奇怪，让-皮埃尔为当地事业所做出的牺牲并不输给其他人，这一点有目共睹。不，唯一一个有所怀疑的人是简。她会怎么做？

他不能肯定。有埃利斯的支持，简会变成一个强有力的对手；而她孤身一人时，则没有多大威胁。让-皮埃尔兴许能说服她在山谷里再多留一年：他可以发誓保证不再背叛护送队，然后再想办法重新与安纳托利建立联系，同时等待时机，替苏联人锁定马苏德。

凌晨两点，让-皮埃尔给香塔尔喂过奶，然后回到床上。他全无睡意，心中焦虑万分，又是兴奋又是害怕。躺在床上等待太阳升起的同时，让-皮埃尔设想着各种出错的可能：埃利斯可能会拒绝治疗，而他自己也有可能掌握不好剂量；埃利斯很可能只受了点皮外伤，还能四处走动，他甚至有可能已经同马苏德离开阿斯塔纳。

简一整夜频频做梦，在让-皮埃尔身边辗转反侧，偶尔还会含糊地咕哝两声。只有香塔尔睡得香甜。

黎明到来之际，让-皮埃尔起身，烧了火，随后下河洗澡。回来时，信使已经在他家的院子里喝着法拉沏的茶，吃着昨天剩下的面包。让-皮埃尔喝了几口茶，却吃不下什么东西。

简在屋顶给香塔尔喂奶，让-皮埃尔上去亲吻了母女俩，与她们告别。每次碰触到简，他都会想起自己曾对她大打出手，羞愧几乎令他浑身颤抖。简似乎已经原谅了他，但他却无法原谅自己。

他牵着自己那头母马穿过村庄来到河边，与信使并行朝下游走去。五狮谷与阿斯塔纳之间有一条路——勉强算一条：说到底就是一段沙石路，木马车和军用吉普可以走，普通汽车走不了几步就得报废。五狮谷由一系列狭窄多岩石的峡谷延伸组成，间或可见几处耕地平原，长不过一两英里，宽不过一英里。村民们就在这些贫瘠的土地上辛苦劳作，利用巧妙的灌溉艰难为生。路还算得好走，让-皮埃尔可以骑着马走上一段下坡路。这匹马不胜脚力，上坡时驮不动人。

烈日之下，让-皮埃尔一边骑马南下，一边想，曾几何时，五狮谷想必也是一派田园风情。有五狮河的滋润灌溉，两侧有高山作为天然屏障，遵循古老的生活传统，除了不多几个来自努尔斯坦的黄油商人和偶尔来此的喀布尔丝带商人造访当地，几乎不受外界的打扰，俨然回到了中世纪。现如今，20世纪对它展开了报复。几乎每一个村落都遭到了炸弹的破坏：这里毁了水磨，那里草场满是弹坑；这边的沟渠被炸个稀碎，那边的泥石桥成了过河的踏脚石。战争对于五狮谷当地经济生活造成的影响都被让-皮埃尔看在眼里。这里的房子曾经是间肉铺，但门前的案板上已经不见半点肉腥。那边的野草丛曾经是一处蔬菜园，院子的主人逃到了巴基斯坦。另一边有处果园，成熟的果实本置于屋顶晾晒，储存起来好在漫长寒冷的冬日食用，然而如今只能任其烂在地里；曾经照看果园的妇人和孩子们已经死去，只剩下丈夫全心全意投入游击战争。那边的石泥堆曾是一座清真寺，村民们决定不再重建，因为可能再次被炸毁。如此多的残垣断壁，都是因为像马苏德这样的人试图对抗历史的潮流，还连蒙带骗诱使无知的农民支持他们。只要除掉马苏德，一切破坏都会停止。

而只要除掉埃利斯，让-皮埃尔就可以对马苏德下手。

正午接近阿斯塔纳之际，让-皮埃尔思忖着对埃利斯下针会不会有困难。一想到对病人下死手这么令人不耻的行径，他实在不清楚自己会做何反应。当然，他曾经目睹病人死去；但即便如此，他也被无能为力的无奈与悔恨所折磨。面对无助的埃利斯，手里握着针管，他会不会如麦克白①一般受到疑虑的拷问，或者像《罪与罚》的主人公拉斯科尔尼科夫那样犹豫不决？

他们穿过桑加纳，经过那里的墓地与沙岸，沿河湾的道路而行。前方是一片农田，山坡上有一簇房舍。一两分钟后，一个十一二岁的男孩穿过田野朝他们跑过来。他没领两人上山坡进村子，而是带他们来到田边的一处大房子。

此时的让-皮埃尔没有疑虑，没有犹豫。心中只是一阵紧张的恐慌，犹如大考将至。

他从马背上卸下医药包，把缰绳交给男孩，接着走进农舍的庭院。

二十几名游击队员散栖于院中各处，一个个蹲坐着，瞅着空气发呆，带着当地人特有的坚韧与耐性等待着。让-皮埃尔四下看

---

① 麦克白，莎士比亚戏剧《麦克白》中的主角，由屡建奇勋的英雄逐渐变成了一个残忍暴君。

了看，马苏德没在，但他的两名贴身副手在。埃利斯在树荫遮蔽的角落里，枕着毯子躺着休息。

让-皮埃尔在他身旁屈膝蹲下。由于中枪，埃利斯显然经受着疼痛的困扰。他后背朝天趴着，神情凝重，牙关紧咬着。他面色苍白，额头上沁着汗珠，呼吸急促。

"很疼吧？"让-皮埃尔用英语问。

"真他妈会说话。"埃利斯从牙缝里挤出这几个字。

让-皮埃尔掀开毯子。游击队的人已经剪开了伤口周围的衣服，凑合着包扎了。让-皮埃尔除去原先的包扎，一看就知道，伤得不重。埃利斯大量失血，子弹依然卡在肌肉里，疼得他死去活来，但至少没伤到骨头或者主要血管，很快就可痊愈。

不，不会，让-皮埃尔提醒自己。他再也没机会痊愈了。

"我先帮你止痛。"

"太好了。"埃利斯急切地答道。

让-皮埃尔重新把毯子给他盖上。埃利斯背上有个大伤口，形状像个十字，让-皮埃尔好奇它的由来。

怕是再也无从知道了。

他打开医用包。马上就要杀掉埃利斯了，他想。我从未杀过人，连失手误杀都没有。当凶手是种什么感觉？世界上有许多人每天都在做着这样的勾当：男人杀妻，女人弑子，杀手害政客，窃贼杀房主，刽子手处决杀人犯。他拿起一支大号的注射器，向里面添加洋地黄：药品都是小瓶装的，要用掉整整四瓶才够致命。

眼看着埃利斯送命会是什么感觉？最初的反应是加快心率，对此埃利斯会有所察觉，他会感到焦虑不适。紧接着，毒素会扰乱心脏的跳动规律，每正常跳动一次，之后都会出现微颤，他会觉得恶心。最后心跳完全紊乱，上下心室"各自为政"，让他在痛苦与惊慌中丧命。当他痛苦得大声叫喊，求我救他时，我会怎么做？告诉他我想要他的命？他会猜到是我下了毒？我会在他身边悉心抚慰，减缓他的痛苦？放松，只是普通的止痛药副作用而已，一切都会好的。

针剂已经准备好。

我能做到，让-皮埃尔下定决心。我会杀掉他，此后的我会是怎样的下场，那就不得而知了。

他捋起埃利斯的上臂，习惯性地用酒精给皮肤消毒。

就在此时，马苏德赶到了。

让-皮埃尔没有听到马苏德靠近的声音，他仿佛是凭空蹦出来一样，吓了让-皮埃尔一跳。马苏德的一只手搭在他肩膀上："医生，我吓到您了？"说着，马苏德屈膝贴近埃利斯耳边，用法语说："我已经考虑过美国政府的建议。"

让-皮埃尔僵在那里，右手还握着注射器。什么建议？这是怎么回事？马苏德毫不避讳，仿佛让-皮埃尔亦是他的亲信之一。当然，从某种程度上说，他也算是；不过埃利斯呢……埃利斯兴许会建议私下交谈。

埃利斯强打精神，一只胳膊肘支撑起身子。让-皮埃尔不由得屏住了呼吸，而埃利斯却道："往下说。"

他太累了，让-皮埃尔想，如今一身伤痛，哪顾得上什么保密安全。再说，和马苏德一样，他没什么理由怀疑我。

马苏德道："提议很好，只是我一直在想，我如何才能办到。"

当然了！让-皮埃尔意识到，美国人派个中情局的高级特工来，肯定不光是教几个游击队员炸桥爆洞这么简单，埃利斯是来谈判的！

马苏德继续道："必须把这个骨干训练计划向其他区域的游击队领袖进行解释。这可不容易。肯定会有人起疑，如果是由我提出的话更是如此。依我看，一定要由你来提，告诉他们你的政府开出的条件。"

让-皮埃尔聚精会神地听着。跨区域的骨干队员训练计划！葫芦里卖的是什么药？

埃利斯略带吃力地答道："我乐意效力。但你要把他们集中起来。"

"可以。"马苏德笑了，"八天后，我召集所有的反抗军领袖开会，地点就在五狮谷的达戈村。今天我就派人送信，就说美国政府的代表已经到达，与大家商量武器供给的事情。"

开会，武器供给。让-皮埃尔已经摸出了这宗交易的门道。但他该怎么做？

"他们会来吗？"埃利斯问。

"很多人都会来，"马苏德答道，"西部沙漠区的战友来不了。那边太远，而且对方也不认识我们。"

"那卡米尔与阿齐兹，就是我们最想见的那两个呢？"

马苏德耸耸肩："那就得看真主的安排了。"

让-皮埃尔兴奋得直打哆嗦。这可是阿富汗抗争史上最为重要的事件了。

埃利斯拽过一旁的背包，在里面一阵翻腾。"我兴许能帮助你说服他们。"说着，他从包里掏出两个小包裹，打开其中一个。里面是一块长方形的黄色金属片。"金子，"埃利斯道，"一片大概值五千美元。"

这可不是小数目：五千美元比阿富汗人均年收入的两倍还多。

马苏德接过一块掂量掂量，然后指了指方形中间刻着的人像问："那是什么？"

"那是美国总统的印章。"

这招儿够高明，让-皮埃尔暗自道，用金子引游击队的头目上钩，引起他们的好奇，促使其来与埃利斯会面。

"你说这些能说服他们吗？"

马苏德点点头："我想他们会来的。"

这还不是板上钉钉的事么，让-皮埃尔想。

突然间，他知道自己下一步该如何行动了。马苏德、卡米尔与阿齐兹，他们是整个反抗组织的核心领袖。这三人在八日后将于达戈村碰头。

必须通知安纳托利，这样就能把这些人一网打尽。

机会来了，让-皮埃尔想，来了五狮谷这么长时间，等的就是这一刻。马苏德来得正好，其他两个也能抓个正着。

如何才能通知安纳托利呢？

一定有办法！

"一次领袖的会议，"马苏德不无骄傲地笑道，"这会是联合反抗的新开始，对吧？"

也许吧，让-皮埃尔想，要么就是结束的开始。他低下头，将针管插进泥土里，推动注射器，清空针筒，眼见着毒药渗入土壤。全新的开始，或是终结的第一步。

让-皮埃尔给埃利斯实施麻醉，取出子弹，清理伤口，重新包扎，然后注射了抗生素防止感染。之后他又为其他两名受了轻伤的游击队员治伤。此时消息已经在村里传开，有医生来了，一群病患在院里聚集。他为一个患支气管炎的婴儿进行诊治，还处理了三例轻度感染，还有一位体内有寄生虫的毛拉。随后是午餐。下午三点前后，他打点好行囊，骑上麦琪准备回家。

他没有带埃利斯同行。留他在当地待几天比较好，卧床静养伤口可以更快愈合。如今，让-皮埃尔反倒上赶着想让埃利斯快些好起来。如果他死了，会议就会取消。

骑着老马行于山谷中，他绞尽脑汁琢磨着如何能与安纳托利取得联系。当然，他可以即刻调转马头赶往罗卡，投靠苏联人。只要对方没有当即一枪要了他的命，他应该很快就可以见到安纳托利。但这样一来，简就会猜到他的去向和动机，一定会立马告诉埃利斯。埃利斯一定会立即改变会议的时间和地点。

不过怎么也要送个信给安纳托利。但让谁去送呢？

路上总有人穿过山谷往恰里卡尔方向去。恰里卡尔镇地处平原，距此处约六七十英里；或者也可以到距此处一百英里的喀布尔。路人中有努里斯坦的奶制品商人，带着黄油和奶酪；有贩卖锅碗瓢盆的旅行商人；有赶着一小撮大尾羊赶集的牧羊人；还有游牧家庭辗转出谷，从事神秘的游牧生意。可以给些好处，找个这样的路人带封信去邮局，哪怕交给个苏联士兵也行。去喀布尔要足足走上三天，去恰里卡尔也要两天。罗卡一天就到，有苏军，但没有邮局。他有几分把握能找到人帮忙。风险当然有，信有可能被拆开，消息走漏，让-皮埃尔会暴露、被折磨、被杀掉。但也可能出现其他岔子。送信人收了钱，就一定会送信吗？万一路上信"丢"了，谁也拦不住。路上发生了什么，让-皮埃尔也许永远也不会知道。这个计划不确定的因素实在太多。

黄昏时他到达班达，问题还是没解决。简坐在屋顶吹着晚风，膝上睡着香塔尔。让-皮埃尔朝她们招手，接着进屋将医疗包放在储藏室的瓷砖台子上。他将包里的东西全部清出，当看到海洛因药片时，他马上意识到，有一个人可以信得过，可以让他去送信。

他从包里找出一支铅笔，把一包棉签的包装纸取下，撕出方方正正的一块。山谷里没有信纸，只能如此将就。他用法语写道：

克格勃安纳托利上校亲启——

听起来有点夸张，可如果不这样他也不知该如何起头。他不知道安纳托利的全名，更不知道他的地址。

让-皮埃尔继续写道：

马苏德已召集一众反抗军头领开会。日期定在八日后，8月27日，星期四。地点在班达以南的达戈村。当日可能在清真寺过夜，星期五是圣日，可能会全日集会。召集会是为了与一名中情局特工会面。此人名为埃利斯·塞勒，一周前抵达五狮谷。

我们的机会来了！

他在末尾注明日期，简单签了名。

没有信封。事实上，自从离开欧洲，他就再没见过这东西。什么办法装信最好呢？四下看看，他的目光落在了一箱配药的塑料罐上。这箱东西来的时候还配有粘贴标签，不过让-皮埃尔从来不用，因为上面没法写波斯文。他把信卷成个圆筒，放入其中一个罐子里。

他思索着如何标注。一路辗转，信会落入某个底层苏联士兵手中。让-皮尔想象着某个戴着眼镜、一脸严肃的书记员坐在冰冷的办公室，或者是个笨头笨脑的大块头，站在铁丝网栏外站岗。毫无疑问，苏联军队里那帮人一定也是相互之间推三阻四，与让-皮埃尔当年服役的法国军队并无差别。他思索着如何才能让这封信看起来十万火急，这样才能送到某位高级军官的手里。在罐子上写诸如"重要情报"或者"致克格勃"这样的内容，不管是法语、英语甚至是达里语都无济于事，因为苏联兵不懂外语，更别提波斯文字，而让-皮埃尔自己又不会写俄文。具讽刺意味的是，如今坐在屋顶上唱着摇篮曲的女人能讲一口流利的俄语，如果她愿意，她也能教让-皮埃尔该写些什么内容，如果她愿意……最终，他用英文写下了安纳托利的名字和克格勃的缩写"Anatoly-KGB"，然后把标签贴上，把药罐放入一个用十五种语言和三种国际符号标着"有毒"的空药盒，然后用绳子把箱子绑好。

他迅速将所有东西放回医疗包，补充替换了在阿斯塔纳用掉的药品器具。他倒出一把海洛因药片装进衬衣口袋，最后，将"有毒"的药盒裹进一块破毛巾。

出门前他朝简招呼道："我下河洗洗。"

"好。"

让-皮埃尔快步穿过村子，匆匆朝路人点点头，之后便穿过田野朝外走。他踌躇满志，尽管计划风险重重，至少现在又有了胜利的希望。他绕过毛拉家的苜蓿田，翻过数阶梯田。距离村子一英里左右一座多石的山头上，有一幢孤零零的小屋。那里曾经历轰炸。山头出现在视野之内时，天色已渐渐变暗。让-皮埃尔向小屋慢步走去，一路高低不平，他走得小心翼翼，后悔没带盏灯照亮。

他在一堆碎石前停下。这里原来是房子的正面。让-皮埃尔本想进去，但臭气与黑暗让他改了主意。他大喊一声："喂！"

一个莫名的形状从地上升起，吓得让-皮埃尔向后一跳，嘴里一阵咒骂。

疯子起来了。

让-皮埃尔瞅了瞅那张皮包骨的脸和那脸结成一片的胡须。他镇定了一下，用达里语道："圣者，愿真主与你同在。"

"愿他也与你同在，医生。"

这人的神志还算清醒。很好。"您的肚子怎么样了？"

对方做出一副胃痛的样子：还是老样子，他想要药片。让-皮埃尔递给他一片海洛因，在他眼皮底下把剩下的装回口袋。疯子嚼着海洛因道："我还要。"

"给你可以，还有很多呢。"

疯子伸出手。

"但你得帮我做件事。"让-皮埃尔道。

疯子拼命地点头。

"到恰里卡尔去，把这个交给苏联兵。"尽管路上要多走一天，他还是选在了恰里卡尔。罗卡之前一直有反抗活动，如今暂时被苏联人占据，怕是一片混乱，包裹可能送丢；而恰里卡尔则一直被苏军占着，相对稳定。而且要选士兵，而不选邮局。一个疯子，买邮票、邮寄这类事，他可能做不来。

他小心打量着疯子那张脏兮兮的脸，真不知他能否理解这些简单的指示。不过，一提到苏联士兵，疯子立马害怕起来，说明他还是明白了。

有什么方法能保证疯子乖乖按指示做呢？他也可以把包裹扔掉，跑回来指天发誓地说任务已经完成。如果他听得懂指示的话，兴许也能留多个心眼儿撒谎。

让-皮埃尔突然有了主意："之后再买包苏联烟回来。"

疯子伸出两只手："没钱。"

这一点让-皮埃尔很清楚。他给了疯子一百阿富汗尼，这些钱足够他顺利到达恰里卡尔。有什么办法能保证他把包裹送到？

让-皮埃尔道："如果事情办成，你要多少药片我都给你。但你别想骗我。你一动歪脑筋，我马上就会知道，以后一粒药也不给你。到时你肚子会越来越疼，整个人肿得老大，肠子会像手榴弹一样爆开，活活疼死你。明白吗？"

"明白。"

借着昏暗的光线，让-皮埃尔凝视着疯子。他的眼白泛亮，看来是被吓住了。让-皮埃尔把剩下的海洛因片交给他："每天早晨吃一片，直到你回到班达。"

疯子狠命地点头。

"去吧。别想骗我。"

疯子转身，迈着野兽一般的奇怪步子拐下山道。看着他消失在渐浓的黑暗中，让-皮埃尔想，这个国家的未来就掌握在你污秽的手里，你这个可怜的疯子。愿上帝与你同在。

一个星期过去了，疯子还是没有回来。

到了星期三，会议开始的前一天，让-皮埃尔慌了。每过一个小时，他都要说服自己，疯子可能下个钟头就会赶回；每过一天，他都告诉自己，兴许明天人就能回来。

战机出现愈来愈频繁，仿佛存心为让-皮埃尔增添烦恼。一整个星期来，村庄上空飞机不断，轰炸不停。班达村还比较幸运，只落了一颗炸弹，在阿卜杜拉家的苜蓿田里炸出了个大坑。然而持续不断的爆炸声与危险让所有人心神不宁。局势紧张，让-皮埃尔的诊所自然也人满为患，都是些压力综合征的病例：流产、家庭事故，无故呕吐、头疼等。患头疼的都是些孩子。如果是在欧洲，让-皮埃尔一定会建议他们去做精神治疗；在这里则会让他们去见毛拉。这二者不会带来什么改善。让孩子面对战争，这才是症结所在。

早晨来的病人都被他机械性地应付过去：用达里语问几个例行问题，用法语将诊断告诉简，处理伤口，注射药物，再发些塑料瓶装的药片和玻璃瓶的彩色药水。疯子走去恰里卡尔要花上两天，多给他一天一夜壮胆子找苏联兵接头。次日早上出发，还有两天的路程。满打满算前天也该回来了。出什么事了？丢了包裹，吓得缩头躲起来？一次把药片吃光，结果闹了病？掉进河里淹死了？被苏联人拿去当了活靶子？

让-皮埃尔看了看手表。现在是十点半。疯子随时都可能出现，还带着一包苏联烟，作为到过恰里卡尔的证明。一时间他在想，烟的事该如何向简解释，毕竟他自己不抽烟。想想也不必要，疯子的举动不需要合理的解释。

他正在为邻村的一个小男孩包扎伤口，这孩子做饭时烧伤了手。此时，门外响起一阵急促的脚步，接着传来问候的话语声，有人来了。让-皮埃尔抑制着激动，继续给男孩包扎。听到简说话的声音，他扭头一看，不是疯子，而是两个陌生人。

其中一个道："愿真主与您同在，医生。"

"也与您同在。"他省去客套直接问道，"什么事？"

"斯卡班发生了大轰炸，死伤很多。"

让-皮埃尔看看简。简还是怕他会与苏联人联络。她不点头，让-皮埃尔也没法离开班达。但明摆着，眼前这次征召不可能是他事先策划的。"我去？还是你去？"他并不想离开，因为很有可能要过夜，而他还急等着疯子回来。

简迟疑了一下。让-皮埃尔知道她的顾虑，如果她去，就一定得带着香塔尔。再说，她也明白，自己处理不了大伤口。

"你自己决定。"让-皮埃尔道。

"你去吧。"

"好吧。"斯卡班离此处有两个小时左右的路程。如果他做事麻利些，伤者又不是很多的话，兴许还能在黄昏时赶回。"我尽量今晚赶回。"

简走过来亲吻他的面颊："谢谢。"

他快速检查了医疗包：止痛的吗啡、防止伤口感染的青霉素、医用缝合针线以及各类药品，都有了。他戴了顶帽子，肩头又披了块毯子。

"这次不带麦琪去了，"他对简说，"斯卡班离得不远，路不好走。"他再次亲吻她，转身对两个送信人说："咱们走吧。"

他们下山进村，涉水上坡。让-皮埃尔还在想那个吻。如果他的计划成功，苏联人除掉马苏德，简会做何反应？她一定会猜出让-皮埃尔是幕后帮凶，但她绝不会出卖他，这一点可以确定。但她还爱他吗？让-皮埃尔依然渴望着简。自从两人在一起后，曾经频繁困扰他的重度抑郁减轻了许多。她的爱令他感到安全。这正是他渴望的。但同时，他也渴望着这次的成功。他意识到，自己对于成功的渴望胜于对幸福的企及，正因如此，为了除掉马苏德，就是失去简也在所不惜。

三人沿崖顶小路朝西南方向去，奔腾的水声不绝于耳。让-皮埃尔问："死了多少人？"

"很多。"一个信使道。

让-皮埃尔对此已经习以为常。他耐着性子又问："五个？十个？二十？四十？"

"一百来个。"

难以置信，斯卡班总共加起来也没有一百个居民。"那伤了多少？"

"两百多。"

这也太离谱了。难道他不知道？还是怕不把伤亡情况说得夸张些医生会扭头回去？要么就是他不太会数数，超过十个不知怎么说。"什么样的伤？"他继续问道。

"穿洞的、割开的、流血的。"

听起来像是战斗中造成的。轰炸会造成脑震荡，烧伤和重物压伤。显然这个人没把情况搞清。没必要往下问了。

出班达数英里，三人拐下小路朝北走。这条路让-皮埃尔并不熟悉。"这是去斯卡班的路吗？"

"是。"

显然，这是条他未曾发现的近路。大方向绝对没错。

几分钟后，他们看到一处供旅者休息和过夜的小石屋。令让-皮埃尔没有想到的是，那两人直奔大门被毁的入口而去。"没时间休息了，"他不耐烦地说，"伤员还等着呢。"

安纳托利从屋里走了出来。

让-皮埃尔目瞪口呆，真不知该是高兴还是害怕。高兴，是因为终于可以告诉安纳托利关于会议的事；害怕，是因为如果阿富汗人见到安纳托利，一定会把他杀掉。

"别担心，"安纳托利看出了他的担忧，"这些人是阿富汗的常规军，是我派他们去接你的。"

"老天爷！"简直太高明了。斯卡班根本没发生爆炸，那只是安纳托利为了接让-皮埃尔而想出的名头而已。让-皮埃尔兴奋地说道："明天，明天有重大事件发生……"

"我知道，我知道。你的信息我看到了，所以才会来这儿。"

"那你会干掉马苏德，对吗？"

安纳托利阴森地一笑，露出一口烟草熏染的黄牙，"冷静，我们会除掉他的。"

让-皮埃尔发现，自己简直像个过圣诞的孩子。他努力抑制住自己的兴奋："疯子一直没回来，我以为……"

"他昨天到了恰里卡尔，"安纳托利道，"天知道路上发生了什么。为什么你不用无线电？"

"设备坏了。"现在不是解释简那档子事的时候。"疯子对海洛因上瘾，为了药片他什么事都肯做。"

安纳托利眼神犀利地盯着让-皮埃尔，目光中几乎带着几分钦佩："我很高兴你站在我这一边。"

让-皮埃尔笑了。

"再来说说。"他将一只胳膊搭在让-皮埃尔肩上，领着他进了屋。两人坐在土地上，安纳托利点燃一支烟："你怎么得知开会的消息？"

让-皮埃尔讲了埃利斯中弹受伤的事，说马苏德在他要实施注射时与埃利斯进行商讨，还讲了关于金块、训练计划和许诺武器的事。

"太好了。"安纳托利道，"马苏德现在在哪？"

"不知道。但他今日很可能会到达戈村。最晚明天到。"

"你怎么知道？"

"会议是他召集的，自己怎么可能不来？"

安纳托利点点头："说说那个中情局特工。"

"身高一米七八，体重七十公斤左右，金发碧眼，现年三十四岁，但略微显老，受过高等教育。"

"我回去用电脑调查记录。"说着，安纳托利起身往外走，让-皮埃尔跟随其后。

安纳托利从口袋里掏出一个小型的无线电发报机，拉出天线，按下按钮，说了句俄文，接着他转过身："我的朋友，你已经成功完成了任务。"

真是这样，让-皮埃尔想，我成功了。

他问："你们何时发动袭击？"

"当然是明天。"

明天。让-皮埃尔一阵欢喜。明天！

其他人都仰头看天。一路望去，他看到一架直升机正在降落：想必是安纳托利刚才用无线电呼叫召来的。苏联人如今也渐渐无所顾忌了：游戏即将结束，这是最后一步，不再是神秘伪装，而是果敢闪击。直升机在百码之外的一小片平地勉强降落。

让-皮埃尔同其他三人朝直升机走去。飞机起飞，他不知这些人将前往何处。斯卡班没有伤员需要他医治，但他也不能立即回班达，过早返回会暴露。最好还是在小屋待几个钟头然后再回去。

他主动与安纳托利握手，用法语道："再见。"

安纳托利没有伸手回应："上去。"

"什么？"

"上飞机。"

他大吃一惊："为什么？"

"你跟我们一起走。"

"去哪儿？巴格拉姆？苏联领土？"

"没错。"

"但我走不了……"

"别吵，听我说。"安纳托利一板一眼地道。

"首先，你的工作已经完成。你在阿富汗的使命也终结了。目标实现。明天我们抓住马苏德，你就可以回家了。第二，你现在是个安全隐患。你知道我们明天的计划，保密起见，不能把你留在反抗区。"

"可我不会向任何人透露！"

"要是他们折磨你呢？如果他们在你面前折磨你妻子，或者在你妻子面前一只一只扯断你女儿手脚，你怎么办？"

"如果我跟你们走，她们会怎样？"

"明天突袭时我们会抓住她们，然后送到你身边。"

"难以置信。"他知道，安纳托利说的有道理。但他万万没想到居然回不了班达，以至于现在甚至有些摸不清头脑。简和香塔尔会有危险吗？苏联人真的会把她们接来吗？安纳托利会放他们一家三口回巴黎吗？什么时候能离开？

"上去。"安纳托利重复道。

两个阿富汗信使分立于让-皮埃尔两侧，他没有选择：一旦反抗，这两个人会把他架上飞机。

他爬进座舱。

安纳托利和两个阿富汗人随后跳上来，直升机起飞，没人关舱门。

飞机上升，让-皮埃尔第一次得以俯瞰五狮谷地貌。褐色的大地，白色的河流蜿蜒曲折，流淌其间，让他想起接生婆的弟弟沙哈萨伊·古尔前额的一道旧刀疤。凌空可以看到班达村一片片或黄或绿的田地。他仔细凝视着山顶的洞穴，那里看不到人迹：村民都藏得十分隐蔽。直升机继续上升，接着掉了头。班达消失在视野内。他寻找着其他显著地标，心想：我在这里度过了一年，以后再也回不去了。他认出了达戈村，以及村里厄运当头的清真寺。这个山谷是反抗运动的要塞，但过了明天，这里只能沦为一次反抗失败的记忆。全都是因为我。

直升机突然转向朝南，越过高山。几秒钟之后，五狮谷便从眼前消失了。

第十一章

听说简和让-皮埃尔会随下一批护送队离开，法拉哭了一整天。如今，她已与简有了很深的感情，对于香塔尔也十分疼爱。简很高兴，但也有些为难：有时法拉对自己的感情甚至好过对她自己的母亲。不过，法拉倒也想得开，第二天便恢复了以前的样子，做事依旧尽心，但没有了悲伤。

回家的旅程让简有些焦虑。从五狮谷到开博尔山口要辛苦跋涉一百五十英里。进谷时足足走了十四天，累得她脚上起水疱，还要忍受腹泻和不可避免的酸胀与疼痛感。如今，回程中还要抱个两个月大的婴儿。当然，马匹是有，但多数时候骑马都不安全。运送队通常都专拣山中僻静险路走，而且都在夜间赶路。

她自己做了一个棉布吊兜，挂在脖子上，这样好抱香塔尔。让-皮埃尔得背日常必需品。进谷那一路简已经知道，人和马行进速度不一，马匹上山快，人力下坡快，所以一路上很长时间都见不到行李。

让-皮埃尔人在斯卡班，整个下午，简都在琢磨该带些什么。得有个药箱，装些抗生素、伤口处理用品和吗啡。这些让-皮埃尔会准备。得带些食物，进谷时从欧洲带了很多高能量口粮：巧克力、袋装汤料，以及探险者的最爱——肯德尔薄荷糕；出山则只能就地取材了：大米、干果、干酪、硬面包，再就是看路上能买到些什么。还好不用为香塔尔的饮食操心。

然而，路上照顾孩子有其他困难。当地的母亲不用一次性尿片，让婴儿赤裸着下半身，用过的尿布拿去清洗后再利用。简觉得这比西方人的做法健康，但在旅途中则多有不便。简用毛巾扯了三块尿布，还利用让-皮埃尔医疗用品上的聚乙烯外包装给女儿做了两条防水内裤。路上每晚都只能用冷水洗尿布，尽量在夜间晾干。如果一晚干不了，至少还有个替换的；如果两条都是潮乎乎，孩子身上就会起疹子。但尿布疹不会要孩子的命。护送队肯定不会为让个孩子吃奶睡觉换尿布而停下，香塔尔也只能尽量在行进中得空享受这些礼遇了。

在某些方面，现在的简比一年前要坚强许多。她的脚下磨出了硬硬的茧子，肠胃也经受得住当地细菌的折腾。进谷时两腿疼痛难忍，如今却已习惯了长途跋涉。生育过后她常常腰疼，整日抱着孩子行走令她有些担忧。分娩造成的外伤似乎已经愈合，她也觉得自己已经可以做爱。但不知为何，她并没有告诉让-皮埃尔。

刚到达五狮谷，简用拍立得拍了很多照片。相机不值多少钱，可以留下，但多数照片她还是想带走。简回顾着这些画面，思考着哪些要扔掉。村里多数村民她都拍过。看看这张：穆罕默德、阿力山、卡米尔和马杜拉几个游击队员，滑稽的威武姿势，看起来英勇无比。在看这张姑娘们的：娇媚动人的萨哈拉、满脸皱纹的拉比亚以及黑眼睛的哈利玛，一个个笑得宛如小女生一般。这张是孩子们的：穆罕默德家的三个女儿、他儿子穆萨、萨哈拉家的小家伙们（一个两岁，一个三岁，一个四岁，还有一个五岁），还有毛拉家的四个孩子。哪一张都舍不得扔掉，看来只能全部带走了。

简将衣物打包，法拉在擦地，香塔尔在隔壁屋睡觉。今天下山比平日早，就是为了打包。然而，要打包的东西并不多：除了香塔尔的几片尿布，只有自己和让-皮埃尔的短裤各一条，还有每人换洗的袜子各一双。大家都没有换洗的外衣。香塔尔反正没有衣服，要么裹着毯巾，要么一丝不挂。至于简和让-皮埃尔，一人一条裤子、一件衬衣、一条围巾和一条山羊毛毯就可以撑下全程。等到了白沙瓦找个酒店住下，这身行头估计也会一把火烧掉，以此庆祝回归文明社会。

这想法给了她撑出山谷的动力。她隐约记得，自己曾觉得白沙瓦的迪恩酒店太过简陋，但想不起来到底是哪里不合她的意。难道是自己曾经抱怨空调噪声太大？那里至少可以淋浴啊，自己当时居然还叫苦连天！

"文明社会。"她出声道，法拉一脸疑问地望着她。简笑着用达里语道："我很高兴，因为很快要回到大城市了。"

"我喜欢大城市。"法拉道，"我去过一次罗卡。"说着继续擦地，"我哥哥去了贾拉拉巴德。"言语间带着几分羡慕。

"他什么时候回来？"简问，然而法拉没有出声，反倒害羞起来。过了片刻简明白了，院子里传来口哨声和男人的脚步声。敲门声响起，接着是埃利斯·塞勒的声音："有人在家吗？"

"请进。"简喊道。他一瘸一拐地进了门。尽管她对埃利斯已经没了男女之情，但依然牵挂着他的伤势。他留在阿斯塔纳养伤，一定是今天回来的。"感觉怎么样？"

"丢人啊。"他苦笑道，"那种地方吃了枪子儿，太没面子了。"

"要只是觉得丢人，说明好多了。"

他点点头："医生在家吗？"

"他去斯卡班了。"简答道，"那里发生了严重的炸弹袭击，派人来请他。我能帮上忙吗？"

"只想告诉他，我已经养好伤了。"

"他今晚或明早回来。"简观察着埃利斯的外貌：一头金发再加上满腮打着卷的金色胡须，看起来就像头狮子。"为什么不剪头发？"

"游击队的人让我留着，还让我别刮胡子。"

"他们什么时候都这么说。这样西方人看起来就没那么扎眼了。你这样倒适得其反。"

"在这个国家，我剪不剪头发都显眼。"

"那倒是。"简意识到，这还是第一次两人独处。双方不知不觉便像从前一样聊起来。很难想象她分手时是多么愤怒。

他一脸好奇地看着她收拾行装："这是在做什么？"

"为回家启程做准备。"

"你们怎么走？"

"跟护送队一起，跟来时一样。"

"苏联人在过去几天里占领了很多地方。难道你不知道吗？"

一阵恐惧向简袭来："你想说什么？"

"苏联人已经开始了夏季进攻。他们在阿富汗大片区域展开攻击，护送队路上经过的很多地区都不能幸免。"

"你是说通向巴基斯坦的道路已经封死了？"

"常规路线已经堵死。从这里去不了开博尔山口。可能有其他的路……"

意识到回家的前景越来越暗淡，她愤怒地说："没人告诉我！"

"我猜让-皮埃尔还不知情。我常跟马苏德在一块儿，所以消息比较灵通。"

"是啊。"简说着并没有看他。也许让-皮埃尔真的不知道，或者他只是不想告诉她，反正他自己也不想回欧洲。无论是哪种可能，她都不会坐以待毙。首先要确定埃利斯的消息是否准确，然后再想办法解决问题。

她打开让-皮埃尔的衣柜，找出美国人绘制的阿富汗地图。地图卷成一个圆筒，用松紧带绑着。简气冲冲把松紧带扯开，将地图扔在地上。头脑中一个声音响起：这没准儿是方圆百里之内唯一的一条松紧带。

她告诉自己，冷静。

简屈膝跪在地上，开始翻地图。地图比例很大，得把多张地图拼在一起才能看到五狮谷到开博尔山口路线的全貌。埃利斯隔着简的肩膀看过去："这地图真不错！哪里弄来的？"

"让-皮埃尔从巴黎带来的。"

"这些可比马苏德用的好多了。"

"我知道。马苏德也借用这几张规划运送路线。好了，告诉我苏联人推进到哪里了。"

埃利斯俯身跪在简身边，用手指在图上比出一条线。

简看到了一丝希望："开伯尔山口好像还没封死。为什么不能走那条路？"说着，她在苏军前线稍稍靠北的位置比画了一下。

"我不确定那是条路，"埃利斯道，"可能走不通，而且要问问游击队的人才知道。另外，马苏德的消息最新也是一两天前的，而苏军一直在向前推进。某个山谷或山口今天能过，明天兴许就不行了。"

"该死！"她不会就此认输。她俯下身近距离观察图上的边界区域，"你看，开博尔山口并不是唯一的通道。"

"边界区由一条河谷贯穿，阿富汗境内一侧是山脉。可能只有从南面才能到达其他出口，也就是说要进入苏联占领区。"

"光猜测无济于事，"简把地图叠放好卷成筒，"肯定有人了解情况。"

"可能吧。"

她站起来："离开这该死国家的路肯定不止一条。"说着她将地图夹在腋下出了门，只留下埃利斯跪坐在地毯上。

村里的妇女和儿童都已经从山上下来，村里又恢复了生气。各户庭院内飘出袅袅炊烟。清真寺门前，五个孩子围坐成一圈玩"大肚子"（名字从何而来不得而知）。这是个讲故事的游戏，一个人开始讲，快到结尾时第二个人接着讲。简看见穆罕默德的儿子穆萨也坐在圈里，依然系着那条皮带和那把吓人的匕首。刀是他出事后他父亲给他的。轮到穆萨讲故事，简听到他说："……熊想把男孩的手咬掉，但男孩拔出刀……"

她往穆罕默德家走去。他本人可能不在，简已经很久没见到他了。阿富汗的家庭通常人口众多，穆罕默德家也是一样。他与自家的兄弟一起住，这些兄弟也参加了游击队。这里多数的青壮年男子都是游击队员，兴许能从他们那里得知些消息。

到了门口，简有点犹豫。按当地的规矩，她应该进到院里跟在那儿准备晚餐的女人们说说话；打过招呼后，家中辈分最高的女性可以进屋询问家里的男人可否屈尊同简说话。她几乎可以听到母亲的声音："别让自己闹了笑话！"甚至不禁大叫："见你的鬼吧，妈妈！"她走进去，没有理会院里的妇女，径直走进房子的前屋，男人们所在的客厅。

屋里有三个人：穆罕默德十八岁的弟弟卡米尔·汗，一抹细胡，外貌英俊；此外便是他的妹夫马杜拉和穆罕默德本人。家中几个游击队成员都在，这种情况可不多见。几个人都望着她，一脸惊讶。

"愿真主保佑你，穆罕默德·汗。"她没给穆罕默德回应的机会，继续说道，"你什么时候回来的？"

"今天。"穆罕默德下意识回应道。

简欠身蹲下，几个男人惊讶得目瞪口呆。她将地图铺展在地上，见到地图，三个人不由得凑上前去，简"有伤风化"的行为已被忘个精光。"你们看，苏军已经推进到这里，我说的没错吧？"她将埃利斯的话重复了一次。

穆罕默德点点头。

"也就是说，常规的运送路线已经封锁。"

穆罕默德再次点头。

"现在出去的最佳方法是什么？"

三个人迟疑地摇摇头。这也正常：一说到困难，当地人总喜欢要夸大几分吓唬人。简以为这是因为他们了解当地情况，在她自己这样的外国人面前，这是一种优势。若是平时，简还能够迁就，今天她可没那份耐心。"这条路为什么不行？"说着，她兴冲冲在苏联前线位置平行画出一条路。

"离苏联人太近。"穆罕默德道。

"那就走这儿。"依据地势,简换了一条更为谨慎的路线。

"不行。"穆罕默德重复道。

"怎么不行?"

"这儿——"说着他指了指图上两处山谷前段之间的位置。简想当然地用手指比画着那一带山脉。"这里没有鞍状构造。"所谓鞍状构造,指的就是山口。

简又描出一条更为靠北的路线:"那这条呢?"

"这条更不行。"

"肯定还有另一条路可以出去!"简叫道。她隐隐感到,眼前这三个人正饶有兴致地看她一次次受挫。她决定说些难听的,给他们提提神。"这国家难道是开独门的破房子?!没人有本事走到开博尔山口,所以才与世隔绝吗?"独门房子,这是当地人对于茅房的委婉说法。

"当然不是,"穆罕默德生硬地答道,"夏天可以走'黄油小路'。"

"指给我看。"

穆罕默德的手指画出一条十分复杂的路线:以五狮谷东侧为起点,经过一系列高地山口与干枯的河流,之后向北进入喜马拉雅山脉,最终于人迹罕至的瓦罕走廊入口附近跨越边境,继而转向西南进入巴基斯坦的奇特拉尔。"努里斯坦人就是走这条路将黄油、酸奶和奶酪运进巴基斯坦。"他笑着摸摸自己的圆帽,"帽子也是在那儿买的。"这倒提醒了简,它叫作奇特拉里小帽。

"那好,我们就走这条路回家。"

穆罕默德摇摇头："走不了。"

"为什么？"

卡米尔和马杜拉心照不宣地笑了，简没有理会。片刻之后，穆罕默德开口："首先是海拔问题。一路都在冰线以上，终年积雪不化，夏天都没有活水。其次是地貌。那里坡陡径窄，很难找到路，连当地人都容易走丢。最麻烦的是人。现在那里叫努里斯坦，以前叫卡菲里斯坦，因为那里的人不信神明，还喝酒。现在他们信了，但还是会耍些欺诈抢劫的手段，有时甚至会杀路人。西方人走这条路不安全，更别说是女人。只有青壮年可以试试，即便如此，还是有很多人没了命。"

"你们会派护送队走这条路吗？"

"不。等南部路线重开了再出发。"

简观察着那张英俊的脸。看得出来，他没有夸张：每句话都是干巴巴的现实。她站起身，开始收拾地图。回家变得遥遥无期，她失望透顶。山谷里的日子突然令她不堪重负，她很想大哭。

她将地图卷好，强迫自己保持礼貌。她对穆罕默德道："你可是离开了好一阵子。"

"我去了法扎巴德。"

"那可不近。"法扎巴德是远在北部的重镇。那里的抵抗十分有力，军队发生了暴动，苏联人没能掌握住。"很辛苦吧？"

这是一句礼貌的问候，实际上是问"你好吗？"。穆罕默德的回答同样礼貌："我还活着！"

简夹着地图出了门。

院里的女人们战战兢兢地看着她走过。她朝穆罕默德的妻子哈利玛点点头，她有一双黑色的眼睛，似笑非笑地给了简回应。

游击队近日来经常在各地奔走。穆罕默德去了法扎巴德，法拉的哥哥去了贾拉拉巴德……简想起达奚特–里瓦的一位病人说过，她的丈夫被派去喀布尔附近的帕格曼。萨哈拉的小叔子尤瑟夫·古尔被送去喀布尔另一端的洛加尔谷。这四处都是反抗重地。

一定是出什么事了。

简暂时忘记了失望，转而想要弄清发生了什么。马苏德逐一派人送信给诸多反抗力量的领袖，甚至有可能是所有的反抗领袖。这就发生在埃利斯到达五狮谷后的不久，难道是巧合？如果不是，埃利斯的目的何在？美国可能想与马苏德合作，形成统一的反抗力量。如果所有的反抗军联合起来，也许真能有所作为——甚至能暂时攻占喀布尔也不一定。

简回到家中，将地图扔回柜子里。香塔尔仍在熟睡，法拉在准备晚饭：今天有面包、酸奶和苹果。简说："你哥哥为什么要去贾拉拉巴德？"

"别人派他去的。"言语间透着"显而易见"的意思。

"谁派的？"

"马苏德。"

"派去做什么？"

"不知道。"简问这样的问题让法拉很惊讶：男人怎么会告诉自己的妹妹出门做什么？这么想也太蠢了。

"他是去办事、送信，还是什么？"

"不知道。"法拉有些不安。

"算了。"简笑了笑说。全村的女人当中，法拉是最不可能了解真实状况的一个。那最有可能的是谁？当然是萨哈拉。

简抓起条毛巾便往河边去。

萨哈拉已经不再为丈夫的死而悲痛，但也少了许多往日的活泼，不知她何时才会再婚。在简眼里，在阿富汗见到的夫妻中，萨哈拉和艾哈迈德似乎是唯一真正相爱的一对。然而，萨哈拉是个性欲旺盛的女人，没有男人根本活不下去。艾哈迈德的弟弟——会唱歌的尤瑟夫跟萨哈拉夫妻住在一起，十八岁还没有成婚。村中妇女们猜测尤瑟夫可能会娶萨哈拉。

在阿富汗，兄弟一起生活，而姊妹往往分开。按照规矩，媳妇会搬去跟丈夫住在婆家，与公婆一起生活。这只是阿富汗男人压迫女性的另一种方式。

简快步走过田间的小路。农田中有几个男人在月光下劳作。收割即将结束，再过不久，连"黄油小路"也走不了了。简想：穆罕默德说过，那条路只有夏天才能走。

她来到女人们聚集的滩边。八九个女人正在河里或者是河边的池塘洗澡。萨哈拉在河流中间，周围水花四溅，但全然不说不笑。

简丢下毛巾，蹚水下河。她已经想好，这次不能像问法拉一样那么直接。当然，萨哈拉不好糊弄，但她可以尽量显得像在闲聊，而不是打听。简没有立马凑上前去。待其他女人都上了岸，简等了一两分钟才跟上去，在一旁默默擦干身体。萨哈拉和其他几个人开始溜达着往回走，简这才凑上来用达里语问："尤瑟夫什么时候回来？"

"不是今天就是明天。他去洛加尔谷了。"

"我知道。他自己去的？"

"是啊。但他说可能会带人回来。"

"带谁啊？"

萨哈拉耸耸肩："可能带个媳妇儿吧。"

这倒转移了简的注意。萨哈拉太过冷静，这说明她在担心：她不想让尤瑟夫带个妻子回来。好像村里的谣言是真的一样。简也希望如此：萨哈拉需要一个丈夫。"依我看，他不是去娶媳妇的。"

"为什么？"

"貌似有大事发生。马苏德派出很多人送信。他们根本没时间找老婆。"

萨哈拉依旧作矜持状，但简看得出，她听了很高兴。同时，简也纳闷：如果尤瑟夫跑去洛加尔请人，这意味着什么？

快要回到村里时，夜幕已经降临。清真寺传出一阵低沉的吟唱：那是这世上最残忍的一群人的祈祷声。那可怕的声音让简想起了约瑟夫——一个年轻的苏联士兵。他的直升机在班达附近一带的山上撞毁，约瑟夫幸存了下来。几个妇女把他送到简的住处。那时还是冬天，诊所还没有搬到山上的洞穴里。让-皮埃尔和简为他治伤，同时派人送信给马苏德，问他怎么办。某天夜里，简知道了马苏德的回答。阿力山·卡里姆走进诊所前屋，一身绷带的约瑟夫躺在那里。阿力山将步枪枪口对准那孩子的耳朵，把他的脑袋打了个稀巴烂。当时就是这个时间，在空气中回荡的祈祷声中，简洗刷着墙上的血迹，清理着地板上的脑浆。

女人们攀完最后一段路，在清真寺门前停留了片刻，说完了未尽的闲话，之后便各回各家。简朝清真寺里瞅了一眼。男人们正在毛拉阿卜杜拉的带领下跪着祷告。他们的武器堆在墙角，里面既有老式的步枪，也有现代化的冲锋枪。祈祷刚刚结束，人们起立，简注意到人群中有几张生面孔。她转身问萨哈拉："那些是什么人？"

"依他们戴的头巾来看，肯定是毕希谷和贾拉拉巴德的人。那些是普什图人，平时总跟我们作对。他们来这儿干吗？"说话间，一个戴眼罩的高个男人从人群中走出来。"那一定是贾汗·卡米尔。他可是马苏德的死对头！"

"但马苏德正跟他说话呢。"简说，又用英语加上一句，"谁想得到啊！"

萨哈拉模仿道："虽向得到啊！"

这还是失去丈夫后，萨哈拉第一次开玩笑。这是个好兆头：她渐渐走出了阴影。

男人们陆续走出清真寺，妇女们做鸟兽散，各自回家，除了简。她渐渐明白了事情的原委，现在只需确认。当穆罕默德出来时，简迎上去用法语道："我忘记问你，之前法扎巴德那一趟还顺利吗？"

"还好。"穆罕默德并没有停下脚步。他可不想让自己的同伴和那些普什图人看到自己回答一个女人的问题。

穆罕默德大步流星往家走，简在一边快步紧追。"法扎巴德的反抗领袖也来了？"

"没错。"

她猜对了：马苏德把所有的反抗军领袖都请来了。简还想套出些细节，于是问道："你觉得这主意怎么样？"

穆罕默德若有所思，同时也放下了姿态。每每对谈话的内容有了兴趣，他就会这样。"一切就看埃利斯明天怎么做了。如果大家觉得他诚实可信、值得尊重，兴许会接受他的条件。"

"你觉得他的计划如何？"

"将反抗力量联合起来，又有美国的武器，这当然是好事。"

原来如此！美国人给反抗军提供武器，前提是这些反抗力量要团结起来，而不是浪费时间彼此争斗。

来到穆罕默德门前，简招招手转身回家。她感到乳房肿胀：是时候给香塔尔喂奶了。右边的乳房感觉略沉些，因为先前是打左边喂起，而小家伙嘬起第一个奶头来总是更卖力些。

回到家中，简走进卧室。香塔尔光着身子躺在摇篮里，身下铺着一块叠起的毛巾。说是摇篮，其实就是半个硬纸箱。阿富汗夏天气候炎热，孩子白天根本用不着穿衣服，晚上盖张薄单子即可。看着眼前的孩子，反抗军、战争、埃利斯、穆罕默德、马苏德等一切纷扰都被简抛在脑后。以前她一直觉得婴儿都很丑，但香塔尔却十分可爱。看着看着，小家伙动了动，张开嘴巴哭闹起来。简右侧的乳房立马分泌出乳汁，衬衣前襟湿了一片。她解开扣子，抱起香塔尔。

让-皮埃尔总说喂奶之前应该像外科医生一样，把乳房洗得干干净净。但她从不理会，因为洗过的味道孩子很排斥。她靠墙坐在地毯上，右边的臂弯里抱着婴儿。香塔尔挥动着胖嘟嘟的小胳膊，脑瓜不时朝两边转动，张着小嘴胡乱寻找着。简把她的小嘴送到乳边，香塔尔用牙肉紧紧夹住奶头，用力吸吮。开始的一两下疼得简紧锁双眉，之后有所缓和。一只肉乎乎的小手触碰着母亲肿胀的乳房半球，盲目而笨拙地抚摸着。简放松下来。

哺育婴儿让简变得温柔而富有保护的欲望。令她意外的是，其中还带着几分色情的意味。起初，因喂奶而感到兴奋让她很难为情，但很快便想开了：如果这是自然反应，肯定没什么不正常的，索性放松享受。

简很期待回欧洲后带着香塔尔到处炫耀。让-皮埃尔的母亲一定会说简做的每一件事都不对路，而自己的妈妈一定想让孩子接受洗礼，而爸爸则会醉醺醺满眼慈爱地看着外孙女，而她姐姐既骄傲又兴奋。还有让-皮埃尔的父亲，他已经去世了……

院里有人声传来："有人在家吗？"

是埃利斯。"请进。"她觉得没必要把前胸遮起来：埃利斯又不是阿富汗人，更何况之前还是她的情人。

他进了屋，看到简在给孩子喂奶，这才恍然大悟。"要不我还是走吧？"

简摇摇头："你又不是没见过。"

"我看不然，"埃利斯道，"你是不是换了一对儿？"

简笑了："怀了孕的女人胸会变大。"埃利斯结过婚，还有个孩子，这些她都知道，只是他似乎不常与他们见面。这种事情他几乎从不提起。"你前妻怀孕的样子你都不记得了？"简问。

"错过了。"那种简略的语气摆明让她别往下说，"我当时在别处。"

此时的简身心放松，根本懒得还击。事实上，她很同情埃利斯。他的生活一团糟，这并不全是他的错；况且，他也已经付出了代价，简便是代价之一。

"让-皮埃尔还没回来。"埃利斯道。

"没有。"奶水渐渐吸干，力量也越来越小。她慢慢将乳头从香塔尔嘴巴里抽出，把孩子举过肩头，轻拍后背，让她打嗝儿。

"马苏德想借用他的地图。"

"当然可以。你知道放在哪。"香塔尔打了个大大的饱嗝儿。"好孩子。"简将孩子换到左边吃奶。刚打过嗝儿，小家伙又饿得拼命吮吸起来。简还是没抑制住冲动，问道："为什么不去看你的孩子？"

埃利斯从柜子里取出地图，关上柜门直起身："看是看，只是不经常。"

简很惊讶，心想：我与他一起生活了近半年，却没能真正了解他。"儿子还是女儿？"

"女儿。"

"她一定有……"

"十三岁了。"

"上帝啊。"基本上已经长大成人了。简突然变得十分好奇。为什么自己从没问过他这些事？也许是因为那时自己没孩子，所以对这种事不关心。

"她住哪里？"

埃利斯有所迟疑。

"你不用告诉我。"简能读懂埃利斯的表情，"说了也是假话。"

思索片刻，简问："你是担心仇人找你的家人报复？"

"对。"

"理由很充分。"

"谢谢。还有，多谢你帮忙。"说着，他挥动着手里的地图，随即出门。

香塔尔衔着简的乳头进入了梦乡。简轻轻把孩子抱在肩头，让她在睡梦里打嗝儿。小家伙做什么都不误睡觉。

简真希望让–皮埃尔能早些回来。她知道让–皮埃尔不会做坏事，但至少留在身边能让她感到安全些。他联络不了苏联人，因为无线电被简砸坏了。班达与苏军占领区之间没有其他通信方式。马苏德有信使，但让–皮埃尔没人替他跑腿，即使可以派人出村也一定会有人知道。唯一的方法就是步行去罗卡，但他没那个时间。

此外，她讨厌独自睡觉。在欧洲自己睡没关系。然而在这里，她却害怕孤独：说不定会有部落里的男人冲进来。对这些人来说，丈夫打妻子就像母亲打孩子一样是家常便饭。在他们眼中，简可不是普通的女人：她思想开放，看人不斜视，而且对于权威不屑一顾，这些都赋予她一种禁忌的诱惑力。她的性生活冲破传统，在当地人看来，这样的女人分明就是妓女。

让–皮埃尔在时，每次睡着前简都会伸手抚摸他。平时他都是背对简蜷缩睡着。尽管睡梦中经常会动，他却从来不碰简。除了让–皮埃尔，与她同床共枕时间最长的就是埃利斯。这个人则截然相反，整晚都不停地抚摸她、拥抱她、亲吻她。半睡半醒时如此，熟睡中也是如此。一夜里总有两三次，睡梦中他试图与她做爱，而她则痴笑着与他配合，结果不一会儿埃利斯便翻身打起呼噜，第二天一早全无印象。简直是天差地别的两个人！埃利斯的抚摸温柔而笨拙，像个与宠物嬉戏的孩子；让–皮埃尔的触碰感觉宛如小提琴师轻抚乐器。他们爱的方式有所不同，却一样地背叛了她。

香塔尔睡醒了，咯咯地叫了几声。简把她抱在腿上，用手扶着她的头，好让她看到妈妈。简跟她说话，有些是咿咿呀呀毫无意义的音节，有些是简单的话语。香塔尔很喜欢。话说够了，简哼起歌来。刚唱到"爸爸坐火车，轰隆轰隆去伦敦"时，歌声被外面的声音打断。"请进。"说着，她低头对香塔尔道："这里的客人可真不少，对不对？就像国家美术馆一样，对不对？"她将衣服扣好，免得露出乳沟。

穆罕默德进门用达里语道："让-皮埃尔在哪儿？"

"他去斯卡班了。我能帮上忙吗？"

"他什么时候回来？"

"明天一早吧。你是索性告诉我怎么回事，还是要像喀布尔的警察一样，没完没了遮遮掩掩？"

他笑了笑。每次简无视他的权威，都让他觉得很性感。这并非简的本意。"阿力山和马苏德到了。他想多要些药片。"

"哦！"阿力山·卡里姆是毛拉的兄弟，患有心绞痛。他当然不会因此放弃游击队的事业。每次战斗或行动之前，让-皮埃尔都会让他服用三硝酸甘油酯。"我去给你拿。"说着简站起身，将孩子交给穆罕默德。

他自然而然地接过孩子，显得有些难为情。简朝他笑了笑，然后进了前屋，在柜台下面的架子上找到了药片。她往药瓶里倒了约一百粒，拿着药瓶回到客厅。香塔尔瞪大眼睛惊奇地看着穆罕默德。简接过孩子，把药瓶递给他："告诉阿力山，多多休息。"

穆罕默德摇摇头："他可不听我的。你自己跟他说吧。"

简笑了。一个阿富汗人居然讲出这种笑话，越听越有点女权主义的味道。

穆罕默德问："医生去斯卡班做什么？"

"今早那里发生了轰炸。"

"没有啊。"

"当然有……"简突然止住。

穆罕默德耸耸肩："我跟马苏德在那儿待了一整天。你肯定听错了。"

"谢谢你的药片。"说着他出了门。

简腿一软坐在板凳上。斯卡班没发生轰炸。让-皮埃尔一定是去见安纳托利了。虽然不明白他如何安排，但她确信无疑。

她该怎么办？

如果让-皮埃尔知道明天集会的事，并且告诉苏联人，到时他们必定会来袭击。

一天之内，阿富汗反抗的核心力量就会被全部消灭。

必须去见埃利斯。

天气转凉，她用一块围巾裹住香塔尔，出门直奔清真寺。埃利斯和其他队员都在院里。他正和马苏德、穆罕默德和戴眼罩的男人观察地图。几个人正轮流抽着一壶水烟，还有人在吃东西。他们一脸惊讶地看着这个背孩子的女人从面前走过。"埃利斯。"他抬起头。"出来一下好吗？我得跟你谈谈。"

埃利斯站起身，和简一道穿过拱门，站在清真寺门前。

"怎么了？"

"让-皮埃尔知不知道你召集反抗军领袖开会的事？"

"知道。我第一次跟马苏德商量这件事时，他就在旁边，取我屁股里的弹片。怎么了？"

简的心一沉。最后的一线希望破灭了，现在别无选择。她朝四下看看，没人在一旁偷听，况且他们说的是英语，这里没人懂。"我有事要告诉你，但你要保证不伤害他。"

他凝视了片刻，愤愤地道："该死！真见鬼！他替苏联人卖命，还能是怎样？！我为什么没早点猜到？在巴黎，一定是他带着那帮畜生端了我的公寓！护送队的消息都是他走漏的！这个畜生……"他霍然止住，口气温和下来，"你一定很难过。"

"是啊。"她忍不住鼻子一酸，眼泪涌上来。痛哭令简感到脆弱，感到愚蠢，感到羞耻；但同时也感到解脱，仿佛胸中的一块大石终于被移走。

埃利斯将母女两人抱住："小可怜。"

"是啊，"简啜泣道，"太可怕了。"

"你知道多久了？"

"几个星期。"

"结婚时你并不知情。"

"是啊。"

"我们两个都是，"埃利斯道，"我们都欺骗了你。"

"是啊。"

"没找对男人。"

"没错。"

她把脸埋在埃利斯的衬衫里。她哭得肆无忌惮，为所有的谎言、背叛，为所有荒废的时间和爱情。香塔尔也哭起来。埃利斯紧紧抱着简，抚摸着她的头发，直到她不再因哭泣而颤抖。她渐渐冷静下来，用袖子擦擦鼻子道："我把他的无线电毁了。我以为这样他就没办法再与他们联络，但今天有人接他去斯卡班救治爆炸伤员，但那里根本没发生轰炸。"

穆罕默德从清真寺里走出来。埃利斯放开简，脸上有些尴尬："怎么了？"

"里面吵起来了。有的说这个计划不错，可以帮我们战胜苏联人。还有人问凭什么说马苏德是最佳的领导，还说埃利斯·塞勒算什么东西，凭什么让他对阿富汗人指手画脚。你赶快进来，再跟他们谈谈。"

"等等，"埃利斯道，"情况发生了新变化。"

简想：完了，穆罕默德知道了，一定会有人丧命的。

"有人走漏了消息。"

"什么意思？"穆罕默德的脸沉了下来。

埃利斯犹豫了，仿佛还想憋在肚子里；然而转念一想，他似乎别无选择，"苏联人知道明天开会的事了——"

"是谁？"穆罕默德问，"谁是叛徒？"

"可能是医生，但……"

穆罕默德转头对着简："你知道多久了？"

简回击道："要么你礼貌地对我说话，要么就别说。"

"冷静。"埃利斯劝道。

简可没打算让穆罕默德就这么冤枉她："我曾经警告过你，不是吗？我劝你改变运送路线。我救了你的命，你少在那里指责我！"

穆罕默德顿时泄了气，看起来十分尴尬。

埃利斯道："原来为了这个才改变路线。"他钦佩地望了望简。

穆罕默德问："他现在在哪？"

"我们也不清楚。"埃利斯答道。

"如果他回来，一定得把他杀掉。"

"不行！"简叫道。

埃利斯一只手按住简的肩膀，转头对穆罕默德说："他救过你那么多队友的性命，你就忍心杀掉他？"

"他必须受到裁决！"

穆罕默德说"如果"，这倒提醒了简：她一直以为让-皮埃尔一定会回来。他应该不会抛弃她们母女吧？

埃利斯道："如果他是叛徒，如果他真的联系上苏联人，那他肯定已经把明天会议的事情告诉他们了。苏联人肯定会发动袭击，干掉马苏德。"

"事情不妙，"穆罕默德说，"马苏德必须立刻离开。会议也不得不取消。"

"不一定。"埃利斯说，"想想看，我们可以变被动为主动。"

"怎么讲？"

埃利斯说："我越想越觉得这主意不错，这兴许是件大好事呢……"

第十二章

黎明前后，他们疏散了达戈村的村民。马苏德的人手到各家各户悄悄叫醒村民，告诉他们苏联人今天会袭击村子，他们必须带上家里值钱的家当，沿五狮谷前往班达。日出之时，由妇女、儿童、老人和牲畜组成的一条曲折的队伍行进在出村的沿河土路上。

达戈村的分布与班达不同。班达的农舍分布在平原东侧，那里谷地渐窄且岩石偏多。达戈村所有的房舍都集中于悬崖脚下与河岸之间的狭窄地带。清真寺门前便是一座桥，河的另一边就是田地。

在这样的地方埋伏最合适不过。

马苏德在夜间制订计划，现在由穆罕默德和阿力山进行布置。他们不声不响，但行动高效。穆罕默德高大、英俊、有风度，阿力山则是矮小又猥琐。两人都模仿起自己领袖的低调作风，说起话来轻声细语。

埃利斯一面准备一面想，苏联人真的会来吗？让-皮埃尔依旧没有出现，看来肯定是跟自己的东家接上头了。况且，他们实在没有理由错过这次杀掉马苏德的良机。但一切都是猜测。如果他们不来，埃利斯就成了笑话：因为他，马苏德白白挖下一个大陷阱。游击队的人不会跟一个傻瓜结盟。但是，如果苏联人真来了，而且中了我们的埋伏，就可以巩固我的声誉，同时扩大马苏德的影响，这样事情就铁定可以办妥了。

他尽量不去想简。抱住简和孩子的那一刻，感受着她的眼泪沾湿自己的衬衣，他对她的渴望骤然涌回，仿佛干柴烈火上浇了汽油。他想就那样一直站着，感受她窄窄的肩膀在自己臂弯里抖动，感受她的头贴在自己的前胸。可怜的简，她太诚实，而她爱的男人却都那么狡猾。

他将引爆线一端埋在河里，另一端一路引到自己现在的位置。目前的位置是河岸上的一处小屋，下游两百码就是清真寺。他用折皱器将引线固定在雷管上，再加上一个简单的军用拉环引爆装置，组装就完成了。

埃利斯赞同马苏德的计划。两次亚洲服役期之间，埃利斯在布拉格堡进修了一年，学习了伏击与反伏击的战略技巧。如果满分是十分的话，马苏德这次的部署可以拿到九分。欠缺在于，马苏德没有为手下计划好撤退路线，如果局势对他们不利，他们将非常被动。当然，马苏德本人兴许根本没有将其视作缺陷。

早上九点，一切准备就绪，游击队员开始准备早饭。这也是伏击的一个部分：他们可以在几分钟内就位，而从高空看去，村里的活动也显得更为平常，仿佛大家都忙着躲直升机，顾不得锅碗瓢盆。如此一来，苏联人便不会怀疑可能有陷阱。

埃利斯吃了面包，又喝了几杯绿茶，坐等太阳升起。多数时候都是在等待。当年在亚洲就是这样。那时候他经常嗑药嗑得飘飘欲仙，大麻、冰毒、可卡因，来者不拒。享受其中，等待自然也不成问题。想来可笑，为何战争一结束，对毒品就全然失去兴趣？

　　他推测袭击不是当天下午就是次日。如果他是苏军指挥官，他会估计反抗军领袖在昨日就已聚集，明日就离开。因此，他会将进攻的时间适当推后，以确保晚到的队员不会变成漏网之鱼；同时又不能太晚，以防有人先行离开。

　　上午十点钟前后，重型武器运到。来的是两架12.7毫米的高射机关枪，下面都装着双轮底座，由一位游击队员沿路推着前进。后面跟着一头毛驴，背上驮着一箱箱5-0中国穿甲弹。

　　马苏德宣布，其中一架机关枪由尤瑟夫操作。村里有传言说他会娶简的朋友萨哈拉做妻子。另一架则交给来自毕希谷的阿卜杜尔。埃利斯对这个人一无所知。据说，尤瑟夫凭借一把卡拉什尼科夫击落了三架直升机。埃利斯对此十分怀疑：他本人在亚洲也开过直升机，据他的经验，单凭一把步枪就将飞机击落几乎不可能。不过，尤瑟夫笑着解释说，窍门在于找到制高点，从山上往下打。由于地形不同，这一战略在越南不太可能实现。

　　尽管今天换成了大家伙，尤瑟夫依然打算采取相同的策略。把枪从架子上卸下，每一架由两个人抬上崖边陡峭的台阶。从那里可以俯视整个村庄。架子和弹药随后运到。

　　埃利斯在下面看着他们组装枪支。悬崖顶部有一段宽10~15英尺的基岩，再往上坡度变缓。队员们将枪架在岩层之上，施以伪装，相互间隔十码。直升机驾驶员会很快发现枪支位置所在，但以他们的位置，却很难将其摧毁。

　　准备妥当，埃利斯回到自己的位置。他的思绪一次次地回到60年代。60年代初，他还是个学生；到了60年代末，他却当了兵。1967年，他去了伯克利。当时的他满怀信心，以为已经明确了自己的未来，他想成为一个电视纪录片制作人。他头脑聪明，又富有创造力。在加利福尼亚这个地方，只要辛勤工作，任何人都可以实现梦想，而他，埃利斯，更应如此。之后，受到和平抗议、"权力归花儿"运动①、反战游行和嬉皮集会的影响，他为"门户乐团②"所倾倒，迷上了灯笼牛仔裤和迷幻剂。他再次以为自己明确了人生的目标：改变世界。这个梦想同样没有持续太久，取而代之的是军队的愚蠢罪行和越战所造成的恐慌。每次回忆自己的过去，他都发现：每当他对人生充满了信心，以为前程已定时，命运总会以突如其来的转折打他个措手不及。

中午已过，大家没有吃午餐，游击队已经没了口粮。没有食物，就没得午饭吃。这道理很简单，但埃利斯却发现很难适应。可能这就是为何多数游击队员都是老烟枪：烟草能控制食欲。

即使是坐在阴凉地里，依然是酷热难当。埃利斯坐在小屋门口，想吹吹小风。那里可以看到田地、河流和石沙混铸的拱桥、村庄、清真寺以及凌驾其上的悬崖。多数游击队员已经就位，既有荫蔽又有掩护。多数人都埋伏在靠近悬崖的房舍内，直升机的炮火很难击中；但有些人还是不可避免地埋伏在靠近河道较为危险的位置。清真寺正面由糙石砌成，墙上开出三道拱门，每道门下面都盘腿坐着一个游击队员。这让埃利斯联想起站岗的哨兵。三个守门的他都认识：最远处的一道由穆罕默德把守；中间是他的兄弟卡米尔；最近的一道则交给阿里·加尼姆，一个脊背扭

① 20世纪60年代末至70年代初美国反文化运动所提出的口号，倡导以和平方式来反对战争。——译者注
② 门户乐团（The Doors）是1965年成立于洛杉矶的摇滚乐队，在音乐史上颇负争议。

曲、生养了十四个子女的难看家伙。之前他曾和埃利斯一起负伤。这三个人每人膝头都横着一支步枪，嘴里叼着烟。真不知哪个能活到明天。

读大学时，埃利斯写的第一篇文章是关于莎士比亚对于临战等待场景的处理手法。他对比了两篇战前演讲：一篇是《亨利五世》里国王的振臂高呼："再一次向海滩发起冲击，冲啊，我的朋友们；要么便以英格兰的血肉死躯筑起防御的高墙。"另一篇则是《亨利四世》第一部中法斯塔夫关于荣誉的愤世独白："荣誉能把断了的腿接回来吗？不能。胳膊呢？也不能……荣誉医不了伤病咯？没错……谁享有荣誉？星期三没了命的家伙。"19岁的埃利斯写的这篇文章没拿到高分，那是他第一篇，也是最后一篇习作。在那之后，他转而认为莎士比亚乃至整门英文课程都"无关紧要"。

一连串的叫喊声打断了他的思绪。对方所用的达里语词汇他没有听懂，不过也没必要懂：从急促的口吻中他已经明白，周围山坡上的哨兵已经发现了远处来的直升机，并给悬崖顶的尤瑟夫发出了信号。消息就是尤瑟夫发出的。太阳炙烤的村子里顿时一片紧张，游击队员们各就各位，隐蔽妥当，检查武器，抽烟提神。三个镇守清真寺大门的队员藏在门内的阴影之中。从空中看去，整个村子荒凉无人，仿佛大家都在休息，跟平日天热的时候没什么两样。

埃利斯仔细聆听，直升机螺旋桨颤动的声音步步逼近。他的肠子发软：看来是太紧张了。他想：以前越南佬藏在湿乎乎的雨林，听着我的直升机逼近时，一定也是这种感觉。种瓜得瓜，种豆得豆。

他拿掉点火装置上的插销。

直升机的声音更近了，但依然看不到。光听声音无法判断来了几架。他眼角的余光扫到了什么东西，转头一看，发现一个游击队员从远处的河岸潜入水中，朝埃利斯这边游了过来。那个身影逐渐逼近，原来是接生婆的兄弟，擅长爆破的刀疤脸沙哈萨伊·古尔。他一路冲到埃利斯身后，在房子里隐蔽起来。

片刻间，村子里一片寂静，只听到令人窒息的螺旋桨声。埃利斯想，老天爷，他们到底派了多少架来？随后，第一架直升机从悬崖上空出现在视野内，很快便向村子逼近。它停留在桥的上方，如蜂鸟一般盘旋不停。

那是一架Mi-24直升机，西方人称之为"雌鹿直升机"（苏联人喜欢叫它"罗锅儿"，因其座舱顶部装着一对硕大的涡轮发动机）。射手隐藏在前端突处，身后是驾驶员，就像是孩子们玩的"背小猪"。驾驶舱四周的玻璃窗看起来就像是一只巨型昆虫的多面眼。直升机装着三轮起落架，短粗的机翼上有悬挂式导弹发射器。

几个山里部落的大老粗怎么可能跟这样的大家伙拼？

很快，另外五架雌鹿陆续出现。它们来到村子上空，想必是在侦察敌人的位置。这是例行的预防措施，苏联人满心以为自己是出其不意，因此不可能预料到这里可能发生大规模反抗。

第二类直升机出现在空中。这回是Mi-8，人称"河马"。它的体积大过"雌鹿"，威胁力却有所不及。一架Mi-8可以承载二十到三十人，主要用于部队输送，而不是攻击。第一架停留在村子上空，然后拐向一侧降落在大麦田里。后面又跟来五架。总共估计有一百五十人。几架"河马"陆续降落，士兵从直升机上跳下，继而匍匐在地，用枪瞄准村子，并不射击。

要占领村子，就必须渡河；而要想渡河，就必须控制桥梁。但这一点苏联人并不了解。这样只是出于谨慎，来点风吹草动也好出手。

埃利斯有些忧虑：村里看上去有些过于荒凉。从第一架直升机出现到现在，已经过去了几分钟，照理说总会出现几个人，四散奔逃。他竖起耳朵等着听枪响。此时的他已不再害怕，要操心的细节太多，他全神贯注，根本没有精力留给恐惧。战斗开始时总是这样。

沙哈萨伊已经在麦田里埋了地雷。埃利斯想，为什么没有一颗爆炸？片刻之后，他便得到了答案。一个士兵（应该是某军官）突然站起，大声发号施令。接着，二三十个士兵接连起身，朝桥的方向跑去。霎时，爆炸声震耳欲聋，甚至盖过了直升机的响声。奔跑的苏联士兵脚下接二连三地炸开了花，棕色泥土与金色大麦荡起的烟尘模糊了他们的身形。一个士兵被爆炸力抛至半空，如演杂技一般在空中旋转着徐徐坠落，直至落地瘫作一堆。埃利斯想，一定是沙哈萨伊在地雷里多加了炸药。爆炸的余响尚未退尽，一阵深沉的击荡声从崖顶传来，令人肝胆震颤，尤瑟夫与阿卜杜尔扣动了扳机。苏联人乱了阵脚，慌忙撤退，而村里的游击队员也在对岸开火发动了猛攻。

进攻伊始，突袭为游击队制造了巨大的优势，但这并不会持久：苏方指挥官很快就会重整旗鼓。但他得先杀出一条通往桥边的路，才有可能迎头反击。

麦田中一架直升机被炸了个粉身碎骨，一定是尤瑟夫和阿卜杜尔打中的。他们使用的枪支射程为一英里，尽管与直升机的距离只有不到半英里，瞄准仍然颇具难度。埃利斯不由得刮目相看。

那几架"罗锅儿"依然盘旋在村子上空。此时，俄军的指挥官已经下令直升机展开攻势。其中一架低空扫射河面，同时猛轰沙哈萨伊所布的地雷阵。尤瑟夫和阿卜杜尔试图将其击落，但没有成功。沙哈萨伊布下的地雷接二连三地徒然引爆。埃利斯焦急万分：真希望地雷能多炸死几个，一百五十几人的部队，才炸死二十来人，杀伤力实在不够。迫于尤瑟夫的攻击，一架直升机再次上升，然而旁边又来了一架低空扫射。尤瑟夫和阿卜杜尔对其发动一轮持续攻击。突然间，飞机打了个趔趄，一块机翼脱落，飞机一头栽进河里。打得好，尤瑟夫！然而，通向桥梁的道路已经没有了阻碍，苏军方面依然有一百多人的兵力和十架直升机。埃利斯惊恐地意识到：游击队可能会输掉这一仗。

看来苏联人是动真格的了。埃利斯估计了一下：至少有八十多个人匍匐向桥边挺进，同时不住开火。这些人应该不会像美国报纸上写的那样萎靡不振、一盘散沙，可能是精英部队。这些士兵看起来皮肤都很白皙，没有阿富汗人。这跟在越南一个样：到了紧要关头，当地人总是被排除在外。

突然间战势有所平息。苏军在麦田中隔河与村里的游击队断断续续进行交火。俄方偶尔开火，游击队小心应对。埃利斯抬头一看：空中的直升机摆明是冲着尤瑟夫与阿卜杜尔去的。苏军的指挥官准确地判断出：悬崖上的重型机关枪才是攻击的主要目标。

一架直升机冲着崖顶的射击手呼啸而去。一时间，埃利斯对那飞行员甚至有了几分敬佩：对方可是迎着枪弹往上冲，这需要极大的勇气。飞机突然转向，双方都没有打中。

双方差不多各有一半胜算，埃利斯想，尤瑟夫原地不动，飞机不停晃动，因而尤瑟夫更容易瞄准目标；同时，正因为他静止不动，所以也更容易被对方锁定。直升机的机载火箭由驾驶员掌控发射，而枪手的机关枪就架在眼前。如此紧张的情势之下，驾驶直升机很难准确瞄准。同时，由于机关枪的射程更广，强于直升机的四管格林机关枪，兴许尤瑟夫和阿卜杜尔胜算更大。

但愿如此，埃利斯想。

又一架直升机低飞瞄准悬崖，如同俯冲的老鹰瞅准了兔子。然而，枪声响起，飞机在空中爆炸。埃利斯很想欢呼——这实在有点讽刺意味，因为他比谁都了解，枪林弹雨中驾驶直升机的飞行员所面对的是怎样的恐慌。

另外一架直升机顶上来。这回射击手稍稍打偏，但还是打掉了直升机的尾翼，机身失控，迎面撞上了悬崖。埃利斯心想：老天爷，没准儿还真能全部打掉呢！此时，射击的节奏已经改变。过了一阵，他意识到只有一处仍在开火，其余的都已经被歼灭。透过尘雾，埃利斯看到山顶露出一顶小帽。尤瑟夫还活着，阿卜杜尔受了伤。

幸存的三架直升机继续在头顶盘旋，同时调整着位置。一架向上攀升，俯视战场。埃利斯推测，俄方的指挥官应该就坐在上面。剩下的两架向尤瑟夫夹击。算他们机灵，尤瑟夫不可能同时左右开火。埃利斯眼睁睁看着两架飞机渐渐向山顶靠近。尤瑟夫将枪口对准一架，另一架便趁机进一步逼近。飞行中的苏军直升机舱门大敞，跟在越南作战的美军直升机一个风格。

两架直升机突然猛扑过去，一架直奔尤瑟夫，继而转向，结果恰恰被尤瑟夫打个正着，机身起火。第二架尾随而至，枪林弹雨疯狂扫射。这回尤瑟夫玩完了！然而，直升机仿佛在空中迟疑了片刻。被击中了？机身陡然垂直坠落二三十英尺，一股脑栽到距离尤瑟夫不远的崖边。根据驾驶学院的教官讲，如果直升机引擎失灵，机体就会像三角钢琴一样下坠。然而，眼前这架飞机的引擎似乎又恢复了过来，意外地在埃利斯眼前徐徐攀升。真见鬼，这家伙比休伊直升机①还经得起折腾！过去的十年间，直升机的制造技术突飞猛进。突然，直升机停止了射击，埃利斯的心一沉。一架包裹在灌木枝杈中的高射机关枪从崖边翻滚着砸下来，随后是尤瑟夫沾满泥土的躯体。他的身体从崖面前坠落，中途被突出的岩体拦截，小帽从头上脱落，不一会儿便在埃利斯眼前消失。他几乎是只身一人赢得了这场胜利：他不会得到勋章，但在百年之后，在寒冷的阿富汗山间的篝火边，他的故事将会得以流传。

苏联人损失了四架"雌鹿"、一架"河马"以及二十五人的兵力。游击队一边的两台重型机关枪全部报销。俄方剩余的两架"雌鹿"再次开始对村子发动猛攻，而阿富汗人已经完全失去了防御。埃利斯退回到自己隐蔽的小屋，心想这房子要不是泥糊的就好了。前一轮猛攻只是想软化对手。过了一两分钟，仿佛收到信号指令一般，麦田里的苏联人突然起身向桥上飞奔。

机会来了，埃利斯想。胜也好，败也好，是时候做个了断了。

村里的游击队员纷纷朝冲过来的苏联军队开枪，无奈受到俄方空中掩护的抑制，只打倒几个。几乎所有的苏军都已经暴露，足足有八九十人，他们一边冲一边向对岸放枪。看到对方的防御

---

① 休伊直升机：美国陆军使用的第一款实用型涡轮动力直升机，越战中有所使用。

是如此单薄，苏军气势高涨，叫喊声也是愈发响亮。苏联人逼近桥边，游击队的命中率也有所提高，又倒下几个苏联人。然而，这还不足以阻挡对方的进攻。几秒钟过后，几个苏联士兵率先过河，并在村中的房舍间寻找掩护。

当桥上及桥梁附近聚集了约六十个苏联士兵时，埃利斯拉动了爆炸装置的机关。

古老的石桥如火山般四下崩开。

埃利斯发动了进攻，这次可不是什么齐整精密的爆破。爆炸中崩射开来具有致命能量的石料碎块威力不亚于重型机关枪的扫射。不但桥上的人被炸飞，麦田里的很多苏联人都没能幸免。漫天碎石四溅，埃利斯赶忙撤回到小屋中隐蔽。尘埃渐渐落定，他四处观瞧。

之前桥梁的所在之处如今只剩下矮矮的一堆碎石，中间掺杂着可怖的碎尸。两处宅院以及清真寺的局部已经倒塌。俄军已全部撤退。

幸存的二三十个苏联军人鱼贯上了直升机。这也难怪，留在麦田里，没有任何掩护，下场只能是被埋伏在村里的游击队员一一歼灭；要是试图过河，想必对方也是一打一个准儿，如同瓮中捉鳖。

几秒钟之后，三架幸存的"河马"直升机从地面起飞，与空中的两架"雌鹿"会合，旋即一齐呼啸着飞过崖顶，消失在空中，一枪未放。

螺旋桨的声音渐渐消失，另一种声音随即爆发。好一阵埃利斯才反应过来，那是游击队员们欢呼的声音。我们赢了，埃利斯想。去他的，还真赢了！他也加入了欢呼的行列。

第十三章

"游击队的人都去哪儿了？"简问。"分散部署。"埃利斯答道，"这是马苏德的战略。还没等苏联人喘过气来，他就已经隐蔽到了山中。敌人有可能增强兵力卷土重来，也许现在就已经到了达戈村，但到了却发现无仗可打。游击队大部队已经消失，只剩下零星的几个。"

简的诊所里住着七名受伤的游击队员，都不是致命伤。另有十二个做了轻伤处理就离开了。整场战斗中只有两人阵亡，其中一个就是不幸的尤瑟夫。萨哈拉将再一次经历哀痛，这次又是因为让-皮埃尔。

埃利斯兴高采烈，而简心里却非常难过。她想，我不能再犹豫不决了。让-皮埃尔已经离开，再也不回来了，伤心也无济于事。我必须往前看，必须把心思花在关心其他人的身上。

"那你的会议怎么办？"她问，"如果所有的游击队员都走了……"

"他们已经达成了一致。如今伏击成功，游击队的人兴高采烈，说什么他们都会同意。某种程度上说，这次伏击也打消了一些人心中的疑虑：马苏德的确是一位精明的领袖，团结在他的手下一定可以干成大事。这一仗也为我建立了些许威信，这也起到了作用。"

"也就是说，你成功了。"

"是啊。我甚至还拿到一纸协定，所有的反抗军领袖都签了字，还有毛拉做见证。"

"你一定很骄傲。"说着，简伸手捏了捏埃利斯的胳膊，又赶紧将手收回。她很庆幸埃利斯能在此时陪伴着她，甚至为自己长久以来都对他心怀怨气感到过意不去，但又怕一不留神给他造成错误的印象，让他以为自己仍惦记着他，那就尴尬了。

她转过身朝洞穴周围望望。绷带和注射器都放在盒子里，药品也塞进了包里，受了伤的游击队员好好地躺在地毯或者被毯上。今晚要在此过夜，把他们运下山难度实在太大。他们饮了些水，又吃了面包，两三个伤势较轻的还能下地煮茶。穆罕默德独臂的儿子穆萨就蹲在洞门口，在弥散着的尘土中挥舞着父亲送给他的刀，玩着某种神秘的游戏。他会守着伤员，夜间如有人需要救治，穆萨可以跑下山去找简。当然，这种情况不太可能出现。

一切都安排妥当。简跟大家道过晚安，拍拍穆萨的脑瓜，随即离开，埃利斯紧随其后。夜晚的风带来了一丝凉意，这是夏天结束的第一个征兆。简抬头遥望远处的兴都库什山脉，冬日的寒意即将从那边传来。冰雪覆盖的山尖在夕阳的映射下泛着粉红色。这是一个美丽的国家，人们太容易忘记这一点，尤其是在忙碌的日子里。能目睹这美丽的一面真是幸运，简想，虽然我归心似箭。

她与埃利斯并肩步行下山，偶尔抬头看他一两眼。夕阳将他的脸映出古铜色，显得十分严峻，可能昨晚没睡好。"你看上去很累。"简说。

"上次真枪实弹的打仗已经是很久前的事了。太平惯了，人会变得懒散。"

他答得一板一眼。至少他不像阿富汗男人一样，以杀戮为乐。埃利斯只是将自己炸毁达戈村桥梁的消息告诉简。然而，一位受伤的游击队员向她讲述了许多细节，告诉她埃利斯对引爆时机的把握扭转了战斗的局势，还把当时的杀敌场面描绘得有声有色。

回到班达村，那里充满着庆祝的气氛。村里的男男女女并没有躲在自家的院落，而是兴高采烈地聚集在一起。孩子们叽叽喳喳地玩着打仗的游戏，学着大哥哥们的样子假装伏击"敌人"。某处，一个男人正和着鼓点吟唱。突然间，简十分渴望今晚能够独处。冲动之下她对埃利斯道："要是不介意我给孩子喂奶，就来一起喝杯茶吧。"

"十分乐意。"

进门时，孩子正在哭闹。一听到孩子的哭声，简的身体也起了反应，一只乳房突然分泌出些乳汁来。她慌忙道："请坐。法拉会给你沏茶。"说着便冲进里屋，以免让埃利斯看到她衬衫前襟的奶渍。

简迅速解开衣扣，将孩子抱起。找到乳头的前一刻香塔尔总是显出恐慌，接着便是一阵吮吸。先是用力，而后放松。再次回到客厅，简有些尴尬。别傻了，她告诉自己，事先已经提醒过他，他也说无所谓；再说，以前你们两个几乎夜夜黏在一起……即便如此，进门时的她还是不由得感到两颊发烫。

埃利斯正在看让-皮埃尔的地图。"真是高明。"他道，"穆罕默德每次都借他的地图，所以他对所有的路线都了如指掌。"

说着埃利斯抬起头，看到简的表情慌忙又道，"先不说那个。如今你怎么打算？"

简靠墙坐在垫枕上，这是她最喜欢的喂奶姿势。在她裸露的乳房面前，埃利斯并没有显出尴尬，简慢慢放松下来。"等等看吧。通往巴基斯坦的道路打通，护送队再次出发，我就马上回家。你呢？"

"我也一样。这里的工作已经完成。当然，协议的进展得有人跟进，但中情局在巴基斯坦有人手，可以交给他们。"

法拉端上茶水。简很好奇，埃利斯接下来会做些什么：在尼加拉瓜策动兵变，勒索威胁驻华盛顿的苏联外交官，还是刺杀某非洲共产党关键人物？以前还是情侣时，简就问过埃利斯关于去越南参战的事。埃利斯告诉她，所有人都指望他会避免参军，结果他偏偏是个凡事都跟人对着干的愣头儿青，还果真当了兵。她不确定这是否可信。即使答案是真的，也不能解释为何退役后，他依然继续从事这份危险的工作。"等回了国，你打算做什么？继续研究精妙方法干掉卡斯特罗？"

"中情局不搞暗杀。"埃利斯道。

"但事实相反。"

"那是机构内的一个极端部门。那帮疯子搞坏了中情局的名声。不幸的是，有时总统也抵挡不住秘密特工游戏的诱惑，让这帮疯子愈发来了劲儿。"

"为什么不拒绝他们，回归人性？"

"这么说吧。美国有很多人认为其他国家应该和美国一样，有权利获得自由。这些人可不会轻易扭头就走，回归茫茫人海。结果，中情局雇佣了不少疯子，正直、有同情心的正常人倒没几个。结果每当美利坚总统大手一挥，命令中情局扳倒某国政权时，人们都问怎么会发生这种事情。答案是：这是他们放任的结果。我的国家是个民主政权，一旦事情出现差错，要怪也只能怪我；如果要把事情办好，我就必须得冲上去，这是我的职责。"

简还是不能信服："你的意思是说，若想要改革克格勃，就一定得加入它？"

"不。因为克格勃最终并不是掌握在人民手中。而中情局则不然。"

"掌握并不是那么简单，"简道，"中情局对人民撒谎。如果连这些人所做的事情都无法了解的话，控制就无从谈起。"

"但它终归是我们自己的机构，是我们的责任。"

"你可以努力将其废除，而不是助纣为虐。"

"但我们需要这样的情报部门。这是一个充满着敌意的世界，我们需要掌控敌人的信息。"

简叹了口气："看看这样做所带来的后果。你们打算为马苏德提供更多更大型的武器，好让他更有效率地杀人。你们每次行动的后果都是这样。"

"不仅仅是为了杀人，"埃利斯反对道，"阿富汗人正为他们的自由而战，他们的对手也是一帮杀人犯……"

"他们都在为自由而战，"简打断道，"巴勒斯坦解放组织、古巴海外流亡者、气象员派、爱尔兰共和军、南非的白人、威尔士自由军……"

"一些是出于正义，还有些不是。"

"难道中情局区分得出来？"

"它应该知道……"

"但事实相反。马苏德所争取的是谁的自由？"

"阿富汗全民的。"

"胡扯！"简愤愤地说道，"他是个穆斯林基要主义者，一旦得势，第一步肯定是对女人下手。马苏德绝对不会给妇女投票的权利，他巴不得把她们仅剩不多的权利也剥夺。你以为他会怎样对待自己的对手？他的政治偶像可是阿亚图拉·哈梅内伊[1]。你觉得这里的科学家和教师会获得学术自由？同性恋者和妇女会获得性解放？当地的印度教徒、佛教徒、无神论者或者是普利茅斯教友会是怎样的处境？"

"你真的认为马苏德的政权还不如苏联人的？"

简思索了片刻："我不知道。唯一可以确定的是，马苏德只是取代了苏联人，他的政权仍会是独裁的。如果只是当地独裁者取代外国独裁者，实在不值得牺牲这么多人。"

"阿富汗人似乎认为这很值。"

"根本没几个人问过当地人的意见。"

"显而易见。但我也并不是经常从事这种工作。大多数时候我更像是个侦探。"

这件事曾让简好奇了一整年。"你在巴黎时到底执行什么任务？"

"就是我监视着咱们所有好友那一阵？"埃利斯浅笑道，"让-皮埃尔没告诉你？"

"他说并不是很清楚。"

---

[1] 阿亚图拉·哈梅内伊（Ayatollah Khomeini, 1902—1989）：已故伊朗政治及精神领袖。伊朗人质危机发生之时，他主张支持绑架者。曾颁布以作家萨尔曼·拉什迪（Salman Rushdie）为目标的追杀令。

"可能他真的不知道。我当时在抓捕恐怖分子。"

"在我们的朋友里抓？"

"那群人当中往往会有——异见人士、辍学学生，还有犯罪分子。"

"拉赫米·乔斯贡是恐怖分子吗？"让-皮埃尔说拉赫米被捕就是因为埃利斯。

"是。菲力·福尔大街的土耳其航空燃烧爆炸案他是主凶。"

"拉赫米？你怎么知道？"

"是他告诉我的。逮捕他时他正在策划另一起爆炸案。"

"这也是他告诉你的？"

"他找我帮忙制作炸弹。"

"老天爷。"英俊的拉赫米，那阴郁的眼神，那对于祖国腐败政府的满腔仇恨……

埃利斯还没有说完："还记得佩佩·戈齐吗？"

简一皱眉："开劳斯莱斯的那个可笑的科西嘉小个子？"

"没错。巴黎那些疯子手中的枪支和炸药全都是他提供的。只要对方出得起钱，他才不在乎买家是谁。不过，他最常做的还是'政界'客户的生意。"

简目瞪口呆。她估计得到，佩佩名声应该不怎么样，光是有钱和来自科西嘉这两点就足以做出判断。简以为他最多也就是牵涉些走私、贩毒之类的勾当。一想到佩佩将枪支卖给杀人犯，她不禁感到自己之前仿佛一直活在梦境中，而事实上，阴谋与暴力一直在真实的生活中不断上演。难道我真的那么天真？

埃利斯继续道："我还抓到一个苏联人。他出资支持了很多暗杀和绑架事件。佩佩接受审问时，欧洲一半的恐怖分子都被他供了出来。"

"我们交往的过程中，你一直在做这件事……"简恍惚道。她想起当年那些派对、摇滚音乐会、游行，那些咖啡馆里的政局争论，阁楼工作室中一瓶接一瓶的红酒……自从分手后，她隐约以为埃利斯一直在撰写一些关于极端分子的报告：谁具有影响力，谁最极端，哪个有经济实力，哪个在学生中最具威信，哪个跟共产党有联系，等等。万万没有想到，原来埃利斯一直都是在抓捕罪犯。"难以置信。"

"老实说，那可是一场大胜仗。"

"你兴许不该告诉我。"

"的确。毫不夸张地说，以前没对你说实话，我一直后悔到现在。"

简有些尴尬，不知该说什么。她将香塔尔换到左边吃奶，无意间与埃利斯的对视让她下意识地用衬衣遮住右边的乳房。对话到了这一步，已经私密到让两个人都坐立不安，但她仍十分好奇。埃利斯算是给出了一个正当的理由，但他的逻辑简却不甚认同。简想知道他的动机。如果现在不弄清楚，以后可能就再没机会了。她问："我不明白，是什么促使一个人决定终其一生做这样的事？"

他的目光瞥向一边："我很擅长，这件事很有意义，况且挣得也多。"

"估计退休金和退休伙食也正合你意。没关系，如果你不愿意，并不一定要向我解释。"

埃利斯直直地盯着她，仿佛想读出她的心思。"我想告诉你，你真的愿意听吗？"

"愿意。你说吧。"

"这与战争有关，"突然间简明白，埃利斯将要说的话是他从未告诉任何人的。"在越南驾驶直升机，最难的就是分清哪些是越共、哪些是平民。每次为地面部队提供空中支持，炸毁丛林小路或划出自由火力区，大家都清楚，被杀的老幼妇孺一定会多过游击分子。以前都说平民窝藏我们的敌人，谁知道？又有谁在乎？是我们杀了人。那时的我们变成了恐怖分子。我说的可不是个别例子，这可是常规的攻击策略啊，更何况，更残暴的我也见过。根本没有任何理由可以为其开脱，这才让人窝火。我们做了那么多可怕的坏事，为的不过是谎言、腐败与自我欺骗。我们选错了立场。"他看起来很憔悴，仿佛长久苦于内伤之痛一般。摇曳的灯光下，埃利斯的皮肤显得阴沉而灰黄。"找不到理由，更得不到原谅。"

简用缓和的语气鼓励他往下说："那你为什么留下来？为什么又主动服第二期？"

"因为我当时还没把问题完全看清；因为我是为我的国家而战，战争爆发，我不能逃避；因为我是个优秀的军人，如果我回了家，我的工作可能会交给某个废物，我的手下很可能就会没命。当然，这些理由都不够充分。有时我也问自己：你又能怎么办？我想……当时我并没意识到，但我想做的是想办法寻找救赎。要是在20世纪60年代，人们可能会管这叫作'赎罪之旅'。"

"是啊，可……"埃利斯显得脆弱而迷惑，简甚至不忍心正面发问。然而他需要倾诉，她自己需要了解，于是继续道："但为什么是这个？"

"战争后期，我开始搞情报，也得到一个机会，退役后可以做情报工作。他们说这种需要隐蔽伪装的工作我一定做得来，因为我深谙此道。你瞧，他们对我作为激进分子的过去一清二楚。在我看来，多抓几个恐怖分子也许能帮我弥补些过去造成的伤害。于是我成了反恐专家。这样一说听着有点简单化，但我做得还挺成功。中情局看我不顺眼，因为我有时会拒绝任务，比如杀害智利总统的那一次，而特工本该无条件服从命令的。但我让很多人渣坐了牢，这一点我很自豪。"

香塔尔睡着了。简将她放回盒子做的"摇篮"里，接着道："看来我应该说……是我冤枉了你。"

埃利斯笑了："谢天谢地！"

好一阵子，简陷入了对过去的怀念。真只过了一年半吗？那时的她与埃利斯还很幸福，还尚未经历眼前这场噩梦，没有中情局，没有让-皮埃尔，没有阿富汗。"但还是无法抹掉过去，不是吗？一切还是发生了，你说了谎，我发了火。"

"的确。"埃利斯坐在板凳上，凝神端详着面前的这个女人。他伸出双臂，迟疑了片刻，接着将双手放在她胯上，似乎友善，又似不止于此。"妈妈嘛嘛……"是香塔尔。简转身看看她，埃利斯任由两手滑落。香塔尔手舞足蹈，睡意全无。简将孩子抱起，小家伙立马打了个嗝儿。

简转过头，埃利斯正抱着双臂，微笑着看着她。突然，她不再想让他离开。简一时心血来潮："跟我一起吃晚餐怎么样？面包和乳酪而已。"

"好。"

她把香塔尔递给埃利斯："我去交代法拉。"他接过孩子，简去了院子里。法拉正在烧水给香塔尔洗澡。简用胳膊肘试了试水温，很合适。"麻烦你准备两个人的面包。"法拉的眼睛瞪得老大。简明白，一个女人单独邀请男人吃饭，法拉一定觉得不可思议。管他的！她端起水罐回到屋里。

埃利斯正坐在油灯下的大垫枕上，低声叨念着儿歌逗膝头的香塔尔玩。一双毛发浓密的大手环着香塔尔粉红色的幼小身躯。香塔尔抬头看着他，开心得咯咯直乐，胖乎乎的小脚丫踢来踢去。简站在门口，呆呆地看着，脑子里不由得冒出一个想法：香塔尔的父亲本该是埃利斯。

真是这样吗？看着眼前的两人，她扪心自问：你果真希望如此？埃利斯唱完歌谣，不好意思地冲她笑笑。没错，我希望如此。

午夜，他们沿山坡向上走。简在前面带路，埃利斯夹着大睡袋跟在后面。他们给香塔尔洗了澡，吃了干巴巴的晚饭，喂过奶，把孩子安顿在屋顶和法拉一起睡下。法拉拼上性命也会保护香塔尔。埃利斯想带简离开那栋房子，在那里，她是别人的妻子。简也有同感，于是道："我知道一个地方。"

她走下山道，带着埃利斯穿过碎石满布的山坡来到她的秘密憩所，也就是那处隐蔽的平台。香塔尔出生前，她就是在那里进行裸身日光浴，用油脂滋润隆起的小腹。借助月光，她毫不费力就找对了地方。俯瞰村子，灶火的余烬在舍院里星星点点，偶尔玻璃窗里还有灯影闪烁。她几乎可以分辨得出自家房舍的轮廓。再过几个小时，天光渐亮，就可以看到屋顶熟睡的香塔尔与法拉。她很高兴，这还是第一次她与女儿分开过夜。

简转过身，埃利斯已经打开睡袋铺在地上。她有些局促。在家里听他哼唱儿歌时体内涌起的那股热流与占据他的那股欲望如今已经减退。旧日的感觉一时间又回来了：想要触碰他的冲动，对他不好意思时憨笑的迷恋，对他双手触感的渴望，对他躯体的沉迷。香塔尔出生前的几个星期，她全然对性生活失去了兴趣，此后一直没有恢复，直到这一刻。然而，在接下来的几个小时中，为了独处而做的烦冗安排已经让情趣一点点消散。他们就像是两个十几岁的年轻人，只想暂时摆脱父母，在一起亲热。

"来，坐下。"埃利斯道。

她挨着埃利斯坐在睡袋上，与他一起望着黑漆漆的村子，没有任何接触。一阵紧张的安静过后，简打破沉默："没人来过这里。"

"那你来做什么？"

"就是躺在太阳底下，什么都不想。"她转念一想，管他的呢！"不对，我还在这里自慰。"

埃利斯笑着伸手将她抱住："你说话还是不会拐弯抹角，真好！"

简转过头，埃利斯轻轻将她吻住。他连我的缺点也喜欢：唐突、鲁莽、任性甚至固执，他都喜欢。"你并不想改变我。"

"简，我好想你。"埃利斯闭上双眼喃喃道，"大多数时候，我甚至没有意识到我在想你。"他拉她一起躺下，让她靠在自己身上。她轻吻他的脸，尴尬的感觉瞬间消失。上一次吻埃利斯，他没有留胡子。她感受着埃利斯的手解开自己的衣扣。由于没有合适的尺寸，她没有穿文胸，总觉得双乳缺少些遮盖。她将手伸进埃利斯的衬衣，抚摸他乳头周围浓密的毛发。在此之前，她几乎已经忘了男人身体的触感。数月以来，她的生活中充斥着妇女和孩子的温柔与稚嫩。突然间，她渴望粗糙的肌肤、结实的大腿、胡子拉碴的脸颊。她用手指卷弄着他的胡须，用舌头推开他的双唇。埃利斯的双手抚摸着她高胀的乳房，一阵快感瞬间向她袭来。她知道接下来会是什么，即便她骤然起身也无力阻止。她能感到泌出的温热乳汁已经沾满他的双手，不由得羞得满脸通红："对不起，太恶心了。我也是没办法……"

他用一根手指按住她的双唇："没关系。"说着，埃利斯抚摸着简的乳房，不一会儿，两具躯体都变得滑腻起来。"这很正常，很性感。"

怎么可能会性感，简想，但她还是将他的脸贴近自己的前胸。埃利斯亲吻并抚摸着她的双乳。渐渐地，她放松身体，享受着这份灼热的快感。又是一阵尖锐的刺激感袭来，又出来了，但她不在乎。"啊——"埃利斯粗糙的舌面触碰着她酥软的乳头。简想：如果他真的吸了，我肯定会高潮。

他仿佛读懂了她的心思，两片嘴唇紧紧将一个高高凸起的乳头裹在嘴里，一面吮吸，一面将另一个夹在两指间轻柔挤捏。简全然沦陷在快感之中。乳汁喷涌而出，一边沾湿埃利斯的手指，另一边流入他口中。她全身战栗。"哦，天啊！"她呢喃着，直到那快感渐渐退去，她瘫倒在埃利斯身上。

一时间，她的脑海一片空白，只有感知：他温热的呼吸撞击着自己湿润的前胸，他的胡子刮擦着自己的肌肤，清凉的夜风吹拂着自己发烫的脸颊、尼龙睡袋和坚硬的石面。片刻后他闷声道："我喘不过气来了。"

她翻身下来："咱俩是不是太怪异了？"

"没错。"

简咯咯一笑："你以前也这么干过？"

埃利斯迟疑了一下："嗯。"

"什……"简有点难为情，"什么味道？"

"温温的、甜甜的，有点像罐装牛奶。你高潮了吗？"

"你没注意？"

"我不确定。女人有时很难说。"

她吻了他："我高潮了。虽然只是一下，但确信无疑。双乳高潮。"

"我差点射了。"

"真的？"她的手在他身上转而下行。埃利斯穿着当地睡袍式的衬衫和裤子。她感受到他的肋骨和髋骨：他减掉了那里松软的赘肉，在欧洲，只有皮包骨的瘦子才没有那东西。她摸到了阴茎，在裤子里挺得笔直。"啊，"她一把将它抓住，"感觉不错。"

"彼此彼此。"

简想回赠给他同样的快感。她坐得笔直，解开埃利斯裤子上的系绳，掏出他的命根子轻轻揉搓，并不时俯身亲吻阴茎的前端。简突然顽皮起来："在我之后，你跟多少姑娘睡过？"

"你别停手，我就告诉你。"

"好啊……"

他没有开口。过了一分钟，简问："到底多少？"

"等等，还没数完呢。"

"浑蛋！"说着她在埃利斯的命根子上咬了一口。

"哎哟！没几个，真的，我发誓！"

"没女人陪你怎么办？"

"你可以猜三次。"

简可没那么好糊弄："你用手解决？"

"哎呀，珍妮小姐，你害不害臊啊！"

"你真这么干？！"简得意地道，"每次撸的时候都想什么？"

"我说黛安娜王妃，你信吗？"

"不信。"

"得，现在轮到我不好意思了。"

简的好奇仍未得到满足："说实话。"

"帕姆·尤因。"

"哪儿冒出来的？"

"你太久不了解潮流了。《家族风云》里鲍比·尤因的妻子。"

她记得那部电视剧的演员，但还是很意外："你开玩笑吧？"

"你让我说实话嘛。"

"她那全是靠整容！"

"说的不是性幻想嘛？"

"你就不能幻想个自我解放点的？"

"性幻想可顾不上搞政治。"

"不可理喻。"她迟疑了片刻，"你怎么办到的？"

"什么怎么办到的？"

"那个……用手。"

"跟你的办法差不多，但更使劲儿。"

"做给我看看。"

"现在不光是难为情，简直是颜面扫地啊。"

"求你了，让我看看吧。我早就想看男人自己动手了。之前一直没好意思说，要是你也拒绝，我可能再也没机会了。"她抓起埃利斯的手。

他的手开始缓慢而有规律地活动。起先只是应付了几下，一声呻吟后，便闭起眼睛潜心享受起来。

简不禁叹道："你还真是简单粗暴！"

埃利斯停下手："我坚持不住了……除非你也一起来。"

"成！"说着她迅速脱了裤子，跪在埃利斯身边自慰起来。

"再靠近点儿。"他的声音有些沙哑，"我看不见你。"

埃利斯仰面躺倒，简转身挪到他脑袋旁边，银色的月光直射她的双乳与胯间的密丛。他一面加快频率把弄着阴茎，一面注视着她律动的手，仿佛着了魔。

"哦，简！"

她开始享受指尖时时涌动的一股股熟悉的快感。埃利斯的臀部开始随着手的运动规律地上下移动。"射吧，"简说，"我想让你射出来。"说这话连她自己也吓了一跳，然而她仍抵挡不住心中涌动的激情与渴望。

埃利斯低声呻吟着。简注视着他：他的嘴巴微张，大口喘着粗气，两眼直勾勾盯着简的两腿间。简用中指摆弄着阴唇。"把指头伸进去。"埃利斯喘息着说，"我要你把指头伸进去。"

这种事简通常并不会做。她将指尖插入，感觉滑滑的，她接着向内探索。这让埃利斯兴奋不已，她自己也来了兴致。简低头注视着埃利斯的下体，他的臀部剧烈地抽搐，她自己的手指也在阴部进进出出。快感在积聚。突然，埃利斯反弓后背，骨盆高高抬起，一股白色的黏液伴随着呻吟喷薄而出。简不由得大叫："哦，上帝啊！"继而着迷一般注视着那勃起尽头的小孔。第二股、第三股、第四股激发而出，落在他的胸前、她的手臂与发间。随着埃利斯瘫倒在地，简也在"自制"的一波波快感袭击中筋疲力尽。

她一头倒在埃利斯大腿上。他两腿间仍然是一柱擎天，简懒懒地凑上去亲吻它，舌尖一阵咸涩，同时也感到埃利斯的脸蹭到了她腿间。

一时间周围一片寂静，只听见两人的呼吸声和远处深谷中的流水声。简仰望天空。群星闪耀，万里无云。夜间的天气凉爽下来，她想，得赶快钻进睡袋。她期待着能在埃利斯身边安睡。

"我们是不是太变态了？"

"可不是？"

埃利斯的阴茎软在肚皮上。简用指尖撩拨着他胯下那几根赤金色的毛发，她几乎快要忘记与埃利斯做爱的滋味。他与让-皮埃尔截然不同。让-皮埃尔喜欢做足前戏：沐浴油、香薰、烛光、红酒、小提琴。他是一个十分挑剔的爱人。做爱之前，简要沐浴洗漱。每次一完事，他便匆匆往洗手间跑。月经一来，让-皮埃尔便不再碰简的身体，嘬乳吸奶这种事更是想也别想。埃利斯则是来者不惧，越下流他越喜欢。简在黑夜中笑笑。突然间她意识到，自己从来都不十分确定让-皮埃尔享受为她口交，尽管他做起来还是驾轻就熟；埃利斯则不然，毫无疑问，他乐在其中。

越想，冲动越是强烈。她魅惑地张开双腿，感受着他的亲吻，他的嘴唇撩拨粗硬的毛发。他的舌尖饥渴地在简的阴唇间探索。过了一会儿，他将简转压在身下，跪在她两腿之间，将她的双腿搭在自己的肩头。简感到自己赤裸而脆弱，毫无保留却备受珍惜。埃利斯的舌头迂回纵深，从尾椎处向上探索。哦，上帝啊，她想，他以前也是这样：沿着股沟一路勾舔，在阴部流连纵深探索，然后上行在阴唇闭合处的敏感部位挑逗一番。几番深长的品尝过后，她将他的头摆在阴蒂处，在他舔舐的同时，自己的胯部也随着一起一落地运动着，用指尖按压他太阳穴的压力告诉他何时用力、何处用力。她感受到他的手正在自己的阴部，正向着潮湿的内陆挺进，便猜到了他的意图：不一会儿，他抽回手，将一根湿漉漉的手指伸进她肛门。还记得他第一次这样做时自己是如何惊讶，然而转眼又欲罢不能。让-皮埃尔永远也不会做这样的事。身体的肌肉随着高潮感的临近而逐渐紧张，她这才意识到，她对埃利斯的想念远甚于自己情愿承认的程度。的确，她长久以来对埃利斯怨气难消，正是因为自己从未停止爱他，直至今日。承认了现实，心中那份沉重的负担亦随之消除，取而代之的是高潮的战栗，仿佛狂风中的树木一般。埃利斯深知她醉心于此，于是将舌头探得更加深入，任她狂热地将内在交给自己。

仿佛这一切都没有尽头。每一次快感有所消减，他便让自己的指头在简的肛门里入得更深，或是用舌头舔她的阴蒂，抑或是轻咬她的阴唇，她便会再次兴奋起来，直到筋疲力尽才哀求道："停，停，我没力气了，这样下去我会死的。"埃利斯这才抬头，将她的双腿放下。

埃利斯凑上来，用手支撑着身体的重量亲吻她。下体的味道仍然停留在他的胡子里。简躺在那里，虚弱得连眼睛也懒得睁，甚至连回吻的力气也没有。她感觉到埃利斯的手将她的阴部打开，他的阴茎长驱直入。她想，这么快他又硬起来了，上帝啊，过了这么久，感觉真好！

他开始有规律地进出，先是很慢，接着频率加快。她睁开眼睛，他的脸就在自己上方，目光直直注视着自己。他低头看着两个身体结合的地方，看到自己的命根子前后抽插，不由得睁大双眼，嘴巴张开。这场面让他如此兴奋，简也恨不得自己亲眼看一看。突然，他放慢了速度，刺得更深入了。简记得，这是他高潮来临的征兆。他看着她："吻我，我要射了。"说着张开那带着简体味的双唇。她将舌头伸进埃利斯口中。她喜欢埃利斯射精时的快感：他后背弓起，头仰着，如野兽般大吼一声。简能感觉到他射在了自己体内。

高潮过后，他低头倒在简的肩头，双唇轻轻在她脖子上移动，轻声说着无法分辨的话语。一两分钟后，埃利斯深深叹了口气，心满意足。他吻了吻她的嘴，又起身跪着亲吻她的双乳，然后是阴部。她的身体立刻回应，臀部抬起索要着他的嘴唇。知道她又来了兴致，埃利斯再次舔舐起来。同往常一样，一想到埃利斯的舌头，以及流连于自己下体的精液痕迹，她便再次沦陷。高潮瞬间到来，简呼喊着埃利斯的名字，直到战栗停止。

他终于瘫倒在她身边。每次做完爱，两人都自然而然地回归到同一姿势：他一只手臂搂着她，而她的头枕着他的肩，大腿横在他的胯部。埃利斯大大打了个哈欠，逗得简咯咯直乐。他们慵懒地抚摸着彼此：简摆弄着埃利斯瘫软的阴茎，而他的手指也悠闲地在简湿漉漉的下体进出。简舔了舔埃利斯的前胸，品尝微咸的汗迹。她望着他的脖子。月光勾勒着那一道道线条与沟壑，泄露着年龄的秘密。他大我十岁，简想。兴许正因如此他才拥有这了得的功夫。"你怎么这么有'能耐'？"她出声问道。埃利斯没有回答，他睡着了。"亲爱的，我爱你。好好睡吧。"说着，简也闭上了双眼。

　　在五狮谷生活了一年，如今置身喀布尔，让-皮埃尔觉得既迷惑又害怕。四周高楼林立，车流飞速，人来人往。在护送队时，每次苏联大卡车经过，他都要捂起耳朵。无数的新鲜事物令他措手不及：公寓街区、制服女生、街灯、电梯、台布，还有红酒的味道。二十四小时过去了，他依旧心有余悸，具讽刺意味的是自己还是地道的巴黎人呢！

　　他的房间被安排在单身军官区。苏联人向他许诺：简和香塔尔一到，就给他一套公寓。与此同时，他觉得自己正蜗居在一间廉价的小旅馆。苏军到达之前，这栋建筑可能就是一间旅馆。如果简这时候来了（她随时可能到达），他们一家三口只能在这里凑合一晚。不可以抱怨，让-皮埃尔想，我不是英雄——现在还不是。

　　他站在窗边，欣赏着喀布尔的夜景。近几个小时全城没有一处有电，估计应该是拜对手马苏德和他的游击队所赐。但就在几分钟前，供电恢复，城市中心区域也现出了微弱的街头灯光。街上只能听到引擎的呼啸，一辆辆装甲车、卡车、坦克穿梭于城市中，奔向它们神秘的目的地。是什么任务如此紧急，大半夜还兴师动众？让-皮埃尔服过兵役，在他看来，要是苏军的作风与法军类似，这样大半夜着急忙慌调动部队，其瞎折腾的程度无异于从城东头营地折腾五百把椅子到城西头音乐厅办音乐会，明明还有两个礼拜才开演，而且随时可能取消。

　　房间的窗子已被封死，他无法闻到外面夜晚的新鲜空气。房间门没锁，但门外走廊尽头洗手间旁边的直被椅子上正坐着个面无表情的军官，而且枪不离手。让-皮埃尔估计想走也走不了。

简如今下落如何？达戈村的突袭应该在傍晚就已经结束。如果派直升机从达戈村到班达接简和孩子，前前后后也就是几分钟的事，而从班达出发，不到一个钟头就能到达喀布尔。也许出动的部队要先行返回五狮谷口的巴格拉姆空军基地，这样一来，母子俩可能要走公路赶往喀布尔。当然，安纳托利也会一同前往。

让-皮埃尔想，一见面，简肯定是欣喜若狂，自己之前的欺骗行为也一定会瞬间得到原谅。她会懂得从他的角度看待马苏德，不再追究过去。有时他也怀疑，这是否都是自己的一厢情愿。不，他毅然决然地告诉自己，他了解自己的妻子，简完全在自己的掌控之下。

到时她会明白，知道核心秘密的人只有为数不多的几个，也只有他们才能理解他的成就是多么重大。他很高兴简是其中之一。

真希望马苏德能被活捉，而不是便宜地死掉。如果他被抓获，苏联人会审判他。这样一来，所有的反抗军保准会知道，他们的头领玩儿完了。若是死了也无所谓，只要能抢到他的尸体作为证据。如果死不见尸，或是尸体无法辨认，白沙瓦的反抗军宣传机器便会发布消息，宣称马苏德依然活着。当然，他死亡的消息终将被确认，但其破坏力却不会那么大。让-皮埃尔祈祷着苏军能找到尸体。

走廊里传来脚步声。是安纳托利，或是简，或者是他们两个？那脚步声中透着阳刚。他打开门，眼前是两个大个子苏联士兵和一个军官打扮的小个子。毫无疑问，他们是来带他去见简和安纳托利。让-皮埃尔有些失望。他疑惑地看着来人。那个小个子一抬手，两个士兵蛮横地闯进房间。让-皮埃尔不由得后退一步，还没来得及开口抗议，先进来的那个士兵便揪住他的衬衫前襟，对准他的脸就是一拳。

让-皮埃尔一声大吼，又是疼又是怕。另一个大兵在他腹股沟下狠狠踢了一脚。让-皮埃尔疼痛难忍，双膝一软跪倒在地。他心里明白：生命中最可怕的时刻已经来临。

两个士兵一人一边将他架起，小个子军官进了门。泪眼迷糊中，他看到一个矮胖的年轻人。这个人貌似带有某种面部缺陷，让他一半脸看起来又红又肿，自带着几分冷嘲热讽的架势。此人戴着手套，手上还握着警棍。

接下来的五分钟里，这两个士兵驾着让-皮埃尔，眼看着他的身体痛苦地抽搐扭动。而那位军官的木头警棍则一次又一次打在他的脸部、肩膀、膝盖、小腿、肚子和腹股沟——两腿之间总是逃不了。每一下都是精准而狠毒，而且每一下过后都会有片刻的停顿，让疼痛有所减退，挨打的人却恐惧着即将到来的一击。每打一下，让-皮埃尔就惨叫一声，每每停顿，他都被将要临头的又一下吓得尖声大叫。终于停了好一阵，让-皮埃尔开始含糊乱语，不管对方能否听清："求你们别打我。求求你们，别打了！让我干什么都行。你们尽管说，就是别打了，别打我……"

"行了！"一个声音用法语道。

让-皮埃尔睁开眼睛，试着透过脸上眼前的血污看清自己的救星。是安纳托利。

两个士兵慢慢将让-皮埃尔放倒在地。他浑身火一样滚烫，稍微动动便剧痛无比，感觉身上所有骨头全都断了。他的胯下感觉仿佛被人击碎，脸也肿得老大。他张开嘴，一股鲜血涌上来。他强忍着吞回去，龇着一口碎牙道："为……为什么这么对我？"

"你心知肚明。"安纳托利道。

让-皮埃尔缓缓把头从一边转到另一边，努力保持镇静。"我冒着生命危险帮你们……我把一切都堵上了……为什么？"

"你挖了个陷阱，"安纳托利继续道，"因为你，今天死了八十一个人。"

一定是袭击出了状况，现在有人要让他背黑锅。"不，"他反驳道，"不是我……"

"你以为我们中圈套时你早躲到了千里之外，但却被我弄上直升机带到这里。现在是你自食恶果的时候了——你就一点点好好享受吧！"说着安纳托利转过身去。

"不，等等！"

安纳托利再次转身。

让-皮埃尔忍着剧痛拼命思考着。"我来到这里……拼上性命……我给你提供护送队的情报，好让你们袭击……造成的破坏远大于这次的损失，这没有道理，没有道理！"他用尽全身力气想把话说完整，"要是事先知道这是个陷阱，我肯定昨天就会警告你，求你的原谅。"

"那他们怎么会知道我们会突袭村子？"

"一定是猜到了……"

"怎么会猜到？"

让-皮埃尔努力梳理着混乱的大脑："斯卡班遭到轰炸了吗？"

"应该没有。"

那就是了！让-皮埃尔意识到：一定是有人发现斯卡班遭轰炸的消息有假。他道："你真该把那里炸了。"

安纳托利若有所思："有些人很善于观察推理呢。"

一定是简，想到这里，让-皮埃尔甚至有些恨她。

安纳托利道："埃利斯·塞勒身上有没有什么显著特征？"

让-皮埃尔感觉自己快要昏过去，又怕对方再次打他。"有。他背上有道十字形的大疤。"

"这么说就是他了。"安纳托利耳语般叨念了一句。

"谁？"

"约翰·麦克·罗利，三十四岁，生于新泽西，父亲是个建筑工。从加州大学伯克利分校退学后成为一名美国海军上校。1972年起担任中情局特工。婚姻状况：离异，与前妻育有一女。前妻与女儿下落严格保密。"安纳托利挥挥手，仿佛将这些微不足道的细节甩到一边，"毫无疑问，肯定是他猜到了我们今日在达戈村的行动计划。这个人很聪明，而且威胁巨大。要问我西方帝国主义国家哪个特工最该抓，我肯定挑他。过去十年，他至少有三次给我们造成了难以弥补的损失。去年在巴黎，他破坏了我们苦心经营七八年才建立起来的地下网络。前年，他发现了我们1965年就安插在美情报机关的一条暗线，那原本是我们暗杀总统的希望。如今，他又跑到这里来捣乱。"

让-皮埃尔跪在地上，蜷身抱作一团。他脑袋低垂，双眼紧闭等着被人宰割。原来一直以来自己都被蒙在鼓里，傻乎乎地为幕后黑手的无情计划充当炮灰，如同送入虎口的羔羊。

那时的他怀着怎样的期望！单枪匹马给阿富汗反抗军沉重一击，改变当地的历史进程。他会让西方傲慢的统治者自食恶果，让背叛并杀害他父亲的政权肝胆震颤。然而，等待他的却是彻底的失败。因为埃利斯，一切都前功尽弃。

安纳托利的声音如同背景中回响的低语。"可以肯定，他在反抗军那里已经达成了目标。虽然细节不明，但大体上可以知道：这些土匪头子结成了统一的联盟，以此换取美国人提供的武器。这足以让他们的反抗维持数年。我们必须在他们开始前加以阻止。"

让-皮埃尔睁开眼睛往上看看："怎么阻止？"

"必须在埃利斯返回美国前抓到他。这样一来，没人知道他同意达成协定，反抗军也拿不到武器，整个事情也将告吹。"

让-皮埃尔细细听着，虽然疼痛难忍但仍十分入神。难道他还有报仇雪恨的机会？

"抓住他几乎可以抵偿抓捕马苏德失败的损失。"安纳托利继续道。让-皮埃尔的心中也重新燃起了希望。"这样就解决了帝国主义世界最具威胁的特工，想想看：一个正牌美国中情局特工在阿富汗被抓……三年来美国的宣传机器都在大肆鼓吹，说阿富汗的那些土匪流氓是在为自由而战，是当地人反抗强势苏联的英勇之战。现在有了实实在在的证据，证明了我们之前的论断：马苏德和他的小喽啰只是在抱美帝国主义的大腿。我们可以将埃利斯送上法庭……"

"然而西方媒体一定会全盘否认，"让-皮埃尔道，"资本主义世界的媒体……"

"管他们呢！第三世界的那些观望国，尤其是那些穆斯林国家才是我们要争取的对象！"

让-皮埃尔暗想，这个计划很有可能成功，对他个人也大有益处，因为正是他提醒苏联人五狮谷有一个中情局特工。"

安纳托利道："那埃利斯今晚在哪儿？"

"马苏德在哪儿，他就在哪儿。"活捉埃利斯，说来容易，让-皮埃尔花了一年时间才挖出马苏德的下落。

"他现在应该没有理由再跟着马苏德了吧？"安纳托利道，"他就没有自己的老窝？"

"有。他借住在班达村一户人家里。但事实上很少待在那儿。"

"不管怎么说，我们可以从那里找起。"

当然。如果埃利斯不在班达村，村里兴许也有人知道他的下落……譬如简。如果安纳托利去班达村找埃利斯，兴许能顺带找到简。一想到一边能向资本主义复仇，抓到埃利斯，同时又能找回简和孩子，让-皮埃尔的疼痛感也减轻了许多。他问："我要跟你一起去吗？"

安纳托利考虑了一下。"对。你了解这个村子和那里的村民，可能对我们有用。"

让-皮埃尔咬紧牙关，忍着下体的剧痛强撑着站起来："什么时候出发？"

"现在就走。"

第十四章

　　埃利斯急着赶火车。虽然明知是做梦，但心里还是一阵恐慌。他开着吉尔的"现代"，先是找不到地方停车，而后又找不到售票窗口。埃利斯决定强行上车，结果发现自己置身于中央车站大堂密集的人群之中。这时他才想起，自己之前不止一次做过同样的梦，而且都是最近。每一次他都没赶上火车。每次做梦，他都感到仿佛所有幸福都永远离他而去，此刻，他生怕同样的事情会再次发生。他使劲拨开人群往前挤，终于来到了大门前。之前，他都是站在那里看着火车远去；但今天，车还停靠在车站。他沿着月台奔跑，在火车开动的一刻飞身上车。

　　埃利斯兴高采烈，甚至有些恍惚。他在座位上坐下，之前和简一起躺在睡袋里在他看来是再平常不过的事。车窗外，五狮谷的黎明已经到来。

　　睡眠与苏醒间没有明晰的界线。火车渐渐消失，只剩下睡袋、山谷、简和幸福的感觉。昨晚不知何时他们拉上了睡袋的拉链，两人紧紧拥在一起，几乎动弹不得。他的脖子感受着简温暖的呼吸，她胀大的乳房紧贴着自己的肋骨。她的胯骨、膝盖、手肘和脚上的骨头顶在埃利斯身上，而他享受着那种感觉。记得从前，他们都是相拥而眠。简的巴黎公寓里那张古董睡床空间有限，他们也只得如此。埃利斯自己的床倒是够大，即便在他这儿，两个人也是黏在一起。她总说埃利斯半夜会动手动脚，但早晨一睁眼，他却什么都不记得。

很久没和女人过一整夜了。埃利斯试着回忆上一次是跟谁，这才发现原来也是简：在华盛顿带回家过夜的女孩儿没有一个能留到早上。

只有跟她在一起，埃利斯才会毫无顾忌地做爱。他回忆起前晚两个人做过的事，下身不知不觉又硬了起来。和简一起，他似乎总是那么"坚挺"。当初在巴黎，有时他们甚至一整天待在床上，只是中间偶尔起来开冰箱找点吃的，或者喝杯酒。他可以一天射精五六次，而她甚至数不清自己究竟高潮了几回。埃利斯从来不觉得自己在性事方面够得上一名耐力选手，之后的经验也证明如此。然而，跟简在一起是个例外。她解除了他心中的一道屏障，也许是恐惧，也许是愧疚。从未有谁对他有这样的影响。之前的一个女人几乎做到了：那是在1970年，一个越南女人曾与他有过一段短暂而刻骨铭心的悲恋。

显然，他对简的爱从未停止。过去一年来，他尽心工作，跟女人约会，看望珮朵，去超市购物，像一个尽责的演员一样扮演着自己的角色，希望这逼真的演绎能等同于他真正的自我。然而，他自己心知肚明，这不可能。若不是来到阿富汗，他会永远为简的离去而心痛。

埃利斯发现，自己似乎总是对生命中的重要事情视而不见：他没意识到就在1968年，他一心想为自己的国家而战；没意识到当初他并不是真心想与吉尔结婚；越战时，他没意识到原来自己反对战争。每次顿悟都令他的生活天翻地覆。但他也相信，自我欺骗也并非毫无益处：若非如此，他早已死在了战场上；再说，要是不来阿富汗，除了自欺欺人说自己不爱简，他还能怎样？

如今我得到她了吗，他想。她也就是说了句"我爱你，宝贝儿，好好睡吧"。那可是他这辈子最爱听的一句话。

"傻笑什么呢？"

埃利斯睁开眼睛，简就在眼前："我以为你睡着了。"

"我一直在看你。你貌似特别开心。"

"没错。"埃利斯深吸一口清晨凉爽的空气，用胳膊肘撑起身子，远眺山谷。晨光之下，远处的田野几乎失去了色彩，天空一片珠灰。他正要告诉简开心的原因，忽然听到一阵嗡嗡的噪声。埃利斯竖起了耳朵。

"怎么了？"简问。

他将手指放在她唇上，她也听到了。不一会儿，噪声越来越大。绝对不会错，那是直升机的声音。埃利斯危机感顿生："该死！"

直升机从山后飞来，出现在他们头顶上空。三架"雌鹿"全副武装，还有一架满载士兵的"河马"。

"把头缩回来！"埃利斯厉声道。棕色的睡袋上满是尘土，跟周围土地的颜色几乎融为一体。如果他们躲在睡袋里，兴许从空中不会被发现。游击队躲避直升机也是采用相同的策略，他们用的是名为"帕图"的土色毯子。所有游击队员都随身带一条。

简蜷缩躲在睡袋里。袋子开口一侧有条长出一块的折边，可以放枕头。如果把折边窝回来可以遮住脑袋。埃利斯紧抱着简翻了个身，折边合上，他们成功"隐形"。

两人匍匐在地，往山谷方向望去，埃利斯半身压在简身上。直升机貌似在降落。

简道："他们不会在这儿降落吧？"

埃利斯道："还真有可能……"

简意图起身："我得回去……"

"不行！"埃利斯抓住她的肩膀，用身体的重量迫使她趴着不动，"等等——再等等看……"

"可香塔尔……"

"先等等！"

简放弃了挣扎，但埃利斯还是不松劲儿。山下房顶上熟睡的人们都揉着眼睛坐了起来，迷迷糊糊地望着头顶如大鸟般咆哮的直升机。埃利斯看到了简住的房子，看到了法拉，她正披着一张床单站在屋顶。就在她身边小垫子上的被子里藏着香塔尔。

直升机在她们头顶盘旋。埃利斯想，看来他们是要在那里降落，然而达戈村一战刚过，他们应该还没恢复元气。

村民一个个如惊弓之鸟，有的从房子里跑出来，有的往屋子里钻。孩子被护在家里，牲畜也被赶进屋内。很多人往村外跑，却在出村的路上被低飞的直升机堵了回来。

苏军指挥官相信，村里应该没有埋伏，载着部队的"河马"直升机连同一架"雌鹿"摇摇晃晃地在田里降落。没过几秒钟，便有士兵如爬虫般从飞机的大肚子里跳下。

"不行，"简喊道，"我必须马上回去。"

"听着！"埃利斯道，"孩子没有危险。无论苏联人有什么目的，他们都不会跟婴儿过不去，但对你就不一定了。"

"我得守着她……"

"别慌，"埃利斯大喊一声，"你回去了，她反而有危险。你待在这儿，她会很安全。你还不明白？着急忙慌跑回去只会害了她。"

"埃利斯，我不能……"

"必须得这样。"

"上帝啊！"她紧闭双眼，"抱紧我。"

埃利斯扣紧了搂着她肩膀的双手。

军队包围了达戈村，只有毛拉的家不在包围圈内。他的房子离其他村户足有四五百码远，就在上坡的山路上。埃利斯正在观察，一个男人从屋里冲出来。由于离得不远，埃利斯看到了他红褐色的胡须，是阿卜杜拉。三个年龄各异的孩子和一个抱孩子的妇女紧随其后，跟着他出门往山上去。

他们一出现便立马被苏联人发现，村子上空的直升机随后而至。埃利斯和简将睡袋使劲再往头顶上拉一拉。直升机前部的机关枪一阵扫射，沿阿卜杜拉逃跑的轨迹溅起一线尘烟。他没跑多远就被挡住去路，那趔趄样儿甚至有几分滑稽。他转身往回跑，一边跑一边挥手招呼身后的家人。在他们接近房子时，又一阵枪声警告，阻止他们进屋。全家人只能往山下的村里去。

震耳欲聋的螺旋桨声中零星响起枪声，然而苏联人只是朝天放空枪，以此震慑村民。他们进屋将各户的人赶出来。刚才包围毛拉一家的"雌鹿"如今又盘旋于村子上空。它飞得很低，仿佛搜寻着更多的漏网之鱼。

"他们要干什么？"简用颤抖的声音问。

"我也说不清。"

"莫非要以牙还牙？"

"但愿不是。"

"那是什么？"简依然刨根问底。

埃利斯很想说"我他妈怎么知道？"，然而还是忍住："兴许还想抓马苏德。"

"可每次打仗他都躲得远远的。"

"他们还指望着也许马苏德会疏忽大意，露出马脚；或者受伤也不一定……"事实上，埃利斯也不清楚状况，但他担心，发生在越南的美莱村大屠杀会再次重演。

村民被士兵驱赶着来到清真寺的院子里。这些大兵十分蛮横，不过并没下狠手。

突然，简大叫一声："法拉！"

"怎么了？"

"她在做什么？！"

埃利斯再次锁定屋顶。法拉跪在香塔尔的垫子旁，一颗粉红色的小脑袋从单子里露出来。香塔尔似乎没醒。法拉兴许在半夜给她喂过奶，虽然现在还没饿，但直升机的响动随时可能会惊醒她。好好睡，千万别醒过来。

法拉将一个枕头放到香塔尔头边，然后将被单盖在她头上。

"法拉在掩护她。"简道，"有枕头垫着，方便空气流通。"

"聪明的姑娘！"

"我真想过去陪着她。"

法拉把单子弄得皱皱巴巴，又将另外一床胡乱盖在香塔尔身上，然后停下来看了看效果。从远处看，那里看起来就像被人随手扔下的一堆床单。法拉对自己制造的掩护很满意，继而从房檐下到院中。

"她丢下孩子了！"简道。

"这种情况下，只有这样孩子才最安全。"

"我知道，我知道！"

法拉和其他人一起被赶入清真寺，她是最后一拨儿。"所有的孩子都有妈妈陪着，"简道，"法拉真该带着香塔尔……"

"不，"埃利斯道，"一会儿你就知道了。"现在他还不清楚事情的走向，但如果发生大屠杀，孩子会很安全。

眼见人都到了，士兵又开始搜查整个村子，他们挨门串户，不时朝天开空枪。埃利斯暗想，看来这帮人不缺弹药。先前盘旋空中的直升机低飞掠过村庄外围，圈子越围越大，仿佛空中搜索一般。

一个士兵进了简家的院子。

埃利斯感觉身边的简身体开始紧张，遂小声道："没事儿的。"

士兵进了屋，埃利斯和简目不转睛地盯着大门。不一会儿那人从屋里出来，快步上了屋外的楼梯。

"天哪，赶紧救她！"简低声道。

士兵站在房顶，瞅了一眼那堆凌乱的床单，环顾临近的屋顶，又将视线转回脚下。法拉的床垫离他最近，香塔尔就藏在那儿。他用脚尖戳了戳垫子。

突然，士兵转身跑下楼梯。

埃利斯总算松了一口气。他看看简，她简直面如死灰。"都说了她会没事的。"简开始发抖。

埃利斯远望清真寺，能看到的只是院子的一个角落：村民们貌似成排坐着，偶尔前后会有移动。他试着推测院子里的状况。有人逼问他们马苏德的下落？人群中可能知道的人不超过三个：沙哈萨伊·古尔（身上有疤那个）、毛拉阿卜杜拉的兄弟阿力山·卡里姆以及羊倌儿谢尔·卡多尔。这三名游击队员昨天从班达来，并没有随马苏德一道潜入山中。沙哈萨伊和阿力山已经年过四十，可以轻松佯装成老牛倌儿瞒天过海，卡多尔只有十四。三人都可以声称对马苏德的事一无所知。幸亏马苏德不在这里：说他与此事无关，苏联人可不会轻易相信。游击队的武器已被巧妙地藏在了苏军视线的死角：茅房的房顶、桑树的枝叶中、河岸的深洞里。

"快看！"简惊呼，"快看清真寺前面那个人！"

"戴尖帽子那个当兵的？"

"对。我认识他，以前见过。之前在石屋跟让-皮埃尔会面的人就是他，安纳托利。"

"是他的联络人。"埃利斯深吸一口气，定睛仔细观察，试图看清他的特征：从远看，他似乎带着几分东方人的特征。这是个怎样的人？他只身来到反抗区跟让-皮埃尔碰面，看来很有胆量。今天他肯定火气不小，因为他，苏军才在达戈村中了圈套，现在肯定恨不得赶紧将功补过——

正琢磨着，另一个身影从清真寺里出来。此人满脸胡须，穿着开领白衬衫和西式黑裤。"老天爷！"埃利斯道，"是让-皮埃尔。"

"哦！"简不由得大叫。

"这是怎么回事？"埃利斯低语道。

"还以为再也见不到他了。"简道。她的表情有些怪异，那是悔恨的表情。

他把注意力放回到村子。让-皮埃尔正跟苏军官交谈，说话间还比画着往山坡上指。

"他的站姿有点怪，"简道，"兴许是受伤了。"

"他指的是我们的方向吗？"埃利斯问。

"他不知道这个地方，没人知道。他能看见我们吗？"

"不能。"

"但我们看得到他。"简半信半疑。

"但他在空地立着，我们在山上，趴在睡袋里往外看，更何况山坡上颜色混杂。除非他事先知晓，否则根本找不到我们。"

"那肯定是往山洞上指了。"

"是啊。"

"肯定是告诉苏联人上那里去找。"

"没错。"

"那样就麻烦了。他怎么可以……"她的声音渐渐模糊，停了片刻又说道，"不过话说回来，这也不奇怪。自打他来到这儿，就一直出卖大家，帮苏联人。"

埃利斯注意到，安纳托利似乎在对着部对讲机喊话。过了一会儿，一架盘旋的"雌鹿"从埃利斯和简的头顶呼啸而过，在山坡上降落。声音很大，但是看不到位置。

让-皮埃尔和安纳托利离开清真寺，让-皮埃尔走起路来一瘸一拐。"他受伤了。"埃利斯道。

"怎么伤的？"

在埃利斯看来，让-皮埃尔貌似被人痛打了一顿，但他没有明说。他很好奇简在想什么。她丈夫就在山下，跟克格勃的特工并肩而行。从军装判断，对方应该是个上校。而她呢，和另一个男人躺在山上的睡袋里。她内疚吗？惭愧吗？觉得对不起丈夫吗？还是毫不后悔？她恨不恨让-皮埃尔？还是只是失望？她曾爱过让-皮埃尔，如今那份爱还有剩余吗？"现在你对他是什么感觉？"

她意味深长地盯着他好一阵，埃利斯还以为简会发脾气，事实上她只是当了真。"伤心。"说着，她将视线转回村子。

让-皮埃尔和安纳托利朝简家的方向走去，香塔尔还躲藏在那儿。

"他们应该是在找我。"简道。

眼看着山下的两人，简的表情紧张而恐惧。埃利斯认为，苏联人费尽周折，带了这么多人马枪炮来到这儿，不可能只为一个简，但他没有明说。

安纳托利和让-皮埃尔穿过庭院进了屋。

"乖孩子，千万别哭。"简小声叨念道。

埃利斯暗想，这孩子居然还没醒，简直神了！也许已经醒了，哭得正厉害，只是直升机的声响盖过了哭声。可能士兵搜查那当头上刚好有直升机飞过，所以没听见。兴许父亲的耳朵更为灵敏，比外人更容易捕捉得到。兴许——

两个男人从屋里出来。

他们在院子里站了一会儿，密切交谈着。让-皮埃尔一瘸一拐地穿过院子，来到通向房顶的楼梯面前。他吃力地上了一个台阶，又下来了。短暂交换了只言片语后，安纳托利上了台阶。

埃利斯屏住了呼吸。

安纳托利上了屋顶。跟之前搜查的士兵一样瞅了一眼凌乱堆放的床单，看了看周围的房子，又转了回来。同样，他也用鞋子的前端试探法拉的垫子，然后屈膝跪在香塔尔身旁。

他轻轻揭开床单。

香塔尔粉嫩的小脸出现在视线内，简失声大叫。

埃利斯想，如果他们要的是简，一定会带走孩子。为了孩子，简一定会自投罗网。

安纳托利盯着她看了许久。

"不行，我受不了了，我受不了了！"

埃利斯紧紧按住她："等等，先看看情况。"

他瞪大眼睛想看清孩子脸上的表情，但距离实在太远。

安纳托利似乎在思索。

突然，他仿佛下定了决心。

他放下单子给孩子盖好，继而起身离开。

简号啕大哭。

安纳托利站在屋顶对着让-皮埃尔喊话，摇着头示意房顶上没有发现，然后回到院中。

"他这是要干什么？"埃利斯疑惑道。摇头说明安纳托利没对让-皮埃尔说实话，骗他说房顶上没人。言下之意，让-皮埃尔想把孩子带走，但安纳托利不想。也就是说，让-皮埃尔想找到简，而苏联人对她没兴趣。

安纳托利的目的何在？

显而易见，他是冲着埃利斯来的。

"可能是我搞砸了。"埃利斯半自言自语道。让-皮埃尔想找到简和孩子，而安纳托利想抓到他，一雪昨日之耻。他想阻止埃利斯带着签署好的反抗联合协约返回美国，再把他送上法庭，以此向世界证明，美国的中情局才是阿富汗反抗的幕后指使。我昨天就应该想到。他暗自后悔，当时想的只有胜利和简。不过，安纳托利不可能知道我在这儿：可能在达戈村、在阿斯塔纳，也有可能跟马苏德一起躲在山里，没那么轻易被发现。但安纳托利已经很接近了。他直觉敏锐，是个强劲的对手——战斗还没有结束。

简还在哭泣。埃利斯摸摸她的头发，一面轻声安慰，一面看着让-皮埃尔和安纳托利走向田中待命的直升机。

山顶降落的"雌鹿"再次升空，从埃利斯和简头上掠过。埃利斯担心山洞诊所里那七名受伤的游击队员，不知他们是否遭到拷问，或被抓走。

一切都结束得太快了。士兵两两一排出了清真寺，一出门立马上了"河马"直升机。安纳托利和让-皮埃尔坐上"雌鹿"。丑陋的怪物一架架升空，摇摇晃晃直到越过山顶才排成一线，加速向南而去。

深知简心中担心，埃利斯道："再多等等，待所有的直升机都走远了再露面，别闹得前功尽弃。"

她流着泪默默点点头。

村民零星出了清真寺，一个个惊魂未定。最后一架直升机升空南去。简赶忙爬出睡袋，穿上衣服朝山下跑去，一边跑一边整理衣装。埃利斯眼看她离去，尽管知道这是人之常情，但还是不免觉得受到冷落。他还不打算立马追上去。让她和孩子单独享受团聚。

简消失在毛拉的房舍之后。埃利斯眺望村庄，一切都开始恢复正常。他能听到大叫声，孩子们跑来跑去扮演直升机，或竖起手指假装手枪，或把鸡群轰进院子里进行"审问"。多数成年人都缓步走回家中，个个心有余悸。

埃利斯想起山上受伤的游击队员和放哨的穆萨，决定上山去看看。他穿起衣服，卷起睡袋，朝山道走去。

他想起艾伦·温德曼身着灰色西装，系着条纹领带坐在华盛顿的餐厅，一边对着盘中的色拉戳戳点点，一边道："苏联人有多大胜算能抓到我们的人？"埃利斯的回答是"微乎其微"。如果他们抓不到马苏德，又怎么能抓到去见马苏德的卧底特工？如今他知道了答案：因为让–皮埃尔。"该死的让–皮埃尔！"他大声咒骂道。

他来到山上的空地。山洞诊所里没有一点动静，希望苏联人没把穆萨和伤员抓走，不然穆罕默德一定会伤心死。

他走进洞中。太阳已经升起，洞里的一切可以看得清清楚楚。所有人都静静地躺着。埃利斯用达里语问："你们都没事儿吧？"

没人回答。所有人都一动不动。

"天哪！"

他跪在离他最近的队员身旁，用手试探那张满是胡须的脸。那名队员躺在血泊中，头部中枪，是近距离射击。

埃利斯赶紧去查看其他人。

所有人都死了，包括孩子。

第十五章

简慌慌张张冲进村子，在人群里左推右搡，时而迷路撞墙，时而跌倒又爬起。她哭哭啼啼，气喘吁吁，嘴里还含含糊糊一遍遍重复着："她一定没事，一定没事，一定没事……"与此同时，她也很纳闷：为什么香塔尔没醒？安纳托利到底做了什么？难道孩子受伤了？

她跌跌撞撞进了院子，三步并作两步上了房顶，膝盖一软杵在地上。她拉开垫子上的床单，香塔尔的眼睛闭着。她还有呼吸吗？这时孩子睁开眼睛注视着妈妈，第一次，小家伙儿笑了。

简一把抱起她，紧紧拥在怀里，感觉心脏快要崩裂了。香塔尔被突然的挤压吓得直哭，简也掉下了释然的眼泪。孩子还在，还活着，还有体温，还活蹦乱跳，还有，她会笑了。

片刻后，简下了屋顶，香塔尔感觉到环境的变化，变得安静下来。简摇着哄她，有节奏地拍她的后背，亲吻她柔软的小光头。直到此时，她才想起周围的世界，担心起清真寺里村民的安危。她回到院中，见到了法拉。

她看着眼前这个姑娘。沉静、爱操心的法拉总是怯生生的，很容易受到惊吓，她究竟是哪来的勇气和智慧，能够在苏联人的飞机在不远处降落扫射时将香塔尔藏在床单堆里？"是你救了她。"简道。

法拉似乎有点害怕，仿佛简那句话是在责难她。

简将香塔尔换到左侧，腾出右手搂住法拉："你救了我的孩子！谢谢你！谢谢你！"

法拉先是欣喜若狂，随后却哭了起来。

简拍拍她的后背，像哄香塔尔一样安慰她。待法拉平静下来，简道："清真寺里发生了什么？他们干什么了？有人受伤吗？"

"是。"法拉恍惚道。

简笑了：对法拉不能这样连珠炮似的发问，根本问不明白。

"你进清真寺时是什么情况？"

"他们问那个美国人在哪儿。"

"都问了谁？"

"每个人都问了。可是没人知道。医生问我你和孩子哪去了，我说我不知道。然后他们挑了三个人：第一个是我舅舅沙哈萨伊，跟着是毛拉，最后是毛拉的兄弟阿力山·卡里姆。他们揪着这三个人又问了一遍，但没用，他们也不知道。然后他们就动手打人。"

"伤得重吗？"

"只是挨打而已。"

"我会帮他们看看。"简突然想起，阿力山心脏不好，"他们现在在哪儿？"

"还在清真寺。"

"跟我来。"简转身进屋，法拉跟在后面。简从前屋柜台里拿出护理箱，多拿了些硝化甘油药片放在包里，随即上路。她怀里还是紧抱着香塔尔，又问法拉："他们有没有对你动手？"

"没有。医生好像很生气，但他们没打我。"

简在想，让-皮埃尔发脾气，会不会是因为自己跟埃利斯过夜的事。其实全村人都在猜测同样的事。真不知他们会有什么反应。这兴许是她作为"巴比伦荡妇"的终极罪证。

这些人还没有拒她于千里之外，况且现在还受着伤，需要人照顾。她进了清真寺的院子，阿卜杜拉的妻子看到她慌忙迎上来，领她到自己丈夫躺的地方。乍看他一切正常，简担心阿力山的心脏，于是不顾毛拉妻子的抗议转身去看附近的阿力山。

阿力山面色土灰，呼吸困难，一只手搭在前胸。正如简担心的，剧烈的心跳引发了心绞痛。她喂了一片药道："放在嘴里嚼，别咽下去。"

她把孩子交给法拉，迅速地检查了阿力山的状况：他有严重的瘀伤，好在没伤到骨头。"他们怎么打你的？"

"用步枪。"阿力山喉咙嘶哑。

简点点头。阿力山还算走运：唯一真正的伤害来自于恐惧带来的压力，让他的心脏不堪重负，但现在已经开始恢复。她在他伤口上拍了些碘酒，并嘱咐他平躺休息一小时。

之后她又回到阿卜杜拉这边。然而，当毛拉看到靠近的人是简，便气哼哼地摆手驱赶。简明白他的意思：阿卜杜拉认为自己应该享受优先待遇，简将阿力山置于他之前，他觉得受到了侮辱。简懒得找借口，况且之前就告诉过他，自己会根据伤者病情的轻重缓急来进行处理。她索性转身离开，没有必要死乞白赖地哀求这种老顽固。他还有力气冲着她大喊大叫，应该不会有性命之忧。

接着是沙哈萨伊。他姐姐接生婆拉比亚已经帮他做了检查，现正帮他清理伤口。拉比亚的草药膏不够卫生，但简想，以现在的情况，它的疗效应该大于伤害，于是也就放心地让沙哈萨伊动动手指脚趾。他并无大碍。

还算走运。苏联人来闹事，但好在只有人受了点轻伤。谢天谢地。现在只希望这帮人至少在接下来这段时间里别来捣乱，直到开博尔山口的道路顺利打通。

"医生是苏联人？"拉比亚忽然问。

"不是。"这还是第一次，简不明白让-皮埃尔到底在想什么。如果他找到我，会说些什么？"不，拉比亚，他不是苏联人，但应该跟他们是一伙儿的。"

"那他就是个叛徒。"

"嗯，应该是。"现在轮到她好奇拉比亚的想法了。

"你们信基督教的人，如果丈夫当了叛徒，妻子能要求离婚吗？"

在欧洲，不管信不信基督，离婚都是轻而易举的事。简答道："能。"

"所以你现在才跟了那个美国人？"

她明白拉比亚的意思。在山上与埃利斯过夜坐实了阿卜杜拉的指控，她是个"西方婊子"。长久以来，拉比亚都是村里数一数二支持简的人，她这是想用另一种合理解释来反驳毛拉的诋毁：基于某些虔诚穆斯林不了解的诡异基督教律法，简已经解除了与叛徒的婚姻，和埃利斯结成夫妻。简想，那就这样吧："是啊，所以我才嫁给美国人。"

拉比亚满意地点点头。

简甚至对毛拉给自己扣的罪名有几分认同。毕竟，她眨眼就从一个男人的怀抱跳上另一个男人的床。就在一丝羞愧感侵蚀而来时，她立马制止自己：她从未让周围人的期望主宰过自己的言行。随他们怎么想。

她并未将自己看作埃利斯的妻子。她问自己，与让-皮埃尔的婚姻真的结束了？没有。然而，自己对他已不再有任何责任。在他的所作所为之后，我不再亏欠他任何东西。这本应令她释然，然而心中却只有悲伤。

正想着，清真寺的门口一阵骚动，简转身看到埃利斯怀抱着什么东西走过来。走近了才发现，埃利斯满脸愤怒。这样的表情似曾相识：一个大意的出租车司机突然一个180度大转弯，撞倒一个骑摩托的年轻人，把人家伤得不轻。埃利斯和简目睹了全过程，还叫了救护车。那时的她还对急救一无所知，只记得埃利斯不停地说："不应该，不应该啊……"

她辨认出了埃利斯怀抱的东西：是个孩子，这才明白，是孩子的死点燃了埃利斯的愤怒。谢天谢地，那不是我的孩子，简的第一反应让自己感到一丝羞耻。待走近再看，是简视如己出的孩子——独臂的小穆萨，是简救了她。每次和让-皮埃尔一起拼死拼活抢回来的病人被死神夺走，简都会感到一阵难以填补的失落。这次尤为心痛：面对伤残，穆萨那么勇敢坚强，他父亲是那样自豪。为什么会是他？想着想着，简不由得掉下眼泪。为什么会是他？

村民们围拢在埃利斯身边，他注视着简。

"都死了。"埃利斯用达里语告知村民。一些妇女掉下了眼泪。

"怎么死的？"简问。

"苏联人开的枪,一个也没放过。"

"老天爷!"昨晚她还说那些伤员伤口不致命,死不了,还想着所有伤员都会渐渐恢复,在她的照顾下最终痊愈。然而现在,都死了。

"为什么连孩子都不放过?!"

"穆萨惹毛了他们。"

简皱皱眉头,没明白他的意思。

埃利斯轻轻把孩子换个位置,露出穆萨的手。细小的指头依旧紧抓着父亲送给他的刀子不放。刀刃上沾着血。

忽然一阵痛哭声响起,哈利玛冲过人群,从埃利斯手里抱过孩子,尖叫着穆萨的名字瘫软在地。妇女们围着她,简转过身。

简招呼法拉抱着香塔尔一起回家。几分钟前,她还以为村子此番逃过一劫。如今,七名队员和一个孩子没了命,她的眼泪已经哭干,只感到无力与悲伤。

回到家里,她坐下来给香塔尔喂奶。"小家伙儿真乖。"说着把奶头送进孩子嘴里。

一两分钟后,埃利斯进门。他俯身亲吻简,看着她道:"你好像在生我的气。"

果真如此。"男人们总是打打杀杀。那孩子抄着把匕首就想袭击全副武装的苏联兵,是谁告诉他可以这样犯傻的?!是谁告诉他小孩子也有责任杀苏联人?!哪个偶像让他奋不顾身去堵苏联人的冲锋枪?不是母亲,一定是他父亲!因为穆罕默德,他儿子才没了命。是他的错,也是你的错。"

埃利斯毫无准备:"我的错?"

简知道自己有些咄咄逼人,但她忍不住。"苏联人打阿卜杜拉、阿力山和沙哈萨伊，想逼他们说出你的下落。这帮人为了找你才跑到这儿来。"

"这我知道。难道因为这样，孩子的死就是我的错？"

"闹成这样都因为你来这儿。你不该来！"

"也许吧。这事好解决。我会离开。照你说的，因为我，这里挨了打、死了人，我再待下去，肯定会被抓住，昨晚只能算走运。不光如此，联合各游击队统一作战的计划最终也经不起敲打，最终将是一盘散沙。这还不算，苏联人会把我拉去公审，再加上大肆宣传：看这个中情局的间谍如何利用第三世界国家的内部矛盾为帝国主义牟利。"

"真是个胆小鬼！"说来奇怪，五狮谷里一个小村子发生的事居然会有如此大的国际影响。"但你走不了，通往开博尔山口的路封了。"

"还有另外一条路：黄油之路。"

"得了，埃利斯……那条太难走，况且那么危险。"简想到埃利斯在狂风中艰难攀爬的样子。他可能会迷路，冻死在风雪里；或者遭土匪抢劫，丢了性命。"求你别这么做。"

这就意味着，她会再次失去他，孤身一人。一想到这里，她不觉备感凄凉。这倒新鲜，毕竟只是一夜情分，除了匆匆告别，她还能怎样？连她自己也不确定。"没想到，这么快你又离开我了。"说着，她把孩子换到另外一边吃奶。

埃利斯屈膝握住简的手："你还忘了一点。还有让-皮埃尔，难道你不知道，他很想让你回到他身边？"

简想了想：埃利斯说得没错，让-皮埃尔现在肯定如丧家之犬，唯一能安慰他的就是自己。"但他会作何反应？"

"他会让你和香塔尔下半辈子生活在西伯利亚某个矿区城镇，他自己则跑去欧洲当间谍，每两三年回来一次。"

"如果我拒绝，他会怎样？"

"他会逼你，要么要你的命。"

一想到挨过让-皮埃尔一拳，简就犯恶心："苏联人会帮他找我吗？"

"会。"

"为什么？找我对他们有什么好处？"

"首先，这是他们欠让-皮埃尔的；第二，这样可以哄他高兴；第三，你知道的太多。你们夫妻关系亲密，还见过安纳托利，万一你回到欧洲，完全可以轻易将详尽的面部特征提供给中情局做电脑素描。"

这样一来，还会死人。苏联人会再袭击村子，拷问村民她的下落。"那个安纳托利，他见过香塔尔。"想到当时那一刻，简不由得将孩子抱紧，"我以为他会把孩子揪出来。难道他没想到，如果他掌握着孩子，我一定会束手就擒吗？"

埃利斯点点头："当时我也没想明白。但我比你更有利用价值，他这样做，可能是想用另一种方式利用你，反正最终你也跑不了。"

"什么方式？我能干吗？"

"拖住我。"

"劝你留下？"

"不。跟我一起走。"

一股不祥的预感涌上简的心头。她必须跟他一起走，还要带着孩子，除此之外别无选择。躲不过也没办法，听天由命吧。

"跟你一起逃离这里，总好过一个人逃出西伯利亚。"

埃利斯点点头："差不多吧。"

"我去收拾行李。"简道，事不宜迟，"最好明天一早就动身。"

埃利斯摇摇头："依我看，一小时后就走。"

一时间，简慌了手脚。不错，她一直都想离开，但没想到会如此突然，连思考的时间都没有。她在屋子里跑来跑去，衣服、食品、药品，见到什么都胡乱扔进包里，生怕遗漏了什么。

埃利斯理解她的感受，于是上前阻止。他抓住简的双肩，轻吻她的额头安慰道："告诉我，英国最高的山是哪座？"

简想， 这家伙是疯了还是怎么了："苏格兰的本尼维斯山。"

"有多高？"

"一千三百多米。"

"我们出去要翻的一些山高度是本尼维斯的四五倍。尽管出去的直线距离只有一百五十英里，但少说也要走上两个星期。别急，想想再决定。夜长梦多，但总比落下救命的东西好。"

简点点头，深吸一口气，重新开始。

她有两个挎包，能顶一个背包使。一个装衣物：香塔尔的尿布，每人一条换洗内裤，埃利斯从纽约带来的羽绒服，自己从巴黎带来的毛皮衬里兜帽雨衣。另一个包装药品和应急的干粮。这里当然没有肯达尔薄荷饼，但简也在当地找到了不错的代替品———种用桑葚干与核桃仁制作的面饼，这种东西极难消化，但可以补充能量。他们还带了很多大米和一大块干酪。简只带了一些村民的拍立得照片作为纪念。此外还有睡袋，一口炖锅和埃利斯的军用包，包里有些炸药和爆破设备，这些是他们仅有的武器。埃利斯套了牲口，任劳任怨的麦琪把所有的东西都驮在身上。

大家匆匆洒泪分别。萨哈拉、接生婆拉比亚，甚至是穆罕默德的妻子哈利玛都一一拥抱简。唯一唱反调的是阿卜杜拉，临别时他正从附近经过。他朝地上狠狠啐了一口，之后带着家人扬长而去。然而，不一会儿他的妻子转身返回，虽有几分害怕但十分坚定。她把一个制作粗糙的布娃娃塞到简手中，那是送给香塔尔的，娃娃头上还装饰着围巾和面纱。

法拉已经哭成了泪人，简拥抱并亲吻了她。法拉已经十三岁，很快就会有丈夫可以寄托情感。再过一两年，她将嫁为人妻，并搬去与公婆同住，膝下会有八九个孩子，兴许其中的五六个能活过五岁。她的女儿们会嫁人离家。那些经历战争存活下来的儿子会迎娶妻子并带回家。最终，家里的人越来越多，儿子和媳妇们会带着孩子一个个搬出老房子，建立自己的大家庭。那时，法拉也会像她祖母一样成为接生婆。简希望她还能记得自己曾经教过她的些许知识。

阿力山与沙哈萨伊拥抱了简，离开时嘴里还高喊"愿真主与你同在！"。村里的孩子们陪他们走到河湾处。简驻足回望村落中土灰色的矮房。一年来，那里就是她的家。她知道此生都不会再回到这里，但心中确信，如果有幸活下来，她会把班达村的故事讲给自己的儿孙。

他们快步沿河岸前行。简竖起耳朵，捕捉着任何直升机声响的蛛丝马迹。苏联人何时会再次开始搜寻他们的下落？是派几架直升机随处搜寻，还是周密组织一番来个彻底搜查？真不知哪个对他们更有利。

走了将近一个小时，他们来到"平原要塞" 达奚特-里瓦。这是一个惬意的村庄，村中的房屋院落沿河流北岸零星分布。就在这里，小路走到了尽头。再也没有坑坑洼洼、蜿蜒曲折、时隐时现的土路通向五狮谷。任何带轮子的交通工具都必须在这里止步，于是村里人做起了马匹生意。这个村子位于一条侧谷上坡，如今这里由游击队掌管，变成了关押少数政府军队俘虏或是苏联人的监狱，偶尔也会关个小偷。简来过一次，当时是为救治一位来自西部沙漠的牧民，他被征入正规军，受不了喀布尔的严冬而患上肺炎并当了逃兵。在他加入游击队之前，被送到这里进行"再教化"。

时近中午，但两个人谁都不想停下来吃东西。他们希望能在日落前赶到十英里之外五狮谷谷口的萨尼斯。在平地环境下，十英里路不算长；但换作走山路，可能要走上几个钟头。

最后的一段路一直在北岸的房舍间绕来绕去。南岸是二百英尺高的悬崖峭壁。埃利斯牵马，简把香塔尔放在前胸的布兜里抱着。村子的尽头位于里瓦特侧谷谷口的水磨附近，那里通向监狱。过了此处，前路变得更加难行。山坡的坡度越来越大。起先，趋势的变化还很缓和，到后来则急转直下。他们在烈日下稳步攀爬。简把旅人常备的毯子罩在头上，怀中的香塔尔有布兜的保护。埃利斯戴着小帽，那是穆罕默德送给他的礼物。

到达山口顶端时，简为自己没有累得呼呼直喘而感到得意。长这么大，这还是她第一次感觉自己这么壮实，以后恐怕很难再有这样的状态了。埃利斯不光是喘着粗气，而且大汗淋漓。他身体不错，但长途跋涉的耐力却不如简。起初这让她十分得意，后又想起，就在九天前，埃利斯才刚刚中了枪。

过了山口，走的全是山路，五狮河则远在山下。不同于往常，这里的水流十分迟缓。河底较深、水面较为平静的地方，水体呈现出浅绿色，仿佛是达奚特-里瓦盛产的绿宝石。简那对高度灵敏的耳朵捕捉到了远处直升机的响动，不由得一阵害怕：悬崖顶上几乎是寸草不生，根本没有藏身之处。她突然有一股冲动，想要跳下百尺悬崖，藏进河里。然而那只是一架喷气式飞机，它飞得太高，根本看不到下面的人。不过，自此之后，简总是在寻找周围的树木、草丛和洞穴，危机发生时好躲藏。在她内心，一个邪恶的声音一直在说："你完全不必如此。回去吧，束手就擒，与丈夫团聚吧。"然而不知怎的，此时它却变成了一个专业的理论问题。

他们还在继续向上攀爬，但坡度渐渐放缓，大大提高了行进的速度。由于路遇侧谷支流，他们比计划多耽误了一些时间，少走了一两英里。山路转而下行，前方兴许是木桥或浅滩。埃利斯要强拖着麦琪下水，而简要从身后吆喝着朝它扔石头。

一条设于悬崖边上的灌溉渠贯通整条峡谷，作用在于增加平原可耕种土地。简很好奇，这是多久以前兴建的？那时五狮谷里的人应该还有时间、人力与和平的环境建造如此庞大的工程，可能已经有数百年了。

峡谷道路变窄，山下的河流中也满布花岗石块。石灰岩质的峭壁上可以看到洞穴：简将它们视作可以躲藏的地点。视线内的风景渐渐荒凉，山谷里吹来一阵冷风。尽管阳光刺眼，简还是打了一阵冷战。多岩地带与陡峭的悬崖是鸟儿的天堂：那里有二三十只喜鹊。

终于，在峡谷的前方出现了另一片平原。眺望东面，远远地可以看到一条山脉，在其顶端可以清晰地看到努里斯坦山脉顶上的积雪。上帝啊，那才是我们要去的地方。简有些害怕。

平原上矗立着一小撮简陋的房屋。"应该就是这儿了，"埃利斯道，"欢迎来到萨尼斯。"

他们进入平地，想找一处可供旅人休息的清真寺或者小石屋。在靠近第一栋房舍时，一个身影从房子里走出来。简认出了那张英俊的脸，是穆罕默德。他和简一样意外。然而惊喜很快便被害怕所取代，她必须将穆萨死去的噩耗传达给他的父亲。

埃利斯为简争取时间，让她整理思绪。他用达里语问："你怎么在这儿？"

"马苏德在这儿。"这里肯定是游击队的藏身处，穆罕默德接着反问道，"你们呢？"

"我们要去巴基斯坦。"

"走这条路？"穆罕默德面色严峻，"出什么事儿了？"

简知道，她与穆罕默德相识更久，这件事必须由她来说，"我的朋友，有个坏消息带给你。苏联人袭击了班达村，他们杀了七名队员，还有一个孩子……"穆罕默德猜测着她接下来的话，脸上的痛苦让简几乎要哭出来。"是穆萨。"

穆罕默德强忍着保持冷静："我儿子是怎么死的？"

"是埃利斯发现了他。"

埃利斯绞尽脑汁在达里语中寻找着需要的词汇："他被杀……刀在手里，刀上有血。"

穆罕默德的眼睛睁得老大："全都告诉我。"

简接过话来，她的达里语更为流利，"苏联人黎明时进村，要找埃利斯和我。当时我们在半山上，没被发现。他们殴打阿力山、沙哈萨伊和阿卜杜拉，但没有杀他们。然而，他们发现了山洞。七名受伤的游击队员被安置在那里，穆萨陪着他们，以防夜里需要回村子找人手帮忙。苏联人一撤走，埃利斯就去了洞里。所有的队员都死了，还有穆萨……"

"怎么死的？"穆罕默德突然打断问，"他是怎么被杀的？"

简看了看埃利斯。埃利斯道："是冲锋枪。"这个名词并不需要翻译。他用手指着心脏，点出中弹的位置。

简补充道："他的刀尖上沾有血迹，一定是想保护受伤的队员。"

穆罕默德满眼热泪，心中一股自豪感油然而生。"他还击了！对手是大人，带着枪，他敢带着刀子就冲上去！那是他父亲送给他的！这个只有一只手的孩子现在一定在战士的天国！"

简知道，对于一个穆斯林来说，为圣战付出生命是至高的荣耀。小穆萨也许会被奉为年轻的圣者。穆罕默德能有此安慰，简的心里也好过了一些。但她还是忍不住暗自谴责：好战的男人就是这样，以荣誉的言辞抚慰良心上的不安。

埃利斯郑重地拥抱了穆罕默德，一语未发。

简突然想起了她的照片，有好几张拍的都是穆萨。阿富汗人很喜欢照相。留一张穆萨的照片给穆罕默德做纪念，他一定会备感安慰。她打开牲口背上的包，在一堆药品中翻出个拍立得的照片盒，找出一张穆萨的照片，再把包重新理好。她将照片递给穆罕默德。

从未有一个阿富汗男人如眼前的穆罕默德一般骄傲，他一句话都说不出来。好一阵子，简甚至觉得他在哭泣。穆罕默德转过身，试着控制自己的情绪。再次转过脸来，他已经恢复了平静，然而脸上仍挂着泪珠。"跟我来。"

埃利斯和简跟着他穿过村子来到河边，那里聚集着十来个游击队员，大家正围着火堆烧饭。穆罕默德走入人群，径直开口讲述穆萨的故事。他眼中含泪，并不时地用手比画。

简转过身去，不忍目睹更多的悲痛。

她紧张地环顾四周：要是苏联人来了，我们要往哪跑？这里只有旷野、河流和几栋小房子。马苏德倒是将这里视作安全的藏身处所。兴许是村子太小，太不起眼，不会引起苏联军队的注意。

简已经没有力气去担心。她席地而坐，背靠着一棵树歇脚，然后给香塔尔喂奶。埃利斯拴好麦琪，卸下她身上的包裹。麦琪张开嘴巴，吃起河边鲜美的嫩草。这一天真漫长啊，况且昨晚没怎么睡觉，简直心力交瘁。一想到昨晚，她的嘴角不禁偷偷上扬。

埃利斯取出让-皮埃尔的地图，坐在简身旁，借着迅速暗淡的夕阳光线聚精会神地研究起来。简越过埃利斯的肩头看着地图，他们计划的路线是沿山谷前行，到一个叫作科马尔的村子，自那里向东南方进入通向努里斯坦的一条侧谷。这条侧谷也叫作"科马尔侧谷"，他们所遇到的第一处山口亦名为"科马尔山口"。"一万五千英尺，"埃利斯指着山口的位置道，"那里会非常寒冷。"

简不由得打个哆嗦。

香塔尔吃够了奶。简为她换了尿布，将换洗下来的放到河中洗净。回来时，埃利斯与马苏德正密切交谈，她静静地蹲坐在他们旁边。

"你这么做就对了，"马苏德道，"必须带着协议离开阿富汗。要是被苏联人抓住，那就全盘皆输了。"

埃利斯点点头。简暗想：从没见埃利斯这样过，他对马苏德是另眼相待的。

马苏德继续道："但这条路十分艰险。相当一部分都在雪线以上。有时在雪中，路甚至难以辨识。要是在那儿迷了路，你们就死定了。"

简不明白，他究竟想说什么。马苏德显然话中有话，但只是对着埃利斯说。简有种不祥的预感。

"我可以帮你，"马苏德继续道，"但和你一样，我也要做笔交易。"

"请继续。"

"我可以派穆罕默德给你做向导，带你出努里斯坦到巴基斯坦。"

简的心一动。穆罕默德做向导！这样一来就时来运转了！

"用什么做交换？"埃利斯问。

"你自己走。医生的妻子和孩子留下。"

情况再清楚不过，她必须服从。单凭他们两个就想走出去简直就是胡来，最后很可能会双双送命。这样一来，至少能拯救埃利斯。简对埃利斯说："你必须答应他。"

埃利斯冲她笑了笑，又看看马苏德："绝对不行。"

马苏德显然十分不快。他霍然起身，走回到队员之中。

简道："埃利斯，这么做明智吗？"

"不明智，"说着，他握住简的手，"但我不会轻易放弃你。"

"我……我从未给过你承诺。"

"我知道。等我们回去，你依然可以过你想过的生活。你可以与让-皮埃尔复合，只要那是你想要的，只要你能找到他。接下来有两周时间可以跟你在一起，对我来说已经足够了。再说，兴许我们活不了那么久。"

那倒不假。生死尚且未知，何苦杞人忧天？

马苏德笑着走回来："我这个人不善于谈判。穆罕默德还是给你们了。"

第十六章

黎明前一小时，他们整装出发。直升机一架接一架从混凝土停机坪腾空而起，消失在探照灯光线外的夜空中。让-皮埃尔与安纳托利乘坐的"雌鹿"摇摇晃晃地加入了队伍。很快，空军基地的亮光消失在视野中，他们再次翻山越岭，朝五狮谷飞去。

安纳托利成就了一个奇迹。他用了不到二十四小时，组织了阿富汗战争史上规模最大的一次行动，而他本人正是这次行动的指挥。

昨天，他不断地与莫斯科方面通电话。必须得给苏军那些麻木不仁的官僚醒醒脑。他先是找克格勃的顶头上司，接着是军方的大人物们，得向他们解释捉到埃利斯·塞勒是何等重要。让-皮埃尔一直在旁边倾听。虽然语言不通，但安纳托利刚柔并济、冷静而不失权威的态度仍令他钦佩不已。

下午，安纳托利得到正式批准，接下来的挑战是付诸行动。为了凑齐理想数目的直升机，他多方求情，甚至威逼利诱，从贾拉拉巴德到莫斯科全部问了个遍。当一位喀布尔的将军因没有书面命令而拒绝出动，安纳托利一个电话打到莫斯科的克格勃，说服那里的一位老友调出这位将军的个人资料，然后回电将军，声称如若不出兵，他就再也别想拿到德国出的儿童色情读物。

阿富汗境内共有六百架苏联直升机。截至凌晨三点，已经有五百架停在巴格拉姆的跑道上，听候安纳托利调遣。

过去的一个小时，让-皮埃尔和安纳托利埋头于地图，部署飞机的进攻位置，为指挥官下达命令。安纳托利专注于细节，让-皮埃尔熟悉地形，因此做出的部署都十分精确。

虽然昨天突袭时埃利斯和简没在村里，但一定也对行动有所耳闻。现在一定是跑到什么地方躲起来了，绝不会留在班达村。也许是躲在别的村子的清真寺里；要么就是觉得村子不安全，躲进某个不起眼的石屋。他们可能在山谷里的任何地方，或者在某条侧谷中也不一定。

安纳托利把所有的可能性都考虑到了。

他往五狮谷中的所有村子都派了直升机，连侧谷中的那些小村子也不放过。飞行员会驾驶飞机排查所有的路线。此外还有一千多人组成的部队受命搜查每一栋建筑、每一棵大树和每一个山洞。安纳托利下定决心，此战只能胜，不能败。今天一定要找到埃利斯。

还有简。

"雌鹿"的机舱空空荡荡且十分狭窄。机舱室里什么都没有，只在舱门对面安了一条凳子。让-皮埃尔与安纳托利挤在上面。他们可以看到驾驶舱。驾驶员的座椅高出地板两三英尺，旁边有踏板。所有的经费都花费在战斗机的武器装备、提高作战速度和机动性上，舒适程度却没有改善。

直升机向北挺进，让-皮埃尔陷入沉思。埃利斯假装对他友好，背地里却一直为美国政府卖命。他利用了那份友谊，破坏了让-皮埃尔抓捕马苏德的计划，也因此让多年的努力付诸东流。这还不算，埃利斯居然还引诱他的妻子。

他陷入了一个旋涡，思绪总是不停地回到这一点。他望着窗外的黑夜，看着其他直升机上的亮光，想象着两个情人会如前夜一般躺在星空下的旷野中，爱抚彼此的身体，细声耳语。真不知埃利斯床上功夫如何。他曾问过简，自己和埃利斯究竟哪个才是贴身情人。简回答说没有谁好谁坏，只是风格不同。她对埃利斯也是这么说的吗？还是会呢喃道："宝贝儿，你才是最棒的？"他憎恨简。她怎么可以回到一个大她九岁的老男人身边，更何况他还是个大老粗，一个为中情局效力的间谍？

让-皮埃尔看了看安纳托利。他一动不动地坐着，面无表情，宛如一尊石像。过去的四十八小时里他几乎没怎么合眼，但依然强撑着不露倦容。这让让-皮埃尔见识了他不为人知的一面。过去这一年，每次见面时，安纳托利都十分和蔼友善，现在则是严肃警觉，对于自己和下属都是严苛以待，丝毫不留情面。那平静的外表下潜藏着执着的信念。

天光渐亮，前方的直升机清晰地出现在眼前，景象十分壮观：直升机队伍宛如蜂群组成的硕大浓云，掠过群山。站在地面倾听，那声音一定震耳欲聋。

临近山谷，机群开始分裂为一个个小队。让-皮埃尔与安纳托利所在的分队将前往五狮谷最北端的科马尔村。快要到达时，他们沿河流走向飞行。豁然亮起的晨光照耀着麦田里一排排谷堆。轰炸并没有完全摧毁当地的农业。

在科马尔降落时，太阳已经出现在视线当中。村庄位于山坡之上，房屋紧凑，村外围着厚墙。这使让-皮埃尔联想到法国南部的一些山村，顿时一阵思乡。如果能回家该多好：聆听纯正的乡音，品尝新鲜的面包和美食，或是拦辆出租车去看场电影！

他换了个坐姿。回到眼前，能下了这该死的直升机都是好的。自从上次挨了打，身上就一直疼痛不断。然而比疼痛更糟糕的是哭喊求饶时的屈辱：每次想到那一幕他都恨不得钻到地缝里去。他想一雪前耻。这一拳要是不打回去，他这辈子都别想睡个安稳觉。只有一个办法可以满足他的愿望：他要亲眼看那些冷血士兵用同样的方式把埃利斯揍个落花流水，让他满地找牙、跪地求饶。这还不够：简一定要在旁边看着。

时过下午，迎接他们的又是失败。

他们把科马尔村翻了个底朝天，周围的小村、侧谷，村北荒地上的农舍也没放过。安纳托利一直密切与其他分队的指挥官进行无线电沟通。他们也在五狮谷进行了彻底的搜查。在一些山洞和农舍里，他们发现了一些贮藏的武器，还与好几拨当地人，尤其是在萨尼斯山脉一带有过小规模交火。这些人应该是当地的游击队。然而在这些小插曲中，更为引人注意的却是苏军的伤亡。这都是拜游击队员新近掌握的爆破技术所赐。苏联人检查过每一位带头巾妇女的面容，检查了每一个婴儿的肤色，还是没能找到埃利斯、简和香塔尔。

让-皮埃尔和安纳托利在科马尔后山的一个马场停止了搜查。这里没有地名：只是几处简陋的石屋和贫瘠的草场。几匹瘦马可怜巴巴地瞅着不多的几片草皮。马贩子兴许是这里唯一的男性居民。他上了些年纪，打着赤脚，身穿长衫，戴着长长的兜帽以抵御蝇虫。此外还有两个年轻的妇女和几个怯生生的孩子。显然，年轻男子都去参加了游击队，跟随马苏德躲在某个地方。村子不大，不一会儿就搜索完毕。安纳托利背靠石墙坐下，若有所思，让-皮埃尔坐在他旁边。

越过群山，可以看到远处白色的麦斯梅尔峰顶。此山高近两万英尺，以前很多欧洲的登山者都十分向往。安纳托利开口道："弄点茶来吧。"

让-皮埃尔四下张望，看到戴兜帽的老人就在附近，便用达里语冲他喊道："泡点茶！"老者慌忙跑开，不一会儿让-皮埃尔听到他冲着女人们叫喊，遂用法语告诉安纳托利："茶来了。"

安纳托利的手下知道他们还要逗留一阵，于是便将直升机熄火，坐在周围的地上耐心等待。

安纳托利望着远方，脸上露出一丝疲态："我们有麻烦了。"

他说"我们"，让-皮埃尔有种不祥的预感。

安纳托利继续道："干我们这一行，没有十足的把握，就不能将任务的意义看得太重；有了把握，则完全相反。这回我反其道而行，为了能调动五百架直升机和一千人的兵力，我要让我的上级相信：活捉埃利斯·塞勒至关重要，如果他跑了，我们将面临严重的威胁。我做到了。现在人没抓到，我要面对他们的怒气和责难。当然，你我是一根绳上的蚂蚱。"

让-皮埃尔从未考虑过这个问题："他们会怎样？"

"我的军队生涯算是完了。薪水不会少拿，但不会再有特权。没了苏格兰威士忌，没了老婆的名牌香水，没了全家的黑海假期，没了孩子们的牛仔裤和滚石唱片……没有也无所谓。有所谓的是，像我这样的败仗将军，回去以后要面对无聊透顶的工作。他们会发配我去某个远东的小城镇，根本没什么安保工作可做。我知道在这种地方怎么找平衡：你只能去找那些心怀不满的家伙，骗取他们的信任，鼓励他们批评党和政府，然后以颠覆罪名逮捕他们。真是浪费时间……"他似乎意识到自己在喋喋不休，便没再往下说。

"那我呢？"让-皮埃尔问，"我会怎么样？"

"你会变成无名之辈，再也没机会为我们工作。他们兴许会把你留在莫斯科，但更可能把你遣返回法国。"

"如果埃利斯跑了，我就再也回不了法国——他们会弄死我的。"

"你在法国并没有犯罪。"

"我父亲也没有犯罪，但他们还是杀了他。"

"也许你可以试试中立国，尼加拉瓜或者埃及。"

"该死。"

"但也别灰心，"安纳托利故作轻松道，"人又不会凭空消失，我们的猎物一定就在附近。"

"撒下一千人马都找不到的话，派一万人也没用。"

"没那么多人让你使唤。现在必须动动脑筋，以最少的资源取胜。我们已经屡次失信，现在要另辟蹊径。想想看，他们躲藏一定有人帮忙，也就是说，肯定有人知道他们的下落。"

让-皮埃尔想了想："如果有人帮忙，那应该是游击队的人，这些人可不会轻易招认。"

"兴许其他人会略知一二。"

"也许，但他们会说吗？"

"埃利斯一定会有仇家。"

让-皮埃尔摇摇头："埃利斯刚来不久，还没什么机会树敌。当地人拿简当圣女贞德一样崇拜，没人不喜欢她——对了！"话已出口，他这才想起并非如此。

"怎么？"

"毛拉！"

"啊！"

"不知什么原因，他就是看简不顺眼。可能是因为她的治疗比毛拉的有效，但不光是因为这个。我的医术也很厉害，但并没有得罪他。"

"他可能会叫她'西方婊子'。"

"你怎么知道？"

"他们就这样。这个毛拉在哪？"

"他叫阿卜杜拉，住在班达村外五百米处的一所房子里。"

"他会开口吗？"

"他对简恨之入骨，应该不会护着她，但要背着人才行。咱们不能堂而皇之降落在村里，然后把他带走。所有人都知道是怎么回事，他就不会开口了。我必须私下去找他……"让–皮埃尔边说边忖度，这样做可能面临什么样的风险。想到自己所受的屈辱，只要可以复仇，任何风险都值得！

"你把我送到村子附近，我可以藏在村子和他家之间的路上，等他出现。"

"如果他一天不'出现'呢？"

"是啊……"

"那就逼他出现。"安纳托利皱皱眉，"跟之前一样，我们把村民都圈进清真寺，然后放他们走。阿卜杜拉肯定会回家。"

"但他会是一个人吗？"

"……如果先放女人，命令她们回家，等到放男人时，他们必定会马上回去看看女眷是否安全。阿卜杜拉家附近有人住吗？"

"没有。"

"那就应该会一个人走回家。你可以藏在灌木丛里。"

"跳出来可能会被他割喉。"

"他带刀？"

"哪个阿富汗男人是不带刀的？"

安纳托利耸耸肩："你可以带上我的手枪。"

让–皮埃尔喜出望外：虽然他不懂怎么用枪，但被信任还是很高兴。"就用它来吓吓人吧。我需要些阿富汗人的衣服，以防撞上其他当地人。如果碰到熟人怎么办？得找块头巾把脸遮住……"

"这个好办。"安纳托利用俄语喊了句什么，三个士兵立马起立进屋，不一会儿便带着马贩子回来。"你可以穿他的衣服。"

"很好。兜帽可以把脸遮住。"他转而用达里语冲老人道："把你的衣服脱下来。"

起先，老人并不乐意：裸露身体对阿富汗人来说是"莫大的耻辱"。安纳托利用俄语吆喝了两句，两个大兵将老人按倒在地，扒下他的衣服。眼看着那两条树棍一样的细腿和老人破烂的衬裤，他们哈哈大笑。大兵松了手，老人赶忙捂着胯下逃开，他们笑得更起劲了。

让–皮埃尔可没有闲心笑。他脱下一身欧洲人装束，套上了老人的兜帽衫。

"你一身马尿味儿。"安纳托利说。

"穿在身上更难闻。"

他们上了直升机。安纳托利接过驾驶员的耳机，对着无线电话筒讲了几句俄语。让-皮埃尔十分紧张。要是半路跑出两三个游击队员，看到他用枪指着阿卜杜拉怎么办？五狮谷没有人不认识让-皮埃尔。他跟苏联人一起进村的事肯定已经传得人尽皆知。毫无疑问，多数人都知道让-皮埃尔是个间谍，现在肯定是头号公敌。当地人见到他，一定会把他撕得粉碎。

兴许是我们想得太复杂，他想。或许应该直接空降过去，把阿卜杜拉带走拷打一番，让他招认。

不行。这招儿昨天试过，不管用。只有这样。

安纳托利将耳机交还给驾驶员，对方马上就座，并发动直升机。趁这当儿，安纳托利掏出手枪交给让-皮埃尔："九毫米口径的马卡洛夫。"安纳托利弹出弹匣，里面有八发子弹。他将弹匣合上，指着手枪左面道："这是保险栓。看不见红点，就是上了保险。"他左手持枪，右手将枪膛向后一拉："这样就给枪上了膛。开枪时，长扣扳机再次上膛。"说完将手枪交给让-皮埃尔。

他的确信任我。一时间，欣喜战胜了恐惧。

直升机起飞，他们沿五狮谷向西南而去。在让-皮埃尔看来，他与安纳托利合作默契。安纳托利让他想到自己的父亲：一个睿智、坚决、果敢的男人，对共产主义坚信不疑。如果我们此次成功，兴许就能再次并肩作战。想到这里，他不由得一阵欣喜。

直升机在达奚特-里瓦转向东南，沿里瓦上游进入山区，从后山逼近班达村。

安纳托利再次对着耳机发号施令，然后在让-皮埃尔耳边大喊："村民都进了清真寺。毛拉的妻子回家要走多久？"

"五到十分钟吧。"

"你想在哪里下?"

让-皮埃尔想了想:"所有村民都在清真寺了,对吧?"

"对。"

"洞穴查过了吗?"

安纳托利转回到无线电询问,答道:"查过了。"

"好,我就在洞口下。"

"从那里到你藏身的地方要多久?"

"你们等十分钟,然后放妇女和孩子们回家;再等十分钟,然后放男人。"

"好。"

直升机降落山中。下午的阳光开始暗淡,好在离日落还有一两个小时。他们在山脊后着陆,距离洞穴只有几码的距离。安纳托利对让-皮埃尔道:"等等,我们再查看一下洞穴。"

舱门打开,让-皮埃尔看到另一架"雌鹿"着陆。六个士兵下了飞机,爬上山脊。

"事后我怎么示意你下来接我?"

"我们在这儿等你。"

"万一村里有人上来怎么办?"

"一枪打死。"

这是安纳托利与让-皮埃尔父亲的又一共同点:冷酷无情。

搜查部队返回,其中一人示意:洞里没人。

"去吧。"安纳托利道。

让-皮埃尔下了飞机,手中还握着安纳托利的手枪。他低着头,匆匆逃离呼啸的螺旋桨。在山脊上他转过身,两架直升机还停在那里。

他经过山洞诊所门前那片熟悉的空地，在那里俯瞰村庄。从那里可以清晰地看到清真寺的院子。他无法辨认其中的任何一个身影，但也许某个人不巧正向山上张望。也许对方的眼力更好。他把兜帽向下拉了拉，把脸遮住。

离直升机越远，让-皮埃尔的心跳得越快。他快速下了山，经过毛拉家的房子。河水咆哮，远处隐约传来螺旋桨的声音，然而少了孩子的嬉闹声，此时的山谷显得出奇的静。

转了个弯，毛拉的房子已经看不到了。除了一条小路，只剩下骆驼草和杜松丛。让-皮埃尔绕过草丛蹲了下来。他在里面藏得严严实实，同时还可以观察路上的情况，静待时机。

该对阿卜杜拉说些什么？毛拉极为痛恨女性，也许这点可以利用。

山下的村子里爆发出一阵躁动：一定是安纳托利下令释放妇女和孩童。村里人一定在纳闷儿：苏联人葫芦里卖的是什么药？不过，怪也只会怪军队：拿着枪就可以不讲理，哪里都一样。

过了几分钟，毛拉的妻子抱着个孩子出现在小路上，身后还跟着三个大点的孩子。让-皮埃尔打起精神：他真的藏好了吗？孩子们会不会跑下路，误打误撞到我这里？那样被发现该多丢脸啊。他想起手里的枪：该对着孩子开枪吗？

母子几个转弯朝家的方向去。

没过多久，苏军的直升机开始从麦田升空：男人们也被放出来了。如预想的一样，阿卜杜拉大摇大摆朝山上走来。他大肚翩翩，裹着头巾，身上穿一件细条纹英式外套。东西方的二手服装交易一定十分繁盛，很多当地人都穿着巴黎或伦敦制造的旧衣服。很多衣服还没有穿破，兴许是因为过时，便被主人丢弃。阿卜杜拉越走越近，让-皮埃尔想：时机已到，这个不伦不类的小丑是决定我未来的关键。他起身从灌木丛里出来。

毛拉吓得大叫一声。他认出了让-皮埃尔："是你！"他的手摸向腰间。让-皮埃尔露出枪支，毛拉这回怕了。

"别害怕。"让-皮埃尔用达里语道，颤抖的声音暴露了内心的紧张。他极力保持镇静："没人知道我在这儿。你妻子和孩子刚才经过这里，他们没看见我，很安全。"

阿卜杜拉并不买账："你想干什么？"

"我妻子不守妇道。"虽然是刻意利用毛拉对女性的仇视，但让-皮埃尔口气中的愤怒也并非完全是假：简的确在跟那个美国人鬼混。

"我知道。"显然，阿卜杜拉已经开始义愤填膺。

"我在找她，把她带回家好好教训教训。"

阿卜杜拉热切地点点头，目露凶光：他最喜欢看不守妇道的女人受到惩罚。

"但这对奸夫淫妇躲了起来。"让-皮埃尔措辞十分小心：一字错便全盘皆输。"你是上帝的使者。告诉我他们在哪。除了真主、你和我，不会有其他人知道此事。"

"他们跑了。"阿卜杜拉啐了一口，口水粘在红色的胡子上。

"去哪儿了？"

"他们出了五狮谷啦。"

"然后去哪儿了？"

"巴基斯坦。"

巴基斯坦！这老糊涂瞎说什么？他大吼一声："可路已经封

了！"

"黄油小路还通着。"

"老天爷。"让-皮埃尔用法语嘟囔着。他钦佩他们的勇气，同时又十分失望：这样一来，根本没可能找到他们了。"他们把孩子也带走了？"

"是啊。"

"我再也见不到我女儿了。"

"他们不可能活着走出努里斯坦。"阿卜杜拉自信满满地道，"那么高的山口，一个女人带着孩子，肯定活不了。那美国人想救她们，也得赔上一条命。作了孽的人，真主自有惩罚。"

让-皮埃尔意识到，必须马上返回直升机的位置："马上回你家去。"

"埃利斯还拿着协定，他们一死，协定也就没用了。"阿卜杜拉补充道，"这倒也好。虽然我们需要美国人的武器，但与异教徒合作毕竟太危险。"

"走！要是不想让你家人看见我，你最好让他们在屋里多待一会儿！"

被人这样呼来喝去，阿卜杜拉有点愤愤不平。然而他也知道，被枪指着，没什么资本抗议。他撒腿跑回了家。

难道真的像阿卜杜拉幸灾乐祸的那样，三个人都会死在努里斯坦吗？那并不是让-皮埃尔想要的，也不会带来复仇的快感。他想夺回女儿，想让简活着并由他掌控，想让埃利斯活着受罪、受屈辱。

估计阿卜杜拉已经到家，让-皮埃尔戴起兜帽，垂头丧气往山上走。经过毛拉家时，他把头扭向一边，以免被孩子们看到。

安纳托利在洞前的空地等他。见让-皮埃尔回来，他伸手要回手枪道："怎么样？"

让-皮埃尔交出手枪："他们离开五狮谷了。"

"不可能，"安纳托利愤怒道，"去哪儿了？"

让-皮埃尔指了指直升机的方向："努里斯坦。现在还不出发吗？"

"在直升机上没法谈话。"

"可如果村里人上来的话……"

"管他们呢！别跟个丧家犬一样！他们去努里斯坦干吗？"

"想经由所谓的'黄油小路'去巴基斯坦。"

"只要掌握他们的路线，就可以找到人。"

"没那么简单。找路线简单，但路上变数很多。"

"我们开飞机全部找一遍。"

"这些小路从空中看不到。没有向导领着，走路都很难找。"

"我们有地图……"

"什么地图？我见过你们的地图，比我那些美国地图好不到哪去。我那已经是最好的图了。这些小路和山口在我的地图上都找不到。难道你不知道，这世界上还有部分地区的地形还尚未被准确标记出来吗？你现在所在的地区就是其中之一！"

"我知道——我主管情报，记得吗？"安纳托利放低嗓门，"你太容易放弃了，我的朋友。动动脑子想想看，如果埃利斯能找到一位当地向导带路，我也可以。"

可能吗？让-皮埃尔满腹怀疑："但可能的路线不止一条啊。"

"假设有十种可能，我们就需要十位向导，带领十支搜索队。"

又有了夺回简和孩子的希望，又有可能眼见埃利斯被抓，让－皮埃尔立刻转忧为喜："兴许没那么麻烦。我们可以一边走一边问。出了这个鸟不拉屎的破山谷，人们的嘴巴可能就没那么严。努里斯坦人跟这里的人不同，他们对打仗的事情没那么上心。"

"很好。天黑了，今晚事儿还多着呢。明天一早就行动。咱们走！"

第十七章

简从睡梦中惊醒，不知自己身在何处、和谁一起，也不知道自己是否已落入苏联人之手。一时间，她怔怔地瞅着屋顶露出的板条底面自问：这里是监狱吗？她霍然坐起，心怦怦直跳，接着看到睡袋里熟睡的埃利斯正大张着嘴巴，这才想起，我们已经出了山谷。我们逃出来了。苏联人不知道我们的下落，他们找不到我们。

她再次躺下，让心情恢复平静。

现在走的并不是埃利斯事先规划的路线。原计划是向北先到科马尔，之后向东沿着科马尔山谷进入努里斯坦。如今，他们已经从萨尼斯转南，继而向东沿阿尔裕山谷前进。穆罕默德建议这样走，因为这样可以更快离开五狮谷。埃利斯也同意。

他们黎明前出发，一整天都在爬坡。埃利斯和简轮流抱着孩子，穆罕默德牵着麦琪。中午，他们在阿尔裕的一个泥屋村停下，从一个牵着恶狗又疑神疑鬼的老头手中买了些面包。阿尔裕村是文明世界的边界：过了此处，一连数英里，除了碎石出露的河床和两岸象牙色的山丘之外，再无其他。一直走到下午将近，他们才到达现在的地方。

简再次坐起。香塔尔就睡在她身边，她呼吸均匀，像个小暖瓶一样散发出微热。埃利斯睡在自己的睡袋里，原本他们可以将两个睡袋合二为一，但简担心埃利斯半夜翻身会压到香塔尔，于是只能靠在一起分开睡，中间偶尔伸手抚摸彼此。穆罕默德睡在隔壁屋子里。

她小心地起身，尽量不吵醒香塔尔。穿衣服时，她隐隐感到后背与两腿一阵阵疼痛。尽管她已经习惯了走路，但马不停蹄一整天，在这种地势险恶的地方不停地爬山还是让她吃不消。

简蹬上靴子，连鞋带都懒得系便来到外面。她眨眨眼注视着山脉方向清冷的微光。现在所在的地方是一片山地草场，一条蜿蜒的小溪流淌其间。在草场的一侧，山峦骤起，守护着山脚下为数不多的几间石屋和几个牲口圈。房子都空空荡荡，牲口也不见踪影，这里是夏季牧场，放牛人已经去了冬季的牧区。五狮谷里的夏天尚未结束，然而进入九月，在高海拔地区，秋天已经提前到来。

简走向小溪边。这里离石屋有相当一段距离，她尽可以放心大胆地宽衣解带，不用担心会冒犯穆罕默德。她冲进水里，猛地浸在水中。河水寒冷刺骨，她赶快站起，冻得上下牙不停打架。"去他的吧！"她出声道。要洗澡，还是等回到文明社会再说吧。

毛巾只带了一条，那是给香塔尔准备的。简穿上衣服，擦也没擦就往回跑，一路上还捡了些树棍。她将树棍放在昨晚火堆的余烬上，同时小口吹着气，直到树棍点着，然后将冰冷的双手伸在火前，直到它们恢复温暖。

她在火上架了一壶水，打算烧热给香塔尔洗澡。就在这会儿，其他人也陆续醒来：穆罕默德最先走出来梳洗；随后是埃利斯，抱怨着浑身酸疼；最后醒来的香塔尔一睁眼就要奶吃。

简的心情好得出奇。带着一个两岁的孩子行走在世界上最蛮荒的地方，她应是一路神经紧绷才对；然而，不知怎么的，快乐取代了焦虑。她扪心自问：现在的我为什么如此开心？答案下意识地出现在眼前：因为我和埃利斯在一起。

香塔尔的心情貌似也不错，仿佛奶水中掺着快乐一般。放牛人都走了，当地再没有其他人，因而昨晚没买到食物。好在他们还有些米和盐可以做饭。不过，这也不是容易事：海拔高气压低，水怎么也煮不开。早餐吃的是昨晚剩下的冷饭，这让简有点泄气。

她一边给香塔尔喂奶，一边吃饭，然后给孩子洗澡换尿布。昨晚在河水里洗净的尿布在火堆旁晾了一夜，如今已经晾干。她取来给香塔尔换上，脏的那块拿去河里洗净，打算挂在行李上，希望麦琪的体温和风吹能把它弄干。要是让妈妈知道，自己的外孙女一块尿布要穿一整天，她一定会吓一跳。管他呢……

埃利斯和穆罕默德套好牲口。今天的路会更加难走，即将经过的山脉几个世纪以来都使努里斯坦处于相对封闭的状态。他们要上到阿尔裕山口，海拔一万四千英尺，一路上大多数地方都是冰雪覆盖。他们计划到达努里斯坦的里纳尔村：这个直线距离只有十英里的地方，顺利的话，也要走上大半天。

出发时阳光明媚，但仍是寒意逼人。简穿着厚袜子，戴着手套，毛皮衬里的大衣里面还套着防雨衫。她把香塔尔裹在大衣里兜着，领口的扣子解开以保持内外空气流通。

一行人离开草场，沿阿尔裕河逆流而上，自然景观立刻变得萧条。冰冷的悬崖上寸草不生。简一度看到远处山坡上有几顶牧民的帐篷，不知应该是高兴还是害怕。除此之外，烈风中的一只秃鹫是她见到的唯一活物。

脚下根本就没有成形的道路。有穆罕默德做向导，简感到踏实了很多。起初，他带着他们沿河而行。待到河道渐窄并渐渐消失，他依旧是踌躇满志地继续向前。简问他怎么知道应该走哪里，穆罕默德回答：路上每隔一段距离就有一堆石块作为标记。要不是他指出，简还真没注意到。

很快，地面开始出现一层薄薄的积雪。虽然里有厚袜外有靴子，简的脚还是冻得冰凉。

奇怪的是，香塔尔一路上一直睡得香甜。每两个小时他们都会停下来歇歇脚。简会趁机给孩子喂奶。软嫩的乳房裸露在寒冷的空气中，她不由得缩起身子。她告诉埃利斯，香塔尔一路上都很乖，而埃利斯纠正道："是乖到不行。"

中午，阿尔裕山口出现在视线中。队伍停下来休息半小时，大家都求之不得。简已经开始疲乏，她腹中饥饿，后背也疼得厉害。午餐的桑葚核桃饼被她狼吞虎咽吃得一干二净。

向山口进发的一路可谓困难重重。一看到那些陡峭的山坡，简便失去了信心。还是多坐会儿吧，她想。然而天气寒冷，她冻得瑟瑟发抖。埃利斯见状站起来，轻松地说："走吧，再坐可能会冻死在这儿。"而简想的却是：你别总这么乐呵呵的行不行？！

她强打精神站起身。

埃利斯道："把孩子交给我吧。"

简感激地将孩子交给他。穆罕默德牵着麦琪在前面领路，简强撑着跟在后面，埃利斯垫后。

坡陡路滑。几分钟后，简已经比歇脚前还要累。她气喘吁吁地往前走，想起自己曾对埃利斯说"比起只身逃出西伯利亚，跟你一起从这里逃出去的胜算还要大一点"。回过头想想，她发现自己哪一个都做不到：当初怎么也没想到会是这样的环境——不对，想当然是想到了，而且也知道，柳暗花明之前一定是千难万险。振作起来，你这个可怜虫！她不慎被一块冰石滑倒，身后的埃利斯扶住她的胳膊让她站起。他一直在身后关注着她，简的心头涌起一股爱意。埃利斯的那种疼惜是让-皮埃尔从未给过的。要是换作让-皮埃尔，他一定会自顾自往前走，在他看来，如果简需要帮忙，她自然会开口。而如果简对他的态度稍有抱怨，让-皮埃尔兴许会反问她：你不是让别人"一视同仁"么？

快到山顶了。简身体前倾，心中默念：再加一把劲儿，再加一把劲儿。她头晕目眩。前方的麦琪在松散的石头上不时打滑，连蹦带跑地爬了最后几英尺，穆罕默德只得跟着她一起小跑。简步履沉重地跟在后面，走一步数一步。终于上到平地，她停下脚步。她的头晕得厉害，埃利斯伸手抱住她，她闭上双眼靠在他身上。

"自此往前就是下山路了。"埃利斯说。

她睁开眼，从未想到还有如此苍凉的景象：眼前只有白雪、狂风、山脉和无尽的孤寂。"真是不毛之地啊！"

"欣赏"了片刻，埃利斯道："得继续赶路了。"

下山的路很陡。穆罕默德不再牵着麦琪的缰绳，而是抓着她的尾巴当作制动刹车，以防止麦琪失控滑倒。

到处散落着冰雪覆盖的石头，所谓的石堆几乎难以辨认。然而穆罕默德选起路来依旧毫不迟疑。简有意接过香塔尔，让埃利斯有机会休息，但深知自己心有余而力不足。

越往下走，雪层越薄，直至完全消失，路面露出地表。简不断听到口哨声，终于憋足一口气问穆罕默德。他用达里语给的答案是个生词，又不知用法语该怎么说，最终只好用手指。简看到路上蹿出个松鼠一样的小家伙，原来是土拨鼠。之后又出现了好几只，简不禁好奇，在这种地方，它们靠吃什么过活？

很快，他们再次沿河流下行。不再是非灰即白的岩石，取而代之的是河岸上的糙草与低矮灌木。峡谷里依然刮着大风，如冰针一般往简衣服里扎。

上山越行越难，下坡越走越易：道路越来越顺畅，气候越来越温暖，风景也慢慢宜人起来。简依旧感觉筋疲力尽，但已经卸除了压抑和沉重。又走了几英里，他们来到努里斯坦的第一处村庄。当地的男人都穿着图案鲜明的黑白厚背心。穆罕默德对他们的方言似懂非懂，然而还是用埃利斯的阿富汗货币买到了面包。

简很想说服埃利斯在当地过夜，她太累了。不过天色尚早，按照先前的计划，他们要尽量在当天赶到里纳尔。她最终作罢，咬着牙忍痛继续往前走。

好在剩下的四五里路并不难走。早在黄昏到来前，他们就到达了目的地。简瘫坐在一棵硕大的桑树下，缓了好一阵。穆罕默德点起一堆火，开始沏茶。

不知怎么的，当地人从穆罕默德那里知道，简是从欧洲来的护士。不一会儿，就在简给香塔尔喂奶换尿布时，在不远处聚集起几个当地人。简强打精神帮他们做检查：都是些伤口感染、肠道寄生虫、支气管炎症之类的问题，但这里儿童营养不良的问题远没有五狮谷那么严重，应该是因为战争没有严重影响到如此偏远的地区所致。

拜临时诊所所赐，穆罕默德搞到了些鸡肉，用炖锅煮好。简本想去睡觉，但还是耐着性子等食物煮熟，狼吞虎咽了一番。鸡肉很老，味道又寡淡，但简从未像现在这么饿过。

　　村里人让出一间农舍屋给埃利斯和简住，那里有床垫，还有个粗糙的木头婴儿床给香塔尔睡。他们把两个睡袋并在一起，慵懒地柔情蜜意了一番。光是那温暖和平的惬意，对简而言都与云雨之欢一样受用。欢爱过后的埃利斯立刻进入了梦乡，简睁着眼睛又躺了一会儿。如今放松了，肌肉的疼痛似乎更剧烈了。她想象着置身于卧室，躺在真正的床上，窗帘里透出街灯的亮光，隐约听到楼下车门关上的声音；还有卫生间，里面有抽水马桶和热水龙头；还有街角的商店，那里有棉球、帮宝适尿不湿和强生的无泪婴儿香波。我们逃离了苏联人……想着想着，她进入了梦乡。也许我们真的可以回家，也许真的可以……

　　埃利斯一睁眼，简也随着醒过来。她感觉到他身体的紧张。他紧张地躺在简身边，好一阵子屏着气，仔细聆听两只狗的叫声。不一会儿，他迅速起身。

　　屋里黑洞洞一片。简听到擦火柴的声音，接着角落里烛光摇曳。香塔尔还静静睡着。"怎么了？"她问埃利斯。

　　"不知道。"他小声说。埃利斯穿上牛仔裤，蹬上靴子，套上外衣出了门。

　　简匆匆穿了几件衣服随他出去。隔壁屋里，月光透过半掩的门照进来，可以清楚地看到床上并排躺着四个孩子。孩子的父母睡在另一间房里。埃利斯从门口向外张望。

　　简站到他身边。借着月光可以看到，山上有一个修长的身影正向他们跑来。

"狗听见了动静。"埃利斯低声说。

"那是谁？"简问。

突然，另一个身影出现在两人身旁。简吓了一跳，接着发现是穆罕默德，他手中的刀刃闪着寒光。

那个身影越来越近。对方走路的姿态简觉得很眼熟。突然，穆罕默德嘟囔了一声，放下了匕首："阿里·加尼姆。"

简也认了出来。阿里的脊柱有些扭曲，所以走路才会那样。她低声问："他跑来做什么？"

穆罕默德走到前面挥了挥手。阿里看到挥手回应，继而往三人的方向来。他拥抱了穆罕默德。

简耐心等着，让阿里喘口气。阿里道："苏联人沿路追过来了。"

简的心一沉。还以为逃脱了魔掌。究竟是哪出了问题？

阿里又喘了一阵，继续道："马苏德让我来给你们报信儿。那天你们一走，他们就搜查了整个五狮谷，来了几百架直升机，还有上千人。那天没找到，今天苏联人又派出好几支搜查队，沿着所有通往努里斯坦的道路找你们。"

埃利斯打断问："他在说什么？"

简举手示意阿里暂停，自己将内容翻译给埃利斯听。阿里说得上气不接下气，语速快得埃利斯根本跟不上。

埃利斯问："他们怎么知道我们来了努里斯坦？我们就不兴躲到什么该死的其他地方？"

简问阿里，他也不明白。

"有搜索队往这儿来吗？"她问阿里。

"有。我在到达阿尔裕山口前撵上了他们。估计傍晚他们就到了前一个村子。"

"哦，不！"简说，语气中带着绝望。她为埃利斯做了翻译，然后问道："他们的动作怎么可能快过我们？"埃利斯耸耸肩，简自己也知道答案——"他们没有女人和孩子拖累。该死！"

埃利斯道："如果他们一早动身，明天就会赶上我们。"

"那我们怎么办？"

"现在就走。"

简的骨头还是酸痛难忍，对于埃利斯如此铁石心肠的决定也是一百个不乐意。"我们就不能找个地方先躲一躲吗？"

"躲哪儿？这里只有一条路。苏联人人手充足，可以搜遍所有房子，况且这里也没多少房子可搜。再说，当地人也不一定会站在我们这边。没准儿轻易就会把我们的行踪告诉苏联人。不行，唯一的希望就是在他们到达前先走！"

简看看手表：凌晨两点。她几乎准备放弃了。

"我去套马，你喂孩子。"他又用达里语对穆罕默德道："煮点茶吧，再给阿里弄点吃的。"

简回到屋内，穿好衣服，给孩子喂奶。埃利斯给她送来一碗甜茶，她感激地喝下。

香塔尔吃得正香，简在想：让-皮埃尔会不会与这次追捕有关？她亲眼看到他协助苏联人进班达村搜捕，进五狮谷搜索，他对当地地形的掌握对于苏联人将是一笔巨大的财富。这些人像猫抓耗子一样，追得她们母女四处奔逃，这点他不会不知道。他怎么忍心这么做？强烈的妒忌和愤怒一定已让他由爱生恨。

香塔尔填饱了肚子。没有激情、妒忌或背叛，不知冷热空虚，那该是多快乐啊！"抓紧享受吧，小家伙儿。"

她匆匆系上衬衣扣子，套上厚重的毛衣，把香塔尔稳妥地放在胸前的布兜里，穿上外套出门。

埃利斯和穆罕默德正就着提灯的亮光研究地图。埃利斯把路线指给简看："我们沿里纳尔河一路向下，直到其尽头，前往努里斯坦北部。之后进入一条侧谷，前往康提瓦尔山口。至于选择哪一条，得等走到那里穆罕默德才能决定。我想今天就出努里斯坦谷。这样一来，苏联人不清楚我们走了哪条路，追踪就更难了。"

"有多远？"简问。

"十五英里而已，好不好走得看地形。"

简点点头："我们出发吧。"口气中居然还能听出轻松，这让她甚至有几分得意。

他们披星戴月再次启程。穆罕默德走得很快。麦琪稍有懈怠，穆罕默德就用皮鞭无情地抽打它。简有些头疼，胃里感觉被掏空一般，犯着恶心。她浑身紧张，感觉骨头要散架了，然而却没有丝毫困意。

月光下的前路显得幽深可怖。有时，他们沿河边稀疏的草地前进，这没什么；然而有时峰回路转，不远处就是冰雪覆盖的百尺悬崖。一想到自己和孩子一不小心就会摔个粉身碎骨，简不由得一阵害怕。

有时前方会出现岔路：一条往上，一条向下。埃利斯和简都不清楚当地状况，于是全交由穆罕默德决定。第一次他选择向下。他们走对了：那条路通向一处浅滩，他们要蹚过一英尺深的水，但这样却少走了一大截冤枉路。第二次，他们再次选择河岸，这回却倒了霉：走了一英里左右之后，面前便尽是岩壁，想要绕过唯有靠游泳。他们只能垂头丧气地走回岔路口，选择上坡。

第三次遇到岔路，他们再次选择向下到河边。这回走到了岩架上，身旁便是百尺悬崖。兴许是路太窄，麦琪越走越怕。简也很害怕。星光暗淡，照不到山下的河流。身旁的山谷看起来更像是无底的黑洞。麦琪时常停下，逼得穆罕默德只好拉紧缰绳拖着它迈步。

他们摸黑来到一处悬崖的对接处。麦琪突然暴躁起来，死硬着不转弯。简向后退开，躲避麦琪乱蹬的蹄子。香塔尔哇哇大哭，可能是感觉到了周围的紧张，或是由于两点吃过奶后再也没睡踏实。埃利斯把孩子交给简，自己上前去帮穆罕默德勒马。

埃利斯示意接过缰绳，但穆罕默德生硬地回绝了：情况紧急，他也失去了冷静。埃利斯只好从后面吆喝着把牲口往前推。麦琪发脾气的样子在简看来甚至有些滑稽。穆罕默德跟跟跄跄丢了缰绳，麦琪连连往后退，撞倒了后面的埃利斯。

幸好埃利斯摔在了左边崖壁一侧，而简却截然相反。麦琪接连后退，直将她往悬崖边上挤。她抓住捆在马具上的一个包裹，死命不撒手，生怕被推下百丈深渊。她尖叫着："没脑子的畜生！"香塔尔被挤在简和麦琪中间，也是吓得哇哇直哭。简仍不敢松手，结果被拖着走出几英尺远。直至回到安全的区域，她才松开包裹，伸出右手抓住缰绳，绕过前侧站到麦琪旁边。她抓紧缰绳大声吆喝："站住！"

没想到，麦琪真的听话了。

简转过身。埃利斯和穆罕默德站了起来。她用法语问："没事儿吧？"

"还凑合。"埃利斯道。

"我把灯弄丢了。"穆罕默德说。

埃利斯用英语道："但愿苏联佬也他妈这么倒霉。"

简这才发现，原来这两个人根本没看到麦琪几乎把她挤下悬崖，还是不说为妙。她拾起牵马的缰绳交给埃利斯："往前走吧，一会儿再舔伤口。"然后越过埃利斯对穆罕默德道："带路吧。"

摆脱了麦琪，穆罕默德不一会儿又来了精神。简想，他们真的需要马匹吗？需要：行李太多，三个人拿不了，更何况都是些必需品——真是的，当初真应该多带些食物。

他们匆匆经过一个寂静的小村子，那里只有为数不多的几栋房舍和一处小瀑布。一栋木屋里狗叫个不停。一阵咒骂声后恢复了平静。他们出了村，再次进入荒野。

天色由黑转灰，星光消失，天亮了。那些苏联人如今在做些什么：军官兴许正大叫着打发手下起身，犯懒的还会上脚踢两下；厨子煮上咖啡，指挥官在研究地图；兴许他们早在一小时前就已经起身，天色尚早，他们几分钟便准备就绪，排成一队沿里纳尔河向前进发；兴许他们已经过了里纳尔村；兴许已经找到了正确的岔路，现在距离他们只有一两英里的距离了。

想到这里，简加快了脚步。

岩架顺悬崖的走势蜿蜒向前，一路向下通往河边。这里没有任何农业迹象，但两侧的山坡上树林茂密。天光渐亮，简辨认出那是冬青栎。她指着栎树林问埃利斯："咱们为什么不躲进树林里？"

"实在没办法的时候可以。但这样一来，很快苏联人就会发现我们停步，他们会盘问村民，知道我们并未从此处经过，于是调头仔细搜索。"

简无奈地点点头。她只是在寻找歇脚的借口。

日出之前，他们绕过河湾，却被堵住了去路：山体滑坡导致峡谷中充斥着泥沙与碎石。

简几乎要哭出来。他们沿河边走了两三里路，更别提那么狭窄的岩架。要是返回去，还要多走五英里，麦琪的噩梦又要重演。

三个人面对眼前堵塞的道路站了一会儿，简问："我们爬过去怎么样？"

"马过不去。"埃利斯道。

显而易见的废话让简有些发毛："咱们当中的一个人可以牵着马回去绕路，剩下两个可以过去歇着等。"

"分头走不太好。"

这种"我说了算"的权威口气让她十分反感："你一个人觉得好，我们也不一定要照做吧？"

埃利斯一惊："好吧。要依我看，如果有人想爬上去，这些土石堆可能会再次移动。索性我把话明说：你们俩想怎么样我不管，反正我不从这儿过。"

"所以你连商量都懒得商量……我懂了！"简火冒三丈，甩掉两个人转头沿原路往回走。她不明白，为什么每次碰到困境，这些男人都喜欢发号施令，好像他们什么都懂似的！

在她看来，埃利斯也不是什么完美先生。这家伙有时候也犯糊涂：他总说自己是反恐专家，结果却为中情局卖命——那可是全世界最大的恐怖组织啊。他有渴望危险、暴力和欺骗的一面。要想让你爱的男人尊重你，她想，最好别找这种"大男人"。

让-皮埃尔纵有千般不好，但至少他从来不对女人发号施令。他兴许会冷落你、欺骗你或忽略你，但绝对不会居高临下。这兴许是简比他年长几岁的缘故。

她经过麦琪尥蹶子的地方，根本不理会剩下的两个人：那该死的马再发脾气，有本事他们自己应付。

香塔尔叫着抗议，简暂时没有理会。她来到一条上行通往悬崖顶的路边，在那里自顾自坐下来休息。过了一两分钟，埃利斯与穆罕默德追了上来。穆罕默德从包里掏出些桑葚杏仁饼分给大家。埃利斯没有和简说话。

休息过后，他们爬坡上山。到达山顶时有阳光照射，简的怒气也消了几分。过了一会儿，埃利斯伸出胳膊搂着她道："发号施令是我不对，我道歉。"

"多谢。"简别扭道。

"你是不是有点小题大做？"

"有点。对不起。"

"没事儿。把孩子交给我吧。"

简把孩子递过去。卸下一份重量，她这才感到后背疼得厉害。抱孩子对她而言一直是轻而易举，不过长途跋涉她还是有些力不从心，感觉就像从超市满载而出，然后一口气走了十英里。

日头渐渐攀升，空气也渐渐回暖。简解开外衣，埃利斯也脱下外套。穆罕默德依然裹着他那件苏联军大衣。阿富汗人只有碰到极冷或极热的天气才会改换衣装。

时近中午，他们走出里纳尔狭窄的山谷，进入广阔的努里斯坦谷。这里道路被清晰地标示出来，几乎跟通往五狮谷的小路一样。他们由那里向北，沿河流逆行上山。

简又累又沮丧。凌晨两点钟爬起来，到现在已经走了十个钟头——结果兜来转去才往前走了四五英里。埃利斯还计划在当日再走十英里。她已经连走了三天，不歇到天黑，恐怕实在是走不动了。连埃利斯也累得够呛，满脸暴躁。他这是累坏了。只有穆罕默德一如既往，看不出一点疲倦。

他们在里纳尔谷的村外没见到什么人。在这里则碰到些旅人，多数穿着白袍，头戴白色头巾。努里斯坦人一脸稀奇地看着这两个筋疲力尽的白皮肤陌生人，见了穆罕默德则是以礼相待。毫无疑问，这是因为他肩上背着的那条卡拉什尼科夫冲锋枪。

他们艰难向山上跋涉，路上遇到一个黑胡子、大眼睛的年轻人扛着一条鱼叉，那叉子上叉着十条鲜鱼。三个人走不动了。年轻人的口音混杂，从他与穆罕默德的对话中，简听出一些达里语，偶尔还会夹几个普什图语单词。不过彼此还是顺利达成共识，穆罕默德买下了三条鱼。

埃利斯一边数钱一边问简："五百阿富汗尼一条鱼，那是多少？"

"五百阿富汗尼相当于五十法郎、五英镑。"

"十美元，"埃利斯道，"这鱼够贵的。"

简真希望埃利斯能少些废话：她能继续朝前迈步已经够费劲的了，埃利斯居然还在那里念叨什么价钱！

那位叫哈拉姆的年轻人说，鱼是在蒙多尔湖抓到的，往谷里再走走就到。不过他看起来不像个渔夫，那鱼说不定只是他买的。年轻人放慢脚步，与他们同行。他一路说个不停，貌似对方听不懂也毫不介意。

努里斯坦与五狮谷一样，岩石众多，而且每隔几英里，便有一小块开阔的平原和梯田。最值得注意的是两侧山坡上茂密的冬青栎林，如同羊背上的毛一样密实。那些地方也是简心中最后的荫蔽之处。

上山的路上没有什么岔路，简总算松了口气。他们越走越快。某处由于滑坡，道路封堵。但这回，简和埃利斯成功地翻越了路障，穆罕默德则牵着麦琪涉水逆流，多走几码地与他们会合。过了一阵，经过一段延伸入河中的桥台，前方依悬崖峭壁而建的是摇摇晃晃的木头栈桥。麦琪死活不肯上去，穆罕默德只好再次牵她过河。

此时的简已经累得几乎要倒下。待与穆罕默德会合，她说："我得歇一会儿。"

穆罕默德说："就快到加德瓦尔了。"

"还有多远？"

穆罕默德与哈拉姆确认了一番，转头对简道："再走半个钟头吧。"

半个小时，现在却像是永远也走不完。她告诉自己，没问题，不就是半个小时嘛，同时尽量不去想后背的疼痛。

一转弯，村庄出现在眼前。

那景象令人振奋，更是求之不得：山坡上木屋层叠，仿佛小孩子玩"背媳妇儿"一般，仿佛底层的房子一塌，整个村子都会倾覆水中。

一接近村里的第一所房子，简便往河边一坐，不再往前走。她身上的每一块肌肉都在疼，快要连抱孩子的力气也没有了。埃利斯坐在她身旁，看样子也是筋疲力尽了。房子里露出一张好奇的脸孔，哈拉姆立刻上前与那位妇女交谈，告诉他自己所知道的情况。穆罕默德把麦琪拴在河边可以吃草的地方，然后蹲在埃利斯身边。

"得买些面包和茶。"穆罕默德道。

简觉得大家都需要吃些有营养的东西："买的那些鱼怎么办？"

埃利斯答道："又洗又做太花时间。今晚再吃鱼吧。在这里还是不要停留超过半小时。"

"好吧。"只休息半个小时，简不知自己还走不走得动，只希望吃了东西会有些力气。

哈拉姆大声招呼他们。简抬头看到他和那位妇女正招手让他们进屋去。埃利斯与穆罕默德站起身。简把孩子放在地上，站起来，再弯腰抱起孩子。突然她眼前一阵模糊，感觉几乎失去平衡。她努力镇定，迷迷糊糊中只看见香塔尔的小脸，接着膝盖一软瘫坐在地，眼前一片黑暗。

再次睁眼，她看到围着她的都是紧张的面孔：埃利斯、穆罕默德、哈拉姆和那个女人。埃利斯问："感觉怎么样？"

"真丢人。我怎么了？"

"你晕倒了。"

她坐起来："我没事儿。"

"才怪。今天你不能再走了。"

简的头脑很清醒，也知道埃利斯说得没错。她的身体已经不堪重负，再坚强的意志也改变不了这个事实。她用法语讲话，好让穆罕默德也听得懂："可是苏联人今天一定会追上我们呀。"

"我们必须藏起来。"埃利斯道。

穆罕默德开口道："看看周围这些人，你觉得他们会保守秘密吗？"

哈拉姆和那位妇女尽管一个字都不懂，但还是聚精会神地听着。这两个外国人的到来兴许是今年当地最大的新鲜事了。没过几分钟，全村的人都跑来看热闹。简端详着哈拉姆：一看就知道，跟他讲不要到处乱说简直就是对牛弹琴。到不了天黑，全努里斯坦的人都会知道他们藏身的地方。难道就没有办法躲开这些人，悄悄溜进附近的侧谷之中？也许吧。然而没有当地人的帮助，他们在山谷里也撑不了多久：食物总会吃完，到时候苏联人也会发现他们在当地停留，继而搜查山谷和密林。埃利斯先前说得没错，必须领先敌人才有机会逃出去。

穆罕默德使劲吸了口烟，一副若有所思的样子。他对埃利斯说："你跟我得先走一步。"

"不行。"

穆罕默德继续道："你带的那份文件，就是签有马苏德、卡米尔和阿齐兹名字的那份协约，比我们任何一个人的生命都要重要。它决定着阿富汗的未来与自由。我儿子已经为了这份自由付出了生命。"

简知道，埃利斯得一个人上路了，至少这样他可以得救。失去他的那份难过让她十分愧疚，她应该积极想办法帮助他，而不是想着如何粘着他。突然，她有了主意："我可以引开苏联人。我自投罗网，先假装不愿意，然后给让-皮埃尔些关于你逃跑方向的假情报。如果能把他们引到错误的路线上，就能帮你争取几天时间，足够让你逃出阿富汗！"她越说越激动，心里想的却是：别离开我，求你，千万别离开我！

穆罕默德看看埃利斯："这是唯一的法子了。"

"不行。想都别想。"

"可是，埃利斯——"

"绝对不行，"埃利斯重复道，"不可能。"

穆罕默德只好作罢。

简问："那我们怎么办？"

"今天苏联人还追不到这儿。我们今天赶了个大早，所以还有时间。今晚就住在这儿，明天一早就出发。记住，不到最后一刻，千万别放弃。任何事情都可能发生。说不定莫斯科的人会觉得安纳托利是在胡来，下令叫停整个行动。"

"胡说。"简用英语反驳，但心里还是美滋滋的：埃利斯不愿丢下她。

"我还有个办法，"穆罕默德道，"我回去，引开苏联人。"

简一怔。这可能吗？

埃利斯问："怎么做？"

"我主动要求做他们的向导和翻译，引他们沿努里斯坦山谷往南到蒙多尔湖。"

简一听泄了气："他们肯定已经有向导了。"

"兴许只是某个五狮谷里的好心人，逼不得已才勉强给苏联人帮忙。如果是这样，我就可以说服他做些手脚。"

"如果对方不同意呢？"

穆罕默德想了想："那他就不是什么好人，而是为个人好处投靠敌人的叛徒。要是这样，我一定杀了他。"

简赶紧说："我不想任何人因为我而没命。"

"这不是为了你，"埃利斯道，"是我——是我的责任。"

简一言不发。

埃利斯思考着计划的可行性："你的穿着不像努里斯坦当地人。"

穆罕默德道："我可以跟哈拉姆换衣服。"

"你不说当地话。"

"努里斯坦有很多方言。我假装从一个口音不同的地方来。反正苏联人也不懂这些语言，根本听不出来。"

"那你的枪怎么办？"

穆罕默德想了想："把你的包给我吧？"

"太小了。"

"我的冲锋枪柄可以折叠。"

"没问题。给你。"

这样做会不会引起怀疑？应该不会：阿富汗人的包和衣服风格众多。但迟早会引起怀疑的。她问道："要是他们发现被引错了路怎么办？"

"在此之前，我会趁夜逃跑，留他们在山里乱撞。"

"太危险了。"

穆罕默德尽力做出大无畏的样子。和多数游击队员一样，他非常勇敢，但虚荣心也很强。

埃利斯道："如果时机掌握不好，没等你逃跑，他们就会起疑心。到时肯定会严刑拷打你，逼问我们的下落。"

"我不会让他们活捉。"

简对此深信不疑。

埃利斯继续道："可这样一来我们就没有向导了。"

"我再给你找一个。"他转头对哈拉姆快速说着什么，可能是想雇他做向导。简对哈拉姆没什么好感：他利欲心太重，很难信任；然而，他显然熟悉地形，会是个不错的向导。多数当地人可能一辈子都不会走出家门。

穆罕默德用法语道："他说他认识路。"对于这个说法，简不放心。穆罕默德继续道："他可以把你们送到康提瓦尔，然后他会另找一名向导送你们到下一处山口。这样你们可以一路到达巴基斯坦。他出价五千阿富汗尼。"

埃利斯道："这价钱还算公道，但还得请多少向导才能到奇特拉尔啊？"

"五六个吧。"

埃利斯摇摇头："我们可没那么多钱，还得买食物。"

"你们只能靠帮人看病换些吃的了。到了巴基斯坦情况会好转。兴许走着走着就用不着向导了。"

埃利斯半信半疑地看着简："你觉得呢？"

"或者你自己走。"

"绝对不行。必须一起走！"

第十八章

整整一天，搜索队一无所获。在巴格拉姆空军基地一个没有窗户的办公室里，让-皮埃尔和安纳托利坐在硬木椅上，密切关注着无线电传来的报告。黎明前，搜索队再次出发。起先出动了六支队伍，覆盖五狮谷东向的全部五条主要侧谷，另外一队沿五狮河向北，追溯到河流源头及其以北地区。每支队伍里至少有一名会说达里语的军官，出自阿富汗正规军。他们的直升机在五狮谷的六个村庄分别降落，半小时后，六支队伍都报告说找到了当地向导。

"真够快的，"最后一支搜索队汇报后，让-皮埃尔赞叹道，"他们怎么做到的？"

"这个简单。先找人帮忙，对方不乐意，就一枪打死，再找下一个。过不了多久就会有人点头。"

其中一支搜索队试着从空中搜索指定路线，但没成功。一些路走着都很难找，在空中根本无法分辨。况且，那些当地向导从没坐过直升机，一上去个个都晕头转向。所有搜索队只好从地面行动，有些还强征了马匹驮运行李。

让-皮埃尔并不指望早晨会有什么进展，埃利斯他们已经领先了一整天。不过，军人总比个女人走得快，更何况她还带着个孩子。

一想起香塔尔，让-皮埃尔的心中就一阵愧疚。对于妻子的愤怒并没有延伸到孩子身上。孩子一定也在受罪：一天到晚长途跋涉，还要通过雪线以上的山口，风吹日晒的……

如果简死了，而孩子活下来，会怎样？最近他时常这样想。在脑海中，埃利斯一人被抓，一两里外找到简冻死的尸体，而怀中的孩子奇迹般的活了下来。我将以悲情的形象回到巴黎：与女儿相依为命的鳏夫，从阿富汗生还的战斗英雄……他们将把我奉为圣人！我完全可以一个人把孩子养大。待她长大了，我们将何等亲密无间。当然，保姆是要请的，但我绝不会让她取代母亲，夺走孩子的爱。不，我就是她的父亲和母亲。

他越想越生气，简居然会拿香塔尔的生命冒险。这种行为已经让她失去了做母亲的权利。上了欧洲的法庭，就凭这一点，他完全可以争取到法定监护权。

午后的安纳托利有些厌烦，而让-皮埃尔却愈发紧张。两个人都很暴躁。安纳托利跟进屋的军官用俄语密切交谈，没完没了的聒噪让皮-埃尔心里发毛。一开始，安纳托利还会将无线电报告翻译给让-皮埃尔听；如今只会用一句"没什么"敷衍了事。让-皮埃尔一直在地图上规划搜索路线，用红色的图钉标示方位。而到了下午，他们搜索的都是些小路或者干枯的河床，地图上根本找不到。即使无线电汇报有最新进展，安纳托利也没有告诉他。

傍晚，搜索队扎营，没有任何关于逃犯的线索。他们接到命令，对当地人进行盘问。村民都说没见过什么外国人。这也很正常，他们还在五狮谷一侧进行搜索，所问的当地人都忠于马苏德：对他们来说，帮助苏联人就等同于叛变。明天，等搜索队进入努里斯坦，那里的人会合作些。

即便如此，让-皮埃尔还是有些泄气。傍晚时，他同安纳托利离开办公室来到餐厅。晚餐吃香肠罐头和老土豆泥，简直难以下咽。吃过饭，安纳托利闷闷不乐地跟几个兄弟喝了杯伏特加，留下个不懂法语的中士看着让-皮埃尔。他们下了盘棋，中士的棋艺远高于让-皮埃尔，让他连连叫苦。他早早回去，躺在硬邦邦的军用床垫上，想象着简与埃利斯同床的情景。

第二天清早，他被安纳托利叫醒。一睁眼，看到安纳托利满脸笑容，他的不快立刻烟消云散，仿佛一个犯了错的孩子受到了宽恕，虽然他至今没搞清，自己究竟错在哪里。两人在餐厅一起喝粥吃早餐。安纳托利已经与所有搜索队联络过，黎明时，他们都已经起营出发。安纳托利兴高采烈地说："我的朋友，今天就能找到你妻子。"让-皮埃尔心中也燃起一阵希望。

一到办公室，安纳托利便再次接通无线电，要求对方描述周围的环境特征。让-皮埃尔利用听到的描述锁定他们的位置。从图上距离判断，他们的移动速度还很慢，但这主要由于所在的地势十分险峻，要不时爬山。也正因为如此，埃利斯和简也一定走不快。

每支队伍都有向导。碰上岔路，他们都会从附近的村子多征一名向导，然后兵分两路。到了中午，让-皮埃尔的地图上已经扎满了红色的图钉，仿佛红疹一般。

下午发生了一段意外的插曲。一位戴眼镜的将军刚完成五天的阿富汗实地调查，降落在巴格拉姆。一落地他便决定要来看看，安纳托利究竟把纳税人的钱花到了什么地方。安纳托利简单把情况告诉了让-皮埃尔。话音刚落，将军就进了门，身后还浩浩荡荡跟着一群神情紧张的跟班。

安纳托利沉着自如应对来者，看得让-皮埃尔目瞪口呆。安纳托利立正站着，精神饱满却镇定沉着。他与将军握手，给对方让座，然后冲着门外下达了一系列命令。他不失尊敬地与将军快速交流了一阵，然后借故离开接通无线电。为了使让-皮埃尔也听得懂，他将努里斯坦传来的信息做了翻译，然后用法语把将军介绍给让-皮埃尔。

将军连连发问，安纳托利指着地图上标记出的位置一一作答。其间，一支搜索队突然汇报。听筒里一个激动的声音用俄语含糊地说着什么。安纳托利打断了将军的话。

让-皮埃尔几乎从椅子上站起，他急切想听到消息的内容。

声音停止，安纳托利问了个问题，对方作答。

让-皮埃尔终于忍不住问："他发现什么了？"

安纳托利好一阵没理会他，自顾自与将军交流。最终，他转过头："他们在努里斯坦山谷一个名为阿塔提的村子发现两个美国人。"

"太好了！就是他们！"

"也许吧。"

让-皮埃尔不明白，为什么安纳托利一点儿都不兴奋。"肯定错不了！你的手下又分不出英国人和美国人。"

"可能吧。但他们说没发现孩子。"

"没孩子？！"让-皮埃尔皱起了眉头。怎么可能？难道简把孩子留在了五狮谷，交给拉比亚、萨哈拉或者法拉照顾？不可能啊。她在被抓前把孩子藏在阿塔提某个人家里？貌似也不像，面临危险时，母亲的本能会让她寸步不离。

难道香塔尔死了？

可能是误会了：沟通中出现问题，无线电受了大气干扰，要么是队里某个睁眼瞎没看到。

他对安纳托利道："还是不要随便猜测，我们去看看。"

"你跟接应部队一起去。"

"没问题。"他这才意识到安纳托利的意思，"你是说你不跟着来？"

"没错。"

"为什么？"

"这里走不开。"说着安纳托利用眼神暗示了一下将军。

"好吧。"毫无疑问，这是军队官僚内部的政治博弈。安纳托利害怕自己一离开，将军还会继续在基地四处打探，如果某个死对头趁机从背后捅刀子，那事情就不妙了。

安纳托利拿起桌上的电话，用俄语下达了一系列命令。他说话这当儿，一位勤务兵进屋招呼让-皮埃尔离开。安纳托利用手捂住话筒："他们会给你找件暖和的大衣。努里斯坦现在是冬天。回见。"

让-皮埃尔随勤务兵离开。他们出了护墙。两架直升机在那里待命：一架瞪着"复眼"的"雌鹿"翼下装着火箭弹，一架大个子"河马"，机身遍布炮眼。为什么要出动"河马"？一定是要把搜索队带回。上飞机前，一位士兵跑过来，递给他一件军大衣。让-皮埃尔将它搭在胳膊上，然后上了"雌鹿"。

直升机立刻起飞。让-皮埃尔满怀期待。他同六七名士兵一起坐在机舱的长凳上。飞机朝东北方向飞去。

远离了空军基地，驾驶员招呼他过去。他上前几步站在台阶上，方便与飞行员沟通。对方用法语慢吞吞道："我来做你的翻译。"

"谢谢！你知道我们要去哪儿吗？"

"知道，长官。我们掌握了具体方位，现在还与搜索队的指挥官保持无线电联络。"

"好吧。"突然有人对他毕恭毕敬，让-皮埃尔有些意外，仿佛认识了克格勃的上校，自己也身价猛增一般。

回到座位上，让-皮埃尔开始琢磨：自己出现在简的面前，她会是什么表情？如释重负？不屑一顾？还是筋疲力尽？埃利斯一定是颜面扫地，气急败坏。我应该做何反应呢？我要让他们羞愧难当，自己还不能失态。说些什么好呢？

他想象着那个情景：埃利斯和简在某个清真寺的院子里，或者坐在某个石屋的土地上，手脚捆着，旁边有士兵持枪看守。他们肯定是饥寒交迫。让-皮埃尔身着苏联军大衣走进来，气宇轩昂，身后跟着几个下级军官。他会好好端详这两个人，然后说——

说些什么呢？"我们又见面了"太夸张。"你们真以为能逃出我们的手掌心？"太矫情。"你们注定要失败"好一点，但又太平淡。

进入山区，气温直线下降。让-皮埃尔穿上大衣，站在舱门边往下看。脚下是一条山谷，一条河流贯穿其间，与五狮谷类似。两岸的山顶与山脊上看得到积雪，在山谷中则看不到。

让-皮埃尔到驾驶舱问："我们到哪儿了？"

"这里是思卡尔达拉山谷。"飞行员答道，"再往北就是努里斯坦山谷，沿那里一路往前就是阿塔提。"

"还要飞多久？"

"二十分钟。"

不到半小时，却感觉漫长无比。让-皮埃尔耐着性子回到长凳上坐下。其余几个士兵静静地看着他，仿佛心怀畏惧。兴许是以为他是克格勃的人吧。

突然他转念一想：没错，我就是克格勃的人！

这几个士兵在想什么？守在家里的女友或妻子？从现在开始，他们的家也是他的家。他会在莫斯科拥有一间公寓。不知现在还可不可能与简继续一段幸福的婚姻。他想把她们母女留在家中，自己则像这些士兵一样，在国外为正义而战，并期盼着回家，与妻子团聚，看女儿长大。我背叛了简，她也背叛了我。兴许我们可以看在孩子的分上相互原谅。

香塔尔现在怎么样了？

答案即将揭晓。直升机正在下降，他们就快到了。让-皮埃尔再次起身向门外张望。他们正在某条支流与主河道交汇处的草场降落。这里风景优美：山坡上层叠着几处房屋，典型的努里斯坦风格。他想起以前喝咖啡时在杂志上看到过，喜马拉雅山脉附近的村子都有类似风格的建筑。

直升机着陆。

让-皮埃尔跳下直升机。就在草场的另一侧，一群苏联士兵从低处的木屋里出来。他们应该就是搜索队的人了。让-皮埃尔耐心等待着他的翻译。驾驶员终于下了直升机。"走吧！"说着，让-皮埃尔就往草场对面走。

他压抑着奔跑的冲动。埃利斯和简兴许就在搜索队所在地方附近的某间屋子里，他快步向那里走去，火气越来越大：长久压抑的愤怒开始在心中积聚。管他失不失态，他想，我一定要让这对狗男女知道，他们究竟是什么货色。

就快要与搜索队会合，迎面而来的队伍前方的军官开始讲话。让-皮埃尔没有理会，而是转头对直升机驾驶员说："问问他人在哪。"

飞行员照做，那名军官指了指木屋。让-皮埃尔二话不说，直奔目的地。

破门而入时，他的愤怒几乎到达了顶点。几个搜查队的人站在屋中一角，见让-皮埃尔来了纷纷让路。

角落里，两个人被捆着坐在一张板凳上。

让-皮埃尔一见，顿时面无血色，嘴张得老大。面前的两个俘虏，一个是弱不禁风的男孩儿，十八九岁的样子，头发又脏又长，胡子也拧成了结；另一个是个丰满的金发女子，头上还插着花。男孩儿一看见他便如得救一般用英语道："嗨，伙计，能帮帮我们吗？我们倒了大霉了。"

让-皮埃尔气得简直要爆炸了：这只不过是从加德满都跑来的一对嬉皮士。这里战火连天，这种到处乱跑的小痞子居然还阴魂不散。真是失望透顶！我们正满世界找两个西方人，怎么偏偏他们就在这个时候出现？！

他才懒得理会两个嗑药的混混儿，于是立刻转身往外走。

他的翻译刚刚进门，看到让-皮埃尔一脸不高兴，便问："怎么回事？"

"抓错人了。跟我来。"

飞行员匆匆跟在他身后："抓错人？这两个不是美国人？"

"是，但不是我们要找的那两个。"

"现在你打算怎么办？"

"得联系安纳托利，请你用无线电联络他。"

他们穿过草场，上了直升机。让-皮埃尔坐在射击手的位置，戴上了耳机。他的脚焦躁地踏点着金属的地板，飞行员不断用俄语说着什么。终于，耳机里传来安纳托利的声音。它听起来十分遥远，偶尔还会被干扰的噪声打断。

"我的朋友，是我，安纳托利。你现在在哪儿？"

"我在阿塔提村。搜索队抓到的美国人不是埃利斯和简。重复，不是埃利斯和简，只不过是跑来找刺激的两个小青年。"

"让-皮埃尔，这并不奇怪。"

"什么？！"让-皮埃尔忘记了，无线电每次只能单向沟通。

"——刚刚收到一系列报告，有人看到埃利斯和简出现在里纳尔山谷。搜索队还没有追上他们，但我们已经盯紧了那条路。完毕。"

他的怒气烟消云散，刚才的急切似乎又回来了："里纳尔山谷在哪？完毕。"

"离你所在的方位不远，阿塔提向南十几二十公里，就在努里斯坦山谷内。"

这么近！"你确定吗？完毕。"

"搜索队经过的数个村子中都得到情报。外貌描述与埃利斯和简都吻合，情报中提到还有个孩子。完毕。"

那一定是他们了。"知道他们现在的下落吗？完毕。"

"还不知道。我马上过去跟搜索队会合，之后会有进一步的消息。完毕。"

"你离开巴格拉姆了？那你的……访客怎么办？完毕。"

"他走了。"安纳托利冷冷道，"我已经上了直升机，很快会在蒙多尔村跟搜索队会合。这个村就在努里斯坦山谷，位于里纳尔河与努里斯坦河交汇处下游，附近有个叫作蒙多尔的大湖。咱们在那儿会合过夜，明天一早指挥搜索。完毕。"

"我马上到！对了，这两个嬉皮士怎么办？完毕。"

"我会派人把他们带到喀布尔审问。那里自有人会让他们面对现实。让我跟你的驾驶员讲话。完毕。"

"蒙多尔见。完毕。"

安纳托利开始对着副驾驶员讲俄语。让-皮埃尔摘下耳机，不明白为什么安纳托利要浪费时间审问两个毫无威胁的嬉皮士。显然，这两个人并不是间谍。突然他明白了：除了他自己，没人认识真正的埃利斯和简。尽管可能性微乎其微，安纳托利还是会怀疑是不是埃利斯和简说服了让-皮埃尔，让他谎称抓到的是嬉皮士，放他们逃走。

这个疑神疑鬼的浑蛋！

他不耐烦地等着。从声音判断，蒙多尔的搜查队似乎离他们的猎物已经很近。明天兴许就能抓到埃利斯和简。事实上，他们跑到现在一直都是在做无用功；但让-皮埃尔心里却一直没底。那两个人一天不被绑上手脚，丢进苏联监狱，他就一天不得安宁。

驾驶员摘下耳机："这架直升机会把你送到蒙多尔，另一架'河马'会返回基地。"

"好。"

几分钟后，直升机再次升空。留下的人可以慢慢来。天快黑了，不知夜间飞行路是否好找。

天色渐暗，他们朝下游飞去。脚下的风景已经潜入了黑暗。

驾驶员不断对着无线电沟通，让-皮埃尔判断，应该是蒙多尔那里的部队在为他导航。十几分钟后，地面上出现了强光。沿亮光向前一千米左右的地方，是月光下波光粼粼的水面。直升机降落。

他们在离另一架直升机不远的位置降落，周围是一片田地。一个大兵已经等在那里。他带领让-皮埃尔穿过田地，来到山坡上的一个村子。月光勾勒出一座座木屋的轮廓。让-皮埃尔跟着士兵进入一间房子。安纳托利正坐在一张折叠椅上，身上穿着硕大的狼皮外套。

他看起来精力充沛："我的法国朋友，我们就快成功了！"一个东方面孔的人突然热情奔放起来，感觉还真有点别扭。"喝点咖啡吧，里面放了伏特加！"

让-皮埃尔从一位阿富汗妇女手中接过纸杯。她似乎听凭安纳托利使唤。让-皮埃尔也在折叠椅上坐下。椅子貌似是军用的。如果苏联人打仗也带得这么全乎，又是折叠椅又是咖啡，又是纸杯子又是伏特加，到头来怕是也撵不上简和埃利斯。

安纳托利看出了他的心思："这回坐直升机我算是奢侈了一把，克格勃可是很体面的。"

让-皮埃尔读不懂他的表情，真不知安纳托利是说笑还是认真的。他转移了话题："有什么最新消息？"

"他们今天肯定经过伯萨伊杜尔村和里纳尔村。今天下午，搜索队的向导莫名失踪了。可能是回了家。"安纳托利皱皱眉，仿佛为这点损失很是发愁。他接着道，"幸好马上又找来一个。"

"一定是拜你高超的劝说技巧和号召能力所赐。"

"还真不是。他们告诉我，这回找来的向导完全是自告奋勇。现在他就在村里什么地方。"

"当然了。到了努里斯坦,可能会有人主动帮忙。"让-皮埃尔若有所思,"这里几乎不参与战争,听说也不会偏向谁。"

"新来的向导说他今天见过这两个人,之后我们就来了。当时他们出现在里纳尔河与努里斯坦河的交汇处,他看到他们向南往这里来。"

"很好!"

"今晚搜查队到达后,我们的人询问了些村民,知道有两个外国人今天下午路过村子往南走,还带着孩子。"

"那肯定是他们了。"

"没错。明天一定能抓到他们。"

让-皮埃尔从梦中醒来。他睡的是铺在地上的充气床垫,又是克格勃的奢侈品。夜间生的火已经熄灭,屋里十分阴冷。安纳托利的床在阴暗房间的另一头,床上已经没了人。不知道房子的主人在哪里过的夜。主人家为他们端上食物,之后又被安纳托利打发走。他简直将阿富汗当作他的私人王国——也许果真如此。

让-皮埃尔坐起身揉揉眼睛,看到安纳托利就站在门口,若有所思地看着他。让-皮埃尔道:"早上好。"

"你来过这儿吗?"安纳托利开门见山。

让-皮埃尔还睡眼蒙眬:"哪儿?"

"努里斯坦。"安纳托利有些不耐烦。

"没有。"

"那就怪了。"

大清早起说话就拐弯抹角,让-皮埃尔有点不快:"为什么?

哪里奇怪？"

"刚才我跟新向导聊了几句。"

"他叫什么？"

"穆罕默德、默罕默特，还是马哈默德什么的，反正是很多当地人叫的那个。"

"跟努里斯坦人聊天？你说的哪种语言？"

"法语、俄语、达里语和英语——就那么几种混着说吧。他问我昨晚坐第二架直升机来的是谁。我说是'能指认逃犯的法国人'之类的意思。他问你的名字，我告诉了他，借此套他的话，看看他为什么问这么多问题。但他没再往下问，好像他认识你一样。"

"不可能。"

"我看也是。"

"那你干吗不直接问他？"安纳托利可不是个会害羞的人。

"除非你能找到依据，判断对方是否有理由说谎，否则就问得没有意义。"说完，安纳托利转身离开。

让-皮埃尔起身。昨晚他穿着衬衫和内衣睡觉。如今他套上裤子，穿好皮靴，把大衣搭在肩头到了门外。

屋外是用木头搭建的简陋门廊，可以远眺整个山谷。就在脚下，河流从田间蜿蜒流过，宽阔而慵懒。南去的路上，它汇入一处群山环绕的狭长湖泊。太阳还没有升起。笼罩湖面的浓雾模糊了远处湖水的尽头，一片宜人的景象。让-皮埃尔当然知道，这里是努里斯坦土地最为肥沃、人口也最多的地区：除了这里几乎是一片荒凉。

苏联人在地里挖了个茅坑，让-皮埃尔很是赞许。阿富汗人在河里方便，又在河里取饮用水，所以体内才会有寄生虫。他相信，等到苏联人控制了这个国家，一定能整治出个模样。

他步上草场，解了手，在河里洗过手，然后从灶火边围拢的士兵那里要了杯咖啡。

搜索队整装待发。安纳托利昨晚决定，他将在这里直接指挥搜索行动，以无线电与搜索队保持联络。直升机随时待命，一旦搜索队发现目标，马上接让–皮埃尔和安纳托利过去。

让–皮埃尔正小口吸着咖啡，安纳托利穿过草场向这里走来："看见那该死的向导了吗？"

"没有。"

"他好像不见了。"

让–皮埃尔眉毛一挑："跟上一个一样。"

"这些人简直不可理喻。只能去问问村里人了。跟我来，帮忙翻译。"

"我不懂他们的语言。"

"没准儿他们懂达里语。"

让–皮埃尔随安纳托利进了村。就在他们沿着摇摇欲坠的房舍间狭窄的土路上坡时，有人用俄语叫安纳托利的名字。他们停下来朝路边看。十来个人聚集在门廊上，看着地上的什么东西。人群中有努里斯坦当地人，还有些穿军装的苏联人。人群分开，让安纳托利和让–皮埃尔通过。地上横着一具男人的尸体。

村民们们愤愤不平，对着尸体指指点点。死者的颈部被割，留下一条巨大的豁口，脑袋耷拉着。周围血迹已干，可能昨天就已经被杀。

"是那个向导穆罕默德？"让–皮埃尔问。

"不是。"安纳托利找了个士兵问了几句,然后道,"是之前突然消失的那个。"

让-皮埃尔用达里语一字一句地问村民:"怎么回事?"

一个满脸皱纹、右眼有严重疾病的老人道:"他是被人害死的!"

让-皮埃尔耐心询问,真相渐渐水落石出。被杀的向导是里纳尔村的村民,被苏联人强征来做向导。凶手杀了他,匆匆把尸体藏在草丛里,结果被羊倌儿的狗找到。死者的家人觉得是苏联人害死了亲人,故而今早抬着尸体来兴师问罪。

让-皮埃尔把情况解释给安纳托利:"他们坚持是你的人干的,十分生气。"

"生气?!"安纳托利反问道,"难道他们不知道现在正打仗吗?打仗天天都会死人,要么还叫什么打仗?"

"显然这里的人没闻到多少火药味。是你的人干的吗?"

"我会调查。"安纳托利与手下说了些什么,好几个都异口同声做了回答,情绪似乎很激动。"我们没杀他。"安纳托利翻译道。

"那会是谁?可能是当地人串通敌人,所以杀掉同乡吗?"

"不会。如果他们憎恨跟我们合作的人,就不会为了死人来闹事了。跟他们说不是我们杀的,让他们冷静下来。"

让-皮埃尔对独眼老人道:"不是那些外国人干的。他们也想知道是谁杀了他们的向导。"

老人向村民做了解释,大家一阵惊慌。

安纳托利若有所思:"可能是那个穆罕默德杀了这个人,代替他充当向导。"

"你们雇向导出价高吗？"

"应该不高。"安纳托利问了个中士，然后道，"一天五百阿富汗尼。"

"对阿富汗人而言，已经算是好价钱了，但还不至于为这点钱动刀子杀人。不过确实有人说：努里斯坦人会为双新鞋要你的命。"

"问问他们，知不知道穆罕默德去哪儿了。"

让-皮埃尔照做。众人一阵议论。多数村里人都在摇头，一个男人扯着嗓门，边说边不住指着北边。独眼老人告诉让-皮埃尔："他一大早就出了村儿，阿卜杜尔看见他往北走了。"

"是你们来这儿之前，还是之后走的？"

"之后。"

让-皮埃尔转告给安纳托利，并补充道："为什么要跑呢？"

"看来是做贼心虚。"

"肯定是一早跟你说过话之后就跑了，好像是见不得我一般。"

安纳托利点头同意："管他是什么原因，这个人一定知道些什么我们不知道的情况。最好赶紧上路追，虽然损失了一点时间，不过还能挽回。"

"你多久之前跟他说过话？"

安纳托利看看表："一个多小时前。"

"那他还跑不远。"

"就是。"安纳托利转身快速下达了一系列命令。士兵们立刻行动：两个人抓着老人往田里去，另一个朝直升机跑去。安纳托利抓着让-皮埃尔的胳膊，两人迅速跟在士兵们身后。"我们会带着那个独眼的男人一起走，以防需要翻译。"

待他们来到田里，直升机的螺旋桨已经开始旋转。安纳托利和让-皮埃尔上了其中一架，独眼老人已经坐在上面，又是激动又是害怕。让-皮埃尔暗想，他下半辈子都要指着这个故事炫耀了。

几分钟后，直升机升空，安纳托利和让-皮埃尔都坐在舱门附近的位置向下看。路线很清晰，从村子一直通向山顶，然后潜入林中。安纳托利对着驾驶员的无线电说了几句，然后向让-皮埃尔解释："我派了些手下去林子里搜查，以防他躲起来。"

让-皮埃尔想，对方肯定早就跑远了，不过安纳托利还是不改谨慎的行事作风。

他们沿着河流飞了一英里左右，到达里纳尔河口。穆罕默德一路沿山谷进入努里斯坦中心地带？还是转而向东，取道里纳尔山谷，往五狮谷去？

让-皮埃尔对独眼老人道："穆罕默德从哪儿来？"

"不知道？他是个塔吉克人。"

也就是说，他更可能是从里纳尔来，而非努里斯坦。让-皮埃尔将话转达安纳托利，安纳托利继而指示驾驶员向左转飞里纳尔山谷。

让-皮埃尔暗想：事实证明，要找埃利斯和简，调动直升机搜索根本不现实。穆罕默德才跑了一个钟头，如今他们很可能已经把人追丢了；更何况埃利斯和简的脚程已经领先他们一整天，可以选择的逃跑路线和藏身地点就更多了。

即使里纳尔山谷里有路，从空中也观察不到。直升机驾驶员只是沿河飞行。两侧的山上几乎寸草不生，但没有积雪覆盖。如果逃犯在山上，必定无所遁形。

几分钟后，他们发现了目标。

他白色的长袍和头巾在灰褐色的土地映衬下十分显眼。他和阿富汗所有旅者一样迈着坚实的步子，不知疲倦地沿山顶前行。他的行囊挎在肩上，当听到直升机的声音，他停下来朝天上看了看，然后继续往前走。

"是他吗？"让-皮埃尔问。

"应该是，马上就知道了。"安纳托利拿过驾驶员的耳机，指挥另一架直升机。只见那架飞机超越目标，在其前方一百米左右的地方着陆。那个人还是若无其事地朝前走。

"为什么我们不着陆？"让-皮埃尔问。

"还是谨慎点好。"

另一架直升机舱门打开，下来六个士兵。白衣男子一边向他们走去，一边解下包裹。包裹呈细长形，像是个行军袋，这提醒了让-皮埃尔。可还没等他回想明白，穆罕默德就举起包裹指着来人的方向。让-皮埃尔看出了他的用意，然而只能徒劳地大喊。

仿佛试图在梦中呼喊一般，又像是在水中奔跑：眼前的一切慢了下来，而他自己更是慢上加慢。话还没出口，他便看到包里露出的机关枪口。

枪声被直升机的噪声吞没，仿佛一切都发生在死寂中。一个苏联士兵捂着肚子向前倒下，另一个挥舞着手臂仰面摔倒，还有一个的脸被打得血肉模糊。另外三人举起武器反击，其中一个没来得及扣动扳机就没了命，其余两个一通扫射。安纳托利对着无线电直喊："别！别！别！"然而穆罕默德还是向后倒在血泊中。

安纳托利依旧对着无线电大喊大叫。直升机快速下降。让-皮埃尔浑身发抖。目睹战场交锋让他像吸食了可卡因一样兴奋，真不知是想笑、想操、想跑还是想跳。偶然间他意识到：曾经我也是救死扶伤的英雄。

直升机着陆。安纳托利摘掉耳机，愤愤道："这回倒好，再也问不出凶手是谁了。"他跳下飞机，让-皮埃尔跟在身后。

他们走到尸体跟前：尸体正面已经血肉模糊，面部也所剩无几。然而安纳托利却坚持："肯定是后来那个向导，没错。身材吻合，肤色吻合，那个包我也认识。"他弯腰小心捡起那杆枪，"他为什么会带着枪？"

包里掉出一张纸。让-皮埃尔捡起来看了看，是一张立拍得照片，照片里的人是穆萨。"上帝啊！我明白了。"

"怎么？你明白什么了？"

"这个人从五狮谷来。他是马苏德的贴身部下之一。这张照片里的是他的儿子，穆萨。照片是简拍的。那个藏武器的包我也认识，是埃利斯的。"

"所以呢？"安纳托利不耐烦地问，"你什么意思？"

让-皮埃尔的脑子转得飞快，脑子的转速超过了嘴巴："穆罕默德杀掉你的向导，并取而代之。你不可能知道他的真实身份。当然，努里斯坦人知道他不是自己人，但也无所谓：第一，他们不知道这个人在假扮当地人；第二，即使他们发现，也不会告诉你，因为这个人在给你们做翻译。事实上，只有一个人可以拆穿他……"

"你。因为你认识他。"

"他知道会有这种可能，所以一路都在留意我是否出现。这就是为什么他今早会问你昨晚来的是谁。你一提我的名字，他立马逃走。"让-皮埃尔皱皱眉：还是不太对劲。"为什么他不躲着走？他完全可以藏到林子里，或者山洞里，这样我们找起来会更花时间。就好像他根本没想过会有人追似他的。"

"这也不奇怪吧？第一个向导失踪那会儿，我们也没派人找他，直接另找一个了事：没有调查，也没追。这次不同，是因为当地人发现了尸体，还指控我们杀人，所以才会对穆罕默德起疑。即便如此，我们也想过索性不理会，继续行动。算他倒霉。"

"他没想到对手如此谨慎。下一个问题：他的动机何在？他为什么费尽心机要取代那个向导？"

"想来是要带我们走错路吧。他说的肯定没一句是真话。也就是说：他昨天下午没看到简和埃利斯，他们没有朝南往努里斯坦去，蒙多尔的村民根本不知道那两个人是否带着孩子往南去，因为穆罕默德根本没问过。他知道这两个人藏在哪……"

"还把我们往反方向领！"让-皮埃尔越说越激动，"先前的向导就是在搜索队离开里纳尔村时失踪的，对吧？"

"没错。也就是说，在此之前的消息都是准确的：埃利斯和简的确从那个村子经过。此后，穆罕默德误导我们往南走……"

"而埃利斯和简则朝北去！"

安纳托利面色严峻："穆罕默德为他们至少争取了一天时间！为此他不惜搭上性命，值得吗？"

让-皮埃尔又看了一眼穆萨的照片，寒风吹拂，照片在手中不住地抖动："穆罕默德的回答会是：值得。"

第十九章

黎明前，他们摸黑离开加德瓦尔，希望可以赶早再将苏联人甩远一点。埃利斯知道，即使是最精良的部队，要在黎明之前集结人马也不是容易事：炊事员要准备早饭，军需官得拔营起帐，无线电接线员要与总部确认，士兵得吃饭……这些都需要时间。这是埃利斯的优势：他只需要趁简给孩子喂奶的时候把行李驮到马身上，然后叫哈拉姆起床。

沿努里斯坦山谷向前，是绵延八九英里漫长的上行缓坡，然后是一条侧谷。努里斯坦的那段路并不难走。即使是摸黑，但还是能多少摸得到"路"。只要简跟得上，他们就可以在下午前进入侧谷，天黑前还能走几英里路。一出努里斯坦，分不清走的是哪条侧谷，苏联人再想追上他们就难上加难了。

哈拉姆在前面领路。他穿着穆罕默德的衣服，连帽子也换了。简抱着香塔尔跟着，埃利斯牵着麦琪殿后。马背上的行李少了一件：行军包被穆罕默德要走了，埃利斯没找到合适的替代品，大部分爆破设备不得已留在了加德瓦尔。不过，他还是带了些黄炸药、一截导火线、几根雷管以及拉环装置，都装在羽绒服的大口袋里。

简这一路上情绪高涨，前日下午的休整让她恢复了精力。她的坚强让埃利斯感到十分骄傲，不过仔细想想：那是她的决定，自己有什么权利"为她"而骄傲呢？

哈拉姆提着一盏蜡烛提灯，灯光时常在岩壁上留下诡异的影子。他似乎不太高兴，昨天还是满脸笑容：能成为这个奇怪旅队的一员让他兴奋不已；然而今早却少言寡语。埃利斯猜想，可能是过早上路的关系。

这条路沿悬崖的走势蜿蜒回转，环抱溪湾。他们有时沿河边而行，有时在崖边远眺。大约走了一英里，前方便彻底没了路：左侧是悬崖，右边是河流。哈拉姆说道路已经被暴雨冲毁，必须等天亮才能找路绕过去。

埃利斯不想浪费时间。他脱下鞋裤，下到冰冷的河水中。最深的地方也不过没到他的腰部，不一会儿他就轻松到了对岸。他蹚水回来，先把麦琪牵过去，然后来接简和香塔尔。哈拉姆最后一个过河。因为习俗，即使天黑他也不肯脱衣服。没办法，接下来他只能穿着湿答答的裤子继续往前走，比之前还要窝火。

黑暗中他们从一个村庄经过。几条脏兮兮的土狗叫着跟了一阵子便作罢。很快，黎明便打破了东方的沉寂，哈拉姆吹灭了蜡烛。

还有几处因山体滑坡阻断了道路，他们只能蹚水过河。无奈之下，哈拉姆也只好把裤管卷至膝盖。一次过河时，他们遇到了一位从相反方向来的旅者。那是个瘦小的男人，抱着一只大尾羊蹚水过河。哈拉姆用家乡话同他聊了许久，埃利斯看着他们手舞足蹈的样子，猜他们是在讨论翻山的路线。

与路人告别后，埃利斯用达里语对哈拉姆说："不要把我们的去向告诉别人。"

哈拉姆假装听不懂。

简重复了埃利斯的话。她的达里语更流利，再加上强调的手势和阿富汗男人惯用的点头动作："苏联人见了路人都会盘查。"

哈拉姆看似懂了，然而再次碰到路人时他却故伎重演，对方还是个面相凶恶的年轻人，挎着一杆威慑力十足的李-恩菲尔德步枪。他们交谈时，埃利斯听到哈拉姆提到"康提瓦尔"，也就是他们前往的山口名，那年轻人之后还重复了一次。埃利斯火了：哈拉姆这是在拿他们的命开玩笑。然而话已出口，他强忍着没有插嘴，耐心地等着继续往前走。

年轻人一走远，埃利斯道："我告诉过你，别把我们要去的地方告诉别人。"

这回哈拉姆没再装傻："我什么也没说。"

"不对。"埃利斯义正词严，"从现在开始，不许再和路人讲话。"

哈拉姆没说话。

简道："别再和路人讲话，明白吗？"

"明白。"哈拉姆不情愿地答应道。

埃利斯意识到，必须得让他闭嘴了。他猜得出为何哈拉姆想找其他人商量：对方兴许知道诸如滑坡、下雪或是山洪的消息，这样就能知道哪个山谷走不了、哪个可以走。但他还没意识到：简和埃利斯是从苏联人眼皮子底下逃命。路口多对于他们来说是唯一的优势，因为苏联人得把各个可能道路统统搜一遍。他们会不遗余力在一些地方搜索，拷问当地人获取线索，出入山谷的路人更是重点的盘查对象。从当地人口中知道的越少，搜索就越困难、越费时间，埃利斯和简逃脱的希望就越大。

没走多远，他们又遇到一位白袍红胡子的毛拉。一见面，哈拉姆就一如既往地上前攀谈，跟之前一个样儿。埃利斯很是不快。

　　没多久，埃利斯便几步上前给哈拉姆来了个双臂回锁，架着他强行往前走。

　　哈拉姆挣扎了两下便疼得放弃了反抗。他喊了几句，然而毛拉只是张大嘴巴望着他，什么都没做。埃利斯一回头，简已经拾起缰绳，牵着麦琪跟在身后。

　　走了一百码左右，埃利斯松开哈拉姆道："如果苏联人抓到我，我肯定没命。所以你不可以跟陌生人说话！"

　　哈拉姆没有回答，不过还是气呼呼的。

　　又走了一阵子，简道："恐怕他不会善罢甘休吧。"

　　"应该是。但无论如何都得让他闭嘴。"

　　"我只是觉得，总归该对他客气点。"

　　埃利斯强压着火气，本想说"你够聪明，那干吗不你来？！"。但现在不是争吵的时候。见到下一个路人，哈拉姆只是简单地打过招呼。埃利斯暗自得意：至少我的方法管用。

　　起初，他们的脚程没有埃利斯预想的快。道路蜿蜒曲折，路面高低不平，再加上破路和众多岔路，埃利斯估算了一下，到十点钟前后，他们走的直线距离也就四五英里。然而，之后的路是从河畔高坡的林间穿过，好走了许多。每隔一两英里，依旧会出现小村小镇，然而那里不再是在山坡层叠，摇摇欲坠的木屋，如同随意堆成一堆的折叠椅；眼前的房子更像是盒子，用相同的石材砌成，颤颤巍巍地坐落在崖坡之上，宛如海鸥的巢穴。

　　中午，他们在一个村子歇脚。在哈拉姆的帮助下，一家人邀请他们进屋休息，还给了他们一些茶。这是一栋两层的建筑，底楼显然做储藏用，与埃利斯记忆里中学历史课讲的中世纪英国建筑一样。简给了女主人一小瓶粉色的药剂，帮孩子杀死肠道的寄生虫，以此换取烤面饼和美味的羊奶奶酪。他们围着火堆坐在毯子上。头顶上，白杨木的横梁与柳木板条清晰可见。房子没有烟囱，烟雾升到椽子处，沿着屋顶的缝隙一点点渗到外面。埃利斯猜测：正因如此，此处的房子才没有天花板。

他本想让简吃过饭休息一下。然而，不知身后的苏联人还有多远，时间耽误不起。她虽然有点疲倦，但还能坚持。马上出发还有一个好处：避免哈拉姆跟村民说得太多。

路上，埃利斯对简都十分留心。他怕抱着孩子简会更加劳累，于是主动接过香塔尔，让简牵着马。

每次碰到往东去的侧谷，哈拉姆都会停下来仔细查看一番，然后摇摇头继续往前走。显然，他并不确定方向，而简一问他又矢口否认。这让两人十分苦恼，尤其是埃利斯，他急切地想走出努里斯坦山谷，所以更是没什么耐性。不过他也有办法自我安慰：如果哈拉姆不确定走哪条路，苏联人就更无从知道了。

埃利斯怀疑哈拉姆是不是错过了河流交汇处的转弯，忘记了他们要走的路就在那条山谷。他想停下来歇歇脚，仿佛不想离开熟悉的地盘。不过埃利斯还是催促他继续向前。

很快他们进入一片白桦林，山谷消失在视野中。前方可以看到即将跨越的山脉：庞大的山墙顶端冰雪覆盖，占据了四分之一的天空。埃利斯总在想：即使我们逃得出苏联人的魔掌，又怎么可能翻过那些山？简偶尔失足绊倒，并不住咒骂。埃利斯知道这是她疲惫的表现，尽管她嘴上并没有抱怨。

黄昏时他们出了林子。眼前一片贫瘠荒凉，看不到任何人家。埃利斯预料在这里可能找不到投宿的地方，于是建议回到半小时之前经过的一处石屋过夜。简和哈拉姆都同意。三人转身往回走。

埃利斯坚持让哈拉姆把火生在屋子里，这样飞机从空中就看不到火光，也不会有浓烟泄露行踪。他的担心不一会儿便得到了验证：一架直升机从头顶飞过。苏联人离他们不远了。然而，在这个国家，直升机飞的"一小段"换作步行则可能无法到达。苏联人可能就在某座无法逾越的高山另一边，或者就在前方不远。幸好周围一片荒凉，难以从空中分辨道路，直升机搜索几乎是徒劳。

埃利斯给麦琪喂了些谷子。简给香塔尔喂奶换尿布，然后倒头便睡。埃利斯叫醒她，哄她钻进睡袋，然后拎着香塔尔的尿布到河边洗干净，放到火边烤干。他在简身边躺了一会儿，火光摇曳中望着她的睡脸。哈拉姆在屋子另一边打着呼噜。简累坏了：她形容消瘦，头发也脏成一缕一缕的，脸上还挂着土。她睡得并不踏实，面部抽动着，还不时喃喃低语。真不知她还能坚持多久。一路上几乎不得喘息，因此她才吃不消。要是苏联人放弃该多好，或者是这该死的国家什么别的地方爆发大战，要召回部队……

刚才的直升机是怎么回事？是与他们无关的任务？不太可能。如果是搜索队，那就说明穆罕默德分散苏军注意力的计划没起什么作用。

他开始做最坏的打算，如果被抓到了会怎样：他自己会被送去审判。这完全是做给世人看：苏联人要向持怀疑态度的中立诸国证明，阿富汗的反抗军只不过是美国中央情报局的走狗。马苏德、卡米尔与阿齐兹所结成的联盟将告瓦解。反抗军拿不到美国人的武器，士气受挫，反抗运动也将慢慢虚弱，至多撑不过明年夏天。

审判过后，克格勃一定会对他进行一番审问。他先得做出不惧严刑的姿态，然后假装崩溃，"主动"供出一切"真相"。当然，苏联人对此一定有所防范，严刑逼供总少不了。此时他再次佯装崩溃，让对方信服，然后真假参半地"坦白"一通，混淆视听，让他们无从查证。希望这样能保住一条命。果真如此，他会被送去西伯利亚。过上几年，兴许会有希望通过苏美间谍交换返回美国。如果不走运，他会葬身在苏联的囚犯营。

最令他伤心的恐怕是与简分离。遇到她，失去她；如今又再次找到她。现在想来，那点运气依旧让他雀跃不已。第二次失去她，埃利斯绝对难以承受。他长久地凝视着熟睡的简，片刻不敢闭眼，生怕醒来时简会从眼前消失。

在梦中，简置身于巴基斯坦首都白沙瓦的乔治五世大酒店。现实中，乔治五世当然是坐落于巴黎；然而在梦中，她并未理会这小小的偏差。她叫了客房服务，点了一块菲力牛排，三分熟，配上土豆泥，以及一瓶1971年的奥松庄葡萄酒。她饿坏了，然而却记不清为何等了许久才点餐。她决定趁着等餐这当儿洗个澡。浴室里铺着地毯，温暖舒适。她打开水龙头，撒了些浴盐，浴室里香气蒸腾。简自己也纳闷儿，浑身怎么这么脏：他们让她住店简直算个奇迹！正想把脚往热水里迈，突然她听到有人喊她的名字。一定是客房服务。讨厌，这样一来只能先一身脏兮兮地填饱肚子了,不然牛排会冷。她本想自顾自躺在一缸热水中,不去理会那叫声。再说,叫"简"未免也太无礼了,应该叫"女士"。然而那声音却不肯善罢甘休,而且声音十分熟悉。事实上,叫她的不是客房服务,是埃利斯,他一边叫,一边摇晃简的肩膀。她在失望中怅然醒来,发现原来乔治五世只是一场梦。现实中,她依旧在努里斯坦冰冷的石屋,那个舒服的热水澡仍是遥遥无期。

她睁开眼看着埃利斯。

"得醒醒了。"

浓浓的睡意几乎让她动弹不得:"已经是早上了?"

"不,还是半夜。"

"几点?"

"一点半。"

"真见鬼。"被埃利斯扰了觉,简一肚子怨气,"干吗叫醒我?"

"哈拉姆不见了。"

"不见了?"她又困又迷糊,"去哪了?怎么不见了?还回来吗?"

"他没跟我打招呼。我一睁眼,发现他没在。"

"他扔下我们不管了?"

"对。"

"老天!没有向导我们怎么找路?"噩梦中的场景出现在简眼前:雪地中,她抱着香塔尔,母女俩找不到路。

"怕是比那还要糟糕。"埃利斯道。

"怎么讲?"

"你之前说我们让他在毛拉面前出丑，他一定不会善罢甘休。兴许丢下我们就是他最好的复仇。希望如此。不过，他想必也要沿我们的来路回去，路上可能会遇到苏联人。估计用不了多少工夫，他就会说出我们的下落。"

"我真受够了，"简道，一股近乎悲痛的力量向她袭来，仿佛是老天爷成心跟他们作对，"我太累了。索性躺在这儿，等着苏联人来抓我进监狱好了。"

香塔尔不时静静地动着身体，小脑瓜从一边扭到另一边，吃奶时偶尔还会嘬出点动静。如今她也哭起来。简坐直身子抱起她。

"如果我们现在动身，兴许还能逃脱。你喂孩子，我去装行李。"

"好吧。"说着她把孩子抱在乳前。埃利斯看了看她，隐隐一笑，走入门外的夜色中。要是没有香塔尔，简想，他们一定更可以轻易逃出去。真不知埃利斯对此做何感想，毕竟香塔尔是别的男人的孩子。埃利斯似乎并不介意。他将孩子视作简的一部分；还是说，他只是将内心的不满掩藏起来？

简自问：埃利斯愿意做香塔尔的父亲吗？她看着那张小脸，那双蓝蓝的大眼睛也在看着她。谁会不心疼这个无助的小姑娘？

突然间，一切都成了未知数。她不再确定自己是否爱埃利斯，不再确定她对让-皮埃尔的感觉，甚至搞不清自己对孩子的责任究竟是什么。她害怕下雪、高山和苏联人。她一直筋疲力尽，担惊受怕，挨饿受冻，已经忍了太久了！

简心不在焉地给香塔尔换上烤干的干净尿布。昨晚不记得给孩子换过，似乎喂过奶就睡着了。她皱皱眉，暗骂自己记性不好，又想起埃利斯将她叫醒，让她进睡袋休息。一定是他把脏了的尿布拿到河里洗净，然后架在火边烤干。想到这里，简不由得掉下眼泪。

这样做很傻，但她还是抑制不住，于是只能泪眼模糊地给香塔尔穿衣服。埃利斯进门时，孩子已经舒舒服服躺在布兜里了。

"该死的马也不想早起，"看到简满脸泪水，埃利斯问，"怎么了？"

"真奇怪，当初我怎么会离开你？你是我见过最好的男人，我从没停止过爱你。原谅我！"

他伸手搂住简和孩子："只要别再离开就行，就这么简单。"

他们站了许久。

终于，简说："我准备好了。"

"好，咱们走。"

他们走出石屋，上坡穿过稀疏的林地。哈拉姆拿走了提灯，但借助月光可以清晰地看路。空气寒冷，连呼吸都略感刺痛。简担心裹在大衣里的孩子，希望自己的体温能温暖怀中的空气，让香塔尔呼吸。吸了冷空气，对孩子是否有伤害？简无从知晓。

前方就是康提瓦尔山口，海拔一万五千英尺，比之前的阿尔裕山口高出许多。简知道这段路会更冷、更辛苦，不仅程度前所未见，兴许还会更可怕。但她充满斗志，而且下定决心：如果能活下来，我要跟埃利斯一起生活。总有一天，我会告诉他，这都是他洗尿布的功劳。

很快，他们离开树林，穿过一片如月球表面般高低不平的高原地带。到处是巨石、坑洞和形状奇特的积雪。他们沿着一排巨大的扁石组成的路线前行。接下来依旧是爬坡，但坡度很缓，温度变化也不明显。积雪慢慢增多，直到遍地斑驳。

精神的紧张支持着简走了一个多钟头。无尽的跋涉开始，疲惫感再次向她袭来。她很想问"还有多远？""快到了吗？"，仿佛是坐在父亲车子后座上的小姑娘。

他们来到雪线以上。麦琪脚下打滑，一个趔趄差点摔倒，吓得呼呼直喘。简意识到：还要提防新的危险。月光下的岩石泛着亮光，如同上了釉：一块块巨石好像钻石，冰冷、坚硬、闪亮。她的靴子比麦琪的蹄子抓地更紧，但没过多久，简也差点摔倒。自那以后，她步步小心，生怕摔倒压到香塔尔。她的每一根神经都绷得紧紧的，仿佛随时可能绷断。

两个多小时后，他们到达高地的尽头，而前方是陡峭的山路，一路尽是冰雪覆盖的山坡。埃利斯牵着麦琪走在前面，简与他保持着安全距离，以防马摔倒滑向身后。他们以之字形往山上走。

路线并非十分明晰。他们本以为，山路就是比四周的地面略低的那一片。简多么希望能有明确的记号，告诉她这就是山路：火堆的余烬，哪怕是扔掉的火柴盒……任何证明有其他人曾从这里经过的蛛丝马迹都好。她总是想着迷路的情形：偏离路线，漫无目的地在无尽的雪地徘徊；数天后，终于消耗殆尽，没有食物，没有力气，没有了生存意志，三个人冻死在冰雪中。

她的后背疼得几乎支撑不住。没办法，她只得把香塔尔交给埃利斯，自己牵马，以此减轻背部肌肉的压力。这该死的马总是脚下打滑，一次它被结了冰的石头滑倒。简只得铆足劲儿用力拉缰绳好让它站起来。好容易成功了，她看到雪中滑倒的地方有一块深色的污迹：是血。走近一看：麦琪的左膝盖有一条口子，貌似不太严重。她赶着麦琪继续向前。

如今她领路，必须决定往哪个方向走。每次一迟疑，迷路的梦魇就会卷土重来。出现岔路时，她只能猜测：往左，还是往右？有时路面的高低并无太大差别，她只能一路朝前，直到低地再次出现。一次，她误打误撞走进积雪堆中，还得埃利斯和麦琪把她拉出来。

最终，他们来到一处岩壁壁架。那里地势很高：刚刚经过的高地已经远远地被甩在脚下，令她眩晕。现在一定离山口不远了吧？

壁架上的路又陡又滑，路宽不过数英尺。之外便是悬崖峭壁。简每走一步都带着十二分小心，但还是绊倒了好几回，一次还弄青了膝盖。不过她浑身酸痛，新加这一处她倒是浑然不觉。麦琪几乎走三步就跌一跤。到了后来，每每发现它脚下打滑，简都懒得回头理会，直接拉紧缰绳就是。她本想调整马背上的负重，把较重的包裹往前移，这样马儿上坡会走得更稳。然而路不够宽，简害怕自己一旦停下来，就再也迈不动步子。

道路突然变窄，前方要绕过一处向外突出的崖面。简一步一步挪过最窄的地方。尽管她小心翼翼——也可能是因为过于紧张，脚下还是不免打滑。一瞬间，她的心跳几乎停止，还以为自己会就此葬身山谷。她索性膝盖着地，双手支撑保持住了平衡。她的眼角余光瞥见脚下百英尺处冰雪覆盖的山坡，不禁浑身发抖。简努力保持镇定。

她慢慢站起来，转过身。之前放手的缰绳如今正在悬崖外荡来荡去。麦琪站在那里望着她，四条腿冻得僵直，浑身直打晃，显然吓得够呛。简伸手去捡缰绳，麦琪吓得后退一步。"站住！"简大喊，又用冷静而和缓的语气道，"别这样，跟我来。没事的。"

埃利斯在另一边喊道："怎么了？"

"嘘，"她轻轻道，"麦琪受了惊。别过来。"她记挂着埃利斯怀中的香塔尔。简继续低声抚慰着麦琪，同时一步步慢慢往它跟前蹭。麦琪瞪着眼睛盯着她，扇着鼻孔呼出白气，仿佛喷烟吐火一般。现在她们只有一臂距离，简伸手去够缰绳。

麦琪把头猛地往后一甩，简抓到缰绳。然而马的四蹄打滑，突然向右边倒去，缰绳从简手中飞出。惊恐中，她看到麦琪的身体倒向崖外，绝望中不断嘶鸣。

埃利斯忙跑过来，他冲简喊道："别动！"简此时才意识到自己在尖叫。她闭上嘴巴，埃利斯跪在崖边往下窥视，香塔尔还牢牢地裹在羽绒衣里。简抑制住歇斯底里的冲动，跪在埃利斯身边。

她以为会看到百英尺之下的雪地中一具马的尸体。事实上，麦琪只是掉在五六英尺以下的岩架上，如今正侧身躺在那儿，四蹄奔拉在悬崖之外。"它还活着！"简喊道，"谢天谢地！"

"行李也没丢。"埃利斯冷静地说。

"怎么把它弄上来？"

埃利斯看着简，一语不发。

简明白，这不可能。"但总不能把它留在冰天雪地里等死吧？"

"我很抱歉。"埃利斯道。

"上帝啊，它太可怜了。"

埃利斯拉开外衣拉锁，把香塔尔抱出来。简接过孩子裹在自己的衣服里。埃利斯道："我先去拿吃的。"

他平趴在崖边，先将脚伸了出去。零星的积雪落在麦琪身上。埃利斯一点点往崖外探，脚下摸索着支撑面。踩到坚实的石面后，他放开撑在崖边的手肘，小心地转过身。

简静静地看着，一动也不敢动。麦琪尾部与崖面间的空间还不够让埃利斯并脚站立的，他必须两脚一前一后，看起来仿佛古埃及壁画上的小人儿一般。埃利斯弯曲膝盖，徐徐蹲下，伸手去够用皮带左捆右绑的帆布食品包。

这时，麦琪突然想要起身。

它将前腿蜷在身下，然后像蛇一样扭动身体，前腿直立起来，然后试图将后腿收回到石面上来。

差一点就成功了。

只见它后蹄一滑，失去了平衡，身体后部朝侧面摔倒。埃利斯抓住了食品包。麦琪的身体正一点点往崖外滑，四蹄不停地蹬踹挣扎。简害怕麦琪会伤到埃利斯。最终，它还是摔了出去。埃利斯猛地将帆布包拉回，放弃了拯救麦琪的尝试，只希望能抓住皮带，别把食物也丢了。看着他用力的样子，简生怕他会死抓着不放，最终被马拖下悬崖。麦琪的身体掉得越来越快，眼看就将把埃利斯拖到崖边。最后的时刻，他大喊一声，无奈放开了帆布袋。麦琪嘶鸣了一声，四蹄挣扎着堕入了深渊。所有食品、药品、睡袋和香塔尔的换洗尿布都做了陪葬。

简放声大哭。

不一会儿，埃利斯爬上来。他伸手搂住她，陪着她跪在那里，任她尽情痛哭，为失去麦琪和供给，为酸痛的双腿，为冻得几乎毫无知觉的双脚。他站起身，慢慢扶起简道："得赶路了。"

"还怎么走啊？我们什么吃的都没有，不能烧水，没有睡袋，没有药……"

"我们还有彼此。"

她紧紧抱住埃利斯，想起刚才他差点滑下深渊的情景。她想，如果我们能逃出苏联人的魔爪，活着回到欧洲，我发誓，再也不会让他从我眼前消失。

"你先走，我得看着你。"说着，埃利斯轻轻推了推简，她自觉地迈腿继续往山上走。绝望再次来袭，她下定决心：就这么往前走吧，直到死去。香塔尔哭起来，起初简没理会，但终究还是停下来。

她已经丧失了时间意识，不知是几分钟，还是几个钟头后，在某个转角处，埃利斯上前几步抓住她："快看。"说着，他直指前方。

路的前方通往一片广阔的山区，周围银装素裹。起初，简没明白埃利斯的意思，片刻后才反应过来：要开始下山了！

"到顶了？"她傻乎乎地问。

"我们到了。"埃利斯道，"这里就是康提瓦尔山口。这一路最艰难的一段已经走完。接下来这两天全都是下坡路，天气会越来越暖和。"

简找了块冰冷的石头坐下。我挺过来了，她想，我挺过来了。

两人远眺着青黑色的群山，天边的颜色由珍珠白变成了灰粉色。天光放亮，暗淡的天空开始出现星星点点的亮光，一丝希望在简的心头燃起：要下山了，要暖和起来了。也许我们真的能逃出去。

香塔尔又哭闹起来。幸而她吃的东西没跟麦琪一起摔下悬崖。简坐在这世界屋脊冰冷的石头上给孩子喂奶，埃利斯用手化了些雪水让简喝。

进入康提瓦尔山谷的下山路坡度较缓，但最初的一段很滑。然而，不用为牲口操心，走起来也不至于提心吊胆。埃利斯一路上山脚下几乎不打滑，所以由他来抱孩子。

前方，清晨的天空已经一片火红，仿佛山外的世界是一片火海。简的脚还是冻得发麻，但鼻子已经缓了过来。突然，她肚子饿得厉害。没办法，他们只能继续往前走，直到碰到人。如今，只剩下埃利斯口袋中的炸药可以用作交换。除此之外，便只能指望当地人能大发善心了。

睡觉的装备也没了，只能和衣而卧，鞋都不能脱。然而简却莫名地有了信心：所有的问题都可以解决。连路都似乎好找了。山谷里道路指向明确，大大缩短了逗留的时间。很快，身边出现了一条溪流：到雪线以下了。路平坦了很多，要是有匹牲口，完全可以骑上一段。

两个钟头后，他们在一处峡谷口停下来休息。简接过孩子。前方下山的路开始变得高低不平，坡也陡了。好在到了雪线下，路不滑。谷内狭窄，很容易封堵。简道："但愿前面没滑坡。"

埃利斯正回望山谷，突然他大叫："老天爷！"

"怎么了？"简转身随埃利斯的目光看去，突然心一沉：在他们身后一英里的地方，走来六七个身穿军装的男人，还有一匹马：是搜索队。

历尽千辛万苦，还是被他们追上了。简委屈得几乎要掉泪。

埃利斯抓住她的胳膊："快！我们走！"说着他拉着简，加快步子往谷里走。

"再跑还有什么意义？他们肯定会追上来。"

"我们还有一次机会。"埃利斯一路观察山谷两侧陡峭多石的侧壁。

"怎么了？"

"岩崩。"

"他们会有办法开路的，或者索性绕过去。"

"要是都被埋在石头底下就没人追了。"

他找了一处通路狭窄，岩壁陡峭的地方停下来。"这里最合适！"他从外衣里掏出一块炸药、几圈导火线、一个酷似钢笔帽的金属物件以及一个金属注射器一样的东西。只是这东西的钝头是个拉环。埃利斯将这些东西摆在地上。

简恍惚地看着他，心中不敢奢望。

他将那个金属物件固定在导火线一端，用牙一咬，然后再将物件与注射器尖锐的一头组装在一起。完成后，他将整个装置交给简。

"你走到谷里，把线拉过去。最好把它藏起来，埋在河里也没关系，这东西在水下也可以燃烧。拉到头的时候，这样把安全销拔掉。"埃利斯一边说，一边把两个分头贯穿注射管的销头指给简，先拉出来，再归回原位。"然后注意看我，我一在头顶这样挥手，你就拉线。如果时机掌握得好，我们可以把他们全都干掉。去吧。"

简像机器人般一一照做，一刻也不敢多想。她走进谷里，布了线。起初，她将引线藏在低矮的灌木丛后，又将一段埋在河床里。香塔尔在胸前的布兜里睡觉，简一路走，布兜轻微摇动，她的两只手腾出来干活儿。

过了一分钟，她回头往后看。埃利斯正将炸药楔入岩缝当中。简一直觉得，炸药这种东西一旦处理不好，就会立马爆炸。现在看来，这是种误解。

她一直走到手中的线完全绷直，然后回头观察埃利斯。如今，他正比度着两侧的岩壁，寻找最佳的观察地点，以静待苏联人步入陷阱。

她坐在小溪边，膝盖上躺着香塔尔。布兜松懈下来，减轻了简后背的负担。她脑中不断重复着埃利斯的话：如果时机掌握得好，我们可以把他们全都干掉。会成功吗？能消灭全部吗？

那其余的苏军会如何反应？她一步一步设想着可能出现的后果：一两个小时候，一定会有人留意到，有一小队人马已经许久没有报告，继而试图通过无线电取得联系。联系不果，他们会以为队伍在深谷当中，或者无线电信号不好。再过一两个钟头，还是联系不上，苏军就会派直升机过来寻找，料想着分队的指挥官起码懂得用明火之类的方法标明方位，好让他们从空中锁定位置。什么信号都没有，总部的人开始起疑心，早晚会派出另一支搜索队寻找失踪的队伍。他们得沿着失踪队伍走过的轨迹寻找。这样一来，今天他们肯定赶不到这里，更何况夜里搜索会更加困难。等他们找到尸体时，埃利斯和简已经走了一天半，兴许更久。简想，也许这就足够了，路上还有那么多的岔路、侧谷和小路，想追踪几乎不可能。会不会……会不会真能在这儿做个了结？真希望那些苏联兵赶快追上来。我真害怕，每分钟的等待都是种煎熬。

她可以清楚地看到埃利斯跪在地上沿崖顶布置。搜索队已经出现在视野内，正沿山谷进发。离得这么远，都可以看到他们浑身污泥，一个个萎靡不振，显然十分狼狈。趁还没被发现，简赶忙躲避起来。

埃利斯蹲在一处断崖后，越过边缘观察。简能看到他，但苏联人看不到。从他的藏身处可以清晰看到埋炸药的位置。

搜索队来到峡谷前缘，开始下行。其中一个小胡子骑着马，应该是指挥官。还有一个戴阿富汗小帽的男人，一定是哈拉姆，这个叛徒。经历了让-皮埃尔的所作所为，简觉得背叛是最不可原谅的恶行。另外还有五个人，个个短发，戴着军帽，年轻干练。两个男人带着五个小鬼。

她注视着埃利斯，他随时会给出信号。抬头的时间长了，简的脖子开始酸痛。苏联人还没发现她，一个个都顾着找路。终于，埃利斯转过身来，刻意缓慢地挥动着两只胳膊。

简回头看看搜索队。其中一个士兵伸手牵住马缰，让马过河。她左手拿着引爆装置，右手食指勾着拉环。只要轻轻一拉，引线点燃，炸药引爆，身后的追兵便会葬身碎石中。那五个士兵还是孩子啊。他们参军兴许是因为家里穷，头脑发热，或者二者兼有；要么就是强行被征入伍。这些年轻人被派到这个穷山恶水的国度遭人憎恨，在冰天雪地里跋山涉水，到头来却被山崩活埋，头破血流，满肺土尘，粉身碎骨，在哀号与窒息中痛苦地死去。五位骄傲的父亲、五位殷切期盼的母亲将收到那封信，"沉痛地通知""执行任务时牺牲""与反动势力进行英勇斗争""英勇表现""追授勋章""深切慰问"……深切慰问。母亲最痛恨这些冠冕堂皇的辞藻。回想生育的疼痛和恐惧，炎凉世态中的养育，教他走路、洗手、写字，送他上学；想起眼看着他一点点长大长高，直到他高过自己，准备独立生活，娶妻生子。当她意识到，所有的付出、辛苦和担忧都付诸东流，她生命中的奇迹，她的孩子因一场愚蠢无谓的战争而失去生命，那将是怎样的痛苦。剩下的只有失落，无尽的失落。

简听到埃利斯的叫喊。抬头望去，他站在那里，全然不顾会不会被发现，一边挥手一边叫："动手！现在就动手！"

她小心地把装置放在河边的地上。

他们已经暴露。两名士兵开始朝埃利斯所在的位置攀爬，其他人朝简围过来，同时用枪指着她和孩子，一个个恼羞成怒。简只是注视着埃利斯：他从山上下来。先前手忙脚乱往上爬的家伙停下来，想弄清埃利斯的意图。

他回到平地上，径直向简走来："为什么不动手？"

因为他们还太年轻、太单纯。他们并不想杀我。一旦动手，我就成了杀人犯。最重要的是因为……

"因为他们都有母亲。"她说。

让-皮埃尔睁开眼睛。身型壮硕的安纳托利正蜷缩在行军床边。在他身后，明媚的阳光正透过帐帘入射进来。他有些惊慌：怎么会睡了这么久？我错过了什么？一瞬间，昨夜的情形闪回到眼前。

他和安纳托利在靠近康提瓦尔山口的地方扎营。凌晨两点半，搜索队指挥官被站岗的士兵叫醒，继而唤醒了让-皮埃尔与安纳托利。据指挥官报告，一个名为哈拉姆的年轻人误闯进入营区。哈拉姆的话里掺杂着普什图语、英语和俄语。据他说，之前他为那两个逃跑的美国人当过向导，那两个人冒犯了他，于是他丢下了他们。当被问及"那两个美国人"去了哪里，哈拉姆主动提出带他们到石屋去，说那两个人毫不知情，现在还踏踏实实在屋里睡觉呢。

让-皮埃尔真想立刻跳上直升机冲到那里去。

安纳托利则更为冷静："在蒙古我们有句俗话：婊子不张腿，猴急要后悔。哈拉姆也许在说谎。即使是实情，他也不一定找得对地方，更何况是大半夜从半空中。即使地方找对了，人兴许早跑了。"

"那你说怎么办？"

"先派个先头分队过去：一个带队，五名士兵，一匹马，当然还有哈拉姆。他们可以立即动身。在他们找到人之前，我们可以先静静观察。"

正如安纳托利预料的那样：先遣队于三点半报告，石屋里空无一人。不过，他们补充道，篝火还没有完全熄灭，哈拉姆说的是实话。

这说明埃利斯和简半夜醒来，看到向导不见了踪影，于是决定逃跑。安纳托利下令先遣队按照哈拉姆指引的可能路线继续追赶。

让-皮埃尔于是倒回床上，一觉睡到了大天亮。他睡眼蒙眬地问："几点了？"

"八点。抓到他们了。"

让-皮埃尔的心怦怦直跳，然而又想到，之前也有过这样的情形，后来却大失所望。

"你确定？"

"你一穿好衣服，我们就可以去看个究竟。"

他们正欲上飞机，一架加油直升机到达。安纳托利决定还是多等一会儿，把飞机的油箱加满。让-皮埃尔必须暂时按捺心中的急切。

几分钟后，直升机起飞。让-皮埃尔透过窗口望着外面的风景。进入山区时，他才意识到，这是他在阿富汗所见过最为荒凉恶劣的地方。简果真带着孩子走过这片穷山恶水吗？如今前功尽弃，她这辈子都是我的！

果真抓到她了吗？他再也经受不住又一次的失望。直升机落地时，会不会发现先遣队抓到的又是嬉皮士、登山迷，甚至是长得像欧洲人的牧民？

飞越康提瓦尔山口时，安纳托利用手指了指，大声道："他们好像把马弄丢了。"山口的冰雪中，让-皮埃尔看到一具马的死尸轮廓。是麦琪吗？真希望就是那不听话的畜生。

他们在康提瓦尔谷下降，寻找着先遣队的位置。视野中出现了浓烟，有人点了火为他们指路。直升机在峡谷前的平地下降。让-皮埃尔仔细地观察着周围：不远处看到三四个身着军装的苏联士兵，唯独不见简。

直升机落地。让-皮埃尔的心简直快要跳到嗓子眼儿。他跳下飞机，紧张得几乎恶心。安纳托利也从旁边跳下。队长带他们进入峡谷。

那两个人就在那儿。

让-皮埃尔像是受尽拷打的阶下囚翻身一般。简正坐在小溪边，怀里抱着香塔尔。埃利斯站在她身后。他们看起来垂头丧气，筋疲力尽。

让-皮埃尔停下脚步，对简道："过来。"

她站起身向他走去。让-皮埃尔注意到她脖子上挂着的布兜。埃利斯在后面跟着她。"没叫你。"埃利斯停下脚步。

简站在让-皮埃尔面前，抬头看着他。他抬起右手，用尽浑身力气狠狠给了简一个耳光。这是他这辈子最痛快的一巴掌。简被打得连连后退，几乎要摔倒。但她还是站在那里，轻蔑地瞪着他，眼泪夺眶而出。让-皮埃尔看到她身后的埃利斯猛地向前一步，又强压住怒火。让-皮埃尔倒有点失望，要是埃利斯试图攻击，苏联士兵一定会冲上去按住他，然后一顿痛打。无所谓，反正他也逃不过！

让-皮埃尔抬手想再打，简吓得一缩，下意识地用手臂护住香塔尔。让-皮埃尔改了主意："反正有的是时间。你等着！"

让-皮埃尔转身走向直升机。简低头看看香塔尔，孩子也在看着她，貌似肚子还不饿。简抱抱她，仿佛香塔尔才需要安慰一般。尽管脸上疼痛难忍，又受尽屈辱，但从某种程度上，她倒愿意挨这一巴掌。它仿佛是婚姻破裂的最终裁定：他们的婚姻实实在在地结束了，她不再对让-皮埃尔有任何亏欠。如果他泪流满面，恳求自己不要恨他，她一定会感到愧疚。但这一巴掌果断地终结了一切。她对他不再有感情：没有爱，没有尊敬，甚至没有同情，一丝都没有。简觉得好笑，让-皮埃尔终于抓到了她，她却因此获得了自由。

在此之前，都是那个骑马的上尉在指挥。如今换作安纳托利主持一切。他在那里发号施令，简每一句都听得懂。已经一年多没听过俄语了，起初听着还以为是胡言乱语，然而她很快适应，听得一字不落。他正命令一名士兵把埃利斯的双手捆上。那名士兵显然有所准备，他掏出一副手铐。埃利斯乖乖伸出双手。

埃利斯垂头丧气。看着他被人铐上，简一阵难过绝望，不禁又流下眼泪。

士兵问要不要把简也铐上。

"不用，"安纳托利道，"她抱着孩子。"

他们被带上直升机。埃利斯道："关于让-皮埃尔，我很抱歉，我没能上前……"

简摇摇头，想告诉他无须道歉，然而却开不了口。他的顺从让简恼火。她气的不是埃利斯，而是迫使他变成这样的那些人——让-皮埃尔、安纳托利、哈拉姆还有那些苏联人。她甚至有些后悔，当初真该炸死他们。

埃利斯上了直升机，然后伸手去扶简。她左手护住布兜，抱好香塔尔，右手递给埃利斯。埃利斯把她拉上飞机，他们离得很近。埃利斯低声道："一起飞，马上给让-皮埃尔一巴掌。"

简一下子没反应过来，这样反而更好。其他人似乎都没听到他的话，反正他们也不懂英语。她努力装作若无其事的样子。

后舱空间小，顶又低，所有人上来都得弯着腰。舱里什么都没有，只在门对面放了一排座架。简暗自庆幸可以坐下来。她的位置可以看到驾驶舱。驾驶员座高出地面两三英尺，旁边有台阶。队员还没有上来，驾驶员还坐在那里。头顶上螺旋桨仍在飞速转动，发出巨大的声响。

埃利斯在简与驾驶座之间席地而坐。

安纳托利同一名士兵一起上了飞机，指着埃利斯交代着什么。简听不清他说什么，但从士兵的表情判断，显然是要看紧埃利斯。那士兵解下步枪拿在手里。

让-皮埃尔最后一个上来。直升机起飞，他站在门边朝外看。简有些害怕。埃利斯让她一起飞就打让-皮埃尔。说来容易，但要如何办到呢？现在让-皮埃尔背对着她，又是站在舱门边。稍微不小心，她就会失去平衡摔下飞机。她看着埃利斯，用目光寻求指示。他的表情镇定而严峻，但没有看她。

飞机攀升了约十英尺，停留片刻，猛地一沉，加速后继续上升。

让-皮埃尔转身穿过机舱，却找不到可以坐的地方。他犹豫了一下。简知道，她应该抓住机会起来打他，然而却僵在座位上，动弹不得。此时，让-皮埃尔朝她动了动指头，示意她起来。

这下简发火了。

她筋疲力尽，浑身酸痛，又累又冷，这种时候他居然让抱着孩子的她站起来，给他腾地方坐。他手指一动，残酷与可恶尽显无疑。简忍无可忍，她站起来，胸前兜着的香塔尔左右摇晃，她叫喊道："你这个畜生！畜生！"引擎声与风声淹没了她的声音，但面部表情仍使让-皮埃尔吓得倒退一步。"我恨透了你！"简尖叫着用手将让-皮埃尔推向舱门外。

苏联人犯了一个错误。错误不起眼，却是埃利斯唯一的机会，而他会毫不犹豫地利用它。这个错误在于，他们把埃利斯的手铐在了前面，而非背后。

他本希望不会受到任何绑束，所以才在让-皮埃尔对简动手时抑制住冲动，什么都没做。这是有可能的，毕竟他没有武器，而且对手人数众多。但无奈安纳托利十分谨慎。

幸好铐上他的不是安纳托利本人。士兵知道，把手铐在前面方便看押，这样不容易跌倒，而且犯人也可以自行上下军车和直升机。所以，当埃利斯顺从地伸出双手，士兵片刻也没有多想。

没人帮忙，埃利斯一个人不可能打得过三个人，更何况其中一个还有枪。光靠打架，他的胜算几乎是零。唯一的希望就是让直升机坠毁。

当简站在打开的机舱门口，胸前兜着婴儿，眼看着让-皮埃尔摔出去，埃利斯瞬间想：我们才离地十四五英尺，这狗娘养的可能摔不死，可惜！安纳托利冲上来，从背后抓住简的胳膊，想阻止她，两人站在埃利斯和机舱另一端的士兵之间。

埃利斯突然转身，跳到驾驶座旁边，用铐住的双手勒住驾驶员的脖子，让手铐的链子嵌进对方的脖子里，两手使劲往上提。

驾驶员没有惊慌。

他的脚踩在控制踏板上，左手握着总距操纵杆，伸出右手扣住埃利斯的手腕。

埃利斯有点慌神。这是他最后的机会，他只有一两秒钟可以反应。舱里的士兵最初不敢用枪，怕伤到驾驶员。安纳托利也是一样，即使身上有枪，也不敢乱动。但用不了多久，他们就会意识到，犹豫毫无意义：如果他们不朝埃利斯开枪，埃利斯也会让飞机坠毁，只能冒险了。

有人从身后抓住埃利斯的肩膀。深灰色的袖口说明是安纳托利。机头的枪手转过身，见此情形也站起身。

埃利斯拼命拽着铐链。驾驶员疼痛难忍，欠起身两手并用挣扎着。

他的手一离开操纵杆，直升机开始在空中摇晃。埃利斯对此早有准备，他双手紧抱住驾驶座，好让自己站稳。身后的安纳托利失去平衡，放开了手。

埃利斯将驾驶员拉出座位，甩在地上，然后伸手将操纵杆向下拉。

直升机像石头一样直线下坠。

埃利斯转过身，准备好即将到来的冲击。

驾驶员就躺在他脚下，手抓着脖子。安纳托利摔倒在后舱中央。简抱着孩子，蜷缩在角落里。那个士兵也没站稳，但他找回了平衡，单膝跪着举枪指向埃利斯。

在他要扣动扳机的一刻，直升机撞到了地面。

冲击力震得埃利斯膝盖发软，但他很快找回了平衡。那名士兵被晃到了边上，然后向前倒去。那发子弹打在了埃利斯的头一码以外的舱壁上，他丢下枪，双手挣扎着想阻止自己下坠。

埃利斯弯腰抓住枪，用铐着的双手别扭地握着。

他从没这么高兴过。

他反击了。经历了逃跑、被抓、羞辱、饥饿、寒冷、恐惧、眼见简被人扇耳光自己却无能为力，现在，他终于有机会反击了。

他的手指扣在扳机处，两手铐着，没法正常握枪。但他用左手抓住扳机环前面凸出的弹匣，以此支撑枪管。

直升机的引擎熄火，螺旋桨也慢下来。埃利斯看到驾驶舱里一名枪手正从驾驶员身边冲出来。他必须赶在外面的苏联人反应过来前迅速控制局势。

他改变位置，让安纳托利横在自己和舱门之间，然后将枪口顶在安纳托利脸上。

那个士兵一脸恐惧地盯着他。埃利斯把头一扭："出去！"对方会意，跳下了飞机。

驾驶员还躺在地上，显然呼吸困难。埃利斯踢了他一脚，让他也下飞机。他挣扎着站起身下去，手依然捂着脖子。

埃利斯对简道："告诉这个家伙下飞机，后背贴着我。快！"

简朝安纳托利吼了几句俄文。他站起来，满眼仇恨地瞅了埃利斯一眼，然后下了直升机。

埃利斯的枪指着安纳托利的后脖子："告诉他，让其他人别动。"

简照做，安纳托利大吼一声。四下看去，刚才飞机上的枪手和士兵就在不远处。他们身后是让-皮埃尔。他坐在地上，捂着脚踝。一定是够走运，没怎么摔伤。最远处站着三个士兵，还有那匹马、上尉和哈拉姆。

埃利斯道："告诉安纳托利解开大衣，慢慢拔出手枪交给我。"

简做了翻译。埃利斯用力把枪往安纳托利肉里扎。安纳托利拔出手枪，递到身后的埃利斯手中。

简接过枪。

"是马卡洛夫手枪？没错吧。枪的左侧有个保险栓。把它转换到红点的位置。要开枪时，先拉滑套，然后扣扳机。懂了吗？"

"懂了。"简面色苍白，浑身发抖，但神情坚定。

埃利斯道："告诉他命令手下的人一个个把武器扔上直升机。"

简翻译了埃利斯的话，安纳托利下达命令。

"有人敢靠近的话，就用枪指着他。"

士兵们一个个上前缴械。

"有五个年轻人呢……"简道。

"说什么呢？"

"有个军官，还有哈拉姆和五个年轻人。我只看到四个。"

"告诉安纳托利，最后一个找不到，他就别想活命。"

简对着安纳托利大喊大叫，激烈程度连埃利斯都吓了一跳。从命令的口吻中听得出，安纳托利很害怕。不一会儿，第五个士兵从直升机机尾后绕出来，交出了武器。

"做得好！"埃利斯对简说，"差点被他坏了事。现在让他们都趴下。"

一分钟后，所有人都面朝下趴在地上。

"你得开枪打断我的手铐。"

他放下枪，伸出双手对着机舱门。简拉动滑套，枪口对准手铐链。这样子弹就会穿过舱门射出去。

"但愿别把我的腕子打断。"

简闭上眼睛，扣动扳机。

"操！"埃利斯大叫一声，起初手腕疼得厉害，不一会儿发现，手腕没断，链子断了。

他捡起步枪："我要用他们的无线电。"

上尉遵照安纳托利的命令，从马背上卸下一个大盒子。

埃利斯想，不知道飞机还能不能飞。起落架应该是毁了，底部还会有各种故障问题；但引擎和主控线路都在机身上部。他想起达戈村一战中，一架"雌鹿"从二三十英尺的空中坠落，之后还可以继续飞。据此推断，这架应该也能飞。要是不行的话⋯⋯

不行的话，他也不知该如何是好。

指挥官拿过无线电，装进直升机后走开。

埃利斯稍微松了一口气。只要他掌握着无线电，这帮苏联人就没办法与他们的基地联系。这样就搬不到救兵，也报不了信。如果他能让飞机重新起飞，就可以安全脱险。

他对简说："用枪指着安纳托利。我去看看这东西还能不能飞。"

这枪沉得出奇。简伸直胳膊，用枪指了一阵，不一会儿就得放下胳膊休息。她用左手轻轻拍打时不时哭闹的香塔尔的后背。好在很快哭声停止了。

引擎启动，它抖动了两下，又停下来。简心中默念：求你了，动起来吧！

轰鸣声想起，螺旋桨转动起来。

让-皮埃尔抬起头。

简暗想，我看你敢！

他坐直身子看着她，忍着脚痛站起来。

简用枪口直直对着他。

他朝直升机走过去。

"别逼我冲你开枪！"简尖叫道，然而声音却淹没在引擎声中。

安纳托利一定是看到了让-皮埃尔。他翻身站起，简将枪口转向他。安纳托利举起双手。枪口转回到让-皮埃尔身上。他还在往前走。

她感觉得到直升机抖动着想要升空。

让-皮埃尔越走越近，简可以清楚地看到他的脸。他张开双臂，仿佛在请求，然而眼中却充斥着愤怒。他一定是疯了，兴许很久之前就失去了理智。

"我要开枪了！"简大喊，尽管她知道让-皮埃尔听不见，"我会打死你的！"

直升机离开地面。

让-皮埃尔突然跑起来。

直升机徐徐向上，让-皮埃尔一跃跳上机舱。简以为他可能会再次摔下飞机，然而他却站住了。让-皮埃尔满眼仇恨地瞪着她。

简闭上眼睛扣动了扳机。

一声枪响，简手一震。

她再次睁开眼睛。让-皮埃尔依旧站在那儿，满脸惊诧。在他胸前，一片污迹正在不断扩大。慌乱中，简再次扣动扳机，一次、两次、三次。前两发没有打中，第三发貌似打到了肩膀。他身体一转面对外侧，从门里摔了出去。

让-皮埃尔死了。

我杀了他。

她先是一阵兴奋。让-皮埃尔想抓她，把她囚禁起来，一辈子做他的奴隶。他像追逐猎物一般穷追不舍。他背叛了简，对她动手，现在却死在了她枪下。

随之而来的是悲伤。她坐在机舱里痛哭流涕。香塔尔也哭了起来，简只好流着泪哄她。

她不知自己坐了多久。最终，她站起身来到驾驶舱，站在驾驶座旁边。

"没事吧？"埃利斯喊道。

简点点头，勉强挤出一丝笑容。

埃利斯笑着指了指仪表盘："快看，满油！"

她亲亲埃利斯的脸颊。改天必须告诉他，是自己开枪打死了让-皮埃尔，但不是现在。"离边境还有多久？"

"不到一小时。他们没法派人来追，因为无线电在我们这
儿。"

简透过挡风玻璃向外望去。正前方可以看到白雪皑皑的山
脉，她本有可能要翻越那里。她暗想：我应该做不到，估计得一
头栽进雪里活活冻死。

埃利斯若有所思。

"你在想什么？"

"我在想，现在最好来个烤牛肉全麦三明治，夹点生菜、番
茄还有蛋黄酱。"简笑了。

香塔尔又哭了起来。埃利斯腾出一只手，摸摸她的小脸蛋
儿："她饿了。"

"我去后面喂她。"她回到后舱，在板凳上坐下，解开外衣
和衬衫给孩子喂奶。直升机朝着太阳升起的方向飞去。

Part 3
1983年

第二十章

踏上城郊的私人车道，钻进埃利斯车子里，简感到一阵满足。这个下午堪称完美：比萨很美味，珮朵喜欢看《闪电舞》。第一次将女朋友介绍给女儿，埃利斯很是紧张。不过珮朵一见到八个月大的香塔尔就高兴得手舞足蹈，大家都十分放松。埃利斯兴致盎然，甚至提议送珮朵回家时，让简一起过去跟吉尔打个招呼。吉尔请他们进屋，还逗了逗香塔尔。一个下午的时间，简认识了埃利斯的前妻，还有女儿。

她怎么也习惯不了以真名叫他"约翰"，所以决定还是叫埃利斯。

埃利斯把香塔尔放到后座上，然后回到前面坐在简旁边。"你觉得怎么样？"说着他发动了车子。

"你可没提过她长得那么漂亮。"

"珮朵吗？"

"我是说吉尔。"简笑着道。

"是啊，她很漂亮。"

"他们都是好人，不该跟你这种家伙扯上关系。"

虽是开玩笑，埃利斯还是一脸正经地点点头。

简伸手抚摸他的大腿："我不是认真的。"

"但这是实情。"

两人一语不发向前开了一段路。逃离阿富汗已经六个月了。简时不时还会莫名痛哭，但已经不会在噩梦中一次次经历杀死让-皮埃尔的一幕了。只有她和埃利斯知道真相。埃利斯对上级谎报了让-皮埃尔的死因，而简也打算以后告诉香塔尔，她的父亲死于阿富汗战争，仅此而已。

埃利斯没有开车回城，而是绕小路来到海边的一片空地。

"来这儿干吗？"简问，"搂着脖子亲热吗？"

"你想的话也行，但我想走走。"

"好吧。"

"今天真高兴。"

"珮朵比平时跟我在一起时都要放松。"

"那是为什么呢？"

"依我看，是因为你和香塔尔。现在我有自己的家了，不会再威胁她的家庭，就是这么回事儿。"

"有道理。你就想说这个？"

"不是。"他迟疑了片刻，"我打算离开中情局。"

简激动地点头道："太好了。"她一直都在等待这样的时刻。他在与过去做个了断。

"阿富汗的任务基本结束。马苏德的训练计划正有序进行，第一批武器也运到了。他的力量得以壮大，现在有资本跟苏联人谈条件，争取到了冬季休战。"

"很好啊。只要能争取停火，我都支持。"

"你在伦敦那会儿，有人在华盛顿给我开出一份工作。我很喜欢，而且薪水也不错。"

"是什么？"简来了兴趣。

"与总统特遣小组合作，打击集团犯罪。"

"危险吗？"

"对我来说不危险。我老了，干不动卧底。我的工作是指挥那些卧底。"

简看得出，埃利斯没完全说实话："你这浑蛋，跟我说实话！"

"嗯……比起以前的任务安全多了。当然，跟教幼儿园相比还是有危险。"

简笑了。她知道这些话的意义，觉得很欣慰。

"还有，我会在纽约安顿下来。"

"真的吗？"简很意外。

"为什么这么吃惊？"

"我申请了一份联合国的工作，就在纽约！"

"怎么没听你说过？！"他语气中有些受伤。

"你的计划不也没告诉我么？"

"这不是告诉你了吗？"

"彼此彼此。"

"可是……你会离开我吗？"

"为什么非得根据你的工作决定住处？就不能随我？"

"分开一个月，我差点忘了你有多敏感了。"

"是么。"

突然一阵安静。终于，埃利斯开口："总之，我们都会住在纽约……"

"家务分着做？"

"好……"埃利斯有点犹豫。

简后悔发了脾气。埃利斯并不是一个不懂体贴的人，只是反应迟钝。在阿富汗，她差点失去埃利斯。如今，她再也不忍心长久与他怄气。回想当初，她那么害怕会永远离开他；两个人一起活了下来，她又是多么高兴："好吧，家务分着做。"

"要是你愿意的话，咱们也可以弄个正式的。"

她一直等待的就是这一刻。"正式的？"简说得好像不明白一样。

"是啊，"埃利斯有点窘迫，"我的意思是，你要愿意的话，咱们可以结婚。"

简笑道："你好歹要有个求婚的样子吧？"

埃利斯握着简的手："亲爱的简，我爱你。愿意嫁给我吗？"

"愿意！愿意！越快越好！明天——不，就今天！"

"谢谢你！"

她凑上去亲吻埃利斯："我也爱你！"

他们静静地坐着，牵着手看夕阳西下。简觉得好笑，现在回想起来，阿富汗的一切都是那样不真实，如同一场噩梦，线条清晰却不再可怕。她还依稀记得那些面孔：毛拉阿卜杜拉、接生婆拉比亚、英俊的穆罕默德、感性的萨哈拉，还有忠诚的法拉；然而炸弹、直升机、恐惧与艰苦都已渐渐模糊。对她来说，结婚、抚养香塔尔、让世界变得更美好，这些才是真正的冒险。

"我们走吧？"埃利斯道。

"好。"她坚定地捏了捏埃利斯的手，然后放开，"还有很多事要做呢。"

埃利斯发动汽车，向城区驶去。

作者注

　　曾经有好几个真实存在的机构向阿富汗派遣志愿者医生，但文中的"自由医生联盟"是虚构的。班达村和达戈村是虚构的，但本书中描写的其他地点都真实存在。所有的角色都是虚构的，但马苏德确有其人。

　　虽然我尽量使故事背景逼近真实，但这是一部虚构的文学作品，不能提供任何确凿事实，不论是关于阿富汗或是其他情况。

扫二维码，关注"卖书狂魔熊猫君"，

并回复"肯·福莱特"，

了解肯·福莱特的更多新书资讯！

图书在版编目（CIP）数据

突然亡命天涯 / (英) 福莱特 (Follett,K.) 著；
刘洋译. -- 南京 : 江苏文艺出版社, 2017.9
　（读客全球顶级畅销小说文库）
　书名原文: Lie down with lions
　ISBN 978-7-5399-5833-0

　Ⅰ.①突… Ⅱ.①福… ②刘… Ⅲ.①长篇小说—英

国—现代 Ⅳ.①I561.45

　中国版本图书馆CIP数据核字（2014）第026582号

- -

LIE DOWN WITH LIONS copyright © 1986 by Ken Follett
Simplified Chinese translation copyright©2017 by Shanghai Dook Publishing Co.,Ltd
ALL RIGHTS RESERVED

中文版权©2017上海读客图书有限公司
经授权，上海读客图书有限公司拥有本书的中文（简体）版权
图字：10-2014-449号

书　　　名	突然亡命天涯
著　　　者	（英）肯·福莱特
译　　　者	刘　洋
责任编辑	丁小卉　姚　丽
特邀编辑	宋如月　高一君
责任监制	刘　巍　江伟明
策　　　划	读客图书
版　　　权	读客图书
封面设计	读客图书　021-33608311
出版发行	江苏凤凰文艺出版社
出版社地址	南京市中央路165号，邮编：210009
出版社网址	http://www.jswenyi.com
印　　　刷	三河市吉祥印务有限公司
开　　　本	890mm x 1270mm　1/32
印　　　张	12.25
字　　　数	269千
版　　　次	2017年9月第1版　2017年9月第1次印刷
标准书号	ISBN 978-7-5399-5833-0
定　　　价	49.90元